Stephanie Schuster

Der Augenblick der Zeit

Stephanie Schuster

Der Augenblick der Zeit

Roman

BLESSING

Sollte diese Publikation Links auf Webseiten Dritter enthalten,
so übernehmen wir für deren Inhalte keine Haftung, da wir uns diese
nicht zu eigen machen, sondern lediglich auf deren Stand
zum Zeitpunkt der Erstveröffentlichung verweisen.

Verlagsgruppe Random House FSC® N001967

1. Auflage, 2018
Copyright © 2018 by Stephanie Schuster
und Karl Blessing Verlag, München,
in der Verlagsgruppe Random House GmbH,
Neumarkter Str. 28, 81673 München
Umschlaggestaltung: Bauer + Möhring Grafikdesign GbR
unter Verwendung von Abbildungen von Leonardo da Vinci,
La Bella Principessa, 1490er, Privatsammlung und istock
Satz: Leingärtner, Nabburg
Druck und Einband: GGP Media GmbH, Pößneck
Printed in Germany
ISBN: 978-3-89667-569-9

www.blessing-verlag.de

Wissen beginnt mit Liebe.
　　　　　　　　　Leonardo da Vinci

Für Thomas, meinen uomo universale

Inhalt

Erster Teil
London, München, Mailand
1493 und heute   Seite 11

1	Der Rotmilan	Seite 13
2	Lampenruß	Seite 27
3	Grafit	Seite 46
4	Sepia	Seite 69
5	Indigo	Seite 87
6	Terra di Siena	Seite 112
7	Malachit	Seite 125

Zweiter Teil
München, Mailand
1493 und heute   Seite 147

8	Purpur	Seite 149
9	Lapislazuli	Seite 162
10	Drachenblut	Seite 181
11	Grünspan	Seite 202
12	Caput Mortuum	Seite 226
13	Krapplack	Seite 242

Dritter Teil

München, Mailand, Warschau
1493–1519 und heute   Seite 261

14	Mangan	Seite 263
15	Zinnober	Seite 275
16	Ocker	Seite 295
17	Safran	Seite 306
18	Diamantsilber	Seite 322
19	Opal	Seite 332
20	Licht	Seite 343

Danksagung   Seite 349

Erster Teil

London, München, Mailand
1493 und heute

Darum Forscher, verlasst Euch nicht auf die Schriftsteller, die nur in der Phantasie Mittler zwischen der Natur und dem Menschen spielen, sondern auf diejenigen, die ihren Verstand nicht an den Erscheinungen der Natur, sondern an den Ergebnissen ihrer Versuche geübt haben.

Leonardo da Vinci

1

Der Rotmilan

London, Stadtteil Mayfair

Ina Kosmos musste das Bild unbedingt besitzen. Sie zwängte sich durch die voll besetzten Stuhlreihen des feierlich beleuchteten Saals und huschte an der Theke mit den Telefonbietern vorbei. Dabei tat sie so, als gehörte sie zu Sotheby's, und stellte sich ganz nach vorn zu den Mitarbeitern. Sie verschränkte die Hände und senkte den Blick, harrte Minuten, Sekunden, Augenblicke. Endlich hob der Auktionator die Stimme. Die mit Samt bezogene Wand drehte sich und präsentierte das Porträt. Wie durch ein Wunder flog genau in diesem Augenblick ein Vogel herein und sorgte für die nötige Ablenkung. Ein Greifvogel mit leuchtend orangerotem Gefieder schickte einen hohen, durchdringenden Schrei voraus, breitete seine mächtigen Schwingen aus und kreiste durch den Auktionssaal. Ein Tumult entstand. Männer hielten ihre Notebooktaschen hoch wie Schilde. Frauen schlangen die Arme um ihre Frisuren, als hielte der Rotmilan Ausschau nach einem Nest. Die Auktionshelfer versuchten den Vogel zu verscheuchen, fuchtelten mit den Armen, klatschten tonlos in ihre behandschuhten Hände. Das war Inas Moment. Sie wandte sich um, nahm das Bild, das kaum größer als ein DIN-A-4-Blatt war, schob es unter ihr Jackett und schlüpfte durch eine Seitentür hinaus. Sie hörte, wie sich das Wachpersonal in Bewegung setzte und hinter ihr herrief. Der Alarm schrillte im ganzen Haus, sie sah sich schon umzingelt und in Handschellen abgeführt.

Jemand stieß sie in die Rippen, drängte sich an ihr vorbei und holte sie in die Wirklichkeit zurück. Um ein Haar wäre ihr die Siebenhundertzwölf aus der Hand geglitten, ihre Bieternummer, die sie sich mühsam erkämpft hatte. Rasch schob sie sie in den Katalog, um die Seite mit dem Porträt zu markieren. Der Druck in ihren Ohren verstärkte sich wieder. Sie brauchte das Bild, würde es ersteigern und die Galerie retten. Ina presste den Katalog an sich und reckte den Kopf, als es losging. Von ihrem Stehplatz ganz hinten hatte sie Mühe über die vielen Leuten hinweg nach vorn zu sehen.

»Wir kommen zu dem Porträt einer jungen Frau, Nummer zweitausendfünfhundertdreiundachtzig. Alte deutsche Schule, frühes neunzehntes Jahrhundert.« Der Auktionator schob seine schmale Brille auf die Stirn und sprach in sein Mikrofon. »Ich beginne mit viertausendvierhundert Pfund.« Auf einem Bildschirm über seinem Pult erschien die Summe. »Wer bietet mehr?« Es dauerte einen Atemzug lang, bis jemand seine Nummer hob. »Viertausendfünfhundert.« Er zeigte auf eine langhaarige Frau in der zweiten Reihe. Wieder ging eine Zahl nach oben. »Viertausendsechshundert.« Ein Bieter ganz rechts an der Wand. »Viertausendsiebenhundert.« Die Frau vorn meldete sich erneut. »Viertausendachthundert«, schaltete sich jemand übers Telefon dazu. Die Gebote stiegen im Sekundentakt, fünftausend, fünftausendfünfhundert, sechstausend. Der Auktionator bewegte die Arme in rascher Folge, als wollte er durch die Zurufe kraulen. Verblüffend hohe Beträge für das kleine Gemälde, das laut Beschreibung im Katalog bloß dreiunddreißig mal vierundzwanzig Zentimeter maß. Anscheinend hatte nicht nur Ina den Widerspruch zwischen der Machart und dem Katalogtext entdeckt, der behauptete, es stamme aus dem neunzehnten Jahrhundert. Die Art der Darstellung im Profil, der Haarschmuck und die Kleidung erinnerten jedoch eher an Botticelli, die feine Schraffur und der Gesichtsausdruck an Leonardo da Vinci. Wenn ihre Vermutung stimmte und das Porträt nur ein paar Hundert Jahre älter war als ausgeschrieben, wäre es ihre Rettung. Ihr Puls beschleunigte sich. Dass Leonardo das Bild selbst gemalt hatte, war natürlich nahezu unmöglich. Von ihm existierten bloß noch wenige Gemälde oder waren ihm zumindest von Experten zugeordnet worden. In einem renommierten Auktionshaus wie diesem würde kaum ein falsch etikettiertes Bild mit seiner Handschrift auftauchen. Trotzdem gefiel Ina der Gedanke, dass es aus der Renaissance stammen könnte. Möglicherweise hatte es einer seiner Schüler oder ein Zeitgenosse gemalt. Ein grobmaschiges Netz hielt das Haar der jungen Frau am Hinterkopf zusammen, ging in einen mit Bändern durchflochtenen langen Zopf über. Sie trug ein Oberteil aus mehreren Schichten, wie es zu Leonardos Zeit üblich war. Ernst blickte sie über den Bildrand hinaus, und zugleich war es, als sähe sie aus dem Augenwinkel den Betrachter an und schaute in sein Inneres.

Wie ein Nadelstich hatte Ina dieser Blick getroffen, als sie durch den Katalog geblättert hatte. Als wüsste die Porträtierte, was in ihr vorging und wonach sie sich sehnte. Dass ihr mehr fehlte als Geld und alles um sie herum zu zerbrechen drohte. Ina wollte das Bild ersteigern und danach mit Gewinn weiterverkaufen. Damit würde alles wieder ins Lot kommen. Sie konnte immer noch nicht glauben, dass Doris die Galerie aufgeben wollte. Nichts hatte in den vergangenen Wochen darauf hingedeutet. Ina hatte angenommen, dass sie auf ihrer Reise das zehnjährige Bestehen von Schimmer & Kosmos planten. In

London und Umgebung ein paar Kollegen besuchen und sich Anregungen für eine besondere Ausstellung holen würden. Doch egal, wen sie trafen, Doris erwähnte das Jubiläum nicht, sprach nicht einmal von der Galerie, als gebe es sie gar nicht. Beim Hinflug redete sie hauptsächlich von ihrem Mann und ihren beiden Kindern. Dann platzten plötzlich fast alle Termine. Dem einen war ins Auto eingebrochen worden, der andere war krank, die dritte hatte gedacht, das vereinbarte Treffen wäre erst in der darauffolgenden Woche. Nur mit Nicolas Hurst, einem der Kuratoren der Tate Modern, tranken sie Kaffee. Im Gespräch verlor Doris kein Wort über Schimmer & Kosmos, fiel Ina sogar ins Wort, als sie ihre gemeinsame Arbeit zur Sprache bringen wollte, als wäre es ihr peinlich, ihre Galerie mit dem größten Museum für moderne Kunst in Verbindung zu bringen. Dabei gab es die durchaus. Iwako Keruani, ein nigerianischer Künstler, der mit Ina und Doris in München Kunst studiert hatte, hatte schon lange bevor die Tate Modern seine Werke zeigte, bei ihnen ausgestellt. Als Hurst sie bat, ihm ein aktuelles Portfolio ihrer Galerie zu schicken, wechselte Doris das Thema. Früher hätten sie so etwas mit Champagner gefeiert. Hinterher, im strömenden Regen auf dem Weg zur Bushaltestelle, fragte Ina ihre Freundin, was das sollte.

Doris eilte voraus, schlängelte sich mit schnellem Schritt an den Pfützen vorbei. Ina versuchte sie einzuholen. Endlich wandte Doris sich um, wischte sich übers Gesicht. »Es wird keine Galerie mehr geben. Es lohnt sich einfach nicht. Der Zeitaufwand für so wenig Umsatz. Weder du noch ich können davon leben. Außerdem möchte ich mehr für die Familie da sein, Heio braucht mich, und die Kinder sowieso.«

Ina war außer sich. »Und die Kunst? Bedeutet sie dir nichts mehr?«

»Ich habe den Mietvertrag bereits gekündigt.«

»Du hast was?« Ina bebte, ließ sich auf einem der Drahtsitze des Bushäuschens nieder.

Doris blieb stehen. »Wie lange willst du anderen noch Hoffnung auf den großen Durchbruch machen? Willst du mit bald vierzig etwa noch einen Job annehmen, nur damit du allein die Galerie weiterfinanzieren kannst?«

Das traf, weil es stimmte. Ina lebte von Jobs, die zwar alle mit Kunst zu tun hatten, aber keine Kunst waren. Und, was noch schlimmer war, sie malte selbst nicht mehr, keine Bilder, keine Skizzen, ja, nicht einmal beim Telefonieren kritzelte sie gedankenverloren auf einen Zettel. Picasso brauche doch ein weibliches Gegenstück, hatte sie als Kind lauthals verkündet, als sie bei ihrer Nachbarin Josefine Bender, ihrer späteren Kunstprofessorin, seine Lebensgeschichte und sein Werk in einem Bildband entdeckte. Dank Josefines Anregung fing Ina damals an, Maltechniken zu üben und sich an den alten Meistern zu orientieren. Anfangs interpretierte sie deren Werke auf spielerische Weise, erfasste die Motive und gab sie auf kindliche Art wieder. So faszinierte sie an Rembrandts »Flötenspieler« hauptsächlich das gestreifte Hemd, die Haltung der Flöte erschien ihr weniger wichtig. Das bauschige Barett ließ sie weg und zeigte den Musiker in ihrer Version von vorn, nicht seitlich, wie Rembrandt ihn dargestellt hatte. Später setzte sie ihren Ehrgeiz in täuschend echte Kopien um, beschäftigte sich mit Pigmenten, dem Grundstoff aller Farben. Rührte sich eigene Malmittel nach alchimistischen Rezepten an, schuf Bilderreihen, dachte sich Geschichten dazu aus. Ihre Umgebung löste sich in Farben auf. Ina brauchte nur einen Bildausschnitt zu wählen, um zu beginnen. Von klein auf war ein Pinsel oder ein Bleistift für sie die Verlängerung ihrer linken Hand gewesen, mit der sie ihre Umgebung oder ihre Träume einfing. Als sie kurz vor ihrem dreißigsten Geburtstag ihre Gabe verlor, verlegte sie sich ganz auf die Förderung anderer. Seither versuchte sie ihre Kollegen zu inspirieren und zu motivieren. Sie bestärkte sie, nie aufzugeben. Niemals, nicht wie sie.

Sie seien beide erschöpft, fuhr Doris fort, und müssten sich eingestehen, dass die Galerie am Ende sei. München werde immer teurer, es gebe kaum noch finanzierbare Nischen für Kunst und Künstler. Im Vergleich mit den vielen anderen kleinen Galerien, die in den vergangenen Jahren geschlossen hatten, hätten sie erstaunlich lange durchgehalten. Ina hörte weg, suchte in ihrer Handtasche nach einem Taschentuch und stieß dabei wieder auf den Auktionskatalog mit dem Lesezeichen bei dem Bild, das ihr am Tag vorher aufgefallen war.

Die Verbindung zum Telefonbieter war abgebrochen. Geduldig warteten das Publikum und der Auktionator, bis die Leitung wieder stand. »Siebentausendfünfhundert. Zum ersten ...« Wieder zückte jemand seine Nummer. Der Preis ging weiter nach oben, bei achttausendzweihundert Pfund hob der Auktionator den Hammer. Kunst brauchte Mut. Trauen und Vertrauen. Inas Künstler setzten auf sie. Sie riss die Plakette aus dem Katalog und hielt sie hoch.

»Achttausenddreihundert, die Nummer siebenhundertzwölf.« Ein Rascheln ging durch die Reihen, Gesichter wandten sich um, Blicke trafen sie.

Ina schluckte gegen das Herzklopfen an.

»Achttausenddreihundert zum Ersten ...«

Gleich würde das Porträt ihr gehören, sie würde das Geld schon auftreiben, das Konto überziehen, einen Kredit aufnehmen. Nur kurz, übergangsweise, bis das Bild weiterverkauft war. Und Doris musste sie nichts mehr erklären.

»Achttausenddreihundert zum Zweiten ..., achttausendvierhundert, der Herr am Telefon. Letztes Gebot?«

Ihre Hand zuckte, sie ließ die Plakette fallen, bückte sich, um sie aufzuheben.

»Achttausendvierhundert zum Ersten, Zweiten und Dritten.« Der Hammer schlug auf das Pult. »Verkauft! Das Bild zweitausendfünfhundertdreiundachtzig geht an den Herrn am Telefon mit der Nummer einhundertsiebenundsiebzig.«

Nichts als Zahlen, Ina schwirrte der Kopf. Als wäre Kunst eine Währung. Rasch drückte sie sich durch die Menge nach draußen. Nieselregen kühlte ihr Gesicht, sie atmete auf. So eine hohe Summe hätte sie ohnehin nicht aufgebracht. Aber das Bild faszinierte sie. Die Abbildung im Katalog war zwar ein wenig klein und in schlechter Auflösung, aber zu Hause wollte sie alles über das Porträt herausfinden und dann einen Kunstdruck erwerben. Sie schob den Katalog in eine Tüte und lief zum Oxford Circus, wo sie ihr Gepäck zur Aufbewahrung gegeben hatte, und stieg in die U-Bahn Richtung Flughafen. In Heathrow angekommen, griff Ina nach ihrem Koffer und verließ den Waggon. Die Türen schlossen sich wieder, und die U-Bahn fuhr zurück Richtung Stadt und mit ihr der Auktionskatalog.

Mailand, der siebenundzwanzigste Tag im Brachmonat, 1493

»Hoa, Cucuzza.« Tannstetter schnalzte mit der Zunge, versuchte mit letzter Kraft, das Maultier in dieser Hitze, in der ihm nur seine Hutkrempe Schatten spendete, anzutreiben. Jedes Zucken seiner Waden schmerzte. Er sehnte sich nach einem kühlen, weichen Lager, hatte genug von Stroh auf blankem Boden. Unbeirrt von seinen Rufen und Tritten, stakste Cucuzza nur langsam weiter. Im Städtchen Mùnscia, in dem er zuletzt eine Rast eingelegt hatte, hatte man ihm gesagt, er würde spätestens gegen Mittag in Mailand eintreffen. Er sollte sich nach dem Fluss richten, der sich durchs Tal schlängelte, nicht nach den schnurgeraden *Navigli*, die die Landschaft zerschnitten.

Anfangs folgte er der Beschreibung und ritt am Flüsschen Lombra entlang, das sich hie und da teilte wie ein verbogener Kamm. Brav trippelte Cucuzza über Brücken oder durch seichtes Wasser, bis das Rinnsal verebbte und mitten auf einer Wiese im Gras verschwand. Dafür glitzerte es weiter drüben, und Tannstetter überlegte, ob er auf den Rat pfeifen und doch einem der Kanäle folgen sollte. Die Sonne hatte längst ihren Höchststand überschritten, und trotzdem waren weder eine Stadtmauer noch eine Turmspitze in Sicht. Schmerzlich vermisste er seinen Klappkompass. Falls das so weiterging, würde er Mailand nicht vor Einbruch der Nacht erreichen. Dabei war er ohnehin zwei Tage zu spät. Schuld war der Bergrutsch in den Alpen, bei dem er fast ums Leben gekommen wäre.

Weder Bauer noch Schafhirte, keine Menschenseele begegnete ihm. Niemanden konnte er nach dem Ausgang aus diesem lombardischen Labyrinth fragen. Er duckte sich, als ein großer Vogel mit rot gefiedertem Schwanz laut pfeifend über ihn hinwegsegelte. Tannstetter sah ihm nach, bis er aus seinem Blickfeld verschwand. Um sich die Zeit zu vertreiben, fing er laut zu rechnen an, wie es ihm Fibonacci in seinem *Liber Abbaci* gelehrt hatte. »Eins plus zwei ist drei, zwei plus drei ist fünf, fünf plus drei ist acht, acht plus fünf ist dreizehn, dreizehn plus ...« Bei sechstausendsiebenhundertfünfundsechzig schreckte er hoch, als ein Schatten auf ihn fiel. Er riss die Augen auf. Gerade passierte er das mailändische Stadttor unter dem zweigeteilten Sforza-Wappen, das auf einer Seite einen Adler neben einer gekrönten Schlange zeigte, die einen Menschen verschlang oder ausspie – wie man's nahm – und auf der anderen drei schwarze Adler auf gelbem Grund. Tannstetter kraulte Cucuzza den Rist. Niemand hielt ihn auf, keiner überprüfte ihn. Ein Wachposten döste unter dem Torbogen, drei andere würfelten auf einem Fass. Entlang der Ringmauer kauerten zerlumpte Gestalten hinter aufgestapelten Körben mit Federvieh, die im Schatten ebenfalls zu schlafen schienen. Es musste an der Siesta liegen, dieser südländischen Eigenheit. Ab Mittag, bis weit in den Nachmittag hinein schliefen diese Sonnenverwöhnten und überbrückten damit die größte Hitze, hatte er bei Petrarca oder Boccaccio gelesen. Die anstrengenden Arbeiten verlegten sie einfach in die kühleren Morgen- und Abendstunden. Tannstetter fragte sich allerdings, wann die Mailänder dann ihren Vergnügungen nachgingen, denn laut König und Kaiser waren sie Meister darin.

Er hielt Ausschau nach dem Palast, ritt zum nächstgrößeren Platz und sichtete Leute, die er endlich nach dem Weg fragen konnte. Neben einem kolossalen halb fertigen Kirchenschiff, das mit Baugerüsten umstellt war und in diesem Zustand eher wie eine Tropfsteinhöhle wirkte, unterhielten sie sich. Manche reckten die Arme, andere senkten den Kopf wie zum Gebet oder um das Gehörte zu verarbeiten. Tannstetter fühlte sich in seinen Ingolstädter Kommilitonenkreis versetzt, nur hatten sie dort keine Frauen zugelassen, die sich hier wie selbstverständlich dazugesellten, wenn auch verschleiert, vielleicht um ihre Haut vor der Sonnenglut zu schützen. Eine jedoch trug nichts auf dem Leib, stellte, wenn er sich nicht täuschte, ihre blanke Haut zur Schau. Neugierig trieb Tannstetter Cucuzza an. Beim Näherkommen entpuppte sie sich, wie die anderen auch, ob bekleidet oder entblößt, als lebensgroß geformte Marmorgestalt, und nun entdeckte er eine Fülle davon, die hoch über ihm die Pfeiler der Kathedrale bevölkerten. In der Ferne, zwischen den auskragenden Häusern, sah er die Spitze eines Turms, das könnte die Hofkapelle der Sforzas sein. Er hielt darauf zu, sog in den Gassen die Gerüche ein, die durch die geschlossenen Fensterläden drangen, und gab sich dem Ratespiel hin, welcher Laden sich wohl dahinter verbarg. Nicht nur Süßes wie Anis oder Mandelkrokant kitzelte seine Nase, auch Pikanteres ließ seinen Magen knurren. Gelegentlich presste er die Hand auf den Mund und unterdrückte ein Würgen, wenn Fliegen aus einer verklumpten Pfütze hochstiegen. Ein Kanal war übergelaufen, hatte tote Ratten und anderen Unrat bis vor die Haustüren gespült. Aus allen Himmelsrichtungen liefen die Navigli in der Stadt zusammen, wäre er einem dieser Wasserläufe gefolgt, wäre er ohne Umweg und wahrscheinlich schneller eingetroffen. Nachdem Tannstetter einen wackeligen Steg und zwei morsche Brücken überquert hatte, gelangte er zu dem Glockenturm. Anders als erwartet, erhob er sich nicht aus einem Kirchenschiff, sondern fügte sich als Eingangsportal in eine Mauer. Das feuerrote Bollwerk war von einem wassergefluteten Wehrgang umgeben und ebenfalls mit dem Sforza-Adler und der Visconti-Schlange, dem Wappen der Herrscherfamilie, die hier vormals das Sagen gehabt hatte, geschmückt. In den Adern der Sforzas floss kein Tropfen blaues Blut, dafür jede Menge Kampfgeist. Einst Schuhmacher, waren sie eines Tages das Sohlenaufdoppeln leid, tauschten den Dreifuß gegen ein Schwert und schlossen sich herumziehenden Soldaten an. Einer von ihnen mauserte sich zum Heerführer, ehelichte eine adlige Tochter der Visconti und erbte auf einen Schlag ganz Mailand. Er legte seinen Allerweltsnamen ab und nannte sich Sforza, der Erzwinger. Seither regierten einfache Leute einen italienischen Stadtstaat und hatten sich sogar mit dem Papst verbündet. Das beeindruckte Tannstetter.

Weder am mächtigen Tor noch sonst wo zeigte sich jemand. Tannstetter lenkte Cucuzza über die herabgelassene Zugbrücke bis zum vergitterten Portal und sah sich um. Er stieg ab, schüttelte die Beine aus. Es knackte in seinen Gelenken, als er sich die Schultern rieb und den Rücken bog. Nachdem er Cucuzza das Halfter gelockert hatte, kippte er den letzten Rest Wasser in seinen Hut und tränkte das Maultier. Lediglich die Augen betupfte er sich nun doch etwas, entfernte den gröbsten Schmutz aus seinem Gesicht und klopfte sein Gewand aus. Anschließend tastete er nach dem Siegelring. Erst da fiel ihm auf, dass der Ring, sein kaiserlicher Türöffner, verloren gegangen war. An sämtlichen Fingern, sogar am Daumen, war er ihm zu groß gewesen, darum hatte er ihn im Felleisen verwahrt, das an seinem Gürtel hing. Er musste beim Bergrutsch herausgefallen sein. Sobald Tannstetter an das Unglück dachte, zitterten seine Knie. Noch immer dröhnte in ihm der gellende Schrei der Stute, als sie in den Abgrund gestürzt und auf die Felsen geprallt war. Nur dank des Tuchhändlers, der dicht hinter ihm geritten war, hatte Tannstetter überlebt. Blitzschnell hatte der ihn gepackt und aus dem Sattel gezerrt. Vermutlich hatte sich dabei das Felleisen geöffnet, und der Ring war herausgefallen. Auf ewig lag er nun in der Schlucht zwischen den zerschmetterten Gliedern der kaiserlichen Stute.

Die letzten Dukaten hatte er an der Grenze in Florin getauscht, inzwischen klimperten nur noch ein paar silberne Grossi im Eisen. Die Reise war kostspieliger als gedacht. Offenbar roch jeder, dem Tannstetter begegnete, bei seinem Anblick ein Vermögen und bot seine Dienste an. In Absprache mit König Maximilian war er absichtlich ohne Gefolge aufgebrochen. Er sollte so wenig Aufsehen wie möglich erregen. Zum einen, um den Auftrag geheim zu halten, Kaiser Friedrich durfte unter keinen Umständen davon erfahren, zum anderen zu seiner eigenen Sicherheit. Darum schloss sich Tannstetter nur einem Säumer an, wenn der versprach, ihn trittsicher über die Alpenpässe zu geleiten, oder er mischte sich unter einen Tross, der von Bewaffneten begleitet wurde, um Wegelagerern und Strauchdieben zu entgehen. Trotzdem eilte ihm scheinbar sein Ruf voraus. Allerorts steckten die Leute die Köpfe zusammen und tuschelten. Auch später noch, als sein bewusst schlicht gewähltes Gewand längst verschmutzt und sein Umhang von scharfen Felskanten und herabhängenden Zweigen zerrissen war.

Er schritt die Mauer entlang, suchte vergeblich die roten Steine nach einem Türklopfer ab, um sich bemerkbar zu machen, schlug am Ende mit flacher Hand an das Portal, spähte durch das Gitter nebenan und lauschte. Ein Springbrunnen, den ein Drachenkopf schmückte, plätscherte inmitten leuchtenden Grüns. Niemand schien ihn zu hören. Er ging in die andere Richtung, entdeckte in einer Nische eine kleine Spitzbogentür und schlug dagegen. Endlich klappte zwei Armlängen über ihm eine Luke auf. Ein Kerl streckte seinen Kopf heraus.

»Öffnet dem Gesandten des Heiligen Römischen Reichs. Mein Name ist Georg Tannstetter. König Maximilian schickt mich. Bringt mich zum Herzog.«

Die Wache schien ihn nicht zu verstehen. Tannstetter wiederholte alles in klarstem Italienisch. Seit er die Tiroler Grenze passiert hatte, erprobte er seine Sprachkenntnisse und redete sogar in der Mundart seiner Mutter, die aus Bergamo stammte, an. Nach ein paar Atemzügen, in denen man ungerührt auf ihn herabblickte, erweiterte Tannstetter seine Rede. »Ich bin ein Sternkundiger, ich deute, was der Himmel uns Sterblichen mit auf den Weg gibt.« Als auch das keinen Eindruck machte, ergänzte er, dass er der Leibarzt des Kaisers sei, fuhr sich über das Gesicht, glaubte schon bei dieser Übertreibung vor Scham zu glühen. Noch war er nicht einmal Scholar der Medizin, hoffte jedoch, dass diese Reise seine Angelegenheit vorantrieb.

»A-E-I-O-U«, buchstabierte Tannstetter. Des Kaisers Wahlspruch. Nichts. Er seufzte und überlegte weiter, wie er sich bloß verständlich machen könne. Mit einem Quietschen schloss sich die Luke.

Tannstetter ging zurück zum vergitterten Portal und wartete. Nichts tat sich. Endlich, als er sich in Cucuzzas Schatten gestellt hatte, wurde das Gitter heraufgezogen. Ein Büttel gab Befehle. Zwei Behelmte traten durch das Tor. Statt ein mageres Spalier zu bilden und sich zur Begrüßung aufzustellen, packten sie Tannstetter, zerrten ihn in das Gemäuer und schleppten ihn zahlreiche Stufen hinunter. Er wusste nicht, wie ihm geschah, schlug um sich, beschwerte sich in jeder Sprache, die er beherrschte. Als sie tief in der Erde angelangt waren, drehten sie ihm Eisen an die Gelenke, ketteten ihn an die Wand und verschwanden ohne Erklärung. Tannstetter keuchte, begriff nicht. Dicht neben ihm raschelte es, er nahm beißenden Gestank wahr. In diesem Verlies roch es schlimmer als aus allen Drecklacken der gesamten Reise.

Und zwischen allem Menschlichen, was hier bereits hinterlegt worden war, hing noch etwas in der Luft. Der Geruch des Todes.

2

Lampenruß

Als Ina kurz nach eins in München landete und von ihrem Sitz im Flugzeug aufstand, war es, als beträte sie eine dünne Eisschicht. Der Bodenbelag knisterte bei jedem Schritt. Sie streckte sich um ihre Tasche aus der Ablage zu holen, öffnete das Klappfach und schwankte zur Seite. Ihre Beine zitterten. Während sie hinter den anderen Passagieren Richtung Ausgang wankte, lenkte sie ihre Gedanken wieder auf das Porträt, weg von der Galerie und allem, was sie erwartete. Das Bild hatte ihr Kraft geschenkt, die Hoffnung, dass sich alles wieder einrenkte. Zu Hause würde sie sofort einen neuen Katalog bestellen und herausfinden, wer das Bild gemalt hatte, wen es darstellte und aus welcher Zeit es stammte. Wenn sie sich beeilte, könnte sie noch den letzten Bus in die Innenstadt erwischen.

Hinter der Absperrung wartete Zack mit einem Strauß bunter Ranunkeln auf sie. Sie war überrascht gewesen, als er sie angerufen und nachgefragt hatte, wann sie ankomme. In der Nacht vor ihrer Abreise hatten sie kein neues Treffen vereinbart. Zack legte sich nicht gerne fest und wollte sie auch nicht ständig um sich haben. Dass sie jetzt Blumen erhielt, rührte sie. Sie hatte weder Geburtstag, noch gab es etwas zu feiern. Seit sie zusammen waren, hatte er sie noch nie von einer Reise abgeholt. Sie küssten sich, und in Ina lösten sich Tränen. Ihre in London sorgsam gehärtete Schale brach auf, sie ließ sich in seine Arme fallen, versenkte ihre Nase in seinen Wollpullover und sog seinen Geruch ein. Terpentin, Chilli, Rotwein und seine Haut.

»Was ist?« Mit farbverschmierten Fingern strich er ihr übers Gesicht.

»Nichts, ich bin nur müde und erschöpft, und ich freue mich, dass du mich abholst.« Noch wollte sie ihm nicht sagen, was passiert war. Eng an ihn geschmiegt, den Blumenstrauß wie ein Neugeborenes im Arm haltend, überließ sie Zack ihr Gepäck. Sie gingen zu seinem graublauen Kombi. Die rote Farbe am linken Kotflügel überdeckte den gröbsten Rost. Im Kofferraum lagen aufgespannte Keilrahmen übereinander, daneben standen breite Kübel voller Pinsel und Farbtuben.

»Warst du auf dem Flohmarkt?«, fragte Ina.

»Nein, das ganze Zeug habe ich von Rafael. Er hat eine Garage ausgeräumt. Kistenweise Ölfarben, Pinsel, Malmittel, Kunstbücher. Sein Onkel war Hobbymaler und ist vor ein paar Wochen gestorben. Rafael hat mich gefragt, ob ich die Sachen haben will, bevor er sie wegschmeißt. Die meisten Farbtuben werden eingetrocknet sein. Sein Onkel war schon zehn Jahre ein Pflegefall gewesen, aber das Wertvollste sind die Leinwände. Fünf Stück, lauter Sonderformate.« Aus Platzmangel musste Ina ihren Koffer zwischen die Beine nehmen, auf dem Armaturenbrett lag eine Schachtel Zeichenkohle. Die Blumen stellte sie nach hinten, in einen Eimer mit Pinseln. Zack blinkte und fuhr Richtung Innenstadt.

»Wofür brauchst du die alten Leinwände?« Ina begriff nicht, was er an pastos vollgekleisterten Malgründen fand, außer dass sie offensichtlich nichts gekostet hatten. Wenn sie noch malen würde, würde sie keinen Untergrund eines anderen Künstlers benutzen wollen, es reichten die eigenen Schichten, bis man mit einem Bild zufrieden war.

»Eine Kandinsky-Kopie oder eine Franz-Marc-Variante verkauft sich auf einer alten Leinwand besser. Manche haben sogar noch alte Stempel auf der Rückseite. Das alles lässt die Kunden glauben, sie hätten ein Original.«

»Bis auf die Signatur natürlich.«

Er nickte. »Ich fälsche nicht, Ina. Ich passe alte Kunst der heutigen Zeit an, mehr nicht.« Sie wusste mehr, schwieg aber. Im Auftrag seiner Kunden kopierte Zack bekannte Meisterwerke in andere Formate, je nach Wunsch und Größe der Räumlichkeit. So schrumpfte Picassos »Guernica« von seinen über sieben Metern auf siebzig Zentimeter, um in einem Erker Platz zu finden. Ein anderes Mal hatte Zack Paul Klees »Goldenen Fisch« auf die Größe eines ganzen Schwimmbades gezogen. Das war legal. Doch in den Jahren, in denen sie mit Zack zusammen war – sofern man das überhaupt so nennen konnte –, hatte sie erlebt, dass es nicht dabei blieb, dass er die Grenze überschritt. Wie besessen vertiefte er sich in das Werk eines bekannten Künstlers, spürte Lücken im Werkverzeichnis auf und erweiterte sie mit eigenen Interpretationen, wie er es nannte.

»Es gibt viel zu besprechen, Ina. Ich habe einige neue Ideen.« Auch jetzt sprühte er vor Tatkraft. Selbst wenn das meiste davon ungetan verpuffte, unterstützte sie ihn, sofern er es zuließ. Das liebte sie auch an der Arbeit als Galeristin: Künstler von der Idee bis zur Ausstellung zu begleiten. Das Mysterium einer Werkentstehung mitzuverfolgen und dabei Malerinnen zu begegnen, wie sie selbst einmal eine gewesen war. Seit ihr eigener Antrieb versiegt war, sog sie alles auf, was es an Literatur über den Malprozess gab, las Romane über Künstler, sah sich Filme an oder hörte Vorträge über den »Flow«. Malen war eine andere Form des Denkens, sagte Gerhard Richter, den Ina sehr bewunderte. Als sie das zum ersten Mal hörte, hatte sich etwas in ihr gerührt, als gäbe es noch einen Draht zu ihrer Vergangenheit, der Funken aussandte. Nun stand sie auf der anderen Seite, nahm das Erschaffen eines Kunstwerks wie hinter einer gläsernen Wand wahr, hinter der sie früher noch wie selbstverständlich und ohne nachzudenken gelebt hatte. Andererseits kannte sie Selbstzweifel und das Ringen um die Existenz aus eigener Erfahrung. Früher hatte sie den Zustand des Malens um des Malens willen erlebt, der sie alles um sich herum vergessen ließ und das ständige Grübeln abschaltete. Wie Ina versuchte auch Zack täglich aufs Neue, seinen Lebensunterhalt zu bestreiten. Das verband sie.

»Doris hat die Galerie gekündigt.« Nun war es ausgesprochen. Zorn ballte sich in ihr.

»Ach, wirklich? Mach dir nicht's draus.« Zack nahm eine Hand vom Lenkrad und strich ihr über den Arm. »Vielleicht ist es der beste Zeitpunkt, aufzuhören und etwas Neues anzufangen. Soviel ich weiß, habt ihr bei eurer letzten Ausstellung überhaupt nichts verkauft.«

»Doch, eine Installation.«

»Hat die nicht die Mutter der Künstlerin gekauft?«

»Ja, und?«, erwiderte sie. »Bezahlt ist bezahlt.« Auch wenn das Geld nicht einmal ihre Unkosten deckte, so hatte bei der Vernissage zumindest ein roter Punkt auf dem Kunstwerk geklebt.

Wie üblich hielt sich Zack nicht mit ihren Sorgen auf. Andere zu trösten, ihnen zuzuhören, lag ihm nicht. »Ich finde, das fügt sich perfekt und passt zu dem, was ich vorhabe. Du kannst bei mir einsteigen. Zusammen werden wir viel erreichen.«

»Wie meinst du das?« Selten wollte Zack etwas mit ihr zusammen machen. Jeder sollte seinen Bereich behalten, betonte er, und sie respektierte seinen Wunsch. Konkret hieß das, zwei

Wohnungen, zwei unterschiedliche Alltage, zwei getrennte Leben, die im Sinnieren über Kunst oder im Bett zusammenfanden. Nur gelegentlich gingen sie miteinander aus. Ina wusste, dass sie nicht seine einzige Geliebte war. Zacharias Eisenfell gehörte ihr nicht. Er wollte sich nicht binden. Es fiel ihr schwer, das zu akzeptieren. Insgeheim sehnte sie sich nach etwas und jemand anderem, konnte sich aber nicht von Zack lösen.

Ina kurbelte das Fenster herunter und starrte nach draußen auf die vorbeiziehenden Straßenlaternen. Kadmiumgelb, Neapelgelb, Zinnoberrot, Magenta vor rußschwarzem Himmel. Lichter, die, wenn man die Augen zusammenkniff, zu Farbklecksen verschmolzen. Sie glaubte fast, das Pastose zu spüren, als hätte sie die Finger in Farbnäpfe getaucht.

»Du wolltest doch immer hauptberuflich malen. Nun ist es so weit. Ich verschaffe dir die Aufträge, und dann legen wir los. Am besten kündigst du gleich im Museumsshop, und mit diesem Kunstgequatsche kannst du auch aufhören.«

Er sprach von der Kunstauskunft im Haus der Kunst. Besonders diese Arbeit hatte sich Ina hart erkämpft, sich bereits als Studentin einige Jahre als stumme Saalaufsicht abgemüht, bis sie wechseln durfte. Museumsbesucher begleiten und Fragen zur aktuellen Ausstellung oder allgemein zur Kunst und ihren Schöpfern beantworten. Gelegentlich wurde sie auch nach dem Sinn mancher in den Augen der Betrachter unsinniger Werke gefragt, und viele wollten wissen, wie viel so ein Objekt wert war. Als sie Zack das erzählt hatte, aufgewühlt und noch in Gedanken bei der Arbeit, hatte sie Öl ins Feuer gegossen. Er hackte auf der Menschheitsverdummung durch Kunstmäzene und elitärer Subventionierung herum. Er, das unerkannte Genie, verallgemeinerte gern, sofern nicht er selbst auf den Künstler gestoßen war und ihn glorifizierte.

»Du malst ab sofort den ganzen Tag, ein Bild nach dem anderen.«

»Ich und malen?« Ina schloss das Fenster wieder. In ihren Ohren summte es. »Du weißt, dass ich das nicht mehr kann.«

Er lachte. »Malen ist wie Rad fahren oder Schwimmen, das verlernt man nicht. Du bist etwas aus der Übung, aber das hast du schnell wieder drauf. Da bin ich mir sicher. Probier es einfach, stürz dich rein, und wenn du Angst vor der weißen Leinwand hast, dann grundiere den Malgrund oder verwende schwarzes Papier.« Er nahm die Schachtel mit der Zeichenkohle vom Armaturenbrett, schüttelte sie und legte sie wieder zurück. »Daraus werden Diamanten gemacht. Wir kriegen das hin.« Er tat, als hätte sich Ina bloß eine Erkältung eingefangen, nichts weiter.

Ihr reichte es. »Halt an, ich will aussteigen«, sagte sie.

»Hier? Wo willst du hin?«

»Ich gehe zu Fuß nach Hause.« Zack bremste, die Zeichenkohle fiel auf Inas Schoss und zerbröselte. Sie wischte die Kohle fort, rieb sie dabei noch mehr in den Stoff, packte den Koffer und stieg aus.

»Die Blumen!«, rief Zack ihr hinterher. Sie warf die Tür zu. Ein Auto hupte, als sie über die Straße rannte. Es regnete. Die Kapuze ihres Mantels über den Kopf gestülpt, lief sie zu einer Allee, die die Fahrbahnen trennte und lehnte sich an einen Baumstamm. Dann begann sie zu schreien, brüllte ihre Wut hinaus. Auf Doris, auf Zack. Sie ließ sich auf den Koffer fallen und begann zu weinen. Seit acht Jahren war sie nur noch ein halber Mensch. Die kleinste Erschütterung reichte, und sie zerbrach.

Nässe drang in ihre Schuhe. Ina raffte sich auf und lief los, quer durch die Stadt, Richtung Gern zu ihrer Wohnung. Nach zwei Stunden Fußweg, mit durchweichten Strümpfen und Blasen an den Zehen, erreichte sie endlich ihr Zuhause. Sie humpelte die Treppe hinauf, an Frau Schröbers Wohnung vorbei. Durch die farbigen Glasquadrate in deren Tür drang Licht. Entweder hatte die alte Dame vergessen, es auszuschalten, oder sie war schon wach. Ina blieb auf dem Absatz stehen und horchte. Seit letztem Sommer hatte sie das Treppenputzen und Müllruntertragen für die Sechsundachtzigjährige übernommen, nachdem Frau Schröber einen leichten Schlaganfall erlitten hatte und am Hals operiert worden war. Drinnen blubberte die Kaffeemaschine, und das Radio spielte, und wenn Ina sich nicht täuschte, sang Frau Schröber sogar mit.

Im Dachgeschoss angekommen, drückte Ina auf den Lichtschalter. Ihre Flurlampe flackerte auf, als flögen Motten gegen die Glühbirne, es knisterte, dann war es dunkel. Ina drückte noch einmal, nichts tat sich, wenig später erlosch auch das Treppenhauslicht. Im Dunkeln tastete sie sich in ihre Wohnschlafküche vor, drückte auf den kleinen Schalter der Schreibtischlampe, auch sie ging nicht. Vermutlich Stromausfall. Dasselbe im Bad. Sie ging vorsichtig zum Sicherungskasten und schob den Hebel der Hauptsicherung wieder nach oben. Brummend sprang der Kühlschrank an, aber das Licht in ihrer Wohnung funktionierte nicht mehr. Eigenartig, dachte Ina, dass alle Glühbirnen auf einmal durchbrannten, und neue hatte sie nicht vorrätig. Einzig das Lämpchen im Kühlschrank brannte. Vor der offenen Kühlschranktür verband sie ihre wund gelaufenen Füße und steckte ihr Handy ans Ladekabel, zog die durchweichten Sachen aus, holte den Laptop vom Schreibtisch und warf sich aufs Bett. Eigentlich sollte sie schlafen, in drei Stunden musste sie schon wieder zur Arbeit, aber sie wollte noch kurz die Website von Sotheby's aufrufen und den Katalog bestellen. Es dauerte, bis sich die Seite aufgebaut hatte, dann hieß es, dass die Auktion mit den deutschen Meistern beendet sei. Ganz unten führte ein Link zum Katalog, doch kein neuer Tab tat sich auf. Ina klappte den Laptop wieder zu. Noch immer rauschte die Wut in ihr. Sie lehnte sich zurück und starrte ins Lampenschwarz, wie sie die Farbe ihrer dunklen Wohnung bezeichnen würde. Früher stellte man aus dem öligen Ruß von Lampen ein Schwarzpigment her.

Trotz Müdigkeit fiel es ihr schwer einzuschlafen. Sie hätte den Preis überbieten sollen, dann besäße sie nun das Porträt und müsste sich weniger Sorgen machen. Von einem Moment auf den anderen war ihr alles genommen, was sie sich in den letzten Jahren mühsam aufgebaut hatte. Sie musste noch einmal mit Doris reden. Ihr mehr Freiräume bieten. Ganz allein konnte und wollte Ina keine Galerie leiten, ihr fehlte das Geschick zum Verhandeln, das hatte sich jetzt auch wieder gezeigt. Zacks Angebot schwirrte ihr durch den Kopf. Für ihn zu malen, in seine halbseidenen Geschäfte mit einzusteigen, sich an den Ideen anderer Maler bereichern, deren Werke abkupfern. Wenigstens wäre diese Arbeit etwas Künstlerisches, eine Auseinandersetzung mit Malweisen und Werken, vielleicht würde das etwas in ihr lösen, sie zurückbringen zu dem, was sie verloren hatte. Dazu brauchte sie das Porträt. Es würde ihr Halt geben. Ihre Gedanken drehten sich in einer Endlosschleife, mehr und mehr driftete sie in innere Bilder ab. Sie kletterte über einen Berg aus verkohlten Knochen, rutschte ab, und die Gebeine fielen auf sie. Ina wand sich, trat um sich. Die Kohle verwandelte sich in Tinte. Sie wollte sie fortwischen, verschmierte sie mehr. Farbe lief zwischen ihre Finger, floss die Arme hinunter, und bedeckte sie wie ein nachtblauer Mantel.

Mailand, der siebenundzwanzigste Tag
im Brachmonat, 1493

Im Dunkeln strich etwas über Tannstetters nackten Knöchel. Hastig wollte er die Beinlinge herabziehen, aber die Kette riss ihn zurück. Er hörte ein Wimmern. Ein Husten, mehr ein Röcheln, erklang. Tannstetter kannte solche Schmerzenslaute aus der Praxis seines Ziehvaters Auberlin Roth, der Wundarzt in seiner bayerischen Heimatstadt Rain am Lech war. Von klein auf hatte er ihn begleitet, sein chirurgisches Handwerk gelernt und mit ihm zusammen Leidende versorgt. Bauern, die unter ihren Ochsenpflug geraten, Handwerker, die von der Stadtmauer gefallen waren, die der Herzog ständig erhöhen ließ. Arbeiter einer Bleimanufaktur, die alle an Übelkeit und Verstopfung litten oder den gezeichneten Überlebenden einer Schlacht. Auberlin beherrschte sogar die Kunst des Augenstechens, um den grauen Schleier zu lichten.

Wieder ein Stöhnen. Tannstetter rutschte die kalte Wand hinunter, hockte sich nieder, so weit es die Fesseln erlaubten. Langsam sickerte es in sein Bewusstsein, er war dort, wohin ihn Auberlin trotz aller Gräuel, die er als Knabe bereits zu sehen bekam, nie mitgenommen hatte. Anders als im Kampf oder bei einem Unfall, peinigte man hier absichtlich, brandmarkte, damit, wer freigesprochen wurde, die Schmach beibehielt. Wenn man Auberlin in einen Kerker rief, um einen fast zu Tode Gequälten ins Leben zurückzuholen, geschah das nicht aus Gnade, sondern aus Berechnung. Der Angeklagte sollte weiter verhört werden, mehr Leute preisgeben, die mit ihm und dem Teufel gebuhlt hatten. Als Bub brüstete sich Tannstetter vor seinen Kameraden damit, dass er bald bei Ketzer- oder Hexenverhören dabei sein werde, und bettelte seinen Ziehvater an, ihn wenigstens ein einziges Mal mitzunehmen. Doch Auberlin, der sonst von sanftem Gemüt war, weigerte sich strikt und berichtete hinterher auch nicht von seinen Erlebnissen. Die Obrigkeit hätte es ihm unter Androhung ähnlicher Strafen, wie sie den Delinquenten widerfahren waren, verboten.

Tannstetter konnte sich nicht erklären, warum die Sforza-Büttel ihn gleich nach seiner Ankunft in den Kerker geworfen hatten. Wieder kam ihm der Erdrutsch in den Sinn, doch nach dem verlorenen Siegelring hatte man ihn gar nicht gefragt.

Ketten rasselten nicht weit von ihm. Tannstetter schauderte. Er presste die Fäuste an die Ohren und versuchte sich fortzudenken, zurück über die Alpen. Ohne Halt über die zugige Dachkammer in Linz, wo es im Sommer brütend heiß und im Winter eisig kalt war, bis nach Bayern, in die behagliche Wohnküche seiner Eltern, in der es nach Rohrnudeln duftete. Vor fünfundzwanzig Jahren war seine Mutter mit welschen Landarbeitern nach Deutschland aufgebrochen und in Rain am Lech geblieben, hatte sich anfangs als Waschmagd verdingt und sich dann zur Kleiderkammer-Aufseherin im Spital hochgearbeitet. Wenn sie abends am Kachelofen ausruhte, säuberte er schon als kleiner Bub ihre wundgescheuerten Finger und legte Kräuter auf. Tausendgüldenkraut und Ringelblume. Dabei erzählte sie ihm lombardische Märchen, oder sie sang ihm Lieder ihrer Heimat vor, bis ihre Stimme brach, und Tannstetter wusste nicht, ob sie vor Schmerz weinte oder aus Sehnsucht nach Bergamo.

»Saturn, Venus, Jupiter, Mars, all ihr Sphären steht mir bei.« Tannstetter hauchte seine Worte mehr, als dass er sie aussprach. Wenn er wenigstens die Sterne sehen könnte, sie gaben ihm seit seiner Kindheit Halt. Der Löwe, sein eigenes Tierkreiszeichen, oder auch nur ein einziges Himmelslicht würde ihm genügen. Er dachte an seine zwei Väter, beide strotzten vor Kraft und Geduld, Auberlin Roth, der Wundarzt, und Ignaz Tannstetter, der Wetterprophet. Für die irdischen Gebrechen, die den Leib malträtierten, war sein Ziehvater zuständig und für die überirdischen Kräfte aus dem Kosmos, die den Charakter formten, sein leiblicher Vater. Keinen der beiden wollte er enttäuschen. Sie hatten ihm den Weg bereitet und ihm ihr Wissen geschenkt, auf dass er es in sich vereine.

Kurz bevor er als Sohn der Roths in die Lateinschule wechselte, hatte ihm seine Mutter verraten, was in Rain jeder munkelte und er nie zu deuten wusste: Der Vogt, der im Auftrag der Wittelsbacher das Schloss verwaltete, war sein leiblicher Vater. Ignaz Tannstetter genoss über den Landstrich hinaus Anerkennung. Die Bauern befragten ihn, wann es Zeit war, die erste Saat auszubringen, ob es ein milder Winter würde oder ein trockener Sommer, aber auch in Familiengeschäften holten sie seinen Rat ein und ließen sich bei der Brautwahl von ihm beraten. Nachdem die »Katzelmacherin«, wie die Rainer seine damals noch ledige Mutter Ninetta nannten, von Ignaz Tannstetter schwanger wurde, wählte sie den Stadtchirurgen zum Mann, denn der Vogt war bereits verheiratet. Auberlin Roth ahnte, dass er nicht der Vater des Vier-Monats-Kindes sein konnte, und vielleicht gestand die schöne Welsche es ihm auch, um die er seit Monaten geworben hatte, dennoch bot er ihr ein Leben als ehrbare Frau.

Im Sommer nach seinem dreizehnten Namenstag wurde Georg ins Schloss gerufen, seine Mutter schickte ihn nach Einbruch der Dunkelheit los. Ignaz Tannstetter erwartete ihn bereits am geöffneten Portal. Mit einer Laterne schlenderten sie durch den Garten, und der Vogt zeigte ihm, wie man aus den Wetterkerzen den ersten Schnee herauslesen konnte, erläuterte, was der Mond mit dem Meerwasser und mit dem Gedeihen der Pflanzen zu tun hatte. Fortan durfte er seinen Vater jedes Mal, wenn die Vogtin bei der Chorprobe war, besuchen.

Dann kletterten sie aufs Schlossdach, saßen bis weit nach Mitternacht zwischen den Zinnen, blickten über die schlafende Stadt und das glitzernde Flussdelta, das Donau und Lech vor ihren baumelnden Füßen bildeten, und betrachteten die Himmelslichter. Es war, als schöbe sich der taghelle Vorhang zur Seite, nähme all die irdischen Befindlichkeiten mit sich und offenbarte die Nacht wie das größte Spektakel. Wissbegierig sog Georg auf, was sein Vater ihn lehrte und versuchte, sich die Sternbilder einzuprägen, die sich in unzähligen Leuchtpunkten am Firmament zu Tieren oder Gerätschaften formierten.

Gemeinsam beobachteten sie die riesigen Planetenkugeln, die so fern am Firmament schwebten, dass sie niemals ein Mensch erreichen würde. Sie kreisten um die fest verankerte Erde, und Vogt Tannstetter erklärte ihm, dass sie die Geschicke der Erdenbewohner lenkten. »Gott schuf sie einzig für das Schicksal der Menschen. Man muss sie nur zu deuten verstehen. Der Mond besitzt eine feuchte Kraft, der Merkur eine trockene. Die Venus hat Wärme und Feuchtigkeit zugleich, die Sonne wärmt ausschließlich. Der Mars ist heiß und trocken, der Jupiter feucht und trocken, der Saturn kalt und trocken. Kreisen die Planeten über den Himmel, begegnen sie den Tierkreiszeichen und empfangen deren Wirkkräfte, die ähnlicher Natur sind. Wobei sich Gleiches anzieht und ungleiche Eigenschaften einander abstoßen. Weißt du, was das bedeutet?«

Georg überlegte. »Das Kalte sucht sich besser das Warme?«

»Richtig, die Wirkung des Saturns zum Beispiel wird im Zeichen des Steinbocks noch verstärkt. Bei deiner Geburt stand der Jupiter im Löwen, das heißt, dir steht die Welt offen, Fortuna wird dir stets wohlgesinnt sein, wenn du deinen Fähigkeiten vertraust und in der Not darauf zurückgreifst. Du suchst die Wahrheit, willst den Dingen auf den Grund gehen und wirst auch andere dabei mitziehen.« Damals verstand Tannstetter nur die Hälfte davon, aber er freute sich über seine eigene Sternenkonstellation. Sobald er erwachsen war, wollte er die Welt erforschen.

Als König Maximilian Tannstetter in den Auftrag eingeweiht hatte, hatte er Mailand das florierendste Reich ganz Italiens genannt. Dass man dort aber jederzeit in ein Verließ gesteckt werden konnte, hatte er nicht erwähnt. Vielleicht war das die Strafe dafür, dass er sich vorhin so vorlaut als Arzt ausgegeben hatte, als Leibarzt des Kaisers sogar, obwohl ihm noch die Zulassung zur medizinischen Fakultät fehlte. Dabei verstand Tannstetter mehr von Wundheilung als so mancher Professor, der zwar auf dem Katheder stand und seine Vorlesungen hielt, aber nie selbst Hand an eine Wunde legte. Kaum einer hatte in seiner Jugend so viele Schnittverletzungen genäht und Knochenbrüche eingerenkt wie er. Dank seiner Väter und seines Fleißes hatte er weiter lernen und auf die Artistenfakultät gehen dürfen. In Ingolstadt studierte er die sieben freien Künste. Grammatik, die Grundlage aller Wissenschaften; Logik, um das Wahre vom Falschen zu trennen; Rhetorik, die Quelle des Rechts; Geometrie, um die Welt im Großen und im Kleinen zu vermessen. Er schloss mit dem Quadrivium ab, machte in Arithmetik, Geometrie und Astronomie, seinen Lieblingsfächern, den Magister und erhielt dennoch keine Zulassung zur Wiener Universität. Angeblich gab es mehr Anwärter als Plätze, sodass man dort ein Notenschema einführte, an dem Tannstetter scheiterte, weil er den geforderten Schnitt knapp verfehlt hatte. Er konnte sich noch so grämen, die Schmach, in seine Heimat zurückzukehren, ein einfacher Schullehrer zu werden und den Kindern seiner Nachbarn, die ihn als »welschen Vogtbankert« und »Katzelmacherbalg« beschimpft hatten, das Einmaleins einzubläuen, wollte er sich nicht antun. Darum reiste er trotzdem in die

Kaiserstadt, arbeitete anfangs in der Verwaltung des Wiener Hofs, übernahm die Abrechnungen der Lieferanten und deutete für die Essensreste der kaiserlichen Tafel den Dienern die Sterne. Seine Prophezeiungen sickerten bis zum Thron durch und verschafften ihm den Posten des Astronomiegehilfen, als der Kaiser nach Linz übersiedelte.

»Wenn du in Not gerätst, Georg, verlass dich auf Gott, denn er hat dir deinen Verstand geschenkt«, hatte ihm sein Vater zum Abschied geraten. »Stärke deinen Geist, erweitere dein Wissen und gib dich nicht zufrieden mit dem, was dir vorgespielt wird.« Begriffen, was sein Vater eigentlich meinte, hatte er erst in Ingolstadt, als er durch seine Kommilitonen in einen Zirkel geraten war, der ihn mit der Antike vertraut machte. Sie wollten mithilfe der alten Meister ihre wahre Bestimmung erkennen. Und je mehr er von Petrarca, Cicero und Platon gelesen und in der Runde darüber debattiert hatte, desto klarer war ihm geworden, dass er niemals alles würde wissen können, dass er das Erzählte und auch die Inkunabeln als gegeben hinnehmen musste, solange er den Dingen nicht *in natura* auf den Grund ginge. Vergleichbar mit der Unendlichkeit der Sterne, gab es so viel zu lernen, mehr als ein Menschenleben erfassen konnte, und gehörte es auch einem Wissbegierigen wie ihm.

Doch weder Gott noch sein gerüsteter Verstand schienen ihm nun beizustehen. Aus seinem Horoskop, das ihm sein Vater, kurz bevor er nach Wien aufgebrochen war, erstellt hatte, erfuhr er, dass ihn Großes erwartete. Mars im Saturn. Mars stand für den Willen, und Saturn lieferte die nötige Disziplin, das, was zu tun war, auch anzupacken. Tannstetter hatte bisher geglaubt, damit sei die Reise gemeint, sich in ein unbekanntes Land voller Gefahren zu wagen, alle Hindernisse zu überstehen, sogar einen Bergrutsch. Doch nun wurden ihm größere

Mühen abverlangt. Seine Eltern wussten nicht, dass er nicht zum Medizinstudium zugelassen worden war. Er hatte es ihnen mitteilen wollen, es dann hinausgeschoben, da er hoffte, mithilfe der Fürsprache Seiner Majestät endlich eine Zusage zu bekommen. In den Briefen nach Hause hatte er stets aufrichtig von seiner Arbeit am Kaiserhof berichtet und die Seiten mit Beschreibungen der habsburgischen Familienverhältnisse ausgeschmückt, was seine Mutter und auch die Vogtin besonders liebten, wie ihm sein Vater berichtete, der bei der sonntäglichen Gemeindetafel seine Briefe vorlas. Dabei erfuhr Tannstetter das meiste auch nur durchs Hörensagen. Er schnappte Gerüchte von den Hofdamen oder Kammerdienern auf, mit denen er in der Dienstbotenküche speiste. Der Alltag in der kalten, weitläufigen Linzer Burg bot wenig Spektakuläres. Meist bestand sein Dienst darin, Edelsteine zu polieren oder Mäusekot aufzusammeln, aus dem der Kaiser die Zukunft zu lesen gedachte. Aber von Brief zu Brief gefiel es Tannstetter mehr, kleine Geschehnisse herauszupicken und geringfügig aufzubauschen, um dann an der spannendsten Stelle zu enden.

Dann war der Kaiser plötzlich schwer erkrankt. Dank Tannstetter, der, flankiert von zwei erfahrenen Leibärzten, großes Geschick bei seinem chirurgischen Eingriff zeigte, überlebte Seine Majestät. Tannstetter hatte davon noch nicht nach Hause berichten können, denn seine Abreise Richtung Italien war fast über Nacht, in aller Heimlichkeit vom Kaisersohn zuwege gebracht worden. Kaum dass er sich die Hände gewaschen hatte, weihte ihn König Maximilian in sein Vorhaben ein. Es gebe eine mailändische Jungfrau, die reichste, die derzeit zu haben sei, und nachdem seine letzte Brautschau in einem Brautraub geendet war, wollte er diesen Auftrag keinem seiner bisherigen Botschafter erteilen.

Seit dem frühen Tod der Kaiserinmutter, Eleonore von

Portugal, stotterte der Thronfolger, und das Leiden seines Vaters schien es noch zu verstärken. Er wolle trotz der verlockenden Mitgift keine hässliche W-Welsche im Bett, erklärte Maximilian. Seine Schmach könne nur mit Blut gewaschen werden, hieß es im Volk. Nachdem Maximilians erste Gattin, Maria von Burgund, ihm drei Kinder, zwei davon lebend, geschenkt hatte, war sie vor elf Jahren bei einem Reitunfall gestorben. Daraufhin erkor der König sich die vierzehnjährige Anne de Bretagne aus, um das Bündnis mit den Engländern und Spaniern zu sichern. Aber der französische König Karl machte seinen Plan zunichte, indem er Anne am Nikolaustag des vergangenen Jahres raubte, augenblicklich kirchlich heiratete und in aller Eile das eheliche Beilager mit ihr teilte. Das, obwohl Maximilian bereits durch einen Stellvertreter mit ihr getraut worden war, er selbst allerdings noch im Krieg mit Ungarn feststeckte.

Ungeduldig hatte Tannstetter Maximilians Ausführungen verfolgt. Bei manchen Wörtern plagte sich der König mehr, bei anderen weniger. Die Versuchung, ihm ins Wort zu fallen, war groß, aber das wagte Tannstetter nicht. Nachdem scheinbar alles gesagt war, überreichte ihm der König feierlich seinen Siegelring.

Tannstetter fühlte sich geehrt und überrumpelt zugleich, er fragte sich, warum ausgerechnet er, ein dreiundzwanzigjähriger Bayer, mit dieser heiklen Angelegenheit betraut wurde, wo es doch genügend hochrangige und bewährte Astrologen und Doktoren im Umfeld des Kaisers gab. »Ich danke Euch für die Auszeichnung und das Vertrauen, Majestät, Ihr wisst, dass ich zwar ein Magister *rerum naturalium* bin, mir jedoch die Zulassung zur medizinischen Universität bisher verwehrt wurde?«

Der König hatte genickt und Tannstetter zu verstehen gegeben, dass das nebensächlich sei. Er habe den Eindruck, er verstehe mehr von der Heilkunst als alle kaiserlichen Leibärzte zusammen. Dann unterwies er ihn im Notwendigsten, zeigte ihm die kostbaren Geschenke, die mit dem mailändischen Heiratsangebot eingetroffen waren, und bat ihn, angesichts dieser vielversprechenden Verbindung, die Sterne zu deuten.

Vier Tage später, nach schlaflosen Nächten, in denen Tannstetter unter Aufbringung all seiner Kräfte und seines erlernten Wissens die beiden Horoskope mit den bereits vorhandenen verglichen und ausgearbeitet hatte, war er durch eines der Tore der Linzer Burgmauer hinaus geritten. All das hatte er seinen Eltern berichten wollen, doch dann war er zu erschöpft gewesen, um in einer Herberge, mit einem Kienspan als Beleuchtung, zwischen schnarchenden und hüstelnden Reisenden zu Feder und Pergament zu greifen. Überwand er sich, wusste er nicht recht, wie anfangen, ohne zu viel von seinem Auftrag preiszugeben. Und schließlich verlor er sein ganzes Gepäck samt Stute bei dem Bergrutsch. Darunter waren nicht nur sein Schreibzeug und der wertvolle Kompass mit der eingearbeiteten Faunfigur, den er von seinem Namensvetter Georg von Peuerbach, dem verstorbenen Hofastronomen des Kaisers, geerbt hatte, sondern auch sein Chirurgenbesteck. Seine sorgsam gehüteten Messer, Wundhaken, Klemmen, Ahlen, Nadeln und die Knochensäge, die er sich während des Studiums von seinem Kostgeld gekauft hatte. All das lag nun in einer Alpenschlucht. Ja, auch die kleine Stickschere, die er seiner Mutter aus der Schürzentasche genommen hatte und mit der sich flugs etwas durchtrennen ließ, ehe es ein Leidender bemerkte, war verloren. Womöglich würde sein familiäres Dreigestirn nun niemals erfahren, was mit ihm geschehen war. Das durfte nicht das Ende sein. Der Himmel musste noch mehr für ihn bereithalten. Zu gerne hätte er die Sterne befragt, um nach einem Ausweg Ausschau zu halten. Doch ein Horoskop für die eigene Person zu erstellen, barg Schwierigkeiten.

»Hüte dich davor«, hatte ihn sein Vater ermahnt. »Ein Bader kann sich den eigenen faulen Backenzahn auch nur umständlich reißen, und dein Ziehvater Auberlin bittet besser einen aus seiner Zunft, ihn zur Ader zu lassen, als es selbst zu tun. Unsere Stärke besteht in Weissagungen für andere, die sehen wir klar und eindeutig vor uns. Dich hast du von innen und außen zugleich, das verwirrt.« Damals hatte Ignaz Tannstetter zum ersten Mal von »uns« gesprochen und damit seine astrologische Gabe anerkannt. »Richte deinen Blick, was dich betrifft, nicht ständig nach vorne, halte dich auch an das, was du bereits beherrschst, und das ist nicht wenig.« Und er gab ihm ein Schriftstück mit auf den Weg, in dem er sich zu seiner Vaterschaft bekannte. Fortan hieß Georg nicht mehr Roth, sondern Tannstetter.

Eine Wache kehrte mit einer Fackel zurück. Tannstetter richtete sich auf und blinzelte ins Licht. Der Büttel trampelte an ihm vorbei, als gäbe es ihn nicht, beugte sich über das Häuflein Mensch, das in einen fleckigen Sack gehüllt, auf der Erde lag. Er stieß es mit der Stiefelspitze in die Seite, machte kehrt, als sich nichts rührte und wollte gehen. »Wartet, öffnet mir die Fesseln und bringt mich zum Herzog«, rief Tannstetter auf Italienisch.

»Welcher Herzog?«

»Ludovico Sforza, das ist doch Euer Herr.« Rasch rappelte er sich auf, taumelte. Es klirrte, als sein Hemdsaum auf die Mauer traf.

Der Büttel horchte auf und blieb stehen. »Was verbirgst du unter dem Gewand?«

»Nichts, das war nur die Fessel.« Tannstetter rasselte mit der Kette. »Meine Habe liegt draußen auf meinem Reittier.«

»Du wagst es zu lügen? Los, zeig her, oder soll ich es aus dir herausbrennen?« Er trat näher, fuhr mit der Fackel in Tannstetters Gesicht und versengte ihm eine Augenbraue und eine Haarsträhne.

Tannstetter presste sich gegen das Gestein, bis sein Schädel bersten wollte, und zog den Bauch ein. Zitternd streckte er dem Büttel die Handeisen entgegen. »Macht mich los und Ihr erhaltet die Gulden aus meinem Hemd.« Für den Notfall hatte er sich noch in der Nacht vor seinem Aufbruch in Linz etwas Gold in den Saum eingenäht. Der Kerl zögerte, schlurfte zu einem Wandhalter und hängte die Fackel ein. Statt ihn loszumachen, teilte er aus, und Tannstetter bekam seine Faust zu spüren. Ein Sternenregen prasselte auf ihn nieder und hüllte ihn ein.

3

Grafit

Ein Klingeln riss Ina aus dem Schlaf. Im Zimmer war es hell. Hastig schlüpfte sie in Jeans und Shirt und drückte auf den Summer an der Wohnungstür.

Es klopfte. »Ich bin's, Frau Kosmos, ich habe gestern Abend schon mehrmals bei Ihnen geklingelt.« Ina öffnete Frau Schröber. »Wir hatten gestern unseren Spielenachmittag.« Einmal in der Woche traf sich die alte Dame mit zwei gleichaltrigen Nachbarinnen, um Karten zu spielen. »Hier, der Kuchen ist übrig. Ich hoffe, Sie mögen Birnenstreusel?«

Inas Magen antwortete mit einem Knurren. »So viel?« Sie nahm ihr den Teller voller Kuchenstücke ab.

Frau Schröber nickte. »Ich fahre für ein paar Tage zu meiner Enkelin nach Nürtingen, und Johanna isst doch weder Fleisch noch Fisch und jetzt auch keine Eier mehr, trotzdem will sie mich bekochen, ich bin gespannt, was ich kriege.« Das Geländer umklammernd, stieg sie schon wieder die Stufen hinunter. Ina wünschte ihr eine gute Reise und biss kaum hatte sie die Tür zugemacht, in das erste Stück. Es schmeckte köstlich, saftig und süß zugleich. Bevor sie die Wohnung verließ, um zum Haus der Kunst zu radeln, rief sie bei Sotheby's in London an und erfuhr, dass der Katalog tatsächlich vergriffen war.

Mit dem Fahrrad fuhr sie quer durch die Innenstadt. Die Morgenluft war eisig, vom Frühling noch nichts zu spüren. Flink schlängelte sie sich durch den Verkehr, umrundete große Pfützen, überquerte mehrere Plätze und bog in den Hofgarten. Unterwegs sog sie die Eindrücke auf. Das kleine Kind, das in viel zu großen rot-blau-gepunkteten Gummistiefeln auf einem Laufrad saß. Die Frau, die sich nach ihm bückte. Der Bogen ihres Rückens, der Schwung ihres Zopfes, aus dem sich ein paar Strähnen lösten, der Schatten, den Frau, Kind und Laufrad auf das Pflaster warfen. Oder die schräg an die noch tropfenden Tische gekippten Polstersessel vor dem ältesten Café der Stadt. Innerlich mischte Ina Farben an, ein Hauch Ocker ins Kobaltblau, eine Spur Indigo, in dem sich der Regen von gestern Nacht noch verbarg. Ein Tupfer nur, mit der Fingerspitze ins Schwarz gewischt. Ein weißer Hund fiel ihr auf. Ihn würde sie im Sprung festhalten, sein Fell mit dem zartblauen Morgenhimmel vermischt, der Blick wach und zielgerichtet. Irgendwann, wenn sie wieder wusste, wie Malen ging, würde sie das alles aus dem Gedächtnis skizzieren.

Beim Haus der Kunst kettete sie ihr Rad an die lange Rollstuhlrampe und stieg über die breiten Stufen zu den riesigen Säulen hinauf, die den Eingang verbargen. Sie hauchte sich in die kalten Hände und warf einen Blick zur rot-grün bemalten Decke der Vorhalle. Das Laufender-Hund-Ornament stammte aus der Zeit des Nationalsozialismus, und es ließen sich darin noch immer Hakenkreuze erkennen. Sie könnte einen Kurator nach dem Porträt fragen, überlegte sie. Doch ohne Abbildung würde ihr vermutlich keiner weiterhelfen. Auch Kollegen von anderen Galerien nicht. Zu mehr als einer kurzen Begrüßung des Direktors, dem sie am Haupteingang begegnete, reichte es ohnehin nicht.

Katinka, die Ticketverkäuferin, reichte ihr die Ausrüstung über die Theke: »Die ersten Besucher warten bereits auf dich in Saal zwei.« Sie seufzte. »Ich bin seit halb sieben hier, es gab Probleme mit der Schließanlage, Stromausfall.« Katinka verdrehte die Augen.

»Bei mir zu Hause auch. Alle Lampen sind kaputt.« Ina schlüpfte in die Warnweste, die auf dem Rücken die Aufschrift »Kunstauskunft« trug, rieb sich die Hände warm und klemmte sich das Funkgerät an die Schulter. Kurz darauf stand sie vor einem Besucherpaar aus Wismar. Nach ihrer Schicht aß sie im gedämpften Licht der Goldenen Bar, dem Café im hinteren Trakt des Museums, eine Kartoffelsuppe und fand eine Nachricht von Doris auf ihrem Handy:

Bin um fünf in der Galerie, komm bitte vorbei, dann besprechen wir alles.

Obwohl sich Ina eigentlich ein klärendes Gespräch gewünscht hatte, zögerte sie zurückzurufen. Sie war noch viel zu aufgewühlt, das würde nur wieder zu einem Streit führen. Außerdem hatte sie noch keine Lösung gefunden, die sie Doris vorschlagen könnte, um die Schließung der Galerie abzuwenden. Stattdessen würde Ina am Nachmittag Josefine Bender besuchen, an die sie seit Langem wieder gedacht hatte. Vielleicht konnte ihr ihre ehemalige Professorin weiterhelfen. Sie würde es über das Porträtbild versuchen, dann umlenken, auf ihr eigentliches Problem. Josefine Bender hatte nicht nur ein umfangreiches Wissen über sämtliche Epochen der Malerei, sie setzte sich auch intensiv mit dem Kunstbetrieb auseinander und besaß jede Menge Kontakte, da sie selbst eine gefragte Künstlerin war. Zumindest war das noch vor ein paar Jahren so gewesen, bis Inas Eltern das Haus in Schwabing verkauften, Ina nach Gern zog und Josefine und sie sich aus den Augen verloren. Wenn jemand wusste, was sie jetzt tun sollte, dann sie. Sie hoffte, dass die Professorin überhaupt noch in der Ungererstraße wohnte. Vorher anzurufen nutzte nichts. Josefine hatte kein Telefon und auch kein Handy. Selbst ihren Kühlschrank schaltete sie im Winter ab und hortete Milch, Butter und Eier in einer Kiste auf der Terrasse.

Nachdem sie ihren Dienst im Haus der Kunst beendet hatte, radelte Ina durch den Englischen Garten. Im ehemaligen Garten ihrer Eltern stand jetzt eine Schaukel mit Rutsche. Auch war der Zaun erneuert worden, Eisenstreben mit Kugeln am Ende anstelle von Holzlatten. Die Bender-Villa, die frei stehend angrenzte, wirkte von außen noch wie früher. Eine verwinkelte Oase neben einfachen Schachtelhäusern. Der Spalierbirnbaum, dessen dicke Knospen darauf warteten, beim ersten Sonnenstrahl aufzubrechen, reichte inzwischen bis unters Dach. Die ockerfarbene Fassade mit den vielen unterschiedlichen Fenstern – rechteckig, Rundbogen, mal zweiflügelig, mal vierflügelig und mehrfarbigen Fensterläden – war nachgedunkelt, als hätte sich der Putz mit Schneewasser vollgesogen. Er blätterte teilweise ab. An der Nordseite erstreckte sich das große, vielfach unterteilte Atelierfenster, darin spiegelte sich der Himmel. Ina umrundete das Grundstück. Zwischen vertrockneten Büschen und ausgewachsenen Pflanzen lugte immer noch die Statue der vielarmigen Insektenfrau, eines von Benders Werken, heraus. Unzählige Nachmittage hatte Ina hier verbracht. Oft war sie einfach durch das lose Brett im Zaun gekrochen und vom Garten her ins Haus dann durch die gläserne Schiebetür geschlüpft. Dann durfte sie eines der vielen Musikinstrumente ausprobieren, die Bender sammelte, oder bei ihr malen. Jetzt nahm sie den offiziellen Weg, trat durch den Torbogen aus verschlungenen Ästen zur Haustür und klingelte. Nichts rührte sich, nicht einmal Samsa bellte, Benders kurzbeiniger Mischlingshund, der vermutlich längst nicht mehr lebte. Sie machte kehrt, wollte schon gehen, als Josefine öffnete. Sie war eine unverkennbare Erscheinung. Eins zweiundneunzig, kurze weiße Haare, ein farbfleckiger graublauer Overall und Flipflops an ihren überlangen Zehen. Mit Schuhgröße sechsundvierzig war es schwierig für sie, passendes Schuhwerk zu finden. Darum ging sie die meiste Zeit barfuß, nur im Winter oder zu besonderen Anlässen trug sie purpurrote Turnschuhe. Für Ende siebzig sah sie wie aus dem Ei gepellt aus. Ihr Gesicht mit den hellen Augen glänzte, ihr schmaler Mund zuckte, als sie Ina erkannte. »Ach, du?« Sie hielt einen Apfelpflücker in der tonverschmierten Hand, eine Art Kescher mit buntem Stoffbeutel.

»Hallo, Josefine«, sagte Ina.

»Komm rein, du ziehst mir sonst die Kälte ins Haus, ich habe eingeheizt.« Von Begrüßungsfloskeln hatte die Professorin noch nie viel gehalten. Gleich hinter der Tür stellte sie den Apfelpflücker in den Besenschrank.

»Was wolltest du damit?« Ina folgte ihr ins Haus.

»Ich wollte das Tier fangen.«

»Was für ein Tier?« Samsa war nicht gemeint. Zu ihrem Erstaunen lag der Hund tatsächlich noch auf dem Sofa, flach auf der Seite, wie ein kleines haariges Ferkel mit Schlappohren. Ina war sich nicht sicher, ob er nicht ausgestopft war, und starrte ihn eine Weile an, bis er endlich einen tiefen Atemzug tat.

»Ach, so ein kleines weißes, mit buschigem Schwanz, früher hat man Königsmäntel daraus gemacht. Es muss hier überwintert haben.«

»Ein Hermelin?«

Bender nickte. »Wenn du es siehst, sag mir Bescheid, wahrscheinlich hat es im Speicher ein Nest. Ich höre das Getrappel in der Nacht.« Sie behandelte Ina, als wäre sie gestern zuletzt hier gewesen, fragte weder, was der Grund für ihren Besuch war, noch wunderte sie sich.

Als Ina sich umsah, stieg ihr sofort der vertraute Geruch des Hauses in die Nase. Nach Holz und Farben, nach getrockneter Kamille und Schafgarbe, die von den Balken hingen, darunter mischte sich Benders herbes Parfum und natürlich der Hund. Das verwinkelte Wohnzimmer war auf halber Höhe unterteilt. Über eine Wendeltreppe, deren Stufen wie Klaviertasten bemalt waren, erreichte man die Bibliothek, in der auch Josefines Bett stand. So konnte man es sich lesend gemütlich machen. Wie früher gab es einladende Ecken mit Materialien, um zu töpfern, malen, musizieren oder zu lesen. Überall lagen Bücher, manche aufgeschlagen, viele mit Lesezeichen versehen, ein paar mit Fossilien beschwert, deren Formen sich in Benders Werken wiederfanden. Kein Wunder, dass Ina sich hier sehr wohlgefühlt hatte, zumal Josefine ihr nie verbot, etwas auszuprobieren. Nur an den Platz zurückstellen sollte sie die Sachen, was sie aber im Eifer der Neugier oft vergaß. Bender ging zu ihrem Arbeitstisch, auf dem Modellierhölzer, Blätter mit Skizzen und ein großer Klumpen Ton lagen. Auf einem Drehteller hatte sie begonnen, eine neue Skulptur aufzubauen, von der bisher nur ein Sockel um einen Eisenstab, fächerartige Füße mit unendlich vielen Zehen, existierte. Davor häuften sich Entwürfe, die Ina betrachtete. Gehörnte Frauen mit Blätterarmen und ein Mondmann, der eine Sichel als Kopf auf den Schultern balancierte. Neben einer Geige, auf deren Wirbelkasten ein geschnitzter menschlicher Kopf steckte, was Ina immer ein wenig gruselig gefunden hatte, hingen nun noch zwei ausgefallene Flöten, deren Mundstücke ebenfalls aus Köpfen bestanden. »Sind die neu?«

Josefine sah kurz von ihrem Platz auf und nickte. »Die hat mir ein Freund aus Eritrea mitgebracht, sie sind aus Hörnern geschnitzt.« An der Wand lehnten verschieden große Trommeln und eine Gitarre, die ein geschwungenes zweites Griffbrett mit Harfensaiten hatte. Davor stand das Prunkstück ihrer Musikinstrumentensammlung, ein Spinett aus dem siebzehnten Jahrhundert, auf dem Josefine geisterhaft klingende Melodien von Frescobaldi und Scarlatti spielte. »Warum bist du eigentlich keine Musikerin geworden?«, fragte Ina.

»Vielleicht um den Spaß an der Klimperei nicht zu verlieren. Aber muss man sich denn für eins entscheiden?«

»Wenn man davon leben will schon, finde ich. Sonst verzettelt man sich.«

»Und darum hast du die Seite gewechselt?«

Ina schwieg, sie wusste nicht, wie und wo sie anfangen sollte.

»Man verzettelt sich so oder so.« Die Professorin fegte mit der Hand durch die Skizzen, die Blätter wirbelten auf. »Ich glaube eher, man verbeißt sich mit nur einem Talent. Andere Künste lockern das Gemüt. Was ist mit dir? Bist du noch mit deinem Musikerfreund zusammen? Diesem Eisenfell?« Einmal war Ina mit Zack zu Besuch hier gewesen, kurz nachdem sie sich kennengelernt hatten. Damals hatte Bender Bekannte und Freunde zu einer Hausvernissage eingeladen, das war bevor ihre Arbeiten an Galerien in aller Welt verschickt wurden. Ina wunderte sich, dass sie sich noch an ihn erinnerte. Anfangs hatte Josefine Zack die übliche Missachtung spüren lassen, so als würde sie jeden in Inas Nähe besonders kritisch betrachten. Erst als sie sich ans Spinett setzte, begleitet von ihrem damaligen Liebhaber, einem weißbärtigen Portugiesen, der auf der Geige spielte, und Zack zur Gitarre griff, hatte sich die Stimmung gelockert.

»Er ist eigentlich Maler, lebt aber vom Kopieren berühmter Bilder.« Ina versuchte es so beiläufig wie möglich klingen zu lassen, außerdem wollte sie nicht über Zack reden, sie war wegen etwas anderem hier.

»Interessant. Was kopiert dein Freund denn?«

»Alles, was seine Kundschaft verlangt, Matisse, Marc, Picasso, die Impressionisten, die Expressionisten, abstrakte Kunst. Otto Freundlich zum Beispiel.« Sie setzte sich auf den Drehhocker, der durch ein Gewinde verstellbar war. Als Kind hatte sie sich stundenlang hinauf- und hinuntergeschraubt wie auf einem Karussell, das zugleich in zwei Richtungen fuhr, dabei die Umgebung um sich herum in Unschärfe getaucht. Heute wurde ihr schon schwindlig, wenn sie sich leicht nach links oder rechts schwang und ihre Füße noch den Boden berührten. In der gesamten Villa hingen Benders unverkäufliche Werke, die Ina wie die Seiten eines Bilderbuchs vertraut waren. Auch wenn sie die Form und den Inhalt oft nicht verstanden hatte, so hatte sie sich früher eigene Geschichten zu den Bildern ausgedacht oder ihnen Titel gegeben. Die Kofferfrau zum Beispiel oder der Aufziehmann. In den meisten Werken setzte sich Josefine mit Körpern auseinander, sezierte ihren eigenen Leib oder, allgemeiner, das Zusammenspiel der Menschen. Veränderung und Verfall, ob aus einer Zelle ein Mensch oder ein Tier oder alles zusammen entstand, beschäftigte die Professorin, seit Ina sie kannte. Als Strandgut der Evolution hatte eine Journalistin einmal ihre Arbeiten bezeichnet.

Später, etwa zu der Zeit, als sie die Professur erhielt und zu unterrichten begann, kamen Pflanzen hinzu, und es entstanden Daphne-Lithografien. Nicht nur Frauen, auch Männer und Fabelwesen verwandelten sich durch Josefines Fantasie in Bäume. Auf dem Kamin, der sich bis zur Empore zog, entdeckte Ina einige Bleistiftzeichnungen. Sie stieg ein paar Klavierstufen hinauf, um sie genauer betrachten zu können. Eine neue, leichtere Art hatte sich in Josefines Stil gemischt, eine ungewohnte Lockerheit und Vereinfachung der Darstellung. Sie deutete ein Gesicht oder ein Blatt nur an, ließ Vordergrund

und Hintergrund miteinander in Grafitschraffuren verschmelzen. Grauschwarze Kristalle aus Kohlenstoff glänzten. Mit nur einem Bleistift konnte man ganze Welten modellieren, von zart grau bis schieferschwarz. Auf einmal verspürte Ina Lust, zum Bleistift zu greifen. Sie verkrampfte die Finger zur Faust. Alles hier war Inspiration, und genau deshalb war sie so viele Jahre nicht mehr hierhergekommen. Kein Wunder, dass sie sich hier auch noch als Studentin wohlgefühlt hatte, im Vergleich dazu war ihr Elternhaus ein Kloster gewesen. Als Arzt und Apothekerin, die ihren Tag außer Haus verbrachten, hatten Inas Vater und Mutter keinen Sinn für Überflüssiges, wie sie es nannten. Alles musste einen praktischen Nutzen haben – heute würde man minimalistisch sagen –, um als Möbelstück existieren zu dürfen. Schmuck, Erinnerungsstücke oder Ziergegenstände, an denen sich die Fantasie entzündete oder verankerte, waren tabu. Darum war es für Ina bei der Nachbarin ein Eintauchen in eine fremde Welt gewesen. Dennoch sollte sie sich selbst beschäftigen, Bender hatte keine Kinder und wollte kein Kindermädchen sein, wie sie sagte. Ina durfte zwar von der Schule erzählen, auch von Erlebnissen außerhalb, und Josefine hörte zu, hakte nach, wenn sie bei der Bearbeitung einer Skulptur mit Stemmeisen und Hammer nicht alles vernommen hatte. Sie durfte auch Fragen stellen, musste aber oft lange auf eine Antwort warten, bekam sie manchmal erst Stunden später oder am nächsten Tag, wenn sie ihr Anliegen bereits vergessen hatte.

»Bereitest du eine Ausstellung vor?«

»Ja, aber ich weiß noch nicht, was ich davon halten soll. Zum runden Geburtstag im nächsten Jahr soll es eine Retrospektive geben. Erst habe ich mich geweigert. Ich lebe ja noch. Doch dann habe ich mich entschlossen, dem Alter und meinem welkenden Leib zu trotzen und auch etwas Neues zu zeigen.« Sie rieb sich die knochigen Finger. »Meine Gelenke wollen einfach nicht mehr so wie früher. Inzwischen esse ich mehr Tabletten als Lebensmittel. Paradox.«

»Die Bleistiftzeichnungen am Kamin gefallen mir sehr. Du arbeitest also noch immer an der Metamorphose als Thema?«

»Je intensiver ich mich damit befasse, desto mehr fällt mir ein. Das kennst du bestimmt auch. Fantasie und Kreativität sind Funken, die, wenn sie überspringen, unendlich lodern.« Bender kratzte auf dem Sockel herum. »Wer weiß, am Ende verwandle ich mich wirklich noch.« Ein Lächeln blitzte in ihrem Gesicht auf. »So, genug philosophiert. Leg los, was treibt dich her? Ich nehme an, dass es kein plötzliches Interesse an meinem Werk war?« Sie brach ein weiteres Stück vom Ton ab und klopfte es flach. Also erzählte Ina, in das Schaben, Kratzen und Klopfen hinein, von der Auktion in London, dass sie auf der Suche nach diesem Bild war und es sogar um ein Haar ersteigert hätte. Sie fasste sich kurz, Bender mochte keine weitschweifigen Erzählungen, das durfte nur sie selbst, in seltenen Momenten, wenn sie äußerst guter Laune war. Dann trug sie sogar Gedichte vor, die sich natürlich nicht reimten und deren Sinn sich keinem außer ihr selbst erschloss, was sie köstlich amüsierte. Bei Akademiefesten hatte Ina das manchmal erlebt.

»Ein Porträt aus der Renaissance, eine junge Frau, im Profil, kein Botticelli, glaube ich, eher ein …« Sie hielt inne, überlegte, ob sie den großen Namen aussprechen sollte.

»Ein was?«, drängte Bender.

»Ein Leonardo da Vinci.«

Josefine legte das Werkzeug weg und sah sie an. »Du machst Witze. Es gibt keinen neuen Leonardo auf dem Kunstmarkt, das ist ein eisernes Gesetz.«

»Eisen kann schmelzen. Du hast gerade selbst vom Feuer der Kreativität geredet. Ich kenne sein Werk, seit du es mir zum ersten Mal gezeigt hast, und dieses Bild erinnert mich an seinen Stil.« So schnell wollte Ina sich nicht geschlagen geben.

»Sein Stil ist in fünfhundert Jahren vielfach imitiert worden. Und außerdem ein Profilbild? Da Vinci ist eher für seine Porträts aus ungewöhnlicher Perspektive bekannt, ich glaube, du irrst dich. Aber lass mal sehen.«

»Ich habe keine Abbildung, darum bin ich ja hier, weil ich dachte, dass du mir weiterhilfst.« Sie beschrieb das Bild genauer, die Kleidung, die Frisur.

Benders Blick verdüsterte sich. »Was ist mit deiner eigenen Kunst? Warum bist du so auf ein fremdes Bild versessen? An was arbeitest du gerade? Hast du etwas mitgebracht, das du mir zeigen kannst?«

Ina senkte den Kopf, genau das hatte sie sich ersparen wollen. Erst drängte sie Zack wieder zum Malen, jetzt Josefine. »Ich habe aufgehört, seit das mit Esther passiert ist.«

»Papperlapapp, so ein Schwachsinn, wie kannst du mit dem Malen aufhören, wo du einmal angefangen hast. Es gibt kein Zurück, in der Kunst nicht und sonst auch nicht.«

Ina erwiderte nichts, griff nach einem Bleistiftstummel und wollte ihn in der Faust zerdrücken. Er stach in ihre Handfläche, widerstand ihrer Kraft. Sie schob ihn in die Hosentasche.

Bender modellierte weiter. »Ich verstehe, dass es hart für dich war, aber Kunst machen ist das Einzige, was dir hilft. Solange du nicht beide Hände verloren hast oder blind geworden bist, aber selbst wenn, auch da gibt es Möglichkeiten.«

»Früher habe ich nie übers Malen nachgedacht, ich habe es einfach getan.«

»Und was hindert dich jetzt daran?«

»Alles. Es kommt mir so bedeutungslos vor, so nutzlos und sinnlos. Und obendrein ist es auch noch mit der Galerie vorbei.« Und Ina erzählte, was in ihr tobte.

»Ich schlage vor, dass du erst einmal mit Samsa Gassi gehst«, lautete Benders knapper Kommentar zu der ganzen Angelegenheit.

Mailand, der siebenundzwanzigste Tag
im Brachmonat, 1493

Sein Kiefer pochte höllisch, als Tannstetter zu sich kam. Warmes, gelbes Licht erhellte den mailändischen Kerker, trotzdem war es schwer zu beurteilen, ob Tag oder Nacht war, die Sicht nach draußen blieb ihm verwehrt. Vier Armlängen vor ihm raschelte es. Dort, neben der Laterne hockte jemand. Vermutlich der Gepeinigte, von dem er schon länger nichts mehr vernommen hatte. Vorhin, als die Wache kam, hatte er ihn eher seitlich vermutet. Der Fremde betrachtete Tannstetter, als wäre er ein aufgespießter Schmetterling, wie er da, die Arme ausgebreitet, mit zerschlagenem Gesicht in seinen Ketten hing. Sein Gewand, sein Haar unter dem bauschigen Barett, sogar die Vogelfeder darauf, wirkten blutgetränkt. Tannstetter schauderte. Als hätte der Purpurne sein Grauen gespürt, senkte er die Augen, sah erneut zu ihm auf, dann wieder weg und so weiter, in einem fort. Auf und nieder wackelte er mit dem Kopf, als hielte er ihn nur noch lose auf dem Rumpf, dazu schabte er auf seinen Knien herum, als müsste er hartnäckige Krusten ablösen. Er dürfte etwa doppelt so alt wie er sein, schon über vierzig womöglich und bald ein Greis. Nun, da sich Tannstetters Augen an das Licht gewöhnt hatten, sah er, dass dessen Rock, abgesehen von der Farbe, sauber, sogar an den Säumen mit Schlingenborten bestickt war. Sein Gegenüber zog einen Krug unter dem Schemel hervor, den er mit seinen weiten Rockschößen verdeckt hatte, reichte ihn ihm, hielt ihn sogar, als Tannstetter wegen der Fesseln kaum zupacken konnte. Kühles Nass rann in ihn hinein, füllte mit einem Gurgeln den leeren Kessel in seinem Leib, schmeckte bitter und süß zugleich. Ihm war, als hätte er noch nie so etwas Feines genossen. Wärme breitete sich in ihm aus und betäubte sein schmerzendes Gesicht. Gierig trank er bis zum letzten Tropfen, obgleich ihn der andere ermahnte innezuhalten.

»Eurer Trinkfestigkeit nach seid Ihr Deutscher.« Der Fremde sprach in klarem Italienisch, setzte sich wieder, rückte seinen Schemel näher und stellte die Laterne dazu. Sein Antlitz trug ebenmäßige Züge, die hellen Augen blickten klar und zielgerichtet. Allein seine Aussprache ließ Tannstetter aufatmen, auch wenn es ihn ein wenig schwindelte, an Met, oder was auch immer ihm gereicht worden war, war er nicht gewöhnt. Sein Gönner griff nach einem Heft, das an seinem Gürtel hing, legte es auf seinen Schoß und blätterte darin. Dichte Buchstabenreihen bedeckten die Seiten, dazwischen feingliedrige Zeichnungen. Manches schienen Maschinen zu sein, ineinandergreifende Räder und Balkengebilde, dazwischen waren Pflanzen und Tiere. Der Verfasser musste wie er ein Forscher sein, dem Antrieb der Welt auf der Spur. Neugierig reckte Tannstetter den Hals, um den Inhalt zu erfassen. Solch ein biegsames Büchlein, in Stoff gehüllt und leicht einzurollen, sollte er sich für seine Planetenkarten zulegen, falls er jemals diesem Verlies entkam. Der Italiener zückte ein Holzgerät, in das er ein silbern glänzendes Stück Stein oder Ähnliches gesteckt hatte, und kritzelte auf die Tierhaut, was dieses Schaben erzeugte. Eine Fratze entstand, ein Schiefgesicht. Mit raschen Strichen zog er schwungvolle und doch feine Linien auf das Pergament, als würde er den Schattenriss einer Person fixieren. Neugierig heftete Tannstetter seinen Blick auf die Buchseiten.

»Zeichnet Ihr etwa mich?«

»Ich ergründe Gesichter und Bewegungen, forsche nach dem Ausdruck von Freud, Leid und Lust, aber auch Zorn und Trauer, Misstrauen und Zweifel, eben allem, was der Mensch mit der Leibessprache von sich gibt. Noch dazu scheint mir

Eure Nase ein seltenes Exemplar, das ich in meine Sammlung aufnehmen will, wenn Ihr erlaubt.«

»Ihr sammelt Riechorgane und Leiber? Wollt Ihr einen neuen Menschen kreieren?«

Der Künstler lachte. »Das wäre einen Versuch wert, dass das Geschöpf dann allerdings klüger wird, ist zu bezweifeln. Wenn ich Leute beobachte und ihre Gesichtszüge festhalte, sehe ich manchmal die Gedanken unter der Haut zucken. Auch bei Euch rumort es.«

»Bitte verspottet mich nicht.« Tannstetter senkte die Stimme. »Ihr könnt Euch im Gegensatz zu mir frei bewegen und Eurem Geschäft nachgehen.« Er schnaubte und eine Blutblase stieg aus seiner Nase, die er mit dem zerfransten Stoff auf seiner Schulter fortwischte. Erneut dachte er an seine zwei Väter. Weder richten noch aufgeben würden sie. Auberlin pflegte mit jedem Kranken, auch über dessen Wehklagen hinweg zu reden, als gäbe es nur ihn und sonst keinen der Wartenden, egal, was ihn plagte, er nahm ihn ernst und hörte zu. Auch wenn Tannstetter hier der Gepeinigte war, so konnte er über das Gespräch von sich ablenken und wenigstens dem Alleinsein und damit der Angst entrinnen. »Mit Nasen hatte ich schon oft zu tun«, fing er an. »Falls Ihr ernsthaft forscht, so kann ich Euch davon berichten. Es gibt die ebenmäßigen, mit der Spitze leicht zur Erde gesenkt, wie Ihr eine im Gesicht tragt, dann welche mit Höcker, einige mit breitem Sattel oder mit einer Wölbung über oder unter dem zerbrechlichen Nasenbein. Etliche wuchern wie Knollen im Gesicht, haben eine abgestumpfte Spitze, von anderen wiederum, muss man fürchten, aufgespießt zu werden. Ferner habe ich Adlernasen erblickt, wie mein König eine besitzt, geschwungen wie ein Schnabel, oder ganz in die Haut gedrückte, fast unscheinbare, wie sie Frauen oft ihr Eigen nennen. Manche dünken zu klein für ihren Besitzer, viele zu groß, sie springen wie ein Erker hervor und rücken den Mund in den Schatten, als stünde Riechen vor Schmecken.«

Eifrig notierte der Italiener, was Tannstetter aufzählte. Kopfüber gesehen, war seine Schrift nur schwer zu entziffern. Dann fiel ihm auf, dass er den Stift mit der Linken hielt, dazu nicht von links nach rechts, sondern umgekehrt, von rechts nach links schrieb, wie die Ungläubigen es taten, wohl um sein Schriftbild nicht zu verschmieren. Allerdings war auch die Buchstabenfolge verkehrt und dadurch schwer lesbar.

Dann hielt er plötzlich mitten im Schreiben inne, klackerte mit dem Stift auf seinem Heft herum und musterte Tannstetter eine Weile. Er blätterte in seinem Buch, strich eine Seite voller Zeichnungen glatt und drehte sie ihm zu. »Ihr redet hauptsächlich von Nasen, die sich für ein Profilbild eignen. Seht, hier habe ich noch welche von vorne skizziert. Diese geraden, dick oder dünn in der Mitte, dick an der Spitze und dünn am Ansatz, mit breiten oder schmalen Flügeln, mit langen oder kurzen, mit sichtbaren oder unter der Spitze verborgenen Nasenlöchern, habe ich in der Natur vorgefunden.« Das klang, als wären die Riechorgane frei auf einer Wiese herumspaziert.

Auf dem Blatt entzifferte Tannstetter »SUTKAFLO« zu oberst. OLFAKTUS, der Geruchssinn. »Bravo, in Euch steckt ein Meister.« Er war mehr als beeindruckt. »Ihr solltet der Malerzunft beitreten.«

Der Fremde lächelte. »Ich danke Euch. Aber die Zunft wird mir als Bastard leider zeitlebens verwehrt bleiben.«

Tannstetter versetzte es einen Stich. Ein ähnliches Schicksal hätte auch ihn ereilt, wenn sein Ziehvater ihn nicht wie den eigenen Sohn angenommen, und sich später sein leiblicher Vater zu ihm bekannt hätte. »Dann seid ihr keiner Zunft angehörig?«, fragte er.

»Hier in Mailand konnte ich Mitglied in der Scuola di San

Luca, der Bruderschaft der Maler, werden, was mir einige Aufträge verschafft. Der Makel der unehelichen Geburt hat aber auch sein Gutes, ich wäre vermutlich in die Fußstapfen meines Vaters getreten und heute Notar, doch mir wurde der Zugang zu diesem Stand verweigert, also musste ich Künstler werden. Doch sagt mir, woher kennt Ihr so viele Nasen?«

»Ich habe bei meinem Ziehvater gelernt. Als Wundarzt rückt er so manches Nasenbein, das zu Bruch gegangen ist, wieder ins Lot.« Tannstetter versuchte ein Grinsen, zuckte zusammen, als der Schmerz aufblitzte. »Das Naseneinrichten lohnt sich, ist aber auch eine diffizile Aufgabe, dafür braucht man eine sehr ruhige Hand. Das feine Knöchelchen lässt sich nur schwer greifen, springt leicht davon oder zerbirst unter den Händen. Und wenn eine Nase schief zusammenwächst, muss der Chirurg, und nicht der Schläger dafür herhalten.«

»Ihr seid selbst ein Wundarzt? Dann habt Ihr vermutlich auch schon einmal in das Leibesinnere geblickt?«

»Gezwungenermaßen«, sagte Tannstetter. »Bei schweren Verwundungen.«

»Wie geht das zusammen, wo es doch heißt, Ihr gebt vor, ein Gesandter des Kaisers zu sein?«

»Der bin ich auch. Mit Verlaub, darf ich mich vorstellen: Georg Tannstetter, Astrologe und Astronom, auch in den Rechenkünsten ausgebildet, zudem noch in der ärztlichen Kunst erfahren.«

»Ein *uomo universale*.« Der Künstler sprang auf. Tannstetter glaubte schon, er würde ihn losbinden, aber er rollte nur sein Heft zusammen, umwickelte es mit einer Hanfschnur. »Habt Dank für Eure Ausführungen und Einblicke, die mich bereichert haben, ich würde mich gerne länger mit Euch unterhalten, doch ich muss fort.« Er schob das Zeichengerät in das Gebinde und knotete sich alles an den Leib. »Doch bevor ich gehe, nehmt einen Rat von mir.« Er sah Tannstetter eindringlich an. »Achtet auf Eure eigene Nase, damit sie Euch im Gesicht bleibt und lasst ab, von der Behauptung, im Namen des Kaisers hier zu sein. Der Botschafter ist bereits vor einer Weile eingetroffen und besichtigt zur Stunde mit Il Moro den Landsitz in Vigevano.«

Tannstetter schwankte in den Ketten. »Halt, wartet. Ich bin der erste und wahre Gesandte, unterbreitet das Eurer Herrschaft, sprecht für mich, damit ich den Herzog überzeugen kann, dass ich es bin.«

»Welcher Herzog? Meint Ihr Gian Galeazzo? Der kümmert sich nicht ums Regieren.« Er schob Schemel und Laterne auf eine Art Gestell, das er, wenn Tannstetter an die Darstellungen in dessen Büchlein dachte, bestimmt eigens dafür erfunden hatte, und verschwand ohne ein weiteres Wort in der Dunkelheit.

Tannstetter sank auf die Knie, anscheinend war er hier in einem Herzogtum gelandet, in dem der Herrscher nichts zu vermelden hatte.

Allein im Dunkeln, die Sinne benebelt, der Kopf schwer, döste er ein und schreckte hoch, als er Schritte hörte. Dem lauten Stampfen nach mussten es mehrere Männer sein. Drei Büttel, einer hielt die Fackel, einer packte ihn, ein dritter schraubte die Handeisen auf. Ohne Erklärung zerrten sie ihn den Gang entlang und die Wendeltreppe hinauf. Nun war es so weit, der Tod wartete auf ihn. Alles, womit er sich gegen die Angst gewappnet hatte, schmolz dahin. Nur so viel wusste er: Eine Tortur würde er nicht überstehen. Er verlangsamte seine Schritte, ließ sich schubsen und schleifen.

»Gnade«, flehte Tannstetter. »Seid barmherzig, ich habe nichts getan.« Ein Tritt vom Fackelträger wuchtete ihn mehrere Stufen hinauf. Sie lachten, als er fiel. Wenigstens brachten sie ihn nicht tiefer in die Erde, versuchte er sich zu trösten. Dort würde er vergessen werden und einen qualvollen Hungertod sterben. Die Kälte ließ nach, je höher sie stiegen. Eine warme Brise verriet ihm, dass sie ins Freie gelangt waren. Schwarz zeichneten sich die Zinnen des Kastells vor dem wolkenverhangenen Nachthimmel ab. Kein Stern zeigte sich. Die Büttel schleppten ihn über einen gepflasterten Platz und ketteten ihn an einen Brunnen. Der Fackelträger verschwand durch das Tor. Tannstetter sah zu den Burgfenstern hinauf. Hinter einigen flackerte Licht, ausgelassene Stimmen drangen an sein Ohr. Wie den letzten Atemzug sog er ein helles Frauenlachen ein. Sterben, ohne richtig geliebt zu haben, das durfte nicht sein. Alle Welt, auch der Kosmos, hatte sich anscheinend von ihm abgewandt.

Die Büttel gingen in Habachtstellung, als Hufe herbeitrappelten und das Tor hochgezogen wurde. Ein kleiner Trupp Reiter stob in den Innenhof. Tannstetter roch den Schweiß der Pferde, sie schnaubten und umtänzelten ihn. Schweifhaare peitschten ihm ins Gesicht. Er presste sich dichter an den Brunnen und zog die Beine an. Plötzlich lichteten sich die Wolken, der Himmel offenbarte sich in seiner ganzen Pracht und erhellte den Platz, als wollte er Tannstetter zum letzten Mal beistehen. Nun waren die Gesichter der Reiter zu erkennen. Der behelmte Dicke in der Mitte saß auf einem prächtigen schwarzen Hengst, seine gepufften, zweifarbigen Ärmel leuchteten im Mondlicht, und sein Harnisch mit den Insignien der Sforza-Visconti schimmerte silbern und grün. Auf dem geschenkten, kleineren Gaul neben ihm saß ein hagerer Geselle, dessen sporenbestückte Stiefel fast bis zum Boden reichten. Mit seinen tiefen Kerben zwischen Nase und Kinn kam er Tannstetter bekannt vor, auch wenn er augenblicklich nicht wusste, woher. Vielleicht gehörte er zum Hofstaat. Bildnisse der Herrscherfamilie hatte Tannstetter vor seiner Abreise nicht gesehen, lediglich ein paar Münzen mit ihren Porträts.

Die Wache zwang ihn auf die Knie. »Verbeugt Euch vor seiner Exzellenz, Ludovico Il Moro.« Der Sforza trug also einen Beinamen, der Dunkle oder der Maure, die Maulbeere oder der Mohr. Er tat, wie ihm geheißen, senkte den Kopf auf seine aufgeschlagene Knie.

»Ihr wollt also der kaiserliche Botschafter sein?« Il Moro zog eine Art Speer aus der Sattelschlinge und zeigte damit auf ihn. Tannstetter rutschte dichter an den Brunnen, um der Speerspitze zu entkommen, aus der fünf scharfe Haken ragten wie Krallen einer Klaue. Zugleich hatte er vernommen, dass er nicht nur auf Lombardisch, sondern auch standesgemäß angesprochen worden war. Er richtete sich vorsichtig auf und bemerkte im Mondlicht, dass Ludovico Sforza gar keinen Helm trug, eine pompöse blauschwarze Haartracht umkränzte sein dunkles Gesicht wie Metall. »Eure Durchlaucht, seid herzlich von König Maximilian gegrüßt. Ich bin in seinem Auftrag angereist, um Eure Nichte kennenzulernen, auf dass Euer Reich und das Heilig Römische bald für immer verbunden werden.«

»Schweigt«, unterbrach er und ließ den Speer zucken. »Wenn der Florentiner nicht für Euch gesprochen hätte, hätte ich Euch längst aufknüpfen lassen. Ihr plappert nach, was ich bereits gehört habe. Seid Ihr ein Possenreißer, der über den Tod spottet?«

Tannstetter wich dem Speer aus. Der Florentiner, das musste der Maler sein, das erklärte auch dessen Ausdrucksweise. In Florenz sprach man das klarste Italienisch, fast ohne Dialektfärbung, hatte er in einem Traktat über die Redekunst gelesen. »Gestattet, Eure Exzellenz, das Possenreißen überlasse ich den Gauklern und Hofnarren. Meine Leidenschaft dagegen gehört den Zahlen und den Sternen, und in Eurem Fall hat mich die ärztliche Kunst nach Mailand verschlagen, um die Brautwerbung voranzubringen.«

Il Moro schlug aufs Pflaster. Von dem Scheppern erschreckt,

stellten sogar die Pferde ihr Schnauben ein. »Wenigstens beherrscht Ihr unsere Sprache besser als Georg Tannstetter.« Er sah zu dem Begleiter. Auf den Speer gestützt, schwieg er eine Weile. »Sagt, bei Eurem Leben, wer schickt Euch? Seid Ihr ein Späher aus Neapel? Verratet es mir, bevor ich es aus Euch herauspressen lasse.«

Ehe Tannstetter antworten konnte, mischte sich sein knochiger Namensvetter in holprigem Italienisch ein, manche Worte sang er fast. Endlich dämmerte es Tannstetter. Das war der Schweizer Tuchhändler, sein Lebensretter, der ihn von der Stute gezerrt hatte, als der Berg unter ihr abrutschte. Mit erstaunlicher Kraft für solch eine dürre Gestalt hatte er ihn gepackt, ihn auf sein eigenes Saumtier gehievt, das ebenfalls mit den Vorderhufen abzugleiten drohte. Er sorgte sich auch danach noch um Tannstetter, stützte ihn, dem die Beine wankten und führte ihn in die nächstbeste Unterkunft, wo er ihm sogar Zwetschgenwasser und einige Becher Wein spendierte, damit das Zittern aufhörte. Dabei lenkte ihn der Schweizer mit Geschichten ab, heiterte ihn mit seinen halbseidenen Eroberungen auf.

Immer wieder bat er die Wirtin, nachzuschenken. Wo doch Tannstetter nichts vertrug. Nach dem Bergunglück konnte er sich einfach nicht überwinden, die spendierten Getränke abzulehnen. Außerdem hoffte er, dass ihn ein wärmender Schluck oder zwei wieder aufrichten würden. Und wirklich, bald löste sich seine Zunge, und er vertraute dem Händler seine Geheimnisse an, erzählte von seiner ersten Liebe, Marget, der Tochter des Müllers, die er kaum geküsst und der er nur einmal nach dem Kirchgang hinter der Friedhofsmauer die Hand unter das Mieder schieben durfte, bevor sie, vom Vater ertappt, einen Bäckermeister aus Pfaffenhofen an der Ilm heiraten musste und für immer fortzog.

Als Tannstetter am nächsten Morgen auf einem Strohsack erwacht war, hatte er sich nicht mehr erinnern können, was er noch von sich preisgegeben hatte. Die Wirtin hatte ihn wachgerüttelt, der Strohsack sei anderweitig vermietet, sagte sie. Bleischwer erhob er sich und erkundigte sich nach dem Schweizer.

»Von dannen ist er«, quakte sie. »Gen Graubünden weitergezogen, um mit seinen Eidgenossen Geschäfte zu machen.«

»Nichts als Weibergewäsch ist das. Mir sagte Kunradt, dass er nach Venedig aufbräche, wo er ein Schiff Richtung Osten nehmen wollte«, mischte sich ein Säumer aus dem Schankraum ein. Nur dumpf erfasste Tannstetter die Aussagen, er hoffte, den vergangenen Tag schnell zu vergessen. Er erwarb ein sizilianisches Maultier namens Cucuzza und war froh, dass sein Retter, der mehr über ihn wusste als irgendein Mensch auf der Welt, für immer fort war.

Kunradt redete in seinem italienischen Singsang weiter auf Il Moro ein. Dann trat er sein Pferd ohne Vorwarnung in die Seite, es machte einen Satz, wollte lospreschen. Tannstetter rollte, von den Fesseln am Eisen gehalten, auf den Brunnenrand, bereit, sich hinabzustürzen, um nicht totgetrampelt zu werden. Geschickt packte Il Moro die Zügel des Schweizers und hielt ihn auf.

Bebend kletterte Tannstetter zurück auf die Erde, überlegte, wie er beweisen sollte, dass er und kein anderer der echte Gesandte war. »Kann Euer Begleiter, Eure Durchlaucht, wenn Er behauptet, wie ich ein Astronom zu sein, denn die Sterne benennen?« Mit hämmernden Herzen wies er nach oben, wo das Firmament funkelte und ihm mit seinem Glanz neue Kraft schenkte. »Wenn ja, so soll Er mir sagen, wo sich Ursa Major befindet.«

Kunradt rutschte im Sattel herum, reckte den dürren Hals in alle Himmelsrichtungen, sein Adamsapfel hüpfte im Mondschein, als zählte er damit die Sterne ab. Nach einer Ewigkeit deutete er auf die sieben hellsten Lichter am Nordhimmel.

»Dort ist er, samt Deichsel, oder?«, sagte er auf Schweizerdeutsch. »Und dahinter liegt sein Karren.«

Tannstetter übersetzte für Il Moro ins Italienische und wandte sich wieder an seinen Doppelgänger.

»Dann weiß Er sicherlich auch, dass Ursa Major zu einem viel größeren Sternbild gehört, zu welchem?«, fragte er weiter. Der Prüfling schwieg, auch als Tannstetter das Ganze auf Deutsch wiederholte.

»Antwortet ihm«, befahl Il Moro und klopfte ungeduldig aufs Pflaster.

Kunradt stierte hinauf und erwiderte nichts. Tannstetter hielt es nicht mehr aus. »Seht Ihr, Durchlaucht, er kennt die große Bärin nicht. Wie denn auch, er ist nur ein einfacher Händler, Kunradt geheißen, der mich bei der Alpenüberquerung ausgehorcht hat. Denn ich bin der wahre Georg Tannstetter.«

Il Moro fuchtelte mit dem Speer. »Jeder Gassenjunge kennt die Gestirne, das hat nichts mit Astronomie zu tun. Schafft ihn beiseite.« Er schnalzte mit der Zunge, und der ganze Tross wendete. Als sich auch Kunradt drehte, funkelte für einen Augenblick etwas an seiner rechten Hand, der Siegelring, den er über dem Handschuh am Mittelfinger trug.

»Wartet, bitte, fragt den Dieb neben Euch, in welcher Form Ihr König Maximilian zur Übernahme Tirols gratuliert habt. Er, der sich meinen Namen erschlichen hat, hat mir den kaiserlichen Siegelring gestohlen.«

4

Sepia

Ina hatte sich mehr Unterstützung oder wenigstens einen Rat erhofft, es kostete sie einige Überwindung den Hund überhaupt zu berühren und nach draußen zu locken. Aber ein Spaziergang, um ihr Inneres zu beruhigen, das sie soeben vor Josefine ausgebreitet hatte, würde auch ihr guttun. Außerdem schien die Sonne, sodass Ina bald schwitzte, den Mantel auszog und über dem Arm trug. Samsa trottete neben ihr her, als sei es das Selbstverständlichste, dass sie ihn nach so vielen Jahren wieder ausführte. Die Schnauze am Boden, zog er Ina zur nächsten Straßenkreuzung, dort sah sie eine Frau, die die Straße mit ihrem weißen Pudel überquerte und mehrere neonfarbene Kotbeutel wie Lampions an die Leine gebunden hatte. Das wäre eine Skizze wert, dachte sie, und zog den kleinen Bleistift aus der Hosentasche. Sie hielt kurz inne, wunderte sich über den Impuls, der wie ein Zucken in ihrer Hand fast von selbst gekommen war. Nein, gekritzelt war nicht gezeichnet, sie zog schnell ein paar Striche auf der zerknitterten Papiertüte vom Bäcker, die sie in ihrer Manteltasche fand, ohne recht hinzusehen oder das zu beachten, was entstand. Hastig knüllte sie die Tüte wieder zusammen und wollte sie fortwerfen, zögerte, breitete sie noch einmal aus und ergänzte das Gekritzel um ein briefmarkengroßes

Porträt von Samsa, der hechelnd auf ihren Schuhen lag und die Sonne genoss. Früher hatte sie ihn oft gezeichnet mit der Feder und Sepiatusche, was seine Fellfarbe besser traf als Grafit. Sie hatte die graubraune Färbung von Sepia sehr gemocht, die Klarheit und Kraft, mit denen der feine Tuschestrich auf dem Papier stand. Auch wenn die Feder hängen blieb und kleckste, bezog sie die Spritzer in ihre Komposition mit ein. Den Sepiafarbstoff stieß ein Tintenfisch aus, um, wenn er in Gefahr geriet, das Wasser zu verdunkeln. Und außerdem war Sepia Inas homöopathisches Konstitutionsmittel, das ihre Eltern ihr verabreicht hatten, wenn sie krank gewesen war.

Sie malte sich aus, was Samsa vor seiner Verwandlung in einen Mischlingshund undefinierbarer Herkunft wohl gewesen war. In den alten Skizzenbüchern, die in einem Koffer auf dem Speicher lagen, musste es noch Einfälle dazu geben. Eine dreiviertel Stunde später, es dämmerte schon, erreichten sie die Augustenstraße. Das beleuchtete Schaufenster der Galerie war bereits ausgeräumt, nur leere Bilderhaken und Schienen an den Wänden verrieten, dass letzte Woche dort noch Gemälde gehangen hatten. Offenbar war Doris sofort nach ihrer Rückkehr emsig gewesen und hatte alles entfernt. Nun war es an Ina, den beiden Künstlern, die sie zuletzt ausgestellt hatten, die Umstände zu erklären, und auch den anderen, die sie in den Ateliers besucht und denen sie Hoffnung gemacht hatte. Drinnen unterhielt sich Doris mit jemandem.

Sie bemerkte Ina und öffnete die Tür. »Seit wann hast du einen Hund? Kannst du ihn bitte draußen lassen?«

Ina zögerte hineinzugehen, aber dann band sie Samsa an eine Strebe des Kellergitters und trat ein.

»Copper und Sabine waren vorhin da und haben ihre Sachen geholt.«

»Was ist mit den neuen Terminen? Ich habe doch schon mit Isabel gesprochen, sie wollte als Nächstes ausstellen.«

»Die habe ich auch angerufen. Sie wusste nicht einmal mehr, was ihr vereinbart hattet.«

Alles schien in Auflösung begriffen. »Ich werde Copper und Sabine erklären, dass es bloß ein Missverständnis ist. Was man abhängt, kann man auch wieder aufhängen.«

Doris starrte sie an. »Ich habe es dir erklärt, ich steige aus, es bleibt dabei. Dir war es immer recht, dass ich mich um das Geschäftliche kümmere, und das habe ich bis zum Schluss getan. Wenn du alleine weitermachen willst, bitte, aber dann woanders, hier ist es zu spät. Darf ich dir Oliver Rauch vorstellen?« Sie wandte sich an den Mann, der in der Galerie stand. »Er ist Lichtplaner, zieht von Berlin nach München und möchte die zwei Räume als Büro nutzen. Er würde auch die Einrichtung, den Schreibtisch und das Regal ablösen.«

Sie hatte also schon einen Nachmieter, das ging schnell. Doch Ina streifte ihren Ärger ab und riss sich zusammen. »Lichtplaner, das trifft sich gut. Bei mir zu Hause sind alle Glühbirnen kaputt.« Sie versuchte ein Lächeln und gab ihm kurz die Hand.

Oliver Rauch trug eine randlose Brille, die seine blauen Augen so stark vergrößerte, dass sie für einen Moment glaubte, in einen Pool einzutauchen. Seine hellen Haare lichteten sich bereits, er musste um die vierzig sein, etwas jünger als Zack.

»Haben Sie LED- oder Halogenlampen?«, fragte er.

»Keine Ahnung.« Ina zuckte mit den Schultern. »Eher so altmodische Birnen.«

»Das klingt nach einem Fall für den Elektriker, ich kümmere mich vorwiegend um Beleuchtung in Museen, Theatern oder bei Veranstaltungen.« Ina fühlte sich ertappt, seit ihrem Studium arbeitete sie in Museen, wusste zwar, dass einige Räume aus konservatorischen Gründen abgedunkelt wurden, um Aquarelle und wertvolle Zeichnungen zu schützen, aber dass es einen Beruf eigens für Lichtplanung gab, war ihr bisher entgangen.

»Also ich nehme sie«, sagte Rauch. Es klang, als meinte er nicht die Galerie.

Sie spürte, wie ihre Wangen zu glühen begannen, wie schon lange nicht mehr. Freilich war sie auch noch nie von einem Mann mit Vergrößerungsgläsern auf der Nase derart durchdringlich angeschaut worden. »Klären Sie das bitte mit Frau Schimmer, ich muss weg.« Sie rannte fast hinaus, um Samsa loszubinden und achtete nicht auf Doris, die versuchte, sie aufzuhalten.

Erst nach einiger Zeit, als sie durch den parkartigen Alten Nordfriedhof zurücklief, merkte sie, dass der Hund kaum mithalten konnte. Er keuchte an der Leine. Sie tätschelte ihn, legte sich eine Zeitung auf eine Bank, die in der Rückenlehne geklemmt hatte und setzte sich. Zack hatte ihr eine Nachricht geschickt.

Hast du dich entschieden? Ich hätte einen Auftrag für dich. Ein Kunde will ein Bild von einer deiner Lieblingsmalerinnen.

Ina klickte ihn weg, zog mit der Schuhspitze Kreise in den Kies und überlegte. Samsa hatte sich zu ihren Füßen eingerollt und schlief mit hastigen Atemzügen, solch weite Spaziergänge war er wohl nicht mehr gewohnt. Sie holte die Papiertüte aus der Tasche, strich sie glatt und betrachtete die Skizzen. Vorhin hatte sie gezeichnet, einfach so. Ohne groß nachzudenken das getan, wonach sie sich seit Jahren sehnte. Es war auch leicht gewesen, redete sie sich ein, denn in den vielen Knicken der Papiertüte war die Zeichnung bereits verborgen gewesen. Plötzlich lächelte sie bei dem Gedanken. Wie Michelangelo, der seinen florentinischen David aus dem Marmorblock befreit hatte,

hatte auch sie bloß die Linien nachgezeichnet und die Pudelfrau und Samsa damit zum Vorschein gebracht. Und Zack versuchte weiterhin, sie zu locken. Natürlich wusste er genau, wie. Lieblingsmalerinnen hatte Ina viele. Paula Modersohn-Becker, Frida Kahlo und Käthe Kollwitz, aber auch Bridget Riley und Xenia Hausner. Wie sie ihn kannte, würde er sich nicht mit nur einer Kopie zufriedengeben. Sie stand auf, tauchte die Finger in eine Pfütze auf der verwitterten Tischtennisplatte und zeichnete das Londoner Porträt aus dem Gedächtnis auf die Fläche. Es war, als zöge ihre linke Hand einen Schattenriss nach, wusste jede Biegung und Wölbung von Stirn und Nase und auch den genauen Abstand von Mund und Kinn. Womöglich würde sie eines Tages wirklich wieder malen, dachte sie, den ganzen Tag nichts anderes mehr tun. In Gedanken bei neuen Ideen sein, Skizzenbücher füllen, Entwürfe auswählen und in große Formate umsetzen. Eine herrliche Vorstellung, die sie in den letzten Jahren weit von sich geschoben hatte. Sie schnippte einen Kieselstein von der Platte. Als hätte er sich plötzlich wieder in einen Welpen verwandelt, sprang Samsa auf und jagte ihm nach.

Mailand, der achtundzwanzigste Tag im Brachmonat, 1493

Auf wundersame Weise erstarb aller Schmerz. Tannstetter fühlte sich leicht und frei, so frei, dass er aus dem Stand vom Boden abhob und in die Lüfte flog. Er segelte über Ländereien und Flüsse, schwebte zwischen Wolken aus Schafwolle, die ihn wiegten wie Mutters Arm. Als er die Augen aufschlagen wollte, war er noch immer von Weichheit umhüllt. Sein Rücken sank ein und wurde zugleich getragen, seine Hände ruhten auf Damastkissen, samtene Decken umhüllten seine Beine. Er genoss den herrlichen Zustand zwischen Wachen und Träumen und bewegte sich kaum. Dass der Sforza-Herrscher König Maximilian ein goldenes Zaumzeug geschickt hatte, als dieser Tirol erobert hatte, wusste der Tuchhändler nicht, da es nichts mit der Brautwerbung zu tun hatte. Auf Befehl ließen die Büttel endlich von Tannstetter ab und schleppten stattdessen den Betrüger fort. Er wollte lieber nicht wissen, wohin sie Kunradt brachten und was mit ihm geschehen würde. Hauptsache, man glaubte ihm, und er war frei. Er beschloss, so schnell wie möglich zu erledigen, worum ihn König Maximilian gebeten hatte, und dann aus diesem Barbarenland zu verschwinden.

»Er ist wach«, drang es in holprigem Italienisch an sein Ohr.

»Lassen wir ihn noch eine Weile in Ruhe«, flüsterte jemand zurück.

»Il Moro hat befohlen, wir sollen ihn sofort zu ihm bringen.«

Ein wuchtiger Federwisch senkte sich auf Tannstetter, entfernte sich, fächelte ihm fremdartige Düfte in die Nase. Er atmete tief ein, hielt inne, als sich auch Scharfsaures daruntermischte. Das musste er selber sein, immerhin trug er seit Tagen dasselbe Gewand, hatte geschwitzt und gelitten darin, besonders seine Bruch zeugte von den Spuren seiner Angst. Er drehte sich zur Seite und blickte zu der klafterhohen Vase aus diesem kostbaren chinesischen Ton, die mit zartblauen Mustern bemalt war; von ihr wehte der Gestank herüber. Ihm dämmerte, was geschehen war. Bei dem üppigen Schmaus, dem man ihm aufgetischt hatte, hatte er sich, ausgehungert wie er war, zu viel einverleibt. Auch dem Wein sprach er erneut zu, da der Herrscher den nach ihm benannten Moruswein angepriesen hatte wie flüssiges Gold. Tannstetter hatte sich nicht getraut abzulehnen aus Angst, wieder ins Verließ gebracht zu werden. Anfangs unterhielten sie sich über Pferde, wovon er nichts verstand, mehr aß als sprach und allem zustimmte. Sie saßen nur zu zweit an einer langen Tafel, unter einem mit blauen Fischmenschen bemalten Deckengewölbe. Langsam verschmolzen seine Sinne zu einem dumpfen Schweben. Kein Gestern, kein Morgen plagte ihn mehr, nur gelegentlich weckte ihn Il Moro mit seinem scheppernden Speer wieder auf, mit dem er sich jeden, ob Lakai oder Tischgast, auf Abstand hielt. Dabei kamen sie noch mal auf das Horoskop zu sprechen, das Tannstetter dem zukünftigen Brautpaar erstellt hatte, und Il Moro berichtete aus Bianca Marias bisherigem Leben. »Vor vier Jahren erkrankte sie lebensgefährlich, wurde aber gerettet. Dank des Geschicks von Dottore Giovanni da Rosate.«

»Und was war die Ursache ihres Leidens?«, hakte Tannstetter nach.

»Dazu müsste ich den Dottore fragen, er ist leider letztes Jahr verstorben, sonst hätte ich euch beide selbstverständlich miteinander bekannt gemacht.«

Diese tragischen Umstände begrüßte Tannstetter eher, denn so lief er nicht Gefahr, dass sich in einem Disput mit dem Leibarzt herausstellte, dass er noch nicht Medizin studiert hatte, sollte der einen der Wiener Professoren kennen.

»Soviel ich weiß, wurde Bianca zur Ader gelassen und hat

das verdorbene Blut verloren. Seither ist sie gesund und fidel, kann ich Euch versichern.«

»Und wer ist nun Euer Leibarzt?« Tannstetter schwankte leicht, hielt sich am Tischtuch fest, hatte Mühe, die Augen offen zu halten.

»Ein orientalischer Gelehrter aus Spanien, der uns empfohlen wurde. Er ist seit Anfang des Jahres bei uns und heilt den ganzen Hofstaat.«

Tannstetter nickte zufrieden, der kannte sicherlich keinen aus Wien. Il Moro zählte weitere Namen seiner Günstlinge, Künstler und Baumeister auf, die hübsch waren, in ihrem italienischen Klang. Baldassare Castiglione, Ambrogio de Predis, Donato Bramante und viele mehr. Irgendwann brachten ihn die Diener zu einem Schlafgemach, wo er sich zum nächstbesten Gefäß schleppte und erbrach.

Er fragte sich, wie es ihm gestern überhaupt gelungen war, seine Stiefel abzustreifen. Sorgsam poliert standen sie neben der Vase. Auf einem Stuhl lag Cucuzzas Satteltasche und auch sein Felleisen. Leichtfüßig warf er die Laken zur Seite und erhob sich von seinem Lager, wandte sich nach dem Riesenvogel um, der ihm so großzügig zufächelte. Statt eines Tieres standen zwei schwarzhaarige Burschen mit roter und grüner Kappe am Kopfende des Himmelbettes und verbeugten sich vor ihm. Der eine reichte ihm eine seidene Schaube, mehr Hauch als Tuch. Dankbar schlüpfte Tannstetter hinein. Auf diese Art ließ sich der gröbste Schmutz verbergen, bis sein Wams getrocknet war und er ihn ausklopfen konnte. Der andere legte den Federwisch zur Seite und streifte ihm zweifarbige Kuhmaulpantoffeln über. Die Pagen stellten sich als Pamuk und Rafik vor. Sogleich geleiteten sie ihn einen steinernen Korridor entlang, dann eine lange Treppe hinunter. Offensichtlich lag seine Schlafkammer hoch oben im Schloss, wie er es in volltrunkenem Zustand in der Nacht die vielen Stufen hinaufgeschafft hatte, blieb ihm ein Rätsel. Nun ging es wieder hinab. Zwischendurch hielt er sich an einem Fenstersims fest, keuchte, sein verletzter Kiefer pochte.

Nachdem er sich gefasst hatte, schaute er durch den Backsteinerker in den lombardischen Himmel, der ihm – nahezu bayerisch – blau-weiß entgegenleuchtete. Die Sonne streifte bereits den Horizont, es musste schon gegen Abend sein. Sein Blick schweifte in den Innenhof der Sforza-Behausung, er suchte nach dem Brunnen, an den er gekettet worden war. Blumenbeete umringten Pavillons, zu Figuren geschnittene Büsche bildeten ein kreisförmiges Labyrinth, säulenverzierte Arkaden und schattige Bänke luden zum Verweilen ein. Das musste der ursprüngliche Teil der Burg sein, noch von den Visconti erbaut; die Rocchetta, die Il Moro gestern erwähnt hatte. Sie besaß keine Türen nach außen. Damit kein Eindringling hereinkam, konnte man sie früher nur über Leitern und heute durch den Anbau zum neuen Trakt betreten oder verlassen. Trotz der quadratischen Form mit zahlreichen Schießscharten glich sie eher einem abgeschotteten Lustgarten als einer Zitadelle. Er dachte an die Kaiserfamilie, zu gerne würden die Habsburger einem ähnlichen Prunk frönen, aber aus Geldmangel erreichten sie nur eine Instandhaltung ihrer kalten Gemäuer, da ständig ein neuer Krieg ein Loch in die Kasse fraß.

Mit einer Handbewegung drängten ihn die Pagen, ihnen zu folgen. Es ging weiter hinab. Aus dem Augenwinkel prüfte Tannstetter, ob er sich ihrer nicht erwehren könne. Die Pagen, in ihren bestickten Kostümen, waren ein paar Jahre jünger als er, erst an der Schwelle zum Mannesalter, doch es mit beiden zugleich aufzunehmen dürfte ihm schwerfallen. Beide hatten olivfarbene Haut und stammten vermutlich weiter aus dem Süden, aus Cucuzzas Heimat womöglich. Mit einem Seufzen dachte er an das treue Tier, fragte sich, ob es noch lebte, und rutschte aus. Am Fuße der Treppe war Sand auf den Steinfliesen. Die Pagen fingen ihn ab, bevor er stürzte, streiften ihm den verlorenen Pantoffel über, hakten ihn unter und trugen ihn halb über den verschmutzten Boden. In einem fensterlosen Gang lupften sie einen Vorhang, hinter dem sich ein Torbogen verbarg. Heißer Dampf stieg Tannstetter entgegen. Er hörte Wassergeplätscher, trat auf gelbe Lichtflecke zu. Goldene Lüster erhellten einen Saal, wie er pompöser nicht sein konnte. Gedrehte Marmorsäulen und lebensgroße nackte Skulpturen standen wie Müßiggänger herum. Jeder Muskel und jedes Weichteil waren herausgebildet, Männer und Frauen in verrenkten Posen. Er lauschte dem Wasserrauschen und wandelte an den pfundschweren Kerzen vorbei. Zahlenstränge ratterten durch sein Hirn: Für zwei Pfund Wachs, das Bienen für ihre Waben herstellten, brauchten die emsigen Tierchen zwölf Pfund Honig, hatte ihm Hubert, der kaiserliche Imker, in Linz verraten. Grob geschätzt, brannten hier mindestens vierzig, fünfzig oder eher sechzig Kerzen. Sechzig mal zwölf gleich siebenhundertzwanzig, das bedeutete, nur um diesen Saal in Schummerlicht zu tauchen, verschwendete der Mailänder mehr als siebenhundert Pfund kostbaren Honigs, was wiederum hieß, dass halb Mailand aus Bienenkörben bestehen musste. Wo auch immer diese Betriebe waren, dort sah man wohl vor lauter Insekten die Sonne nicht mehr. Bestimmt wurde das Wachs auch über die Kanäle in die Stadt geliefert, zusammen mit dem Marmor, dem Silber und den Statuen. Tannstetter wusste nicht einmal ungefähr, wie viel ein Klumpen Marmor kostete, so konnte er es auch nicht überschlagen. Er mochte es nicht, eine angefangene Rechnung ohne *summa summarum* zu lassen. Wahrhaftig, diese Sforzas schwelgten in Überfluss, Weinberge, immense Viehbestände und riesige Jagdgründe, dazu die Wollspinnereien und Künstlerwerkstätten. An den Wänden hingen Teppiche, die Geschichten erzählten. Nun verstand er, warum der König dieses Bündnis anstrebte. Nässe stieg durch seine Pantoffeln, die Kuhmäuler hatten sich mit Wasser vollgesogen. Vor lauter Kalkulieren bemerkte Tannstetter erst jetzt das große rötliche Marmorbecken, das sich ein paar Stufen unterhalb vor ihm auftat. Fast wäre er hineingestolpert, und das, wo er nicht richtig schwimmen konnte.

»Ghiro, da seid Ihr endlich!« Il Moro lag nackt im Wasser.

»Ein Siebenschläfer, wo?« Hastig hob Tannstetter ein Bein. Er mochte kein huschiges, leises Getier.

Der Herrscher schwamm an den Beckenrand, neben die zwei eisernen Aalköpfe, aus denen das Wasser floss. »Ihr seid der *ghiro*, Dottore, verschlaft den Tag, als gebe es ihn nicht. Die Sonne hat sich lange vor Euch erhoben.«

»Wenn ich täglich so eine weite Reise und so viel Arbeit wie die Sonne vor mir hätte, dann wäre ich auch zeitiger aufgestanden«, erwiderte Tannstetter keck. Die Strapazen seiner Reise wollte er lieber nicht darlegen.

Il Moro lachte, hielt ihm einen Glaskelch entgegen, eine dunkelrote Flüssigkeit schwappte darin. »Wollt Ihr einen Dolcetto?«

Dankend lehnte Tannstetter ab, für die Arbeit musste er einen klaren Kopf bewahren. »Eure Nichte, Exzellenz, Bianca Maria, wo kann ich sie antreffen? Wenn Ihr erlaubt, würde ich sie gerne untersuchen.« Der Herrscher trank, schnaufte schwer, als drücke ihn etwas. Tatsächlich, ein paar Atemzüge später blubberte es im Wasser. Als angehender Arzt begrüßte Tannstetter alles, was den Leib befreite, er hoffte nur, dass der Wind in die Gegenrichtung trieb. Zu seinem Erstaunen tauchte eine zierliche Frau zwischen Il Moros Beinen auf, prustete wie ein Fisch, warf ihr langes Haar zurück und schmiegte sich an dessen wollige Brusthaare. Außer einer langen Perlenkette, die sie zweifach um den Hals geschlungen hatte und deren Ende zwischen ihren kleinen Brüsten lag, trug auch sie nichts. Tannstetter traute sich kaum hinzusehen.

»Legt Euer Gewand ab und gesellt Euch zu uns«, forderte Il Moro ihn auf.

Er winkte ab. »Ich möchte Eure Gattin und Euch nicht weiter stören.« Mit gesenktem Blick, was ihm aber eher mehr als weniger Sicht unter ihm verschaffte, verbeugte er sich. »Seid gegrüßt, Signora d'Este.«

Die Frau kicherte.

»Nicht doch, das ist Cecilia Gallerani.« Il Moro küsste das Weib. »Was ist, wann schwimmt Ihr zu uns?«

Tannstetter hoffte, dass er in dem Becken noch stehen konnte, streifte die Pantoffeln ab und sprang waghalsig hinein. Sein Wams brauchte vor der Abreise sowieso dringend eine Reinigung. Er tauchte wieder auf, schnappte nach Luft und drehte eine halbwegs elegante Kurve in der lauwarmen Brühe, doch nun hatte er Wasser in der Nase. Er schniefte, fuchtelte mit den Händen und erwischte mit Mühe und Not den Beckenrand. Dort versuchte er, eine ähnlich entspannte Pose wie Ludovico Moro einzunehmen, stützte sich mit den Ellbogen auf den glatten Marmor, aber sein schweres Gewand zog ihn fort. »Hoppla, Ihr ertrinkt mir noch.« Il Moro fasste ihn mit dem Speer, der immer in Reichweite lag, am Gürtel und angelte ihn auf die Stufen zurück. Zu seinem Leidwesen war die schöne Cecilia längst dem Bade entstiegen und verschwand soeben durch eine Tür, ohne sich umzudrehen.

»Versucht von den überbackenen Tintenfischen, Ihr müsst hungrig sein.« Der Herrscher schnippte nach einem Lakaien, der hinter einer Säule wie aus dem Nichts erschien, sich tief zu Tannstetter hinabbückte und ihm ein Tablett voll verzierter Speisen darbot. Vieles davon hatte er noch nie gekostet, auch wenn es ihm vor den Saugnapfarmen des Oktopus ein wenig grauste. Den Inhalt des Tieres gebrauchte er lieber zum Schreiben. Doch obwohl ihm noch immer der Rachen brannte, wollte er den Herrscher nicht beleidigen und probierte tapfer, aß erst ein paar Datteln, bevor er sich an die gesottenen Tuschelieferanten wagte. Die Leckereien liebkosten seinen Gaumen, als füttere ihn doch noch das schöne Weib.

»Wie geht's dem Kaiser?«, fragte Il Moro, die Hand am Speer, der Tannstetter weit genug von ihm weghielt.

»Er erholt sich gerade von einer Beinamputation.«

»Der gute Federico. Ein Kämpfer der alten Schule wie ich. Seht, was mir geschehen ist, als ich ein paar Türken zu nahe gekommen bin.« Er zog seine triefende blauschwarze Haarpracht vom Kopf und warf sie auf das Silbertablett, von dem sich Tannstetter gerade noch mal bedienen wollte. Prompt spie er den letzten Dattelkern ins Wasser. Der Herrscher war kahlköpfig, seine Haut vernarbt, und anstelle des rechten Ohrs klaffte ein Loch in seinem Kopf.

»Seid Ihr, Eure Durchlaucht …« Tannstetter räusperte sich. »Wenn ich fragen darf, auf der ohrlosen Seite im Hören beeinträchtigt?« Der Anblick weckte den Wissenschaftler in ihm.

»Im Gegenteil, ich höre jede Ameise über einen Stein krabbeln. Meine Sinne sind schärfer als früher. Manchmal glaube ich sogar, die Gedanken meines Gegenübers zu lesen, auch wenn ich mir jeden, mit wenigen Ausnahmen, auf Speerlänge vom Leibe halte, seit zwei Anschläge auf mich verübt worden sind.«

»Wer wollte Euch ermorden?«

»Da gibt es viele. Macht bedeutet, die Angst zu bezähmen und selbst auf der Hut zu sein.« Tannstetter erfuhr, dass man Il Moro während eines Kirchgangs ermorden wollte. Er war nur entkommen, weil er an diesem Tag statt des Haupteingangs, wo die Meuchelmörder lauerten, die Seitenpforte benutzte, um die Berührung mit dem Volk zu meiden. Fortuna bewahrte ihn auch vor dem nächsten, noch hinterhältigeren Anschlag, den ein langjähriger Vertrauter verübte. Seine Exzellenz hielt inne und rollte den Speer auf dem verschnörkelten Marmor auf und ab. Offenbar kostete es ihn Überwindung, davon zu berichten. Schließlich waren er und Ludovico di Gaspare nicht nur Namensvetter, sie waren auch wie Brüder aufgewachsen. Gaspares Vater hatte Il Moros Vater geholfen, Mailand zu erobern. Er beschwichtigte das Volk, das jeden neuen Eindringling nach dem Sturz der Visconti in Stücke riss. »Wortwörtlich, Dottore! Dem venezianischen Botschafter ist das geschehen.« Tannstetter erfasste ein Grauen.

Auch wenn das viele Jahre her sei, das Volk sei inzwischen auf seiner Seite und genieße den Wohlstand. »Inzwischen gibt es mehr zu essen als Gras und Wurzeln, wie noch unter den Visconti«, fuhr Il Moro in seiner Erzählung fort. Außerdem stünden Hunde, Katzen und Ratten längst nicht mehr auf dem Speiseplan. Die Vorfahren seiner Mutter hätten die Stadt ausbluten lassen, und die Überlebenden wollten keinen Gebieter mehr. Vimerate überzeugte sie, einen aus ihrer Mitte anzuerkennen. Einen, der mit ihnen fühlte, einen großen Heerführer, der die Venezianer im Zaum halten würde. Il Moros Vater war ein Condottiero, der als Heerführer den Visconti gegen Venedig diente, sich aber dann mit Venedig verbündete, um gegen die Visconti zu kämpfen und Mailand zu befreien.

Völlig vergessen schienen die Mailänder ihren Unmut gegen die Herrschaft noch nicht zu haben, wozu sonst grenzten sich die Sforzas inmitten der Stadt mit einer Burganlage ab, dachte Tannstetter. »Wie kam es, dass Euer Freund oder Bruder die Waffe gegen Euch erhob?«

»Unsere Väter nannten ihre erstgeborenen Söhne beide Ludovico, den Kämpfer. Zur Unterscheidung wurde ich aber früh bei meinem zweiten Vornamen Moro gerufen, was mir besser als Ludovico gefällt, da er mehr Bedeutungen birgt. Darum tragen wir auch die Maulbeere im Wappen.« Il Moro trank einen Schluck, bevor er weitersprach und vom jüngsten Komplott erzählte. Am Abend seiner Verlobung mit Beatrice sei es geschehen. Ein Leibwächter habe ihm das Leben gerettet, als er im Schein des Kaminfeuers Ludovico di Gaspares Stiletto aufblitzen sah. Wie man mit dem Übeltäter verfahren war, wollte Tannstetter lieber nicht wissen. Sie schwiegen eine Weile, bis Cecilia zurückkehrte. Leider war sie mittlerweile angekleidet, doch der anliegende Seidensurkot betonte ihre Rundungen eher, als dass er sie bedeckte.

»Ich suche Umberto, weißt du, wo er ist?« Zärtlich strich sie Il Moro über die Glatze und küsste ihn auf die vernarbte Haut. Der Herrscher zog eine Keule unter seiner Perücke hervor und warf sie ins Wasser. Ein kleines dunkles Tier flitzte heran und fing den Knochen im Sprung wie ein Hündchen. Vor Schreck hangelte sich Tannstetter eine Stufe nach oben. Die Schöne hob das Tierchen heraus, herzte es, wickelte es zärtlich in ihren Surkot, trocknete es, bis sein Rückenfell braun und sein Bauchfell weiß glänzte. Dann trug sie es wie ein Kleinkind im Arm davon.

»Meine Geliebte hat das Hermelin aus Hunderten anderen gerettet, die wir zu Pelzen verarbeiten«, erklärte Il Moro. »Manchmal habe ich das Gefühl, sie liebt Umberto mehr als mich.« Er lachte, strich sich über das nackte Haupt, als wollte er dem Kuss nachspüren. Was hätte Tannstetter dafür gegeben, jetzt seinen Ekel zu überwinden und sich auf der Stelle in solch ein Pelztier zu verwandeln.

»Doch sagt, Dottore, habt Ihr das Kaiserbein eigenhändig abgetrennt?«

Noch hatte sich Tannstetter nicht daran gewöhnt, Doktor genannt zu werden. Gleich würde herauskommen, dass er noch gar kein *Medicus cum laude* war. »Der Kaiser hat mehr als einen Leibarzt«, sagte er ausweichend. »Ich habe nur eingegriffen, als die anderen Ärzte ihm wie üblich den Beinstumpf mit einem Eisen ausbrennen wollten. Ich bin der Auffassung, dass das Verbluten besser durch Abbinden verhindert wird als durch Kauterisieren. Es verursacht weniger Schmerzen, ja, bringt sogar Linderung und verlängert das Leben, so Gott will. Durch das Absägen war der Kaiser ohnehin stark geschwächt. Man schickte schon nach dem Priester, da habe ich die durchtrennten Blutgefäße des kaiserlichen Oberschenkels legiert.« In Wirklichkeit hatte König Maximilian Tannstetter zu sich gerufen, damit er als Gehilfe zum Priester eilte, um dem Kaiser die letzte Ölung zu erteilen. Als Tannstetter das glühende Eisen gesehen hatte, mit dem sie den Beinstumpf ausbrennen wollten, hatte er nicht anders gekonnt und sich eingemischt.

»Ihr scheint ein Meister Eures Fachs.« Il Moro klatschte ins Wasser. »Ich hoffe, Ihr verzeiht mir die Unannehmlichkeiten bei Eurer Ankunft. Im Übrigen hatte ich erwartet, dass Ihr mit kaiserlichem Gefolge anreist.«

»In Absprache mit Seiner Majestät habe ich die Reise *inkognito* angetreten, um möglichst wenig Aufsehen zu erregen. Auch wenn es Risiken birgt, so bevorzuge ich das Alleinsein. Auf diese Weise kann ich in den langen Stunden des gleichmäßigen Reitens oder Gehens meine Forschungen sortieren. Außerdem ...«, er hüstelte, »... bin ich nicht auf Befehl des Kaisers, sondern seines Sohnes hier. Kaiser Friedrich war für derlei Entscheidungen zu geschwächt. Dafür sendet der König sein Wohlwollen und besten Dank für die großzügigen Geschenke.« In Wahrheit wollte Maximilian mit diesem Mailänder Bündnis mehrere Fliegen mit einer Klappe schlagen. Über die hohe Mitgift der angebotenen mailändischen Braut hinaus, die die Habsburger-Kasse auffüllen sollte, brauchte er die neue Verwandtschaft, um den Franzosen den Zugang nach Italien zu versperren und den Weg zum Papst zu ebnen, von dem er wie sein Vater die Kaiserkrone erwartete. Doch zu viel durfte der Sforza-Herrscher nicht erfahren, sonst gefährdete Tannstetter die ohnehin heikle Mission. »Bitte entschuldigt die Verspätung, ich bin Opfer eines Bergrutsches geworden und habe dabei meine Stute verloren.«

»Etwa ein Ross aus des Kaisers Gestüt? Zu schade, ich hätte sie gerne mit einem meiner Hengste gekreuzt. Dann hätten wir schon eine erste Verbindung gehabt.«

»Darf ich nun Eure Nichte sehen?«, warf Tannstetter ein und erhob sich triefend. Er fror in seinem nassen Gewand, seine Finger sahen wie Baumrinde aus.

»Gewiss, Dottore. Das ist doch der Grund Eurer Reise. Zuvor habe ich einiges an Euch gutzumachen und hoffe, dass Ihr meine Gastfreundschaft genießt.« Er hielt ihn mit einer Kralle des Speers im Wasser. »Lasst mich Euch die Herrlichkeiten meines Landes zeigen, auf dass Ihr der Kaiserfamilie davon berichtet.«

»Ihr seid zu großzügig, Durchlaucht. Dürfte ich Euch bitten, den Maler einstweilen mit dem Porträt Eurer Nichte zu beauftragen? Die Farben sollen trocken sein, bis ich abreise. Wir wollen doch nicht, dass etwas Biancas Schönheit trübt.«

»Der Florentiner ist schon dabei.«

»Er ist Euer Hofmaler?«

»Nicht nur das, er entwirft für mich auch die Kriegsgerätschaften und gestaltet die Feste. Dabei gab er sich vor elf Jahren zuerst als Musiker aus, als er an den Hof kam. Zurzeit arbeitet er an einem Ehrenmal für meinen verstorbenen Vater, Ihr werdet sehen.«

»Richtet ihm meinen Dank aus. Sagt, wie heißt er wirklich, abgesehen davon, dass er aus Florenz zu stammen scheint?«

»Leonardo wurde in einem kleinen Dorf namens Vinci geboren, war aber viele Jahre ein Günstling der Medici.«

Kein Wunder, dass der Maler aus Florenz geflohen war, dort praktizierte man Sodomie, hatte Tannstetter gehört.

»Schaut, das gehört Euch.« Il Moro winkte dem Lakaien, der Tannstetter zu seiner großen Freude seinen verloren geglaubten kostbaren Klappkompass in einer Holzschatulle überreichte. »Wir fanden ihn bei den Sachen des Betrügers. Seht nach, ob er noch funktioniert.«

Mit seinen aufgeweichten Fingern strich Tannstetter über die geprägten Insignien des Kaisers auf dem Deckel – AEIOU. Es dauerte, bis er die Schnur lösen konnte, um ihn zu öffnen. Der Zeiger war unbeschädigt. Als Tannstetter den Kompass aus der Schatulle hob, entdeckte er darunter, auf blauen Samt gebettet, den Siegelring. Als Halter diente ihm Kunradts abgeschlagener Mittelfinger.

5

Indigo

Vor der Tür zur Museumsbuchhandlung stapelten sich die Warenkartons. Am Wochenende waren sie regelrecht leer gekauft worden. Noch bevor das Lenbachhaus öffnete, packte Ina die neuen Kunstkataloge und Bücher aus und verteilte sie auf den Tischen. Auf dem letzten Karton lag eine blaue Blume, fast schon indigofarben wie ihre Jeans, mit langen, schmalen Blütenblättern aus Papier, die an einer Glaskugel klebten. Auf dem Holzstiel, an dem die Blüte befestigt war, stand in winzigen schwarzen Buchstaben, die handgeschrieben wirkten: Lilienstraße siebenundvierzig. Das versetzte Ina einen Stich. Eigentlich hatte sie auf Esthers Sarg blaue Veilchen, Enziane oder andere Frühlingsblumen legen wollen, aber mitten im August keine bekommen und sich darum für weiße Lilien entschieden. Inas Mutter gefielen sie als Symbol für Reinheit, Trauer und Unendlichkeit, doch die blaue Blume war eine Art Geheimcode zwischen Esther und Ina gewesen. Als Esther im Gymnasium ein Deutschreferat über die Romantik hatte halten sollen, sich aber eigentlich lieber auf ihre Leichtathletikmeisterschaft vorbereiten wollte, hatte Ina ihren Part übernommen, ohne dass der Lehrer oder einer ihrer Mitschüler es merkte. Wenn nach diesem Streich eine für die andere einspringen sollte, hatten sie »die Suche nach der blauen Blume« als Code verwendet.

Ina vermutete, dass es sich bei der Papierblume um ein Warenmuster des Händlers für einen neuen Verkaufsartikel handelte. Vorsichtig trug sie die kostbare Fracht samt Karton zur Kassentheke. In der Schachtel lagen weitere Kataloge zur Blaue-Reiter-Ausstellung, aber selbst auf der Rechnung gab es keinen Hinweis auf die Blume. Sie legte sie in das Fach unter der Kasse und dachte an die Ranunkeln, die ihr Zack geschenkt hatte. Bestimmt waren sie schon vertrocknet. Kaum hatte sie die Bücher auf den Tischen und in den Regalen verteilt, drängte sich die erste Besuchergruppe direkt von der Museumskasse in den Laden. Noch bevor die Leute die Originale in den Ausstellungsräumen gesehen hatten, suchten sie sich eine Franz-Marc-Krawatte und Paul-Klee-Bleistifte, Kandinskys konzentrische Farbringe auf Geschenkpapier oder einen Radiergummi mit seiner Signatur aus. Dazu kauften sie den Katalog der aktuellen Sonderschau im Kunstbau neben der U-Bahn, der zum Lenbachhaus gehörte, und jede Menge Postkarten, als drohe eine Farbnot im Land und sie sich alle noch schnell eindecken müssten, bevor das große Grau die bunte Vielfalt verschluckte. Fast jeder trug eine volle Plastiktüte mit einem leuchtenden August-Macke-Motiv zu den Schließfächern. Ina schaffte es kaum, die Tische wieder aufzufüllen. Als der Andrang bewältigt war, ordnete sie die durcheinandergeratenen Bücher. Dabei fiel ihr ein Alchemielexikon in die Hände, das eigentlich zur allgemeinen Kunstgeschichte in das Regal an der hinteren Wand gehörte.

Dort stand auch ein Buch über Porträtkunst der Renaissance. Aus einer Fensternische holte sie eine Leiter und blätterte kurz in dem Lexikon, bevor sie es aufräumen wollte. Sie blieb bei Vitruv hängen, dem römischen Architekten der Antike, der auch

Pigmentforscher gewesen war, und der in seinen Schriften bereits Indigo als Färbepflanze erwähnte. Mit ihm und dem Naturforscher Plinius hatte sich Ina in ihrem Studium beschäftigt. Vitruv lieferte Leonardo da Vinci die Vorlage für seinen berühmten nackten Mann, der in einem Kreis und einem Quadrat zugleich stand. Das hundertfach zu Werbezwecken benutzte Motiv faszinierte Ina immer wieder aufs Neue. In dem Buch wurden die Entstehung und der Hintergrund des vitruvianischen Mannes beschrieben. Leonardo hatte sich, wie jeder Künstler, von anderen inspirieren lassen. Auch wenn er angesichts seiner Vorbilder die mit Abstand brillanteste Zeichnung geliefert hatte. Laut Erläuterung des Alchimiebuches ergaben die Proportionen des menschlichen Körpers im Verhältnis zum Universum Zahlenwerte. Der Universalgelehrte Agrippa von Nettesheim, der 1486, also vierunddreißig Jahre nach Leonardo da Vinci, geboren worden war, hatte die Sonne vermessen und die Ergebnisse in ein magisches Zahlenquadrat übertragen, um aus der Quersumme die Namen der Gestirnsgeister zu ermitteln. Wie man sich solche Geister vorzustellen hatte, verschwieg der Begleittext. Agrippas etwas unbeholfen dargestellte Figur streckte die Arme nach oben, was merkwürdigerweise rechts hundertdreizehn und links vierundzwanzig ergab. Das Buch enthielt die Konstruktionszeichnung einer nach den Maßen des Menschen errechneten Kathedrale. Agrippa von Nettesheim war überzeugt, dass Gott bei der Schöpfung der Welt die Symmetrie des menschlichen Körpers vor Augen gehabt hatte. Dabei wusste Ina, dass Gesichter nie symmetrisch waren, selbst besonders ebenmäßige nicht. Das hatten Fotografen bewiesen, die Porträts halbierten und die Hälften jeweils spiegelten. Es waren zwei unterschiedliche Gesichter entstanden, die im Vergleich mit der realen Person befremdlich wirkten.

Eine Kundin rief Ina an die Kasse. Ihr üppiges silbergraues

Haar war lose aufgesteckt, die Haartracht wackelte bedenklich, als sie nach ihrem Geldbeutel suchte. Ina prägte sich den Anblick der Gespinstfrau ein, als drückte sie auf einen inneren Auslöser und speicherte das Bild in ihrem Gedächtnis. Sie bemerkte jemanden am Kinderbuchtisch. Es war der Nachmieter der Galerie.

»Oh, was für ein Zufall. Hallo, Herr Rauch.« Nachdem sie neulich fast davongerannt war, machte sich leises Unbehagen in ihr breit. Bestimmt hatte sie nicht den besten Eindruck bei ihm hinterlassen.

Oliver Rauch rückte die Brille gerade und sah auf, musterte sie mit stark vergrößerten Augen. »Kein Zufall. Ich bewerbe mich um die Ausrichtung der Beleuchtung für die neue Ausstellung im Kunstbau, und Frau Schimmer sagte, dass Sie hier arbeiten.« Mit einem großen Werkzeugkoffer kam er zu ihr an die Kasse. »Haben Sie mein Geschenk gefunden? Der Laden war noch geschlossen, darum habe ich es auf einen der Kartons gelegt.«

»Ach, die Glasblume ist von Ihnen?« Ina zog sie aus dem Fach. »Sie ist wunderschön.«

»Sie sagten doch, dass bei Ihnen zu Hause die Glühbirnen kaputt sind, darum dachte ich, diese passt vielleicht.«

Erst jetzt entdeckte Ina, dass sich unter den Blüttenblättern eine Glühbirne verbarg. »Wie nett, danke. Was bedeutet Lilienstraße siebenundvierzig?«

»Ich sammle alte Glühbirnen, gehe zu Häusern, die abgerissen werden, und manchmal werde ich fündig. Die hier stammt aus einem Haus in der Nähe des Deutschen Museums, dort wird jetzt ein Wohnblock mit mehreren Etagen gebaut.«

Unterdessen standen an der Kasse mehrere Kunden Schlange. Oliver Rauch wartete, bis Ina sie bedient hatte, und fragte dann, ob sie ein Buch für eine Vierjährige empfehlen könne. »Ich bräuchte etwas für meine Tochter.« Sie zeigte ihm ein paar Kinderbücher, die ihr besonders gut gefielen. Er entschied sich für ein Pop-up-Bilderbuch mit absurden Versen.

»Ich danke Ihnen für die Bürovermittlung«, sagte er, während Ina das Buch in Geschenkpapier wickelte.

»Das hat meine Kollegin allein organisiert. Ich hatte nichts damit zu tun.« Sie ließ es so beiläufig wie möglich klingen, vermied es aber, ihn anzusehen.

»Dass Sie die Galerie aufgeben müssen, ist bestimmt hart.«

Sie schluckte, riss so fest am Tesafilm, dass die Rolle aus dem Halter sprang. Oliver Rauch war der Erste, der Mitgefühl zeigte. Selbst Josefine Bender hatte die Galerie eher als Umweg in Inas Künstlerlaufbahn gesehen und war nicht weiter darauf eingegangen.

»Hätten Sie Lust ...«, er räusperte sich, »ich meine, wollen wir uns nicht einmal treffen? Ich muss zwar diese Woche zurück nach Berlin, um die Lichtplanung für ein kleines Museum zu übernehmen, aber wenn ich wieder zurück bin?«

Ina unterdrückte ein Lächeln, trotzdem zögerte sie. »Mal sehen. Melden Sie sich einfach.« Sie schrieb ihre Handynummer auf ein Lesezeichen von Franz Marcs verschollenem »Turm der blauen Pferde«, gab es ihm und wollte sich verabschieden, doch Oliver Rauch schien es nicht eilig zu haben.

Mit dem Lesezeichen in der Hand blühte er auf. »Ich weiß nicht, ob Ihnen Otto Weidt etwas sagt? Er war einer der stillen Helfer, die auf selbstlose Weise Menschen in der Nazizeit gerettet haben. Die Räume in der einstigen Bürstenwerkstatt, die er betrieb, standen lange leer. Jetzt ist ein Museum daraus gemacht worden. Otto Weidt hat dort während des Zweiten Weltkriegs blinde und gehörlose Juden beschäftigt, ihnen falsche Papiere besorgt und sie auf diese Weise vor den Nazis geschützt. Er hat sogar einige bereits Deportierte zurückgeholt und in einer Kammer mehrere Menschen versteckt, bis sie verraten wurden. Die Einrichtung wurde rekonstruiert, und ich darf die Ausstellung beleuchten. Deshalb muss ich nach Berlin.«

Seine Begeisterung für das neue Projekt gefiel ihr. Sie fragte, was Lichtplanung eigentlich genau sei.

»Die optimale Beleuchtung ist die, die man nicht bemerkt. Licht soll den Objekten dienen, sich nicht selbst in den Vordergrund drängen. Vielleicht kennen Sie das, Sie kommen aus einer gelungenen Ausstellung, aber irgendetwas hat trotzdem nicht gepasst.«

»Etwa, wenn man von den grellen Scheinwerfern Kopfschmerzen gekriegt hat?«

Er grinste. »So schlimm hoffentlich nicht. Aber künstliches Licht verändert die Farben, und normalerweise sollte das Bild so aussehen, wie es der Künstler ursprünglich gedacht hat. Eine helle Stelle auf einem Bild noch heller zu machen oder mit einem Lichtkegel hervorzuheben, ist Quatsch. Die Impressionisten haben zum überwiegenden Teil im Freien gemalt, ihre Werke werden jetzt aber wie hier im Haus in fensterlosen Räumen gezeigt, das ist für einen Lichtplaner die Herausforderung.« Er hielt inne. »Verzeihen Sie, wenn es um meine Arbeit geht, komme ich ins Monologisieren.«

»Klingt spannend Ihr Beruf. Zieht Ihre Familie mit nach München?«

»Nein, Salome bleibt bei ihrer Mutter in Berlin. Meine Frau und ich, wir sind getrennt. Und Sie, haben Sie, sind Sie …?« Röte stieg ihm ins Gesicht.

»Nein«, sagte Ina. »Und ich finde, wir sollten uns duzen.«

Mailand, im Heumonat, 1493

Obwohl Tannstetter weitgehend nüchtern blieb, rauschten die nächsten Tage dahin. Er hatte den Verdacht, dass die Mailänder sogar die Süßigkeiten und ihr gewürztes Essen in Alkohol tränkten, den sie aus Fruchtkernen destillierten. Wenigstens schlief er dadurch gut, himmlisch gebettet und traumlos tief. Oft wusste er beim Aufwachen nicht, wo er sich befand und was er hier sollte, bis ihn die blauen Male an den Handgelenken und sein noch immer pochender Kiefer daran erinnerten, was geschehen war. Weckten ihn die maurischen Pagen, sprang Tannstetter auf, stellte sich wie eine Vogelscheuche neben das Bett und ließ sich ankleiden. Dabei erzählten sie ihm von ihrer Heimat. Vor einem Jahr waren sie in Granada aus einem Waisenhaus befreit worden, als sich der letzte maurische Herrscher den spanischen Königen Isabella von Kastilien und Ferdinand von Aragón ergab. Anfang diesen Jahres hatte man sie per Schiff nach Mailand geschickt, um das spanische Geschenk zur Geburt von Il Moros erstem Sohn, ein Andalusierfohlen, zu überbringen. Seither verdingten sie sich hier und waren nun ausschließlich für Tannstetter abgestellt, zwei Diener, die sich von früh bis spät um ihn kümmerten, das war für ihn eine gänzlich neue Erfahrung. Noch dazu hatte er sich bislang nie von seiner Bruch getrennt, doch auch die musste er hergeben. Sein Leib und seine Füße wurden für neue Gewänder und Stiefel bemessen, sein Rücken mit wohlriechenden Ölen massiert, sein Gesicht rasiert. In Linz hatte sich niemand um seine Bartsprossen, die sich noch ungleichmässig wie kleine Inseln auf Wangen und Kinn verteilten, geschert. Wochenlang war er zu faul gewesen, um das Rasiermesser zu schärfen und sich den Bart abzuschaben. Bei den Sforzas duldete man keine Kaskaden um die Nase, sämtliche Höflinge, alle geistlichen Würdenträger und auch die

Gehilfen bis hin zum Stallburschen und seinem Retter, dem Florentiner Leonardo, waren glatt rasiert. Tannstetter wollte dazugehören und fügte sich, ließ sich bezupfen und walken wie einen Teig. Bald gewöhnte er sich an das Entblößen vor seinen Pagen. Mit der Zeit merkte er es kaum noch und sprang ohne Bruch, die frisch gewaschen und geplättet in der Truhe lag, lediglich mit dem Siegelring an einer Kette um den Hals, zwischen Latrine und Schreibsessel herum. Auf einem Löwenfußtischchen lagen ein Stapel Pergament, Tinte und Feder für ihn bereit, damit er jederzeit aufschreiben konnte, was er erlebte. Je höher man stieg, desto weniger Lästiges verrichtete man selbst. Alle seine Wünsche wurden erfüllt, noch ehe er sie ausgesprochen, manches Mal, sogar bevor sie sich in ihm geformt hatten.

Il Moro schien ein schlechtes Gewissen zu haben und verwöhnte ihn über alle Maßen. Er erlaubte ihm nicht nur, in seiner erlesenen *Biblioteca Sforzesca* zu stöbern, wann immer es ihm beliebte, er sorgte auch ununterbrochen für Zerstreuung. Auf diese Weise wagte sich Tannstetter an Unbekanntes. Nur noch schwach erinnerte er sich, dass er sich nach seiner Ankunft nichts als ein Bad erhofft hatte, nun wärmte man ihm gleich mehrere Becken oder hielt sie kühl, wenn er sich nach einer Leibesertüchtigung erfrischen wollte. Tat ihm etwas weh, dann nur, weil er sich bei dem Ballspiel, das sie *Gioco del Pallone* nannten, übernommen hatte. Völlerei und Müßiggang wechselten sich mit Spielen auf einem eigens gemähten Gartenstück und Vorführungen in einer Loge ab. Das Leben innerhalb des Kastells bestand einzig aus Vergnügungen. Bloß Bianca Maria Sforza hatte er bisher unter der Fülle an Weibsbildern, die hier wie Bienen umherschwirrten, nicht finden können. Anders als in deutschen Landen war es schwer zu unterscheiden, welchem Stand die Frauen angehörten oder ob sie noch ledig waren. Auch die verheirateten Italienerinnen trugen keine Haube, fingen ihr Haar wie Jungfrauen mit luftigen Perlennetzen oder mit spitzen Hörnercrispellen ein, womit sie nur gebückt durch die Türstöcke gehen konnten. Wenigstens half ihm die Warterei, bis er seinen Auftrag erledigen konnte, dabei, die Familienverhältnisse der Sforza zu entwirren. Ludovico Il Moro regierte, doch der rechtmäßige Herzog war eigentlich sein Neffe, Bianca Marias älterer Bruder, Gian Galeazzo.

»Ich nehme die Bürden der Macht auf mich und überlasse meinem Neffen die Würden«, hatte Il Moro bei einer Führung durch das Kastell erklärt. Gian Galeazzo war ein zartes Bürschchen mit großen Augen in einem durchscheinenden Gesicht, um das sich goldbraune Locken kringelten. Er war gerade zu Gast in Mailand, lebte eigentlich mit Frau und Kindern in Pavia. Wenn seine Pagen Tannstetter nicht darauf aufmerksam gemacht hätten, hätte er den Herzog von den Ammen, die im Garten mit den vielen Kindern spielten, nicht unterscheiden können. Später entdeckte er ihn in einem Pavillon zusammen mit Leonardo. Tannstetter wollte hinübergehen, um sich beim Hofkünstler für seine Errettung zu bedanken, was sich bisher noch nicht ergeben hatte. Überrascht blieb er unter den Arkaden stehen, als er das glockenhelle Geträller hörte, das den Klang von Leonardos Lyra übertönte. Erst glaubte er, Gian Galeazzo bewege nur die Lippen, an seiner Stelle singe ein Mädchen, das sich hinter einem Rosenbusch versteckte. Als er sich jedoch vorwagte, stellte er fest, dass der Herzog selbst tremolierte, geduldig von Leonardo auf einer silbernen Lyra begleitet, deren Saiten auf ein Pferdegebiss aufgezogen waren. Die sanften Akkorde oder überhaupt eine Melodie waren kaum herauszuhören.

»Musik und Kinder sind das Einzige, was Herzog Gian Galeazzo erträgt. Als Siebenjähriger hat er miterleben müssen, wie sein Vater in San Stefano von drei Attentätern erstochen wurde«, sagte Pamuk, als sie sich in einen ruhigeren Teil des Kastells zurückzogen.

Das Auflauern und Abstechen war in Mailand wohl die übliche Methode, einen Herrscher zu beseitigen. Tannstetter dachte an das Horoskop, das er für Bianca Maria erstellt hatte. »War Gian Galeazzos Schwester bei dem Meuchelmord zugegen?« Von dem schaurigen Gesang dröhnten ihm immer noch die Ohren.

Pamuk nickte. »Die ganze Familie war in der Kirche.« Das erklärte die schicksalhafte Verfinsterung, die Tannstetter bei ihr, als sie vier Jahre alt war, gesehen hatte. Kein Wunder, dass sie danach schwer erkrankt war. »Welche der Schönen ringsum ist Bianca?«, fragte er.

»Welche Bianca meint Ihr?«

»Ich suche Bianca Maria, Il Moros Nichte. Sagt, ist sie eine der Frauen dort vorne, die der Tanzmeister unterrichtet? So lasst meine Schuhe und steht auf und schaut.« Obwohl Rafiks Ohren so groß waren, dass sie alle Geräusche der gesamten Umgebung einfangen dürften, stellte er sich plötzlich taub, vertiefte sich weiter ins Polieren. Auch Pamuk senkte den Kopf und zupfte Tannstetter die verdrehten Beinlinge gerade. Als sie sich endlich erhoben, waren die Frauen samt Lehrer entschwunden. »Was ist mit Bianca Marias Mutter, sie wird mir Auskunft erteilen können.«

»Bona von Savoyen wurde nach Abbiategrasso verbannt, als sie mit dem Fleischvorleger durchbrennen wollte«, sagte Pamuk.

»Mit dem Metzger?«

»Nein, Tassino wählte das Fleisch für die Festtafeln aus. Er erhielt eine Abfindung und wurde des Landes verwiesen. Und Seine Gnaden, Il Moro, hat sich der verwaisten Nichten und Neffen angenommen«, ergänzte er schnell, als ihm Rafik etwas zuflüsterte. Überhaupt tuschelten die beiden Burschen trotz Ermahnung ständig in ihrer arabischen Muttersprache.

Bei Hofe gab es nicht nur Bedienstete für die abwegigsten Tätigkeiten wie Fleischvorleger und Tafelknecht, Vorkoster, Zehrgardner und Lichtkämmerer. Türhüter und Vorkoster kannte Tannstetter bereits aus Wien, denn auch Kaiser und König hatten Angst vor vergifteten Speisen. In Mailand gab es außerdem für fast jeden Handgriff einen Diener, auch ein paar Missgeburten waren darunter, die Il Moro von anderen Fürstenhöfen erworben oder geschenkt bekommen hatte. Manche mussten Possen reißen, einige waren mit ihren Verwachsungen einfach nur schaurig anzusehen. Zahlreiche Günstlinge streunten herum, deren Namen sich Tannstetter nicht merken konnte. Mancher erwarb sich seine Lorbeeren als Sänger, Dichter oder Athlet, andere kümmerten sich um die zahlreichen Jagdhunde. Viele stammten aus reichen Familien, junge Adlige, die von Il Moro eingeladen worden waren, sein höfisches Leben kennenzulernen. Auf diese Weise knüpfte er Verbindungen zu sämtlichen Fürstenfamilien und festigte seine Beziehungen.

Bereitwillig nahmen die Burschen Tannstetter in ihrer Mitte auf, auch wenn er ahnte, dass sie auf Anweisung des Herrschers handelten. Gemeinsam übten sie sich in Leibesertüchtigungen, dabei erinnerten sie vom Körperbau an die heroischen Marmorfiguren im Sforza-Bad, waren dementsprechend geschickter und ausdauernder als er, dem seine eigene Brust im Vergleich zu der ihren wie ein welkes Stück Runkelrübe erschien. Beim Fechten und Ringen vermied er lieber eine Blamage und sah ihnen nur zu. Das Ballspiel dagegen mochte er, und so strengte er sich an, mitzuhalten. Schon als Bub in seiner Heimat und später in Österreich trat er einen aus Stofffetzen zusammengewickelten Ball mit den Füßen durch die Gassen, übte ein paar Kniffe, um die Kugel in den gegnerischen Torbogen zu befördern. Aber hier, beim *Gioco del Pallone,* wurde mit den Händen gespielt.

»Strengt Euch an«, rief an diesem Morgen Mattia Santi, ein rothaariger Adonis aus Urbino, als sie sich zu einer neuen Partie aufstellten. »Der Herzog schaut zu.«

Tannstetter erwartete Il Moro, doch die Lakaien schoben eine geflochtene Liege in den Schatten eines Rosenbusches, auf der Gian Galeazzo ruhte. Zu gern hätte Tannstetter gewusst, was ihm fehlte, schließlich lag es auch in seiner Pflicht, das mit der Sforza-Gesundheit alles zum Besten stand. »Was hat er?«, fragte er Mattia, seinen Mitstreiter in der Mannschaft, der ihm half den stachelbesetzten hölzernen Armschutz anzulegen.

Mattia zuckte mit den muskelbepackten Schultern. »Das weiß keiner genau, und darüber zu mutmaßen, wage ich besser nicht. Ich will meinen Rücken lieber im Wettkampf schinden und kein Auspeitschen riskieren.«

»Man wird ausgepeitscht, wenn man darüber spricht?« Tannstetter sah sich um, ob Il Moro nicht doch in der Nähe war.

Mattia nickte. »Wobei Auspeitschen noch die geringste Strafe sein dürfte.«

Er bohrte nicht weiter nach, sollte sich König Maximilian selbst um seine neue Verwandtschaft kümmern, falls er nach seiner Rückkehr immer noch in diese Familie einzuheiraten gedachte. Allerdings reizte es ihn, hinüberzugehen und den Herzog nach seinem Befinden zu fragen. An seiner Seite saß der langbärtige Leibarzt, Asif Amir, der aus dem Orient stammte. Langsam fühlte sich Tannstetter für ein Gespräch unter Gleichgesinnten gerüstet. Zu gern hätte er mit ihm über das *Buch der Fieber* gesprochen, das von einem jüdischen Gelehrten verfasst worden war, der unter mehreren Kalifen gedient hatte. Darin wurde ein Heilmittel gegen das Faulfieber empfohlen, das Tannstetter auch gegen die Pestilenz für anwendbar hielt. Der dunkelhäutige Medicus war ihm schon am zweiten Abend vorgestellt worden, aber leider gelangten sie über die Begrüßungsfloskeln nicht hinaus. Medikus Asif Amir war zu einem Kranken gerufen worden, deren gab es ständig welche bei Hofe, und nicht an die Festtafel zurückgekehrt.

Gerade blieb für eine Annäherung auch keine Zeit, schon warf man Tannstetter den Pallone zu, den er mit seinem Holzschutz abwehren sollte. Zum Jubel seiner Mannschaft schmetterte er ihn ins gegnerische Spielfeld, sie erhielten gleich zu Beginn fünfzehn Punkte. Die Regeln des Ballonspiels waren einfach, die Zählung war ungewöhnlich und auch für Tannstetter eine Herausforderung. Leider musste das Spiel oft unterbrochen werden, da die mit Pferdeleder überzogene Schweinsblase ständig die Luft verlor. Bis zum knappen, aber glorreichen Sieg ihrer Mannschaft schlief Gian Galeazzo, und auch der Leibarzt war, den Kopf zurückgelehnt, den Mund weit offen, eingenickt.

Mit dem Glockenschlag genau zur Mittagsstunde eröffneten sie die Siesta. Komme, was wolle, diese Sitte wurde eingehalten, je nach Wetter sogar früher begonnen und in den Spätnachmittag gedehnt. Die ganze Stadt glitt am helllichten Tag in einen Dämmerschlaf, aus der sie kein Donner, vermutlich nicht einmal der Angriff einer feindlichen Truppe (sofern die nicht auch der Siesta unterlag) erwecken konnte. Abends erwachten alle wie nach einem langen Winterschlaf und sprühten vor Tatkraft.

Nach Sonnenuntergang begannen die Festlichkeiten im Innenhof der Rocchetta, für die man eine dreistöckige Tribüne errichtete, auf der zuoberst die Sforza-Familie thronte, in den Rängen darunter tafelte der übrige Hofstaat. Mit seinem extra für ihn angefertigten hellgrünen Filzhut, einem steifen Zylinder, der seine Stirn verlängerte und in einem flachen, breiten Teller endete, fühlte sich Tannstetter wirklich wie ein Gelehrter. Am Rand der obersten Reihe, drei Plätze vom Herrscher entfernt, durfte er die Vorstellung genießen. Er hoffte, dass sich der orientalische Leibarzt neben ihn setzte oder auch der Florentiner, den er seit dem Kerker nicht wieder gesprochen hatte.

Auf dem Innenhof waren Fackeln entzündet und ein paar Gaukler warfen sich Ringe zu.

»Guten Abend, Dottore. Wie ist Euer Befinden?« Donna Beatrice, der Tannstetter bisher noch nicht begegnet war, stelzte, ganz in orientalisches Indigo gekleidet, an der Hand ihrer Kammerfrau die Holzstufen hinauf. Als sie sprach, glaubte er, der Klang ihrer eigenen Stimme würde sie zerbrechen. Siebzehn Jahre alt war sie, zwei Jahre jünger als die Geliebte des Herrschers, die Geburt des ersten Kindes hatte sie stark geschwächt, hieß es. Seither hatte sie mehrere Monate im Wochenbett verbracht. In dem nachtblau schimmernden Kleid, das mit Teufelsfenstern an den Armen abschloss, wirkte sie überlang. Ihr ohnehin blasses Gesicht war zusätzlich mit einer Schicht Weiß aufgehellt, der Mund und die Wangen waren mit Purpur betupft.

Tannstetter erhob sich und beugte sein Haupt. »Danke, Gnädigste. Es könnte mir nicht besser gehen. Ich hoffe, Ihr seid ebenfalls wohlauf?« Er half ihr in den gepolsterten Sessel, da der Lakai nicht vorbeikam. Als Donna Beatrice sich setzte, sah Tannstetter für einen Augenblick die *Zoccoli* unter ihrem bauschigen Rock hervorblitzen, handhohe Holzschuhe, auf die sie ihre Seidenpantoffeln geschnallt hatte. »Meine herzlichsten Glückwünsche zu Eurem Sohn, wie heißt er denn?«

»Ercole, nach meinem Vater Ercole D'Este.« Sie strich sich über die bläulich verfärbten Handgelenke. Tannstetter waren diese schon öfter bei den adligen Damen aufgefallen, hatte aber bisher noch nicht weiter darüber nachgedacht.

»Ich habe umdisponiert, mein Herz«, Il Moro beugte sich zu ihnen, »wir werden unseren Sohn Massimiliano taufen, dem römisch-deutschen König zu Ehren.« Er prostete Tannstetter zu.

Das Bankett wurde mit einer Kapaunsuppe in weißer Grütze eingeleitet, auf der das Innere der *Punica Granatum* schwamm, einer paradiesischen Frucht, die Tannstetter bisher nur auf einer botanischen Abbildung gesehen hatte. Es folgten Trauben mit Honigkäse und Walnüssen, wozu jeder ein eigentümliches Gerät erhielt, das am Griff mit einem Saphir besetzt war. Da niemand etwas damit anzufangen wusste, führte Il Moro es vor, spießte damit eine Weintraube auf und fütterte seine Frau. Brav öffnete Donna Beatrice den Mund und kaute wie ein Vögelchen, das einen viel zu großen Bissen vor aller Augen bewältigen musste. Anschließend sollten die Tafelgäste genauso weiterspeisen. Das Essen zog sich hin, Tannstetter stellte erleichtert fest, dass er nicht der Einzige war, der Schwierigkeiten hatte, auf diese Weise seinen Magen zu füllen. Die köstliche Camelinsoße, die das gebratene Zicklein umfloss, versuchte er mit der Zunge aufzufangen, ehe sie ihm von der Forke troff oder im gefälteten Kragen landete. Danach gab es Meerestiere. Zum Aufatmen aller benutzte Il Moro hierfür die Finger, und jeder tat es ihm nach.

Neben Tannstetter hatte sich Beatrices Kammerzofe Mariana de Fiesci gesetzt. Eine ältere stämmige Frau, deren rechte Gesichtshälfte von einem ellenlangen Samtbarett verdeckt wurde. Er fragte sie nach ihrer Familie, glaubte ihren vielen Ringen nach, die zu mehreren übereinander ihre kurzen, dicken Fingern spreizten, sie sei verheiratet. Sie holte aus, erzählte von ihren neun Geschwistern, von denen sie das drittjüngste war und das Einzige, das bisher ihre halb zerstörte Heimatstadt Genua verlassen hatte. Nun sei sie auf der Suche nach ihrer zweiten Hälfte, wie sie betonte. Wo die noch Platz haben sollte, fragte sich Tannstetter, halb zwischen Balustrade und ihrem Ellbogen eingeklemmt.

»Seit zwei Jahrzehnten gehört Genua zum Herzogtum Mailand«, erklärte sie. »Doch die Franzosen, die meine Stadt belagerten, greifen uns weiterhin von der See aus an. Darum sind unsere Verteidigungsanlagen marode und bedürfen dringend einer Instandsetzung.« Signorina de Fiesci konnte essen und reden gleichzeitig, Tannstetter hatte Mühe, zu folgen. Noch dazu war er von ihrem prallen Ausschnitt abgelenkt. Ständig fielen Essensreste hinein, was sie nicht zu bemerken schien.

»Ganz Genua setzt auf mich, Dottore.« Laut schmatzend schlürfte sie eine Muschel aus.

»Was könnt Ihr dabei ausrichten?« Tannstetter glaubte kaum, dass ein französisches Ehebündnis in ihrem Alter ihrer waidwunden Heimat einen Vorteil bringen würde.

»Durch Donna Beatrices Freundschaft habe ich an Einfluss gewonnen und kann sie bald darum bitten, dass ihr Gemahl einen seiner Baumeister beauftragt, unsere Mauern zur Seeseite hin besser abzusichern.«

»Gibt es mehrere Baumeister?« Bisher hatte Tannstetter Leonardo alle herzoglichen Aufträge zugeschrieben.

»Selbstverständlich. Einer sitzt dort vorn.« Sie zeigte auf einen Herrn in dunkler Schaube und einem Kranz grauer Locken in der Reihe unter ihnen. Sein scharfkantiges Profil glich einem Raben, und Tannstetter war sich sicher, dass er in Leonardos Heft porträtiert worden war.

»Das ist doch der Hofdichter, der gestern diese pikanten Verse vorgetragen hat.«

Mariana ließ ihr Doppelkinn erbeben. »Mir hat es nicht gefallen.«

Der Baumeisterpoet hielt sich einen geschliffenen Beryll vor ein Auge, als der nächste Gang serviert wurde, wohl um festzustellen, was auf dem Teller lag. Aus dem Mineral hatte Tannstetter für den Kaiser in mühevoller Kleinstarbeit ebenfalls einen Lesestein geschliffen, da dessen Sicht mit seinen bald achtundsiebzig Lenzen getrübt war.

Als Mariana in das mit Nelken gespickte Gebäck, das auf Melonenstücken ruhte und weiß eingepudert war, biss, rieselte etwas davon auf ihre Oberweite. Sie benetzte ihre Finger, um sich die Haut abzutupfen, vergrub die ganze Hand in ihrem Mieder und beförderte auch Krümel der vorherigen Gänge herauf. »Das weiße Gold ist zu kostbar, um es zu verschwenden.«

»Wir essen Gold?« Tannstetter war noch nicht zum Probieren seiner Speise vorgedrungen, lieber wäre er Mariana behilflich gewesen.

»Ich rede von diesem Staub auf der Speise. Er stammt aus lauchartigen Rohren, die zermahlen werden. Die Portugiesen haben die Pflanzen vom Rand der Welt mitgebracht.« In Marianas Vorstellung war die Welt wohl noch eine Scheibe, dachte er. Als Mann konnte man nicht alles verlangen. Klugheit und Schönheit in einer Person waren bei einem Weib vermutlich rarer als dieser Goldstaub.

»Nun wird der Suggar …«, sie spitzte den Mund bei dem Wort, »auf Sizilien angepflanzt und zu Höchstpreisen verkauft. Meine Familie handelt damit, wir verwenden ihn selbst, süßen alles mit ihm. Auch in der Sforza-Küche ersetzt er langsam den Honig, obwohl der Koch an den alten Rezepturen festhält. Doch nichts betäubt die Sinne köstlicher, versucht selbst.« Sie hielt ihm einen bestäubten Zeigefinger an die Lippen. Tannstetter zögerte. »Oder glaubt Ihr, ich habe Euren lüsternen Blick nicht bemerkt? Falls Ihr später nach mehr Gold schürfen wollt, erwarte ich Euch in meiner Kammer, gleich links hinter dem Eingang zu den herzoglichen Gemächern.« Er leckte ein wenig an ihrer Fingerspitze, und eine überbordende Süße wallte in seinem Gaumen auf. Dankbar für das Tischtuch, das seinen Schoß bedeckte und seine schwellende Schamkaspel verbarg, in die ihn Rafik und Pamuk für das Festgelage geschnürt hatten, war er unschlüssig, ob Mariana ihn wirklich zu einem

Liebesspiel aufforderte oder ob ihn das pralle Weib, das so alt wie seine Mutter sein musste, zum Narren hielt.

»Leider, Dottore, legt der Suggar sich auf die Zähne und frisst Löcher hinein. Die Strafe für alles, von dem man zu viel begehrt.« Donna Mariana fletschte die Zähne und entblößte schwarz verfärbte Zahnhälse.

In Tannstetter erstarb alle Lust. »Steckt Euch diese getrockneten Nelken zwischen die Zähne, das lindert.« Er schob ihr seine Speise zu, über die sie sich sogleich hermachte. Dabei rückte er seinen Stuhl ein wenig von ihr ab, darauf bedacht, am Ende der haushohen Bretter nicht hinunterzustürzen. Da Mariana mit Zahnpflege beschäftigt war, konnte er sich der Vorstellung zuwenden. Im Innenhof kreiselte eine Gauklerin mit flammend rotem Haar verschieden große Kugeln auf ihren Armen, als umschwirrten die Gestirne die Sonne, was ein unmögliches Hirngespinst war. Beim Ritterstechen splitterten Lanzen, es krachte und stob, Blut spritzte bis zu den Rängen. Tannstetter sprang sofort auf, um zu dem verletzten Ritter zu eilen.

»Wo wollt Ihr hin?« Il Moro bremste ihn mit dem Krallenspeer.

»Ich hoffe, man belässt das Lanzenstück an Ort und Stelle, bis ich es entfernen kann, sonst rinnt der Lebenssaft schneller fort, als ich bei ihm bin.«

Der Herrscher zog eine Augenbraue bis unter die Perücke, als hätte er nicht mitbekommen, dass dort unten ein Sterbender lag. »Bleibt und lasst den Dingen ihren Lauf, das nächste Spektakel beginnt. Das war nur ein Zypriot, ich habe neulich ein Dutzend davon eingekauft. Trinkt einen Schluck und nehmt Euren Platz wieder ein. Es freut mich, dass Euch das Stechen beeindruckt hat.«

Nur langsam fasste sich Tannstetter, sank zurück auf seinen Stuhl. Von zypriotischen Sklaven hatte er gehört und auch in

Plautus' antiken Komödien davon gelesen, aber weder in Linz noch in Wien hatten die Kaiserlichen bisher Gebrauch davon gemacht. Wilde, ungezähmte Menschen waren das, in Ketten übers Meer gebracht. Wie hatten die Sforzas es geschafft, sie in eine Rüstung zu zwängen und Kunststücke zu vollbringen, fragte er sich. Aber auch wenn die Pestilenz wie überall die Zahl der Dienstboten verkleinert hatte, war es einem Christen eigentlich verboten, andere Menschen wie Vieh zu halten. Und um ein verwundetes Tier kümmerte sich schließlich auch jemand, für die Rösser gab es sogar mehrere Heilkundige auf dem Sforza-Hof, die um ihr Leben bangten, falls eines der kostbaren Tiere eine Kolik erlitt und verendete.

»Meine Ritter werden nicht für solche Vorstellungen ausgebildet«, ergänzte Il Moro. »Ich brauche sie zum Bedienen der Bombarden, die der Florentiner für mich entwickelt hat. Heute Abend will er uns eine fahrbare Abwehranlage vorstellen.« Leonardos Riesenarmbrust hatte Tannstetter bereits vorgestern im Astronomieturm, der auch Il Moros umfangreiche Bibliothek beherbergte, auf einer äußerst genauen Zeichnung studiert. Auf einem Wagen befestigt, konnte man die Schraubvorrichtung zur Ladung der Waffe erkennen und wie sie mithilfe eines Hammers in Gang gesetzt wurde.

Die Nacht schob das Tagesgestirn hinter den Horizont, aber selbst Tannstetter beachtete das Schauspiel am Firmament kaum, dem irdischen Leben gehörte seine ganze Aufmerksamkeit. Donna Beatrice verabschiedete sich frühzeitig, und so folgte ihr auch Mariana di Fiesci, ohne Tannstetter noch mal eines Blickes zu würdigen. Er war erleichtert, zu viel Weib auf einmal überforderte ihn. Noch immer brachten Lakaien Speise um Speise, Krug um Krug, mit immer schärferen Getränken zu den Rängen. Kleine Schalen mit Öl wurden auf den Tischen entzündet, Rauchschwaden mit betörendem Duft erfüllten die Luft. Auf dem Platz spien halb nackte Feuermenschen zum Klang einer Schalmei gigantische Funken in den Sternenhimmel. Er gähnte und stützte seinen Kopf auf die Lehne des gepolsterten Sessels. Der Zeremonienmeister kündigte die Krönung des Abends an. Mühsam setzte Tannstetter sich wieder auf.

Leonardo, diesmal in helleres Purpur gehüllt, auf dem Kopf sein bauschiges Barett mit der rötlich gestreiften Feder, stieg mit raschen Schritten die Tribüne hoch und verbeugte sich vor dem Herrscher.

»Ihr kennt Euch bereits. Dottore Tannstetter, das ist mein Kriegsbaumeister und Hofkünstler Meister Leonardo«, machte Il Moro sie feierlich miteinander bekannt.

Tannstetter verbeugte sich und hoffte, dass er sich nun für seine Fürsprache bei ihm bedanken konnte.

Leonardo klatschte in die Hände und rief nach seinem Gehilfen.

Ein lauter Fluch schallte über den Innenhof, und nach einer Weile löste sich eine Gestalt aus der Dunkelheit, von Klappern und Klirren begleitet.

Tannstetter erkannte den Magier Tommaso Masini, den alle nur Zoroastro nannten und der einen erdfarbenen, grob gewebten Umhang trug, in den Nussschalen, Muscheln und kleine Knochen eingenäht waren. Er trat im Kastell als Wahrsager auf und las gegen ein paar Silbermünzen jedem aus der Hand, was der Tag, der Monat oder das Leben brachte. Tannstetter glaubte nicht an solchen Unsinn. Er schloss zwar nicht aus, dass es Dinge jenseits der eigenen Vorstellungswelt gab, Wunder und Schicksalswendungen, zog es jedoch vor, nach wissenschaftlichen Erklärungen zu suchen, statt Dämonen zu beschwören.

Dennoch war auch er Zoroastro vor ein paar Tagen auf den Leim gegangen, hatte vergeblich versucht, ihn abzuwimmeln.

Um ihn loszuwerden, hatte er ihm schließlich seine letzten Grossini aus dem Felleisen gegeben und erfahren, dass der Tag Sonne in sein Herz, der Monat viele neue Erfahrungen bringen und sein weiteres Leben voller Lustbarkeiten sein würde.

»Hütet Euch vor allem Weißen«, hatte Zoroastro ihn abschließend gewarnt. »Es wird Euch verführen und von Eurem Weg abbringen.«

Mit klimperndem Umhang schleppte Zoroastro einen Berg Pergamente herbei. Auf dem Weg zum obersten Rang entglitten ihm ein paar. Geschwind hob er sie auf, und wieder rutschte eine Rolle durch seine Arme, was das Publikum erheiterte. Im Handumdrehen räumten die Lakaien die Tafel frei, damit er alles ablegen konnte, bevor es noch mal zu Boden fiel. Leonardo schnippte einige Gräten fort und breitete die erste feingliedrige Zeichnung einer Maschine zum Graben von Kanälen aus. Tannstetter beugte sich vor und reckte den Hals. Wie die Bilder in seinem Büchlein, das der Meister am Gürtel trug, war auch hier alles bis in jede Einzelheit dargestellt. Kräne und Gegengewichte trugen Kisten mit abgetragener Erde über Seile und Räder hinweg, ohne dass dafür Menschenkraft eingesetzt werden musste. Es folgten zahlreiche Zeichnungen von Katapulten und Geschossen. Bald konnte Tannstetter den Ausführungen, wie und mit welchem Auslöser die Geschütze wann und wodurch in Gang gesetzt wurden, nicht mehr folgen. Er lehnte sich in seinem Sessel zurück. Seine Glieder wurden schwer und schwerer, seine Beine dehnten sich, es knackte in seinen Kniegelenken. Er schwebte wie vormals in seinem Traum. Barsch riss ihn etwas hoch, zurrte sich um seine Füße. Er wachte auf und baumelte, nur noch auf seine Hände gestützt, mit dem Kopf nach unten über dem Sessel, und blickte in die weitaufgerissenen Münder der Hofgesellschaft, die schallend lachte.

»Ihr seht, so ein Katapult eignet sich auch als Aufwecker«, rief Leonardo und verbeugte sich. Alle applaudierten. Dann erst gab er Zoroastro den Befehl, die Schnüre zu lösen, die er heimlich um Tannstetters Füße geschlungen hatte. Sie liefen zu einem Seilzug auf der Sesselrückseite. Für Tannstetter kippte die Welt wieder ins Lot, und er fiel auf den Sitz zurück, schluckte das Essen hinunter, das ihm aufgestiegen war. Als er sein Wams richtete, bemerkte er, dass manche Leute geradezu in Lachtränen badeten.

»Verzeiht mir den Spaß, nur Ihr kanntet unseren Zaubertrick noch nicht.« Leonardo reichte ihm seinen Filzzylinder, der ihm vom Kopf gerutscht war. Tannstetter fasste sich einigermaßen, doch für seine Errettung wollte er sich nun nicht mehr bedanken.

Als sei nichts geschehen, drehte sich Il Moro mit einer weiteren Pergamentrolle zu Tannstetter. »Was sagt ihr, Dottore? Das soll das Denkmal für meinen verstorbenen Vater Francesco werden.«

Tannstetter zog die Zeichnungen heran und betrachtete sie genauer. Jetzt hätte er Gelegenheit sich für den Weckdienst zu rächen, ein Wort von ihm, und Leonardos Arbeit von Monaten, vielleicht Jahren war zunichte. Er zögerte. »Ich bin kein Kunstgelehrter, Durchlaucht, mein Fach ist die Naturwissenschaft. Wenn ich mich auf sie berufe, erstaunt mich hier die Feinheit des Muskelspiels, ich sehe Kraft und Spannung zum Zerbersten. Sollte es je eine vollkommenere Skulptur eines Rosses auf Erden geben, dürfte sie aus diesen Entwürfen entstehen.«

»Ich merke schon, Ihr lasst Euch auch von diesen Pergamentstücken blenden.« Ungeachtet der Anwesenheit des Künstlers, ließ der Herrscher seinem Unmut freien Lauf. »Ich fürchte, dass daraus am Ende nur ein Steckenpferd für meine Söhne entsteht.«

»Keinesfalls, Ewige Gnaden«, mischte sich Leonardo ein. »Dank des inneren Stützgerüstes wird das Denkmal vierzehn Armlängen hoch.«

»Vierzehn?« Eine so hohe Skulptur hatte Tannstetter noch nie in seinem Leben gesehen, nicht einmal davon gehört, weder im antiken Griechenland noch im heutigen Rom existierte seines Wissens dergleichen. Falls die Italiener Armlängen wie Ellen bemaßen, musste dieses Ross die Dächer überragen und den Dom in den Schatten stellen. Schnell rechnete er die Maße um. Nur ein einzelner Huf hätte den Umfang eines Mannes.

»Dann haltet Wort. Wenn die Hochzeitsglocken für meine Nichte läuten, soll das Ehrenmal fertig sein«, sagte Il Moro. Nun, da der Herrscher Tannstetters Auftrag selbst anschnitt, nutzte er die Gelegenheit, nachzuhaken. »Sitzt Eure Nichte eigentlich unter den Gästen? Würdet Ihr sie mir vorstellen?«

»Ich sagte schon, dass Ihr sie rechtzeitig kennenlernen werdet.« Il Moro klang gereizt, so als hätte ihn Tannstetter bei einem Staatsgespräch unterbrochen. Dabei sollte doch seine Angelegenheit von oberster Wichtigkeit sein. Wenigstens der Florentiner würde ihm sagen können, wie weit das Porträt gediehen sei. »Dann frage ich Euch, Meister Leonardo, wenn Ihr erlaubt. Wie ich hörte, malt Ihr ...«

Mit einem Hieb seines Krallenspeers auf die Balustrade brachte Il Moro Tannstetter zum Verstummen. »Ihr bringt mich darauf, Dottore, ich wollte Leonardo ebenfalls nach der Malerei fragen. Mein Beichtvater, Prior Vincenzo, beschwerte sich zum wiederholten Male über Euch, Meister. Er sagte, dass Ihr manchmal vom Morgengrauen bis zum Sonnenuntergang im Kloster seid, ohne dass die Arbeit Fortschritte machen würde.«

»Alles zu seiner Zeit.« Der Florentiner blieb gelassen. »Erhabene Geister schaffen am meisten, wenn sie scheinbar am wenigsten tun. Einfälle müssen gefunden werden und reifen wie guter Käse, erst dann erfasst sie der Verstand und leitet sie an die Hände weiter, die dann wie von selbst formen und ausarbeiten.«

Tannstetter vermutete, dass Bianca in einem Kloster lebte, was für höhere Töchter durchaus üblich war, um sie bis zum Ehegelöbnis von allen weltlichen Verführungen fernzuhalten. Wenigstens hatte er endlich einen Anhaltspunkt, wo sie sich befand.

»Um welche Ordensgemeinschaft handelt es sich?«, fragte er.

»Santa Maria delle Grazie wird von Dominikanern geführt«, sagte Il Moro.

Die italienischen Sitten verwunderten Tannstetter schon sehr. Eine Jungfrau, deren Unschuld zwei Reiche verbinden sollte, inmitten von Mönchen, die trotz ihres Zölibats wohl kaum Eunuchen sein dürften.

»Ihr könnt die Bedenken des Priors zerstreuen«, sagte Leonardo, »meine Studien gedeien, und das Gemälde entfaltet sich.« Er enrollte das Heft von seinem Gürtel und blätterte es auf. Hände in vielen verschiedenen Gesten waren darin, manche abwehrend, einige fordernd, allein die Finger erzählten Geschichten. Gesichter und Gestalten von Greisen und Jünglingen, ein paar zu Fratzen verzerrt, mit weit aufgerissenen Mündern, alle in einer Bewegung gebannt, als hätte jemand die Zeit angehalten, bis aufs feinste Haar und die kleinste Falte festgehalten, wie vorhin die Pferdestudien.

In Tannstetters Kopf reihten sich die Bilder aneinander, als schweife sein Blick über einen belebten Platz voller Menschen. Und er begriff, dass es nicht um Bianca, sondern nur um eine belanglose Klostermalerei ging. Er wurde wütend, schob seinen gezinkten Sessel an die Balustrade und erhob sich: »Durchlaucht, ich bin schwer beeindruckt von Eurem Besitz, Eurem

Reichtum, der mailändischen Kultur und besonders von Eurer Großzügigkeit und Gastfreundschaft. Vermutlich werde ich Jahre benötigen, um meiner Herrschaft alles zu schildern, trotzdem hoffe ich, morgen ...«

»Gut gesprochen, Dottore, ich danke Euch, aber so setzt Euch wieder.« Il Moro verwies Tannstetter mit dem Krallenspeer auf seinen Platz und forderte Leonardo auf fortzufahren.

»Bald habe ich alle Apostel zusammen. Lange fehlte mir der Philippo, aber auch diesen traf ich kürzlich.« Er sah zu Tannstetter und blätterte eine Doppelseite mit kleinen Zeichnungen auf. Sie zeigte einen Gefangenen, dessen eine Gesichtshälfte geschwollen war. Das Gewand zerfetzt, hing er zum Erbarmen traurig in seinen Ketten. Heiß durchfuhr es Tannstetter. Das war er selbst, im Verlies.

Il Moro äußerte sich nicht dazu. »Was ist mit dem Judas, habt Ihr ihn gefunden?«

Leonardo verneinte. »An einem Tag erscheint er mir klar vor Augen, am nächsten verwerfe ich das Porträt und suche neu.«

»Einen solch verschlagenen Menschen zu finden ist aber auch schwer, doch falls Ihr ihn aufspürt, deutet diese Figur bitte nur an. Nicht, dass der Papst ganz Mailand exkommuniziert, weil Ihr den Antichristen in lebensgroßer Gestalt auf einer ganzen Refektoriumswand abbilden wollt.«

6

Terra di Siena

Ihre Freizeit verbrachte Ina mit Recherchen in Münchner Bibliotheken und arbeitete sich durch die Kunstgeschichte. Mehrmals rief Zack an, er habe Sehnsucht nach ihr, außerdem wolle er endlich ihre Entscheidung hören. Ina sagte, sie brauche noch eine Weile und würde sich melden, was sie aber von Tag zu Tag verschob. An einem freien Nachmittag überwand sie sich und räumte die Galerie aus, montierte die Bilderhaken und Schienen ab und suchte ihre Unterlagen zusammen. Ein Aktenordner, ein paar Bücher, ein Stapel Zeitschriften und ein Adressbuch, mehr war es kaum. Doris hatte ihre Sachen längst abgeholt. Auch das Glas voller ungespitzter gelber Bleistifte, das ihnen jemand zur allerersten Vernissage geschenkt hatte. Ina hatte es immer als Symbol des Anfangs gesehen. Zwei Umzugskisten standen noch im hinteren Raum. Ina klappte einen Deckel auf. Lampen mit besonderen Formen lagen in den Kartons. Eine besaß einen Metallschirm, der wie ein Spitzentaschentuch ausgestanzt war, eine andere bestand aus vielen Gelenken mit großen Schrauben und Winkeln. Wegen ihrer vergilbten Farbe und des eiförmigen Schirms wirkte sie wie das altertümliche Speziallicht eines Forschers aus der Vergangenheit. Das mussten Oliver Rauchs Sachen sein. An den Lampengestellen standen, wie an der Glasblume, die er ihr geschenkt hatte, Straßennamen und Hausnummern, manchmal durch ein Datum ergänzt. Ina konnte der Versuchung nicht widerstehen, sie öffnete auch die andere Kiste. Darin befanden sich rostige Kastenschlösser mit kunstvoll geschwungenen Griffen. In manchen dieser Metallkästen steckte noch der Schlüssel, als wären sie aus den riesigen Türen alter Burgen ausgebaut worden. Oliver schraubte also nicht nur Glühbirnen aus Abrisshäusern, dachte sie, er sammelte allgemein Dinge, die vielleicht sonst für immer verloren gehen würden.

Seit ihrer Begegnung im Lenbachhaus hatte er sich nicht bei ihr gemeldet. Während sie »Schimmer & Kosmos« mit einer Rasierklinge von der Fensterscheibe schabte, überlegte sie, ob sie ihm einen Zettel schreiben sollte. Buchstabe für Buchstabe verschwand vom Glas, als kratzte Ina eine Schicht von sich selbst ab. Doch anders als erwartet, fühlte es sich eher an, als würde sie alte Haut abstreifen. Sie musste sich eingestehen, dass Doris viel eher als sie gemerkt hatte, dass auch sie selbst am Rande ihrer Belastbarkeit gewesen war. Nun hatte das Jonglieren zwischen Galerie und ihren Jobs ein Ende. Aufbruchstimmung machte sich in ihr breit. Ina konnte es gar nicht erwarten, wieder nach Hause zu kommen und weiter nach dem Bild zu suchen, obwohl sie bisher keinen einzigen Anhaltspunkt hatte. Dennoch glaubte sie, auf der richtigen Spur zu sein. Sie musste das Bild finden, dann würde sich alles ändern. Das gab ihr Halt und Kraft. Es war, als wäre Esther wieder bei ihr, half ihr, die Buchstabenkrümel zusammenzukehren und damit das Letzte, was noch von der Galerie übrig geblieben war, zu beseitigen. Ina betrachtete die leeren Räume. Nichts erinnerte mehr an das, was hier zehn Jahre lang stattgefunden hatte.

Als sie den kostenlosen Stadtanzeiger aus dem Briefkasten zog, um ihn in den Altpapiercontainer zu werfen, überflog sie ein letztes Mal die Schwabinger Nachrichten und blieb an ein paar Schlagzeilen hängen. Sie setzte sich auf die Türschwelle, grüßte Ute vom Wollladen gegenüber und plauderte kurz mit ihr, bis eine Kundin kam und um Beratung bat. Ina skizzierte die beiden auf den schmalen weißen Rand der Zeitung mit dem Stummelbleistift, den sie nun stets bei sich trug, und ergänzte ihre Zeichnung mit den Leuten, die an ihr vorbeischlenderten. So entstand eine Menschenborte rings um die Kleinanzeigen, nur dass sie anstelle der Gesichter Glühbirnen unter die Mützen und Haare zeichnete. Sie trennte die Seite heraus und schrieb *Herzlich Willkommen, Oliver,* dazu. *Mögen alle Münchner von Dir erleuchtet werden!* Anschließend faltete sie das Blatt und legte es zusammen mit ihrem Schlüssel in den Briefkasten.

Ob Josefine Bender etwas über das Bild in Erfahrung gebracht oder wenigstens eine Idee hatte, wo Ina suchen sollte, gab sie nicht preis. Beim nächsten Besuch fragte die Professorin nur, ob Ina dieses Mal Arbeiten von sich dabeihabe, als wäre sie immer noch ihre Studentin. Sie verneinte, und Josefine schickte sie nach draußen, der Rhabarber und die Erdbeeren mussten vom Unkraut befreit werden. Widerwillig folgte sie. Den Garten, wo sich überall Kunstwerke versteckten, hatte sie schon immer gemocht. Zu Beginn entdeckte Ina überhaupt nichts. Die Beete waren zugewuchert, vertrocknete Pflanzen vom letzten Jahr, hart wie Schilfrohr. Sie krallten sich im Boden fest, als Ina sie ausreißen wollte. Bald geriet sie ins Schwitzen, zog ihren Pullover aus, dann das Shirt und harkte schließlich im Top weiter. Die Wut, die in ihr aufstieg, sandte sie in die widerspenstigen Halme, sie zerrte an ihnen, bis sie nachgaben. Ihr wurde bewusst, wie sehr sie selbst festgesteckt hatte. Der immer gleiche Ablauf, Tag für Tag, ein Lauf ohne Ziel. Das Hin und Her mit Zack, ihre begrabenen Träume. Bald gefiel es ihr, in der

Erde zu wühlen. Der ungeschützte Boden hatte die rotbraune Farbe von Terra di Siena, war kalt, glatt, zugleich samtig und weich.

Ina erinnerte sich an eine Exkursion während ihres Studiums. Eine Woche war sie mit Josefine und der Klasse in der Toskana gewesen. In den Gassen von Urbino, Siena und Florenz, die von einem süßlichen Duft erfüllt waren, hatten sie gezeichnet oder gemalt, was sie ringsum wahrnahmen, und dabei gelernt den Blick auf das Wesentliche zu schärfen, auszuwählen und sich auf Details und Stimmungen zu konzentrieren, lange bevor »Urban Sketching« Kult wurde. Damals wollte Josefine unbedingt Terra di Siena kaufen, war ganz besessen davon. Sie glaubte, das Pigment gebe es vor Ort reiner und günstiger. Also fragte sie den Wirt ihrer Unterkunft, bedrängte eine Tabacchiverkäuferin und einen Schäfer auf einem Feld. Keiner verstand so recht, was sie wollte, egal, wie sehr sie versuchte, sich präziser auszudrücken. Schließlich stampfte der Schäfer auf die Wiese und rief, das hier, hier überall sei Terra di Siena, sie bräuchte sich bloß zu bedienen.

Verschwitzt und durstig betrachtete Ina nach ein paar Stunden ihr Werk. Sie hatte zwei Reihen leuchtend grüne Erdbeerpflanzen, an denen schon kleine hellrosa Beeren hingen, die nun in der Frühlingssonne reifen konnten, und eine große Rhabarberstaude freigelegt. Auch ein paar Tulpen und eine Pfingstrose, wenn sie sich nicht täuschte. Zum Schluss rahmte sie die Beete mit großen Steinen neu ein. Es gab noch viel mehr zu tun und vor allem regelmäßig, das Gras war knöchelhoch. Aber ein Anfang war gemacht, und Ina war stolz auf ihr Werk.

Auf der Fußmatte zog sie die erdverkrusteten Schuhe aus und ging ins Haus, um sich die Hände zu waschen und etwas zu trinken. Josefine schlief auf dem Sofa, ein tropfendes Handtuch über dem Gesicht. Auf dem Parkett unterhalb ihres Kopfes hatte sich eine Pfütze gebildet. Samsa lag ausgestreckt auf ihren langen Beinen, die die Sofalehne überragten. Seine Pfoten zuckten im Schlaf, als ob er von einem Rennen träumte. Die Vorhänge zur Terrasse waren zugezogen, Josefine hatte anscheinend noch nicht in den Garten geschaut.

Beim Blick in den Badezimmerspiegel bemerkte Ina ihren Sonnenbrand, ihre Schultern, Arme und auch der Nasenrücken leuchteten selbst wie Terra di Siena. Sie wollte gehen, ohne Josefine aufzuwecken.

»Ich höre dich, du brauchst dich also nicht davonzuschleichen.« Josefines Arm löste sich aus Samsas Fell. »Madame Migräne ist zu Besuch, bitte lass die Vorhänge zu. Aber mach mal die Schreibtischschublade auf.« Ina glaubte, dort würden Tabletten liegen, fand stattdessen ein Skizzenbüchlein, dessen Buchseiten mit grüner Wolle zusammengenäht waren. Es stammte aus ihrer Kindheit, damals hatte sie sich kleine Geschichten ausgedacht, sie illustriert und Josefine zum Geburtstag geschenkt. Sie stellte sich vor einen Streifen Tageslicht, der durch den Vorhang fiel, und blätterte durch das Heft. Der Text war nicht ganz rund, aber die Zeichnungen waren lustig. Mit welcher Selbstverständlichkeit und Leichtigkeit sie als Elfjährige noch gemalt hatte. Solche Hefte hatte sie oft gebastelt, die Idee stammte von Leonardo da Vinci. Wie er hatte sie sich Papier zurechtgeschnitten, zuoberst einen Karton aufgelegt, alles geknickt und im Falz zusammengenäht. Das Büchlein lochte sie dann in einer Ecke, damit sie es an eine Gürtelschlaufe ihrer Hose binden konnte, um es nicht zu verlieren. Leonardo hatte sein Skizzenbuch in Stoff eingerollt und an den Leib geknotet, im fünfzehnten Jahrhundert gab es noch keine Taschen in der Kleidung.

»Versuch doch, daran anzuknüpfen.« Josefine hob Samsa von ihren Beinen und setzte sich auf, immer noch das Handtuch über dem Gesicht.

Ina legte das Büchlein zurück und schob die Schublade zu.
»Schau dir den Garten an, gefallen dir die Beete so? Ich kann auch noch mähen, aber ich habe im Schuppen keinen Rasenmäher gefunden.«

»Nicht nötig, dafür habe ich jemanden.« Josefine drückte das Tuch fester auf die Augen. »Ich dachte, ich lass dich ein bisschen in der Erde wühlen, damit du deine rechte Gehirnhälfte in Schwung bringst. Du bist so verkopft mit dieser Galerie und allem. Reden und grübeln genügt nicht, Kunst muss man machen. Einfach irgendwo anfangen, die Hände bewegen, der Rest ergibt sich von selbst. Als Kind und als Studentin hast du immer hart an dir gearbeitet und trotz aller Mühen nie aufgegeben.«

»Das weiß ich, das brauchst du mir nicht zu sagen«, warf Ina ein.

»Ich will, dass du nächstes Mal etwas von dir mitbringst, egal was, ein Bild, Skizzen, Entwürfe für Plastiken, von mir aus ein Video, aber mach was.«

Schon wieder fühlte sie sich klein gemacht und unter Druck gesetzt, in Ina gärte es. Josefine war nie zufrieden mit den Arbeiten gewesen, die Ina während ihres Studiums abgeliefert hatte. Dich sollte ich malen, dachte sie. Josefine lag da, den Kopf verhüllt wie auf einem Magritte-Gemälde, der Kragen und die Schultern nass, die dürren Finger im Schoß gefaltet, den greisen Samsa im Tiefschlaf an ihrer Seite. Letztendlich kreiste Josefine auch nur um sich selbst, und Ina war es leid, sich immer noch von ihr bevormunden zu lassen. »Was ist denn jetzt eigentlich mit dem Porträt, von dem ich dir erzählt habe? Du wolltest mir bei der Suche helfen, ist dir dazu etwas eingefallen?«

»Welches Porträt?« Josefine tat so, als hörte sie zum ersten Mal davon.

»Das, was ich in London fast ersteigert hätte.«

Endlich nahm sie das Handtuch ab und warf es auf den nassen Fleck im Parkett. »Wie soll ich aufgrund deiner vagen Beschreibung ein Porträt aufspüren? Eine Frau in einem goldenen Kleid und mit Pferdeschwanz, das könnte Klimt oder Rembrandt oder irgendein unbekannter Maler sein. Ein so beliebtes Motiv, da kannst du gleich nach einem Stillleben mit Äpfeln suchen.«

Ina betastete ihren verbrannten Nacken. Ihre Haut glühte. »Es ist älter, glaube ich, es stammt aus der Renaissance. Das Modell trägt ein grünes Kleid in zwei Lagen, wie es damals Mode war, und darunter hat sie etwas Rotes an. Das ist zwar nur angedeutet, da das Porträt kurz unterhalb der Brust endet, aber man sieht am aufgeschnittenen Ärmel noch einen goldenen Rand mit Verzierungen. Ich habe es dir doch genau beschrieben.«

»Ich kann mir trotzdem nicht vorstellen, wie es aussieht, und ich brauche meine Tabletten.« Wankend stand Josefine auf, zog sich vom Sofa zum Stuhl, dann zur Kommode bis zum Spinett und zum Arbeitstisch und suchte zwischen ihren Zeichnungen nach ihrer Medizin. Dabei fegte sie ein paar Blätter hinunter.

Ina hob sie auf, nahm ein leeres Blatt Papier und ein Buch als Unterlage, setzte sich auf den Stuhl und begann zu zeichnen. In kurzen Strichen bannte sie das Porträt auf das Papier, so wie die Silhouette auf der Tischtennisplatte, nur versuchte sie es dieses Mal noch genauer und zarter. Sie radierte mehrmals, bis sie zufrieden war, hielt die Zeichnung von sich, um sie mit Abstand zu betrachten, und korrigierte die Nase. Ja, so sah das Porträt ungefähr aus. Der Mund stimmte noch nicht ganz, und an das Muster am Armausschnitt erinnerte sie sich auch nicht mehr genau. Es war einfach schon zu lange her. Auch die Form des Stirnbands hatte sie nicht mehr vor Augen, sie wollte es einfügen, wusste aber nicht mehr, wo es anfing und wo endete, darum ließ sie es ganz weg. Vor allem der Blick der jungen Frau verbarg etwas, was sie nicht erfassen konnte, jedenfalls nicht aus dem Gedächtnis, deswegen wollte sie das Bild finden. »Das ist sie in etwa.« Ina drückte Josefine ihre Zeichnung in die Hand und ahnte, was die Professorin dachte. Es ähnelte einem Selbstporträt, aber so war es nicht. »Das bin nicht ich, nicht, dass du denkst, dass ich das Bild deswegen suche. Es ist nur, ich ...« Ihr versagte die Stimme.

Plötzlich nahm Josefine sie in den Arm. Ina spürte fast jede Rippe unter der weiten Tunika, die sie trug.

»Der Anfang zählt«, sagte Josefine und löste sich wieder von ihr. »Hör das Sinnieren auf und leg los.« Josefine wankte ins Bad, kam endlich mit ihren Tabletten und einem Korb voller Tüten zurück. »Hier, für dich. Ich arbeite nicht mehr mit Pigmenten, aber du solltest es probieren.«

Mailand, im Heumonat, 1493

Gleich am nächsten Sonnentag fand die Umbenennung des Herrschersohns in der Schlosskapelle statt. Tannstetter wunderte sich, dass man sie nicht im Dom veranstaltete, um das Ereignis in die Öffentlichkeit zu tragen und so dafür zu sorgen, dass es auch über die Grenzen Mailands hinaus bekannt wurde. Vermutlich war ohnehin einiges an Bestechung nötig, die Taufe zu wiederholen. Und dann schob er es auch auf Il Moros Angst vor Attentaten. Dem halbjährigen Sforza-Sprössling, der Speckringe an Händchen und Füßchen hatte, schien es egal, ob er fortan Ercole oder Massimiliano gerufen wurde. Er drückte seine zerbrechliche Mutter nieder, die ihn wie einen schwergewichtigen Putto in ihren bläulichen Armen hielt, und spielte mit den Litzen der Mitra, während ihn der Bischof mit Weihwasser übergoss. Dabei verzog er keine Miene, als würde er sich noch an das erste Mal erinnern. Tannstetter hatte gehofft, bei dieser Gelegenheit Bianca Maria zu begegnen, doch die Zeremonie fand im kleinsten Kreis statt. Nur das Ehepaar und der Taufpate Biagino Crivelli, der Anführer der Armbrustschützen, Il Moros engster Vertrauter und Leibwächter, nahmen daran teil.

Nach den Feierlichkeiten stieg Tannstetter auf einen der rotbraunen Türme. Er wollte frische Luft schnappen. In einem Erker hielt eine Gruppe Mädchen ihre Köpfe in die Sonne, um sich die Haare zu bleichen. Er fragte, ob eine von ihnen Il Moros Nichte sei. Sie warfen sich Tücher über die Gesichter und brachen darunter in Gekicher aus, als hätte er sie gerade nackt gesehen. Mit rotem Kopf ging er fort. Auch seine Pagen, Rafik und Pamuk, die ihm sonst jeden Wunsch von den Augen ablasen, sich darum gekümmert hatten, dass sein Reisegewand gereinigt und geflickt wurde, und ihm sogar ein kleines Chirurgenbesteck besorgt hatten, das er, in ein Stück Leder mit aufgenähten Schlaufen gerollt, fortan immer bei sich trug, verstummten, wenn er sie nach der Auserwählten fragte, oder lenkten seine Aufmerksamkeit auf etwas anderes. Egal an wen er sich wandte, sobald er auf Bianca zu sprechen kam, schien man ihn, ähnlich wie bei seiner Ankunft, nicht mehr zu verstehen.

Vor allem Il Moro stellte sich diesbezüglich taub. »Wozu die Eile, Dottore? Ich will Euch noch zeigen, wo ich geboren wurde.« Mit einer Barkasse, die Pferde vom Ufer aus zogen, treidelten sie mit ganzem Gefolge über den *Naviglio Grande* zum Städtchen Vigevano, etwa sechs oder sieben Meilen südwestlich von Mailand, so zeigte es Tannstetters Kompass, den er im Felleisen bei sich trug. Bald hielten die Pferde. Sie kletterten über einen Steg aus Eisenstangen die Böschung hinauf und wechselten in eine andere Barkasse, die sie über einen natürlichen Fluss führte.

»Der Ticino entspringt im Tessin und mündet in den Lago Maggiore«, sagte Il Moro. »Von dort holen wir die rosafarbenen Marmorblöcke für den Dombau. Diese einzigartige Farbe gibt es nur in der Mutterhöhle bei Candoglia. So wird sich die Fassade unserer Kathedrale von allen Gebäuden der Welt, auch der von Rom, abheben, sobald sie fertiggestellt ist.« Wie üblich wartete er, bis Tannstetter ihm mit einem Kopfnicken bedeutete, dass er alles begriffen hatte, um es dem Kaiser und König genauso übermitteln zu können. Nun verstand er auch, wie sie die Marmorkolosse in die Stadt brachten. Dank der Stufen im Wasser, die Leonardo errichtet hatte, überwand jedes Boot Steigungen und Gefälle.

Sie besichtigten *La Sforzesca*. Die kleinere Ausgabe des städtischen Kastells war gleichwohl fünf Stockwerke hoch, ebenfalls aus roten Ziegeln gebaut und mit Schießscharten durchsetzt. Darin befand sich eine große Schusterwerkstatt, in der es vor lauter Hämmern und Zurufen so laut war, dass sie sich nur schreiend unterhalten konnten. Dort stellte man den zierlichen Fußschmuck für die Damen her, und auch das Leder für Tannstetters zweifarbige Entenschnabelschuhe wurde hier zerhauen. Er fragte sich insgeheim, ob diese Werkstätte wohl noch von Il Moros Vorfahren gegründet worden war. Seine Exzellenz ließ sich ein Paar neue Reitstiefel bemessen – ein schwieriges Unterfangen für den Schuster, der dem Herrscher nicht zu nahe kommen durfte, um nicht vom Krallenspeer getroffen zu werden, aber zugleich seine Füße erreichen musste.

Anschließend durchquerten sie die *Colombarone*, einen Musterbauernhof, der auch das Kastell in Mailand mit Lebensmitteln versorgte, und stiegen auf die *Falconiera*, eine herrliche Arkade, durch die der Wind strich. Sie war mit Friesen verziert und lag hoch über den Toren, die den Stall mit dem Wohntrakt im zweiten Stock verband. Leider konnte man sich nirgends auf der Brüstung aufstützen, um die Aussicht zu genießen, da alles mit Vogelkot verschmutzt war.

»Von hier lassen wir die Sperber auf die Zugvögel los, die im Herbst aus Bayern zu uns fliegen.« Il Moro schwang seinen Speer durch den Säulenbogen in den Himmel und lachte. »Wer ungefragt bei den Sforzas einfällt, riskiert sein Leben. Lasst uns bald auf die Jagd gehen, die umliegenden Wälder sind reich an Wild, man hat im Nu Beuteglück.« Tannstetter lächelte gequält. Die Jagt reizte ihn nicht. Er empfand weder Lust noch Spannung dabei, ahnungsloses Getier zu töten.

Abends auf der Fahrt zurück konnte er kaum noch die Augen offen halten, stürzte um ein Haar von Bord, als er, an die Reling der Barkasse gelehnt, einschlief. Als sie am Stadtgraben in Mailand schließlich ausstiegen, zwang sich Tannstetter trotz seiner Müdigkeit dazu, Il Moro erneut nach seinem Anliegen zu fragen, ehe dieser mit seinem Gefolge in seinen Gemächern verschwand. Wie üblich wurde er vertröstet. Langsam schlich sich bei ihm der Verdacht ein, Bianca Maria existiere gar nicht. Er hatte es satt, ständig hingehalten zu werden, wenn er vorankommen wollte, würde er die Angelegenheit selbst in die Hand nehmen müssen und sich an Herzog Gian Galeazzo wenden. Biancas Bruder musste doch wissen, wo sie sich befand. Doch als er ihn aufsuchen wollte, erfuhr er, dass er vor wenigen Stunden mit seiner Familie nach Pavia zurückgekehrt war. Jetzt gab es nur noch einen, der ihm weiterhelfen konnte, schließlich saß die Sforza-Braut bei ihm Modell. Tannstetter würde Leonardo einen Besuch abstatten.

Voller Tatendrang forderte er am nächsten Morgen seine Pagen auf, ihn zu Leonardos *botega* zu bringen. Wie nicht anders zu erwarten, lamentierten sie. Laut Il Moro sollten sie ihn heute durch die Waffenschmiede und die Münzmeisterei im Kastell führen. Der Herrscher sei in Regierungsangelegenheit unterwegs, und ohne seine Erlaubnis dürften sie Tannstetter nicht in die Stadt lassen.

»Bin ich etwa immer noch ein Gefangener?«, entrüstete er sich.

»Wir befolgen nur die Anweisungen, Dottore. Es könnte jedoch sein, dass Ihr den Florentiner in der Schmiede antrefft, dort hat er oft zu tun, um die Umsetzung seiner Pläne zu überprüfen«, sagte Pamuk.

»Auf den Zufall kann ich nicht warten.« Vom oberen Stockwerk aus sah Tannstetter die Leibwache im Hof eine Aufstellung üben. Die Pagen im Schlepptau, lief er hinunter und bat Hauptmann Crivelli um eine Unterredung. »Es ist an Euch, im Namen des heiligen römischen Kaisers Friedrich des Dritten und dessen gekrönten Sohn, Wiedergutmachung an seinem Gesandten zu verrichten.«

Crivellis Pausbacken erblassten. »Ihr ergebenster Diener, Dottore.« Er ließ ihn durch, wollte ihm sogar Begleitschutz mitgeben, doch Tannstetter genügten seine Pagen, die sich auf einmal bereit erklärten, ihn zur *Corte Vecchia* zu führen, wo Leonardo lebte. Sie gingen die Stadtmauer entlang, an der Händler ihre Waren feilboten. An einem ausladenden Vogelstand stapelten sich nicht nur Stare, Rotkehlchen und Drosseln in engen Käfigen, in verzierten Volieren saßen auch große Vögel. Manche exotisch bunt, einer mit einem Schnabel wie eine Sichel, andere mit aufwendigem Kopf- und Kragenschmuck oder langen Schwanzfedern, die aus den Gitterstäben hingen.

»Der Florentiner ist hier Stammkunde«, erklärte Rafik. »Er kommt regelmäßig her und kauft alle Vögel. Dann öffnet er die Käfige und lässt sie fliegen.«

»Wozu kauft er sie, wenn er ihnen die Freiheit schenkt?«, fragte Tannstetter.

Rafik zuckte mit den Schultern. »Es heißt, er studiert die Beschaffenheit ihrer Flügel. Man erzählt sich auch, dass er an einem Flugapparat baut, mit dem er sich eines Tages selbst in die Lüfte erheben will.«

7

Malachit

Von der Arbeit im Garten schmerzte Ina der Rücken, sie freute sich auf ihr Zuhause. Auf dem Heimweg kaufte sie ein paar Lebensmittel und Kerzen. Nachdem sie mehrmals neue Glühbirnen in die Fassung ihrer Deckenlampe eingedreht hatte und alle, als sie auf den Schalter drückte, wieder kaputtgegangen waren, hatte sie es aufgegeben und sich an Kerzenlicht gewöhnt. Die Stimmung gefiel ihr sogar, wenn sie las, um weiter nach dem Bild zu suchen. Nach einer kühlenden Dusche betupfte sie ihren Sonnenbrand mit verdünntem Essig. Bis das Teewasser kochte, stieg sie in den Dachboden und holte ihre Skizzenbücher, die sie in einem Koffer aufbewahrte. Als Kind hatte sie sich zu jedem Geburtstag einen neuen Koffer für ihre wichtigsten Sachen gewünscht, damit sie ihre Lieblingspuppe, das Malzeug und ein paar Süßigkeiten überall mit hinnehmen konnte. Mit zunehmendem Alter wurden die Koffer größer, den letzten bekam sie mit fünfzehn, auf ihm klebten noch Bilder der Popstars von damals. Sie bestrich sich Brote mit Orangenmarmelade, trank einen Earl Grey und blätterte auf dem Bett sitzend in den Heften, überflog viele nur, sie wollte die Erinnerungen, die die Zeichnungen in ihr weckten, nicht vertiefen. Einiges löste trotzdem ein Lächeln oder ein wenig Wehmut in ihr aus. Manchmal hatte sie Blankobücher mit schönen Klappdeckeln für ihre Einträge benutzt, aber die meisten waren selbst genähte Büchlein aus unterschiedlichen Papiersorten. Farbig oder gemustert, dazwischen Zeitschriftenseiten, auf die sie mit Tusche gemalt hatte. Anmerkungen fielen ihr ins Auge. Ideen für Geschichten. Ein Heft hieß »Gefühle«, war aber noch leer. Sie entfernte eine fingergehäkelte Schnur von einem anderen Heft und lochte das Gefühleheft. Dann klebte sie den Ausschnitt der Bäckertüte mit ihren Skizzen auf die erste Seite und schrieb das Datum dazu. Die Professorin mit dem Handtuch auf dem Gesicht musste sie einfach festhalten, also skizzierte sie Josefine und Samsa auf dem Sofa liegend. Ihr fiel noch ein Besucherpaar in identischer Trekkingkleidung ein, das sie am Morgen bei der Kunstauskunft beraten hatte, und auch die Gespinstfrau aus dem Museumsshop. Seite um Seite füllte Ina mit den Beobachtungen der letzten Tage. Oliver Rauch war auch dabei. Seine Gesichtszüge entglitten ihr, sobald sie sie aus dem Gedächtnis skizzieren wollte, wie die des Porträts. Bei Leuten, an die sie sich unbedingt erinnern wollte, erging es ihr oft so. Schon nach ein paar Tagen konnte sie ihr Aussehen nicht mehr fassen, sodass sie befürchtete, sie nicht wiederzuerkennen, falls sie sie traf. Nach ein paar Versuchen, Oliver zu porträtieren, gab sie auf, knotete das Heft an den Hosenbund, um es nicht zu verlieren, und schob es in die hintere Tasche ihrer Jeans. Wenigstens zeichnete sie wieder. Und zum ersten Mal seit Langem breitete sich Ruhe in ihr aus. Es gab wieder etwas, was sie erfüllte.

Mit der Suche nach dem Bild kam sie nicht weiter. Sie ging noch mal die Lesezeichen in den Büchern durch. In dem Renaissance-Bildband aus dem Museumsshop stand, dass Malachit eine der vorherrschenden Farben bei Porträts aus dieser

Zeit war. Ein zerstoßener und geschlämmter Halbedelstein, der, mit Eiweiß, Akazienharz oder Feigenmilch vermischt, das leuchtende Grün lieferte, wie es die Braut auf Jan van Eycks Gemälde »Die Arnolfini-Hochzeit« trug. Die Haartracht hatte Lucrezia Borgia eingeführt, las Ina. Ein Netz am Hinterkopf, das in einen geflochtenen Zopf überging, hatte die Papsttochter zum Modetrend des fünfzehnten Jahrhunderts gemacht. Und wirklich, Ina bemerkte auf vielen Gemälden dieser Zeit, hauptsächlich bei italienischen Frauen, eine ähnliche Frisur.

Sie klickte sich im Internet durch mehrere Seiten über Lucrezia Borgia, ihre Biografie faszinierte sie. Ein Leben, das sich aus Gerüchten und Verleumdungen zusammensetzte und Schriftsteller wie Victor Hugo und Alexandre Dumas zu ihren Romanen inspiriert hatte. Manche hielten Lucrezia für eine Giftmörderin, andere für eine gehorsame Tochter, die ehelichte, wen ihr Vater, Papst Alexander VI., auserwählte, um seine Macht zu festigen. Als Herzogin von Ferrara förderte sie die Künste, musste schwere Geburten und zugleich die Ermordung von Freunden und Verwandten ertragen. Herausragend war ihre Liebe zu ihrem Bruder, Cesare Borgia, der von den einen als skrupelloser Tyrann verteufelt, von den anderen als Held verehrt wurde. Machiavelli diente er als Vorbild für sein Buch *Der Fürst*. Von Cesare Borgia gab es einige Porträts. Von Lucrezia dagegen existierte außer einer stilisierten Darstellung auf einer Münze kein ihr zugeschriebenes Bildnis. Das war ungewöhnlich für solch eine bekannte Persönlichkeit, deren Schönheit gepriesen wurde und die sämtlichen Adelsfrauen als Ikone diente. Wie damals üblich, huldigten die Hofmaler ihre Auftraggeber als Heilige, so verlieh der Renaissancemaler Pinturicchio der heiligen Katharina die Gesichtszüge Lucrezias. Das Bild hing noch heute im Vatikan. Er war allerdings umstritten, ob es sich dabei wirklich um die Papsttochter handelte. Genauso verhielt es sich mit einem Gemälde von Bartolomeo Veneto, das eine junge Frau mit entblößter Brust zeigte. Sie hielt Blumen in der Hand, der Malstil erinnerte an Botticellis berühmten »Frühling«.

Ina vertiefte sich weiter in die Malweisen der Renaissance, verglich ihre Erkenntnisse mit den Bildern von Leonardo da Vinci, die ihr eigener kostbarer Bildband zeigte. Seit Jahren hatte sie das großformatige Buch nicht mehr aus dem Schuber geholt. Leonardos Arbeiten hatte sie ohnehin verinnerlicht, dachte sie und staunte, als sie sie erneut betrachtete und vieles entdeckte, was sie vergessen hatte. In seinen Notizbüchern sammelte er, was er beobachtet hatte oder ihm einfiel, und er plante, seine Notizen später in einzelne Bücher aufzugliedern. Abteilungen nannte er das. Er stellte Malerregeln auf, die Ina beim Wiederlesen verblüfften. Seitenlang beschrieb er, wie er die Sintflut darstellen würde, was sich wie die Regieanweisung eines Actionfilms las. Es war so plastisch dargestellt, dass Ina beim Lesen die Schreie der Menschheit hören und ihre Angst vor dem Ertrinken spüren konnte. *Blitze rasen wie Schlangen durch die Luft und alles versinkt.* Nüchtern zählt er zum Schluss die zu malenden Abteilungen auf: Finsternis, Wind, Sturm auf dem Meer, Flut, brennende Wälder, Regen, Erdbeben und Bergstürze, Verwüstung der Städte. Neben den präzisen Skizzen in Tusche, Silberstift oder Rötelkreide fanden sich Einkaufslisten und Bemerkungen zu seinen Gehilfen, Abhandlungen zur Malerei, Bildhauerei, zur Mechanik, Geometrie und Astronomie, zur Waffentechnik, zum Schleusenbau. Zu Lebzeiten hatte er es nur geschafft, seine Überlegungen zur Kunst des Fliegens und zur Schönheit des Wassers in Einzelbänden zusammenzufassen. Diese Bücher hielt ein Knebelholz zusammen, ähnlich dem Verschluss eines Dufflecoats. Nach Leonardos Tod wurden seine Manuskripte und Skizzenbücher auseinandergerissen, die Zeichnungen einzeln an den Höchstbietenden verkauft. Vieles ging verloren und es würde nie mehr rekonstruiert werden können, wie der Künstler seine Werke selbst gerne gesehen hätte. Dennoch verbarg sich zwischen seinen Aufzeichnungen in Spiegelschrift unerschöpfliches Wissen. Ina beherrschte diese Schreibweise auch, Linkshänder schrieben leichter von rechts nach links, als umgekehrt, um das frisch Geschriebene nicht zu verschmieren. Trotz ihrer Italienischkenntnisse fiel es ihr schwer, die Originaltexte zu verstehen, und sie war froh um die deutsche Übersetzung. Einige seiner Zeichnungen besaßen die Schraffur, die Ina auch in dem Auktionsporträt gesehen und die sie sofort an ihn erinnert hatte.

Ob Leonardo Lucrezia Borgia kannte und sie womöglich porträtiert hatte, war nirgends belegt. Immerhin war das aber ein Ansatz, um weiter zu forschen. Sie verglich Leonardos Aufenthaltsorte mit denen von Lucrezia, doch abgesehen von Rom, das Leonardo erst mit sechzig Jahren besuchte, als längst ein anderer Papst regierte, gab es keine historisch belegten Überschneidungen. Es sei denn, die beiden wären sich auf einer der Festlichkeiten begegnet. Ina fiel auf, dass sie im selben Jahr gestorben waren. 1519, Lucrezia mit neununddreißig, Leonardo mit siebenundsechzig. Sie in Ferrara und er im fernen Frankreich, auf Schloss Clos Lucé in Amboise, wohin ihn König Franz I. eingeladen hatte und wo Leonardo seine letzten drei Lebensjahre verbrachte. Als junger Mann hatte er Florenz verlassen, um am Hof in Mailand zu arbeiten. Dort entstand unter anderem »Das letzte Abendmahl« und einige andere seiner berühmtesten Gemälde. Die Sforzas, die Mailand zu der Zeit regierten, waren einst Bauern und Handwerker gewesen und hatten über mehrere Generationen hinweg den Aufstieg in den Hochadel erreicht. Ina fiel eine Frau auf, die Geschichte geschrieben hatte. Caterina Sforza, die Tigerin. Sie hatte gegen Cesare Borgia gekämpft. Hier schloss sich der Kreis, dachte Ina, auch von dieser mutigen Frau gab es kein verbürgtes Porträt.

Es klingelte. Ina notierte »Caterina Sforza« neben »Lucrezia Borgia« in ihr Heft, schob es in die hintere Hosentasche und drückte auf den Türöffner. Zu ihrem Erstaunen kam Zack die Treppe herauf.

Er begrüßte sie mit einem flüchtigen Kuss, trat in die Wohnung und äußerte sich verwundert zum Kerzenlicht. »Ich wollte dich abholen«, sagte er. Ina hatte eigentlich keine Lust auszugehen, auch nicht auf Kino oder eine Party, sie war in Gedanken ganz woanders.

»Hast du endlich über mein Angebot nachgedacht?«, fragte er.

Ina legte eine Hand um ihr Skizzenbuch, tastete zwischen die Seiten. »Was du vorhast, ist illegal. Ich mach das nicht. Mir geht es beim Malen erst mal nicht ums Geld. Und falls ich wieder anfange, dann will ich nicht anonym sein. Ich will etwas Eigenes schaffen.« Sie strich mit der Fingerspitze über die aufgeklebte Bäckertüte, als wollte sie sich versichern, dass das Gezeichnete noch da war, spürte die Knicke im Papier, fuhr die Linien entlang. Das schenkte ihr Kraft.

Zack betrachtete sie mit zur Seite geneigtem Kopf wie ein Kuriosum, dem man besser nicht traute. »Was ist los mit dir? Seit London hast du dich total verändert. Hast du jemanden kennengelernt?«

Ina verdrehte die Augen, als ob ein anderer Mann die Lösung für ihre Probleme wäre. Meist begannen sie doch damit.

Er griff nach Olivers Glühbirnenblume, die auf dem Schreibtisch lag, und drehte sie achtlos in den Händen. »Machst du jetzt Ikebana?« Ina nahm sie ihm weg, bevor sie zerbrach, und legte sie auf ihr Kopfkissen. Das begriff Zack als Aufforderung, zog sie an sich, küsste sie auf den Mund, die Ohren, den Hals, seine Finger glitten unter ihr Shirt. Er kratzte sie, als sie sich aus seiner Umarmung wand, auf der ohnehin schmerzenden Haut.

Zack fuhr sich durch die Haare und ließ sich aufs Bett fallen. Fast zerquetschte er dabei die Blume, Ina rettete sie ein zweites Mal und legte sie ins Regal. Er verschränkte die Hände im Nacken und sah zu ihr hoch. Sie könnte ihm von dem Porträt erzählen, versuchen, in Worte zu fassen, was sie selbst kaum begriff. Aber schon gegenüber Josefine war ihr das nicht gelungen, bestimmt würde Zack sie auslachen. Außerdem hielt er wenig von den alten Meistern, verdiente zwar sein Geld mit den Kopien ihrer Werke, bezweifelte aber ihre Genialität, da sie so einfach nachzumalen waren. Dass man sich für nur ein einziges Bild begeisterte, würde er sowieso nicht verstehen, ihn interessierten immer nur Werkserien und Weiterentwicklungen. Also schwieg sie.

Er seufzte. »Meine Güte, illegal. Das kommt auf den Standpunkt an, meinst du nicht?« Er klopfte neben sich auf die Bettdecke. »Du fehlst mir.« In Ina schmolz etwas, sie gab nach, umarmte ihn, legte sich zu ihm. Er drängte sich an sie, streichelte sie. Sie erwiderte seine Liebkosungen. Hastig zogen sie sich aus, liebten sich zwischen den aufgeschlagenen Bibliotheksbüchern und Notizzetteln. Ina dachte an die nächsten Leser, die ihre Gerüche mit nach Hause nehmen würden. Hinterher durchströmte sie ein Gefühl von Geborgenheit, das schnell verflog.

Tatsächlich stand Zack rasch auf und zog sich wieder an. »Gleich kommt ein Kurator aus Kassel zu mir. Er interessiert sich für meine Bilder.«

»Für deine Antis? Toll!« Arbeiten, die ohne Auftrag entstanden, nannte er so. Wahre Kunst war für ihn »Anti«, musste »Anti« sein. Hässlich, verstörend, provozierend. Man sollte sich unwohl fühlen, wenn man eines seiner Originale betrachtete, und trotzdem den Blick nicht davon wenden können, als wäre man festgenagelt. Mit seinen zwei Meter großen Leinwänden, die er auf jede erdenkliche Art und Weise malträtierte, wollte er wachrütteln. Übrig blieben kryptische Zeichen, graubraune Schichten, die den Betrachter ins Leere schickten. Einen Farbklang verdeckte er sofort wieder, zerstörte jeden Anflug von Harmonie. Und doch war er nie mit dem Ergebnis zufrieden. Verlor er die Lust an einem Bild, stellte er es zur Seite und begann ein neues. Langweilte ihn auch das, tauschte er es gegen ein altes Wrack, das er weiter bearbeitete, bis kaum noch etwas übrig blieb. Wenn Ina seine düsteren Kolosse betrachtete, erkannte sie vogelähnliche Wesen in den Schlieren, die wegen ihres Gewichts und ihrer verstümmelten Flügel nie würden abheben können. Sie hütete sich, Zack ihren Eindruck mitzuteilen, denn er war auch gegen jede Form. Bei dröhnendem Techno oder sirrender Glasharfenmusik entstanden, verschwand das Figurative unter einem Gekröse aus Pinselstrichen. Manchmal leerte er Farbbüchsen auf der Leinwand aus, übersprühte alles mit Schwarz, schnitt die Leinwand schließlich mit dem Rasiermesser aus dem Keilrahmen und spannte sie auf kleinere Formate auf, wo der Prozess von vorne begann. Die echten Zacharias-Eisenfells waren unvollendet.

»Ich brauche dich.« Er bückte sich und küsste ihre nackte Brust. »Du kennst dich mit Konditionen aus und kannst mir beim Verhandeln helfen.« Das waren ganz neue Töne, bisher hatte er ihr noch nie Einblick in seine Geschäfte gewährt.

Sie ließ sich überreden, und sie fuhren in sein Atelier. Kurz darauf kamen nicht nur der Kurator, sondern auch ein paar andere Leute, was Zack nicht erwähnt hatte. Auch Malvina war dabei, seine Exfreundin. Die anderen Gäste kannte Ina nur flüchtig. Rafael natürlich, Zacks besten Freund, der in vielen

Berufen zu Hause schien, aber meist behauptete, er sei im Import-Export tätig. Dann zwei Künstlerinnen in selbst bedruckten T-Shirts, die vom Kettenrauchen gelbe Finger hatten und immer leicht abwesend wirkten. Ein Bildhauer, der aus jedem Gegenüber eine Formensprache herauslas, wie Ina in Gesprächen mit ihm schon öfter hatte feststellen dürfen. Ein Deutschlehrer, der nach einem Verlag für seinen Debütroman suchte und sein Coming-out mithilfe von Rotwein vorbereitete. Ina behagte die drogenlastige Stimmung nicht. Sie rauchte nichts, mochte keinen Wein, ihr reichte die Kunst, um sich zu berauschen. Zack hingegen war in seinem Element. Er legte John Zorns »Naked City« auf. Bald dröhnte Jazzcore durchs Atelier, eine Mischung aus Heavymetal und Jazz. Der Holzboden der ehemaligen Trambahnhalle schien zu vibrieren, verfing sich in der fransigen Flugobjektkonstruktion aus alten Videobändern, die Zack unter dem Gewölbe montiert hatte. Für Ina war es, als bohrte jemand in ihren Eingeweiden. Jeder brüllte, um sich zu verständigen. Bloß Malvinas Lachen übertönte alles. Drehte Zack seine Musik bei der Arbeit auf, benutzte Ina Ohrstöpsel oder hörte die Playlists ihrer Lieblingslieder übers Handy. Hauptsächlich Filmmusik, die Bilder und Geschichten durch Klänge zurückrief oder Liedermacher wie Angelo Branduardi. La Pulce d'acqua. *Es ist der Wasserfloh, der deinen Schatten stahl, und nun bist du krank. Und die Herbstfliege, die du zerquetscht hast, wird dir nicht verzeihen ...* Um seine und Leonardo da Vincis Texte zu verstehen, hatte sie Italienisch gelernt.

Nach drei gedehnten Zorn-Improvisationen, die in den Ohren kratzten, stahl sie sich in den Hintergrund, zum Stehpult in einer Ecke, in der sich Bücher stapelten. Die meisten kannte sie, aber Zack schleppte oft gebrauchte Kunstbände von Flohmärkten an. Ein paar Seiten lang vertiefte sie sich in ein brüchiges Heft zum Kunstunterricht, das einem Mäusefraß zum Opfer gefallen sein musste. Darin setzten sich die Autoren mit der Porträtmalerei auseinander, lieferten einen anschaulichen Querschnitt durch die gesamte Kunstgeschichte, und sie fand eine Beschreibung der »Dame mit dem Hermelin«, die eine Geliebte des Sforza-Herrschers gewesen und von Leonardo porträtiert worden war. Sie verweilte einen Augenblick lang in dem Werk. Auch wenn die junge Frau sehr besonders war, ähnelte nur die Malweise, die Art der Darstellung der Porträtierten, die sie suchte.

Anschließend stöberte sie in Zacks Postkarten und Fotos. Er besaß jede Menge alter Aufnahmen, Schwarz-Weiß-Fotos und Polaroids. Die meisten Bilder stammten aus Haushaltsauflösungen. Die Gewohnheit, in Nachlässen zu stöbern, hatte er mit Oliver Rauch gemeinsam, das war Ina bereits aufgefallen. Beide versuchten Nachlässe zu bewahren, wenn auch aus unterschiedlichen Gründen. Professionelle Entrümpler boten die Fotos aus alten Familienalben schachtelweise auf der Auer Dult an. Zack kaufte einzelne Fotos oder willkürlich zusammengestellte Bündel zur Inspiration. Eigentlich traurig, dachte Ina, jemand hatte sich die Mühe gemacht, die Fotos sorgsam chronologisch einzukleben, und dann überließ man sie einem Fremden, der sie wie Spielkarten mischte. Niemand würde je wieder herausfinden, wie die Fotos zusammengehörten, und die Biografien rekonstruieren können, die sich dahinter verbargen.

Sie öffnete den Deckel des Schreibpults. In einer verzinkten Holzschachtel verwahrte Zack seine Farbkartei. Sie hob sie heraus. Auf Karten und Zetteln hatte er sich die Farbzusammenstellungen bedeutender Kunstwerke, die er auf Reisen durch die Museen in vielen Ländern studierte, mit nur für ihn verständlichen Bleistiftkürzeln notiert. Rembrandt, Vermeer und Frans Hals, die Meister des goldenen Zeitalters, oder auch die von südfranzösischem Licht inspirierten Gemälde von

Cezanne, Matisse und Picasso bis hin zum Blauen Reiter und anderen Künstlern der Moderne. Sie entdeckte eine Farbprobe zu einem Botticelli-Porträt eines jungen Mannes, das er grob skizziert und beschriftet hatte. Zinnoberrot die Kopfbedeckung, Malachitgrün die Weste oder das Wams, wie es damals hieß, komplementär mit Pompejanischrot unterlegt, französischer Ocker um das Gesicht und um die Hände aufzuhellen. Sie versuchte sich das Gemälde in Farbe ins Gedächtnis zu rufen. Vor ein paar Tagen erst hatte sie Botticellis Werke angeschaut.

Auf einmal stand Zack hinter ihr, umfasste sie, küsste ihren Sonnenbrand im Nacken. »Komm, ich stell dir Benedikt vor, du weißt schon, der sich für meine Bilder interessiert.« Er drehte die Musik leiser und zog sie mit sich.

In seinem taubenblauen Anzug mit Krawatte und Turnschuhen wirkte der Kurator wie ein Abiturient, hatte aber bereits promoviert. Als Benedikt hörte, dass Ina im Haus der Kunst arbeitete, löste sich seine Zunge, und er erzählte, dass er auch Führungen im astronomisch-physikalischen Kabinett in Kassel mache. »Das Highlight unserer Ausstellung ist ein mechanischer Maikäfer, dessen Fühler und Beine sich mithilfe eines Uhrwerks im Innern bewegen.«

Ina hatte sich unter einem astronomisch-physikalischen Kabinett eher ein Planetarium mit Teleskopen vorgestellt.

»Natürlich haben wir auch riesige Quadranten, frühe Rechenmaschinen, Himmelsgloben und Astrolabien«, fuhr Benedikt fort. »Alles, was die Forscher seit der Renaissance benutzten, um den Kosmos zu verstehen. Sie wollten damit nicht nur der Wissenschaft dienen, sondern stellten auch Prophezeiungen an. Ganze Königshäuser ließen sich von den Tierkreiszeichen und Planetenverdunkelungen beeinflussen. Astronomie und Astrologie waren damals noch dieselbe Wissenschaft.

Ärzte heilten und deuteten zugleich das Schicksal des Patienten in den Sternen. Das verlieh ihnen Macht und Einfluss. Heute zählt Astrologie ja eher zur Esoterik.«

Malvina rief nach Zack und winkte ihn zu sich, als ob sie ihm dringend etwas zeigen müsste. Er versuchte zuerst, sie zu ignorieren, doch sie gab keine Ruhe. Zack schenkte Malvina ein neues Glas Wein ein, und sie legte ihre Hand auf seine, als könnte er die Flasche nicht alleine halten.

Statt Eifersucht machte sich in Ina Enttäuschung breit. Sie wandte sich wieder an Benedikt.

»Schwor nicht sogar der deutsche Kaiser auf Horoskope? Das habe ich aus einem Renaissancebuch über Italien, ich weiß aber nicht mehr, in welchem Zusammenhang.«

Benedikt nickte. »In sämtlichen Fürstenhöfen Europas war das so. Ich kann dir gerne ein paar Bücher nennen.« Er schien froh, sich mit jemandem über Geschichte unterhalten zu können. Sie tauschten ihre E-Mail-Adressen aus. »Als Gutenberg den Buchdruck erfand, erreichte die Sterndeutung auch das Volk. Auf einmal konnte sich jeder Kalender und Planetenkarten leisten und sein Leben danach ausrichten.«

»So ein Sterndeuter hatte also die Fäden in der Hand«, sagte Ina.

Benedikt nippte an seinem Weißwein. »Stell dir vor, wenn das heute noch so wäre, ein Arzt verschreibt dir nicht nur Medizin, sondern erstellt auch dein Horoskop.« Er spitzte den Mund und verstellte die Stimme. »Gnädigste, leider sind Ihre Mandeln total zerklüftet, das bewirkt die Venus, die ungünstigerweise in Opposition zum Widder steht.«

Ina lachte.

»Was ist so lustig, Frau Kosmos?« Zack kehrte zurück, wollte Ina umfassen, sie entkam ihm, indem sie sich ein Wasserglas schnappte.

»Wieso Frau Kosmos?«, fragte Benedikt. »Bist du Astronomin?«

»Mein Vater ist Grieche, also besser gesagt, halb Grieche, halb Deutscher, das ist alles.«

»Aber Ina ist sehr ta-len-tiert, das sag ich dir«, Zack lallte bereits, »doch das Malen hat sie aufgegeben, um andere zu fördern, solche wie mich. Ohne sie stünde ich nicht da, wo ich bin. Komm, ich zeig dir mal, was ich so in den letzten Jahren geschaffen habe.« Er senkte seine Hand auf Benedikts schmale Schulter, wie ein Bär, der sich sein Opfer auswählt, und schob ihn zu seinen »Anti«-Bildern.

Mailand, im Heumonat, 1493

Tannstetter gierte darauf, den Hofkünstler bei der Arbeit anzutreffen, doch der Weg zog sich in die Länge. Sie liefen bereits am vierten Stadttor vorbei, er hatte mitgezählt. Endlich verließen sie den Mauerring, bogen in eine dunkle Gasse ab und betraten ein Haus, das etwas zu schmal für eine Werkstatt wirkte und im Erdgeschoss aus einer einzelnen Kammer bestand. Vor einer Schweinsblase, die eine Luke abdichtete, pfiff eine Meise eine klägliche Melodie. Es roch nach Kohl, und Kindergeschrei drang aus dem oberen Stockwerk. Tannstetter dachte schon, sie seien am Ziel, da verließen die Pagen das Gebäude durch die Hintertür, stiegen über das Dach eines flachen Ziegenstalls und sprangen mit Anlauf hinunter. Er folgte ihnen und plumpste in einen Brennnesselhaufen.

»Was sollte das?« Mit erhobenen Händen kletterte er heraus.

»Nur eine Abkürzung«, erklärte Rafik.

»Und wann sind wir da?« Tannstetter rieb sich die brennende Haut, außerdem hatte er sich auch in den Entenschnäbeln Blasen gelaufen. »Ist das der alte Hof?« Er deutete auf ein Anwesen mit halb verfallener Altane, unter der Schleifwerkzeuge standen. »Oder jener dort, neben der Töpferei?«

»Nur noch über diesen Platz, Dottore.« Rafik hakte ihn unter, als er zu humpeln begann.

»Jetzt noch hier entlang«, sagte Pamuk ein paar Ecken später, als Tannstetter es nicht mehr aushielt und die Schuhe auszog. Es nahm kein Ende, wie eine Spinne ihr Netz durchkreuzten sie die Stadt, auch leider ohne Ariadnes hilfreichen Faden. Bald brannten ihm die Fußsohlen. Tannstetter hätte schwören können, dass sie an dieser Auslage mit den getupften Tonkrügen oder jener Fassmacherei schon mal vorbeigekommen waren. Sie gelangten zum Dom, den er bei seiner Ankunft auf viel kürzerem Weg erreicht hatte, umrundeten einen mehrstöckigen, halb verfallenen Palast mit bezinnten Türmen. Der Putz der Fassade war weggebrochen, die Malerei nur noch undeutlich zu erkennen. Schließlich betraten sie ein Atrium, das mit tropfenden Kitteln auf Wäscheleinen verhängt war. Auf dem zerkratzten Mosaikboden standen beschädigte Wagen mit gebrochenen Deichseln oder fehlenden Rädern, daneben lag das Gerippe eines mit Muscheln bewachsenen Schiffsrumpfs. Aus einem Kamin in der Seitenwand stieg gelber, nach Schwefel riechender Rauch auf und umhüllte die frisch gewaschenen Gewänder an den Leinen.

Die drei bedeckten Nase und Mund mit den Ärmeln, und Rafik zeigte auf ein halb geöffnetes Tor, das über eine Rampe erreichbar war. »Hier ist es, Dottore. Wir warten draußen auf Euch, wenn es recht ist.«

»Scheinheiliges Lumpengesindel«, entfuhr es Tannstetter. »Habt mich zum Narren gehalten, hierher hätte ich auch allein gefunden.« Ein schriller Schrei ertönte, gefolgt von einem derben Fluch.

»*Prenditela nel culo.*« Unverkennbar, das klang nach Zoroastro. Tannstetter durchquerte einen Saal voller Gerätschaften. Auf Tischen, Pulten und Regalen standen Tiegel mit Farbresten. Halb zermahlene Malachitsteine lagen herum, Becher voller Pinsel und ein Stapel dieses neuartigen Papyrs mit Wasserzeichen und Büttenrand, das auch zum Buchdruck verwendet wurde.

Tannstetter folgte dem Wehklagen und hangelte sich an Stelen mit Tonklumpen vorbei, die mit feuchten Tüchern abgedeckt waren, stolperte über gebogene Eisenstücke auf dem Boden, wo auch Holzgebilde, Teile von Rädern, lose Verbindungen aus Fäden und Stöcken lagen, bis er ein Laboratorium erreichte. Zoroastro stand am Blasebalg vor dem Feuer, von seiner Hand tropfte Blut. Auf den Dielen lag eine rostige Schneide, die wohl der Grund für seine Verletzung war.

Tannstetter sah sich um, roch an einigen Flaschen, die vor den spitzgiebeligen Fenstern aufgereiht waren. Er zuckte zurück als richtige Schärfe in seine Nase fuhr und übergoss Zoroastros Schnittwunde damit, die sich bis in die Handfläche zog.

Der Bursche sog die Luft durch die Zähne. »Wollt Ihr mir den Finger wegätzen?«

»Still, sonst entzündet es sich, und Ihr verliert die ganze Hand oder den Arm sogar, dann ist Eure eigene Lebenslinie durchtrennt.« Tannstetter konnte sich nicht verkneifen, ihm die Handleserei vorzuhalten. »Singt ein Avemaria oder wonach Euch gerade ist, die Wunde muss genäht werden.« Er entrollte sein Besteck, legte die Nadel ein paar Augenblicke in die Glut des Feuers und fädelte dann einen Faden durch das Öhr. Zoroastros Gesicht verriet, dass er lieber Reißaus nehmen wollte, als Tannstetter ihn auf einen Stuhl zwang und die Wunde verschloss. Er zischte, jaulte und hieß ihn sämtliche Namen, was Tannstetters Sprachschatz erweiterte und ihm einen Hauch von Genugtuung für den Seiltrick auf seine Kosten verschaffte. Als es geschafft war, riss er ein sauberes Stück Leinen von einem Stoffballen, wickelte es erst um den verletzten Finger, dann um die ganze Hand und das Gelenk, das voller blauer Flecke war. Damit nichts verrutschte, drehte er Zoroastro zuletzt noch eine Schlinge und legte sie ihm um die Schultern seines Klappermantels. Er ermahnte den Magier, dem die Schweißperlen in den Kragen liefen, sitzen zu bleiben. »Haltet Euch in den nächsten Tagen ruhig und meidet Schmutz, dann beruhigt sich die Hand bald.«

»Ihr habt gut reden.« Mit der gesunden Linken nahm Zoroastro die Flasche und trank.

Dabei fiel Tannstetter auf, dass er ebenso am unverletzten

Handgelenk blaue Flecken trug, ähnlich der Donna Beatrices, die sicher keine schweren Hilfsarbeiten wie Zoroastro verrichtete. »Woher stammen diese Verfärbungen?«, fragte er. »Ward Ihr gefesselt wie ich?« Seine Male hatten sich erst lila, dann gelb gefärbt und waren mittlerweile kaum noch zu erkennen.

»Nichts dergleichen, die sind auf einmal ...« Er erbrach sich in einen Kübel und wischte sich mit dem klirrenden Knochenärmel über den Mund. »Aber darum ist mir auch das Missgeschick mit dem Messer passiert, ich habe kaum Kraft in den Gelenken.«

»Leidet Ihr schon länger an Übelkeit?«

»Ihr seid schlimmer als meine Mutter mit Euren Fragen.« Zoroastro trank noch mal. »Wenn Ihr es genau wissen wollt, Dottore, ich kann weder scheißen noch brunzen, alle Löcher sind seit Tagen wie zugestopft.«

»Dann lasst doch die Sauferei.« Tannstetter nahm ihm die Flasche weg. »Trinkt Wasser oder noch besser Milch.«

»Soll ich mich wieder von einer Amme säugen lassen?«

»Warum nicht?« Tannstetters Mundwinkel zuckten. »Die nährende, warme Brust eines Weibes ist nicht das Schlechteste. Ich nehme an, Ihr rührt die Farben für Leonardo an?«

»Das macht, wer gerade Zeit dazu hat, der Meister hat ein halbes Dutzend Gehilfen. Seit er die Farbenmühle gebaut hat, geht es leichter, die Pigmente zu zerkleinern.« Er zeigte auf das große Mahlwerk, unter dem die Malachitsteine lagen. Es erinnerte Tannstetter an die Ölpresse in Vigevano. Zoroastro krümmte sich wieder. »Nur das Weiß übernehme ich, mir gelingt die Herstellung am besten mit ausreichend Pferdemist und Essig.«

Nun wusste Tannstetter, was ihm fehlte. »Hütet Euch vor allem Weißen, Ihr erteiltet mir diesen Rat, dabei solltet Ihr ihn selbst beherzigen. Die weiße Farbe ist der Grund für Euer

Leiden, Ihr habt eine Bleivergiftung.« Tannstetter dachte an die Arbeiter einer Bleimanufaktur, denen sein Vater statt einer Medizin zwei Ziegen gebracht hatte, damit sie immer ausreichend Milch trinken konnten, und erzählte dem Magier davon. Und Donna Beatrice vergiftete sich vermutlich auch, wenn sie weiterhin ihr Gesicht mit Bleiweiß aufhellte. Er zweifelte, ob er sich anmaßen durfte, der Herrschaft diesen Befund mitzuteilen.

»Sagt, seid Ihr allein, wo ist Euer Meister?«, fragte er, als er einigermaßen sicher war, dass Zoroastro seine Anweisungen begriffen hatte.

»In der Münzmeisterei, glaube ich. Er liefert ein Bildnis ab.«

Tannstetter horchte auf. »Etwa das Porträt von Il Moros Nichte?«

Zoroastro schüttelte den Kopf. »Das war für Gian Galeazzo und den Herrscher selbst. Anna wird noch nicht auf Münzen geprägt.«

»Welche Anna? Ich rede von Bianca.«

»Ach so, die andere Tochter, die kenne ich nicht.«

»Bianca Maria ist Il Moros Nichte, ihretwegen bin ich hier. Sie soll mit meinem Auftraggeber, dem Kaisersohn, vermählt werden.«

»Von mir aus. Weibsvolk gibt's genug hier, und wie das alles heißt, merke ich mir nicht.« Das klang nach Verbitterung oder abwegigen Lüsten.

»Seid Ihr schon lange Leonardos Gehilfe?« Er beschloss auszuharren, bis der Meister zurückkehrte, räumte kleine Tonfiguren mit Hörnern und Krebsbeinen von einem Stuhl und setzte sich ebenfalls.

»Elf Jahre bald, Leonardo wollte einen Handwerker für seine Metallarbeiten. Ich bin gelernter Schmied und habe bereits unter den Medici gedient wie er.«

Die Medici waren der Hochadel, den Ludovico Sforza anstrebte. »Dann habt Ihr schon in jungen Jahren alles erreicht, was man erreichen kann, aber warum habt Ihr Florenz verlassen?«

Zoroastro nickte. In Florenz sei Leonardo in Bedrängnis geraten, weil seine Auftraggeber ungeduldig wurden. Denn zu viele Malaufträge blieben unvollendet.

Das war offenkundig eine Eigenheit des Hofkünstlers, dachte Tannstetter.

Als sich die Gelegenheit bot, in Mailand an einem Musikwettbewerb teilzunehmen, habe Leonardo die Herausforderung gereizt, und er sei mit seiner selbst entworfenen Silberlyra hergekommen, erzählte Zoroastro weiter. Il Moro habe sich beeindruckt von seinem vielseitigem Genie gezeigt und ihm eine Stellung bei Hofe angeboten. Zoroastro wies auf einen Stapel bemalter Holztafeln. »Dort drüben sind die angefangenen Gemälde, einige davon wurden von gut zahlenden Florentinern in Auftrag gegeben.«

»Darf ich sie ansehen?« Tannstetter erhob sich.

»Ich denke, der Meister wird nichts dagegen haben, obwohl er ständig betont, nicht für einen Betrachter zu malen. Er malt um des Malens willen.«

Obenauf lag ein Buch. *De chiromantia*, von der Handlesekunst. Tannstetter grinste, als er es zur Seite räumte.

Er hoffte, das Porträt der Königsbraut unter den Gemälden zu finden. Die meisten Tafeln waren nur grundiert mit angefangenen Schattierungen, die den Umriss einer Figur erahnen ließen. Eine Madonna, die das Jesuskind hielt, das wiederum eine dicke Katze umklammerte, das Tier war nur angedeutet, die Linien auf seinem Rücken hätten auch Flügel sein können. Womöglich eine Allegorie auf den Heiland, der schon als Kleinkind den Teufel bändigte. Auf der nächsten Mariendarstellung streckte sich ein molliger Jesusjunge nach einer Blume, die seine

Mutter in den Fingern hielt. Die Figuren ähnelten nicht nur dem kleinen Massimiliano und seiner abwesend blickenden Mutter Donna Beatrice, sie waren den beiden wie aus dem Gesicht geschnitten. Bis auf die Landschaft im Hintergrund, zwei weiße Flecken in den Fensterbögen, war dieses Kunstwerk vollendet. Dahinter lehnte das Porträt einer weltlichen Dame mit anliegendem Haar und Stirnband. Er zog es hervor, stellte es vor die anderen und trat zurück, um es sich in seiner Gesamtheit einzuprägen. Die Frau trug eine blaue Halskette und war sittsam gekleidet, ihr schöner Leib bis auf den Brustansatz verborgen. Tannstetter erkannte sie wieder, nur war sie bei ihrer Begegnung bis auf die Kette nackt gewesen. Anders als auf den meisten Porträts Leonardos hatte er sie nicht im Profil abgebildet oder von vorne wie die Madonna mit dem Jesuskind, sie drehte den Kopf weg und sah am Betrachter vorbei in die Ferne. In ihren Armen erahnte man die Umrisse eines Tieres. Umberto, dem die Geliebte des Herrschers das Leben gerettet hatte.

»Das wird Cecilia Gallerani, Il Moro gab ihr Porträt, kurz nachdem sie ihm seinen ersten Sohn geschenkt hatte, in Auftrag«, sagte der handlesende Schmied oder schmiedende Handleser. »Leonardo will noch bis zum Winter mit der Vollendung des Bildes warten, bis sich das Hermelin, das die Dame wie einen Schoßhund liebt, sein Winterfell zulegt. Wer weiß, wohin wir die Gemälde noch mitnehmen werden, falls er sie alle in diesem Zustand belässt.«

»Wenn die Zeit reif ist, Tommaso, male ich sie zu Ende.« Mit schnellen Schritten betrat der Meister die Werkstatt. »Was sitzt du herum und plauderst meine Geheimnisse aus? Solltest du dich nicht um die Armierungen der Gussformen kümmern? In zwei Stunden müssen wir außerdem die Kostüme entstaubt und auf Vordermann gebracht haben, spute dich.« Er scheuchte

Zoroastro fort, ohne auf dessen Verband zu achten. »Seid gegrüßt, Dottore. Es freut mich, dass Ihr mich besucht.« Leonardo ließ sich auf dem Stuhl nieder und kratzte an einem hellen Fleck auf seiner purpurnen Schaube, sah Tannstetter dabei an, als würde er in sein Inneres blicken.

»Lasst den Dottore und nennt mich Georg, also Giorgio, falls Euch das leichter über die Lippen geht.«

»Gerne Giorgio. Ich hätte Lust, unser Nasengespräch von neulich fortzusetzen, wie wäre es?«

»Nichts lieber als das.« Mit so viel Entgegenkommen bei diesem viel beschäftigten Mann hatte Tannstetter nicht gerechnet. »Ich muss sagen, Ihr habt mir den Blick für Gesichter geöffnet, seither betrachte ich die Menschen, wie soll ich sagen, anders.«

Leonardo lächelte. »Da Ihr nun dank der Redseligkeit meines Gehilfen noch mehr über mich wisst, sei Euch noch dies verraten: Der letzte Pinselstrich ist so etwas wie der letzte Atemzug. Ein gutes Bild ist nie abgeschlossen, wenn es gelingt, lebt es länger als der Maler und auch als der Mensch, den es abbildet.«

Tannstetter freute sich, dass der Künstler gleich selbst auf die Sache zu sprechen kam, und setzte sich zu ihm. »Ich bin wegen des Bildnisses von Il Moros Nichte, Bianca Maria, hier. Ihr seid damit beauftragt, so sagte man. Wann steht sie für Euch Modell, kann ich sie sehen?«

»Selbstverständlich, ich werde nach Euch schicken lassen, sobald sie eintrifft.«

»Ihr seid also noch dabei? Könntet Ihr mir das Porträt zeigen, wo steht es?« Tannstetter musste endlich eine Vorstellung von Biancas Aussehen haben, nur so ließ sie sich unter den zahlreichen Hofdamen finden.

Leonardo erhob sich, Tannstetter folgte ihm in den nächsten Raum. Lose Ziegel verrieten, dass hier die Wand herausgebrochen worden war, um weitere Arbeitsfläche zu schaffen. Riesige

Pferdebeine des angefangenen Tonmodells für das Denkmal ragten auf. Daneben lagen Entwürfe. Obwohl bloß mit rötlicher Kreide und raschen Strichen aufs Pergament geworfen, waren sie vollkommen. Ein Gerüst aus Brettern umgab das Pferdemodell wie ein Käfig. Das Porträt einer Dame entdeckte er jedoch nirgends.

»Ich habe noch nicht genug Tonerde«, sagte Leonardo, als er Tannstetters suchenden Blick bemerkte. »Man dachte an ein normal großes Ross und rechnete nicht mit meinen Maßen. Nicht immer liegt es an mir, oft verzögern die Bedingungen oder auch Auflagen einen Auftrag.« Er öffnete eine Tür, hinter der sich eine steile Treppe in den Turm verbarg, die Tannstetter den Zugang verwehrte. »Verzeiht, dass ich Euch hier zurücklassen muss. Ich danke Euch, dass ihr Tommaso versorgt habt, wir sehen uns heute Abend auf dem Maskenfest. Habt Ihr Euch schon überlegt, als was Ihr auftreten werdet?«

Zweiter Teil

München, Mailand
1493 und heute

Wenn der Vogel gegen den Wind aufkommen will, schlägt er mit den Flügeln und rudert rückwärts.
                               Leonardo da Vinci

8

Purpur

Den ganzen Sommer lang schrieb oder telefonierte Ina mit ihren Kontakten anderer Galerien und bat sie, ihr Bescheid zu geben, falls das Porträt auftauchte. Außer ein paar höflichen Antworten und dem gelegentlichen Versprechen eines Rückrufs, erreichte sie nichts dabei. Auch die Kuratoren vom Lenbachhaus und die vom Haus der Kunst kannten es nicht. Bald glaubte Ina, sie sei in London einer Täuschung erlegen und jage einem Hirngespinst hinterher. Bisher hatte sie weder herausgefunden, wer das Modell gewesen war, noch, wer das Bild gemalt hatte.

Josefine Bender nahmen die Vorbereitungen für ihre Werkschau völlig in Beschlag. Ihr sonst ruhiges Haus verwandelte sich in eine Art Büro, Kuriere holten ihre Plastiken ab, um sie zum Gießer zu bringen, oder lieferten Einrahmungen. Museumsassistenten wollten den Katalog besprechen und bedrängten sie mit Fragen. Reden zu müssen, noch dazu das eigene Werk zu erklären, fiel der Professorin schwer. Der Erwartungsdruck machte ihr zu schaffen. Viele ihrer Arbeiten waren noch unvollendet und mussten, um im Katalog aufgeführt zu werden, spätestens bis zum Ausstellungsbeginn fertig sein. Nur Samsa genoss die Aufmerksamkeit der vielen Gäste. Ständig kraulte ihn jemand, fütterte ihn mit Leckerlis oder ging mit ihm Gassi. Den Rest des Tages schlief der Hund, taub gegen die Hektik um sich herum.

Der Garten der Bendervilla war mit Laub übersät, als Ina im Herbst mit einer Tüte voll Gebäck zu Besuch kam. Trotz allem gab sie die Hoffnung nicht auf, mit Josefines Hilfe doch noch das Bild zu finden. Überdies, gestand sie sich ein, inspirierte sie die geschäftig künstlerische Atmosphäre und verband sie wieder ein wenig mit ihrem ehemaligen Zuhause.

Gebäck lehnte Josefine ab. »Ich esse seit zehn Jahren keinen Zucker mehr, aber grünen Tee kannst du gerne machen. Eine Minute fünfzehn, benutze bitte das Tee-Mometer.« An Samsas Seite auf dem Sofa, sah sie ihre Post durch. Und das war ein großer Stapel. Kein Telefon zu besitzen hatte durchaus seinen Vorteil.

»Wie kommst du zurecht?« Ina brachte die Teekanne, schenkte ein und setzte sich Josefine gegenüber auf den Drehhocker.

»Wieso, was soll die Frage?«, fuhr Josefine sie an und warf einen Prospekt in den Korb für das Altpapier. »Ich bin immer zurechtgekommen, das ändert sich nicht.«

»Deine Ausstellung, wie läuft es damit?« Ina biss in eine Dinkelmohnschleife. »Von solchem Ruhm, in einem großen Museum auf sein Lebenswerk zu blicken, träumt doch jede Künstlerin.«

»Anderen zu gefallen ist unwichtig.« Josefine nippte am Tee, richtete sich auf und stopfte sich das langärmlige Streifenshirt in den Hosenbund ihrer schlackernden Jeans. Das kann auch nur jemand sagen, dem der Erfolg sicher ist, dachte Ina. In den letzten Wochen war die Professorin noch magerer geworden. Die Rippen wölbten sich über dem breiten Ausschnitt des Shirts, und ihre Knöchel traten noch deutlicher hervor.

Josefine fixierte Ina. »Es geht um das, was man in sich trägt, das kann man mit Kunst zeigen. Nur deswegen mache ich den ganzen Zirkus mit, wenn du es genau wissen willst. Apropos, wie geht es bei dir voran?«

Ina war nicht darauf vorbereitet, von sich zu erzählen, abgesehen von dem Bild und der vergeblichen Suche danach gab es nichts erwähnenswert Neues. Seit sich Oliver Rauch mit einer Nachricht auf dem Handy für ihren Willkommensgruß bedankt hatte, schrieben sie sich gelegentlich. Seiner Tochter gefalle das Bilderbuch so gut, dass die Laschen des Pop-ups vom vielen Auf- und Abziehen schon eingerissen seien. Er brauche dringend Nachschub und Abwechslung beim Vorlesen. Aber zu einem Treffen war es bisher nicht gekommen. Ina antwortete mit Tagesskizzen, die sie aus ihren Heften abfotografierte. Sie zeichnete wieder, füllte Seite um Seite ihrer selbst genähten Büchlein, ohne allzu genau hinzusehen oder zu bewerten. Nur so unterbrach sie das Grübeln und hielt ihre linke Hand in Bewegung. Zu Hause wuchs der Stapel bunter Hefte. Fremde im Café oder auf der Straße, Schulkinder, die eine Ausstellung besuchten. Und die Leute aus ihrem Viertel, der alte Herr Brunnwieser, der den Obst- und Gemüseladen an der Ecke betrieb, in dem sie oft einkaufte. Sein entstelltes Gesicht wirkte wie eine verwachsene Kartoffel, wenn er sich über das Gemüse beugte, war er kaum von seiner Auslage zu unterscheiden. Mit Bleistift oder einem schwarzen Tintenstift, um das Radieren einzuschränken. Ina zog das aktuelle Büchlein an der Schnur aus der Hosentasche und zeigte es Josefine.

Sie blätterte darin, nickte dann. »Es tut sich etwas. Wie du die Schatten modellierst, das hat Kraft. Du verleihst jedem Porträt Zärtlichkeit, als ob du das Wesen und die Sehnsucht der Leute einfängest, wirklich gut, aber was ist mit den Farben?«

»Was ich im Moment mache, genügt mir.« Ina wollte sich die

Freude am Skizzieren bewahren. Für sie hatte es einen ganz besonderen Reiz, die grelle Welt voller Sinneseindrücke auf Grauabstufungen oder bloß eine schwarze Linie zu reduzieren. Das brachte Klarheit und ordnete die Auswahl der Motive, half, Kleinigkeiten zu bemerken, die womöglich in Farbigkeit untergingen. Körperhaltungen, die Sprache der Hände, Stimmungen, die sich in Gesichtern widerspiegelten. »Du hast mir das übrigens beigebracht, weißt du nicht mehr?« Ein quälend langes Semester hatte die Professorin Ina das Benutzen von Farbe untersagt.

»Natürlich, aber ich dachte, du bist weiter. Was ist mit den Pigmenten, die ich dir gegeben habe?«

»Ich bin weiter, als ich jemals war«, sagte sie mit Nachdruck in der Stimme. Josefines Drängen ärgerte sie. Für Ina stand ihr Wiedereinstieg in die Kreativität und das eigenständige Arbeiten noch wie in Sand gebaut, sie musste behutsam vorgehen, morgen schon könnte sie erwachen, und alles wäre fortgespült, wäre wie vorher, nichts als Sehnsucht und Leere. Den Korb mit den Farbtüten hatte sie irgendwo im Bad abgestellt.

Es läutete. Josefine sprang auf und lief die Wendeltreppe hinauf. »Ach, das wird Lerchenfeld sein, kannst du aufmachen? Ich ziehe mich rasch um.« Per Postkarte hatte sich ein Fotograf angekündigt. Er wollte Aufnahmen für den Katalog machen. Solange er wartete, bot Ina ihm Tee und Kuchen an. Michael Lerchenfeld war etwa in ihrem Alter, schwitzte stark und zog sich Schicht um Schicht aus. Mantel, Jacke, Weste, schließlich knöpfte er das Hemd auf. Er war sichtlich nervös angesichts des großen Auftrags, wie er betonte, und fragte Ina, wie die Professorin so sei, ob er etwas beachten müsse.

Ina überlegte, und Samsa knurrte im Schlaf. Lerchenfeld stellte sein Stativ und die übrige Ausrüstung in verschiedenen Positionen auf, bis Josefine endlich die Klavierstufen herunterwandelte. Er bat sie sofort, auf halber Treppe stehen zu bleiben, und fotografierte sie. Allerdings staunte auch Ina über diesen Anblick. Es lag Jahre zurück, dass sie die Professorin zuletzt so gesehen hatte. Zu Akademiezeiten hatte sie ihren eigenwilligen Bender-Dandy-Stil sehr gepflegt. Stehkragenhemd, eine schmale Herrenhose mit hohem Bund und Hosenträger. Eine Art Tanz begann. Lerchenfeld und Bender umgarnten sich für die Fotos wie zwei Instrumente in einem Musikstück. Fragte das eine, antwortete das andere mit einer ganz eigenwilligen Melodie. Nach und nach fiel die Anspannung von dem Fotografen ab, und Josefine schien mit ihm zu flirten, ohne dabei ein einziges Mal zu lächeln. Ina sah den beiden eine Zeit lang zu, dann wollte sie gehen, doch Josefine hielt sie zurück.

»Ich weiß nicht, ob du immer noch an diesem Bild interessiert bist, diesem Porträt von der Londoner Auktion? Es hängt, glaube ich, beim Hänsel in der Barer Straße.«

»Hänsel? Ist das eine Galerie?«

»Ein Kunsthändler, er hat auch ein paar Bilder von mir, die ich vor ewigen Zeiten gemalt habe. Ich habe gar nicht mehr daran gedacht, aber jetzt, wo ich jedes Skizzenblatt zusammensuchen soll, habe ich die Kommissionsbelege gefunden und wollte die alten Kamellen abholen ...«

Ina schluckte, sie wusste, wenn sie Josefine in ihren Ausführungen unterbrach, würde sie wie eine Garnrolle, die aus einer Spule gesprungen war, nur noch mal von vorn anfangen. Es gab keine Abkürzung oder einen Beschleunigungstrick. Sie musste durch jede Abschweifung, durch Josefines gesamtes Gedankengebäude, und das war ein Irrgarten mit Dutzenden Sackgassen.

»Erinnerst du dich an meinen Prometheus-Zyklus? Monotypien aus echtem Purpur. Man riecht das Feuer förmlich und spürt die Hitze bei ihrem Anblick.«

Kein Wunder, für ein Gramm Purpur mussten auch zehntausend Purpurschnecken sterben, dachte Ina.

»Jedenfalls, Herbert Hänsel«, Josefine näherte sich dem Eigentlichen, »was der nicht schon alles für Berufe hatte. Ich glaube, der war sogar mal Waffenhändler, dann hatte er einen Stoffladen, also Textilien, keine Drogen.« Sie lachte Lerchenfeld an, der weiterknipste. »Obwohl, wer weiß. Jetzt hat er den Laden in der Barer Straße übernommen. Natürlich will er meine Bilder behalten, wo ihr Wert auf einmal steigt. Und als wir verhandelten, ist mir das Porträt aufgefallen. Er hat es gerade erst hereingekriegt, sagte er. Es stammt aus einem Nachlass, alte deutsche Schule, neunzehntes Jahrhundert.«

Mailand, im Heumonat, 1493

Von einem Maskenfest wusste Tannstetter nichts. Überdies hatte er genug von Possen und Narreteien. Am liebsten hätte er sich wie Leonardo in einen Turm zurückgezogen und nachgedacht. Fast sehnte er sich nach seiner Linzer Kammer, in der er stets ungestört war, da sich niemand die morschen Stufen hinaufwagte, abgesehen von Mäusen und Spinnen. Wie herrlich wäre es, hoch oben in der Bibliothek des Kastells einfach nur die Sterne zu studieren und die Welt eine Weile zu vergessen. Nicht einmal das hatte er bisher geschafft. Es nieselte, als er die Corte Vecchia verließ. Die Pagen warteten Karten spielend unter den Wäschestücken und führten ihn wie vermutet auf einem deutlich kürzeren Weg zur Sforza-Festung zurück. In seiner Kammer trockneten sie ihn ab, wuschen ihm die wunden Füße. Ein paar Atemzüge lang legte er sich aufs Bett, dann jagten sie ihn schon wieder hoch, das Fest beginne. Benommen raffte sich Tannstetter auf, schlüpfte in lockere Riemensandalen, damit Luft an seine aufgescheuerten Fersen gelangte, und wurde hinausgezerrt. Er schwor sich, sollte er jemals zu Ruhm und Reichtum gelangen, würde er ein Gesetz fordern, das unter Androhung der Todesstrafe verbot, einen Schlafenden zu wecken. Und auch Gerätschaften oder Maschinen, die solche Weckvorrichtungen unterstützten, würde er verbieten. Seufzend fügte er sich in sein Schicksal und betrat den großen Saal, dessen Decke mit goldenen Sternen bemalt war. Blumengirlanden schmückten die Wände, an einer war ein Podest für die Musiker aufgebaut, die mit Masken vor dem Gesicht ihre Instrumente spielten; Drehorgel, Tamburin, Flöte und Schalmei. Unter den grotesken Gestalten, die den Festsaal füllten, war Il Moro nicht gleich auszumachen. Er könnte der Falter sein, dessen Flügel auf dem Boden schleiften, oder einer der halb nackten Wilden mit langem Bart und struppigen Haaren, Gesicht und Oberkörper rußschwarz bemalt. Doch dann entdeckte er ihn in einem Sessel, der aus Schiffsplanken gebaut schien. Der Herrscher trug ein silberblaues Schuppengewand. Sein Krallenstab war zum Dreizack umgestaltet, er stellte wohl König Neptun dar. Tannstetter hielt nach Leonardo Ausschau. Ein Riese wankte auf ihn zu, Stoffstreifen um den gesamten Leib gewickelt, als wäre er von den Toten auferstanden, die Schnabelschuhe hatte er auf übertrieben hohe Zoccoli geschnallt. Hastig zog Rafik Tannstetter in eine Nische und stülpte ihm eine Maske mit einem langen Stoffschlauch als Nase über. Dann schubste er ihn an dem Riesen vorbei zu den Günstlingen, die sich in einer Reihe vor maskierten Frauen aufgestellt hatten. Wenigstens hielt er die Gegenüberstehenden für weiblich, da sie durchweg Röcke trugen. An hoch geschnürten Brüsten konnte er sich nicht orientieren, die besaßen auch Athleten und oftmals sogar mehr davon als ein Weib.

Der *Maître de Plaisir* wirbelte einen mit Bändern geschmückten Stock herum und schlug auf den Marmor, um eine *Pavane* anzukündigen. Diese Tanzschritte beherrschte Tannstetter, er hatte sie am Kaiserhof oft geübt. Er verbeugte sich vor einer stämmigen Leda, die einen Hut in Form eines weißen Vogels auf dem Kopf balancierte und fast vollständig mit weißen Federn bedeckt war. Wahrscheinlich hatte sie den Göttervater Zeus, der sich ihr zuliebe in einen Schwan verwandelt hatte, gleich nach dem Geschlechtsakt verspeist. Als sie vor Tannstetter knickste und lächelte, entblößte sie verfaulte Zähne, und er erkannte sie. Ausgerechnet Mariana de Fiesci hatte er erwischt. Schon packte sie ihn und wirbelte ihn herum. Als sie sich hinter den anderen Paaren zu einer Zweierreihe einordneten, um den Saal im Takt der Musik zu durchschreiten, stieß Tannstetter Mariana mit einer blitzschnellen Drehung von sich und umfasste das nächstbeste Weib hinter ihr.

Mariana fiel mit Schwung einem Bären in die Arme, der taumelte und sich gerade noch auf den Beinen halten konnte. »He, was soll das, die junge hatte ich mir ausgesucht«, brummte der zottelige Kerl, doch Tannstetter tanzte mit der Neuen fort.

»Ich danke Euch für die Erlösung, wie ich merke, seid Ihr ein besserer Tänzer. Leider befand sich statt eines Prinzen ein Trampel unter dem Bärenfell.« Die Fremde lächelte und drückte seine mit Federn beklebte Hand. »Ich hoffe, Ihr seid ein gutmütiges Wesen?«

»Lammfromm sogar. Ich fresse nur Gras, keine Jungfrauen, erratet Ihr, was ich bin?« Tannstetters Stimme hallte dumpf unter der Maske.

»Von der Farbe her und den großen Ohren ähnelt Ihr einer Maus. Doch ich denke, Ihr stellt dieses exotische Riesentier dar, das mit seiner langen Nase Wasser ansaugt und mit seiner Kraft einen Baum umdrücken kann.«

»Das mache ich bloß, wenn die Menschen mich in Ketten zwingen. Ihr seid außer Gefahr.« Tannstetter wedelte mit dem Rüssel und beäugte seine Tanzpartnerin wohlwollend durch die schmalen Gucklöcher des Visiers. Jede wäre anmutiger als Mariana, doch diese war es wahrhaftig. Lichtes Gelb umgürtete ihren zarten Busen, ihr hellbraunes Haar war mit weißer Seide zu Stacheln aufgebunden, die ihr ringsum vom Kopf abstanden, ihre Lippen und ihre Wimpern, ja, auch die Augenbrauen schimmerten golden. »Ihr stellt einen Stern dar, welchen genau?«

»Sucht Euch einen aus, ich kenne ihre Namen nicht.«

Ihre Hand verschwand in seiner, die ihm schlagartig wirklich wie das Stampfbein des fremdländischen Dickhäuters vor kam. »Dann seid Ihr für mich die Venus, das anmutigste Wandelgestirn, das ich kenne.«

Er schwitzte unter seiner Verkleidung. Der Tanzmeister klopfte, und die Musiker wechselten zu einer schnelleren *Gagliarda*, bei der Tannstetters Füße durcheinandergerieten und er *Stella*, wie er die Schöne für sich nannte, an einen als Hummel bemalten gelb-schwarzen Giganten verlor. Beim nächsten Stück verbeugte er sich vor einer Waldfee, die ständig nieste, da sie die Gräser, die sie auf ihren Ausschnitt genäht hatte, in der Nase kitzelten, dann geriet er an Artemis, die Göttin der Jagd, die ohne Pfeil und Bogen tanzte, und später an eine leicht bekleidete Nymphe, die sich allerdings als Günstling mit Schamkapsel entpuppte. So sehr Tannstetter auch nach Stella Ausschau hielt, im Getümmel fing er sie nicht wieder ein.

Kaum tat er nach einer kurzen Nacht, selig umschwirrt, die Augen zu, zerrten ihn seine Pagen schon wieder hoch. Tannstetter hatte nun wirklich alles gesehen und erlebt, doch wie er den Sforza-Herrscher kannte, würde der erneut mit einem einzigartigen oder, wie er betonte, unvergesslichen Sinneskitzel auftrumpfen, dem er sich fügen musste.

»Setzt Euch.« Il Moro empfing ihn im Pavillon, von einem Rest Schminke noch silbern um die Nase, und sagte, bevor Tannstetter den Mund aufmachen konnte, um seine Litanei zu wiederholen: »Meine Nichte ist bereit.«

»Dann kann ich sie jetzt sehen?« Seine Überraschung war groß.

»Selbstverständlich.« Il Moro biss in ein eingedrehtes Gebäckstück, das hübsch anzusehen, aber hohl war und genauso schmeckte, wie Tannstetter bereits festgestellt hatte. Er war noch vom Tanzen betäubt und verspürte keinen Hunger, griff nur aus Höflichkeit zu einem Kringel, umwickelte ihn mehrmals mit fein geschnittenem lombardischem Schinken, der im Gegensatz zu dem faden Backwerk ein Hochgenuss war. Ein Vorrat im Bauch, in Hinblick auf die beschwerliche Heimreise in wenigen Stunden, konnte nicht schaden.

»Wo ist sie?«

»Nur keine Eile, sie macht sich für Eure Untersuchung zurecht.«

Tannstetter musste an sich halten, seinem Unmut nicht freien Lauf zu lassen. Geduld hatte er mehr als genug bewiesen. Er hatte die ewige Warterei satt.

»Wenn Ihr bis dahin Zerstreuung sucht, reitet doch ein wenig aus.« Offenbar hatte der Herrscher seinen Groll bemerkt. »Euer Maultier wartet auf Euch.«

Bei der Erwähnung von Cucuzza ging Tannstetter das Herz auf. Viele Male hatte er sich gefragt, wie es seiner treuen Freundin wohl erging. Auf dem Weg zum Stall kam ihm ein Mann in einem purpurfarbenen Umhang entgegen, der Sattel- und Zaumzeug auf den Ellen trug. Leonardo, er begrüßte ihn freundlich. »Ein gelungenes Maskenfest durfte ich gestern erleben, Meister. Eure Kostüme waren wirklich sehr ausgefallen. Sagt, unter welchem habt Ihr Euch verborgen?«

»Ich war gar nicht anwesend, sonst hätte ich mich schon bemerkbar gemacht. Zoroastro hat mir erzählt, dass Ihr als *Elephantidae* verkleidet wart. Mein Arbeitgeber in Florenz, Lorenzo Il Magnifico, hielt sich ein Exemplar dieses Grautieres, das er vom Papst geschenkt bekommen hatte. Beim ihm durfte ich es studieren.«

»Dann war Euer Gehilfe die Mumie auf Stelzen, die mich entlarvt hat?« Tannstetter grinste. »Gelungen, so fiel Zoroastros Armschlinge natürlich nicht auf. Wie geht's ihm denn, heilt alles gut?«

»Wunderbar, keine Rede mehr davon.« Leonardo zäumte ein Pferd auf, belud es mit allerlei Gegenständen, wodurch kaum noch Platz zum Sitzen blieb.

Tannstetter erzählte ihm kurz von Zoroastros Bleiweißvergiftung. »Ermahnt ihn, Milch zu trinken, am besten von der

Ziege, die ist besser verdaulich als die von der Kuh, und er soll Handschuhe tragen. Das solltet Ihr übrigens auch tun, wenn Ihr Weiß verwendet.«

»Dass Bleiweiß giftig ist, weiß ich seit Plinius, allerdings erwähnt er das Gegenmittel nicht.«

»Ihr habt die *Historia Naturalis* gelesen?«

»Selbstverständlich. Nach seiner Rezeptur gehen wir bei der Erzeugung von Weiß vor, freilich schließen wir die Mischung neunzig Tage in dem Erker ein, den die Visconti als Abtritt benutzten.«

»Die Corte Vecchia gehörte den Visconti?«

»Dort war einst ihr Stadtpalast, bevor sie das Kastell als Regierungssitz ausbauten. Seit ich den Auftrag für das Pferd erhielt, darf ich ihn als Werkstatt benutzen. Als wir das Bleiweiß zum ersten Mal herstellten, haben die Gehilfen untereinander ausgelost, wer den Abtritt räumen muss, es traf Zoroastro, und er kam lange nicht zurück. Wir dachten schon, er sei ohnmächtig geworden. Mist, Essig und Blei in einer abgeschlossenen Kammer duften nicht gerade nach Rosen. Aber ein Mysterium geschah, in der Hitze war der Essig verdampft, und auf den Bleiplatten hatte sich herrlich weiße Farbe abgelagert.«

Nun verstand Tannstetter, warum die Bilder länger brauchten; was wie selbstverständlich auf einer Fläche erschien, verlangte nicht nur Schöpferkraft, sondern auch Mühsal, um überhaupt Farbe zu gewinnen. Leonardo knotete eine Rolle mit Federkielen an den Sattel. Dem Anschein nach wollte er unterm Ritt zeichnen, wenn ja, war solch ein Kunststück eines Gauklers würdig. »Was habt Ihr vor?«

»Ich verschwinde für ein paar Stunden in die Abgeschiedenheit, um in den Bergen nach Muscheln zu suchen.«

Tannstetter glaubte, sich verhört zu haben. »Muscheln auf einem Berg? Ihr scherzt.«

»Keineswegs. Gestein wird in Schichten gebildet, und wo früher ein Meer war, findet man heute noch Spuren davon.«

»Die Berge sind mithilfe der Sterne erzeugt worden«, erwiderte Tannstetter.

»Wie erklärt Ihr Euch dann eine solche Vielfalt an Schneckenhäusern, Kuhtrittmuscheln, gezackten und eingedrehten namenlosen Schalen, die ich entdeckt habe? Müsste man nach Eurer Behauptung nicht Ähnliches am selben Ort vorfinden?«

Das brachte Tannstetter zum Grübeln. »Für mich ist ein Berg ein Berg und ein Meer ein Meer, keine Abteilung, über die ich mir den Kopf zerbrechen muss.«

»Ihr sprecht von Abteilungen? Was meint Ihr damit genau?«

»So ordne ich meine Vorhaben im Gedächtnis. Sagt, habt Ihr etwas dagegen, wenn ich Euch begleite?«

»Gern, aber seid gewarnt. Es wird kein Spazierritt.«

9

Lapislazuli

„Ankauf Kunst & Antiquitäten E. Wellano, seit 1992, Inh. H. Hänsel«, prangte in brüchigen Goldbuchstaben auf der Fassade. In Windeseile war Ina in die Barer Straße geradelt. Sie hoffte, es noch rechtzeitig vor Ladenschluss zu schaffen, doch die Schaufenster waren bereits mit Eisenjalousien gesichert. Keuchend stellte sie ihr Fahrrad ab. Es war erst fünf Minuten nach sechs, laut Emailleschild an der Tür musste das Geschäft noch geöffnet haben. Drinnen brannte Licht. Ina rüttelte an der Messingklinke der massiven Tür. Geschlossen. Sie klopfte, wartete, nichts rührte sich. Sie sah noch mal auf das Schild. Mittwoch bis Samstag, 10.02 Uhr bis 18.29 Uhr, weitere Termine nach Vereinbarung. Das Valentin-Karlstadt-Musäum am Isartor hatte ähnlich kuriose Öffnungszeiten. Entweder war Herr Hänsel ein Pedant oder ein Spaßvogel. Die Telefonnummer war verkratzt. Die zwei letzten Ziffern konnten Fünfen oder Achten sein. Sie presste das Gesicht an die Fenstergitter und spähte hinein. Die Straßenlaternen spiegelten sich in der Scheibe, die vorbeifahrenden Autos erschwerten die Sicht. Trotzdem versuchte sie, etwas zu erkennen. Tischchen mit gebogenen Beinen, Regale voller Zierfiguren, Stofftiere und Puppen, Gabeltelefone mit Wählscheibe und alte Radioapparate. Biedermeierschränke mit wuchtigen Griffen bargen hinter Glas weitere Schätze, schwarze Putten mit kurzen Flügeln schwebten von der Decke, manche hielten Kerzen in den Patschhänden. Dazwischen hingen Gemälde aller Epochen. Ein Sammelsurium sämtlicher Stilrichtungen. Impressionistische Landschaften neben abstrakten Farbkompositionen, Stillleben und an Matisse erinnernde Akte. Neben einem Regulator, dessen Messingpendel stillstand, bedeckte eine große Meerlandschaft die Wand. Die Schaumkronen des Wassers schienen über den Rahmen zu branden, und das tiefe Blau leuchtete bis zu Ina. Wenn sie sich nicht täuschte, enthielt das Gemälde Anteile des Lapislazulipigments, einem der ältesten und kostbarsten Farbstoffe überhaupt. Es stammte aus Afghanistan, dem Tal der Steine, und weil es von dort per Schiff nach Europa gelangte, wurde es Ultramarin genannt. Ursprünglich hatte es hauptsächlich Königspaläste geschmückt. Im christlichen Abendland war es der Madonnenkleidung vorbehalten gewesen. Dahinter hing ein kleines goldbraunes Bild, in einer schlichten Leiste gefasst. Ina drückte ihre Nase tief in das Gitterfeld. Nur vage waren die Umrisse einer Gestalt zu erkennen. Gespannt wartete sie, bis ein Auto vorbeifuhr und die Scheinwerfer das Bild kurz erhellten. Kein Zweifel, das war das Porträt. Sie klopfte erneut an die Tür. Nichts. Inzwischen war das Licht auch erloschen. Ina notierte sich die Öffnungszeiten, beschloss, gleich am nächsten Morgen wiederzukommen.

Vor Aufregung fand sie kaum in den Schlaf. Sie musste das Bild kaufen, koste es, was es wolle, selbst wenn es ein gerahmter Kunstdruck war. Sie könnte Zack bitten, sie zu begleiten und ihr beim Verhandeln zu helfen. Das war sein Metier. Aber seit dem Abend in seinem Atelier hatte sie ihn nicht mehr gesehen. Er hatte mehrmals eine Nachricht geschickt, doch sie reagierte nicht mehr. Einmal sprach er wütend und vorwurfsvoll auf ihre Mailbox, sie könne ihn doch nicht hängen lassen, wie solle er ohne sie den nächsten wichtigen internationalen Auftrag erledigen. An dem Geräusch in den Pausen merkte sie, dass er trank. Er fügte an, dass er sie brauche und sie ihm fehle. Es kostete sie sämtliche Kraft, nicht sofort zurückzurufen. Statt auf die grüne Taste ihres Handys zu drücken, kritzelte sie ein ganzes Heft voll, bis sich ihr Inneres beruhigt hatte und der Tintenstift leer war. Lieber frei und unabhängig sein, schrieb sie auf die letzte Seite.

Das Londoner Bild hatte ihr etwas zu erzählen, und Ina wollte es hören, doch dazu musste sie es besitzen. Josefine schied aus, sie hatte genug um die Ohren, blieb nur Doris. Es behagte Ina nicht, sie um Hilfe zu bitten nach all dem, was vorgefallen war. Aber Doris konnte verhandeln und wusste, wie man einen Händler zu einer Ratenzahlung überredete, früher, als sie noch ein Team gewesen waren. Ina mit dem Blick fürs Künstlerische, Doris die Geschäftsfrau. Nach einer langen Nacht voller Grübeleien rief Ina um sieben Uhr morgens bei Doris an.

»Ina, das ist ja eine Überraschung!« Doris klang verunsichert und zugleich gehetzt. »Ich hab nur fünf Minuten, dann muss ich mit den Kindern los.« Im Hintergrund waren die Stimmen von Svenja und Felix zu hören.

»Du musst mir einen Gefallen tun«, sagte Ina und versuchte in aller Kürze ihre Bitte zusammenzufassen. Zu ihrem Erstaunen sagte Doris ohne Wenn und Aber zu. Um zehn waren sie in ihrem Element. Doris trug eine weit ausgeschnittene Bluse und einen engen Bleistiftrock zu hochhackigen Pumps. Ina hatte gar nicht daran gedacht, sich besonders zu kleiden, für sie zählte nur das Bild. Von der anderen Straßenseite aus sahen sie, wie jemand einen Rolltisch mit antiquarischen Büchern und Ein-

Euro-Ramsch nach draußen schob. Ina atmete erleichtert auf. Das musste Herbert Hänsel sein, er hatte Schwierigkeiten, seinen gewaltigen Bauch samt Tisch durch die Ladentür zu quetschen. Sie besprachen sich kurz, dann gingen sie los.

Als sie das Geschäft betraten, fragte der Händler, ob er ihnen helfen könne. »Nein, wir schauen nur«, sagte Doris und schob sich ihre Sonnenbrille ins Haar. Gestelzt schlenderte sie herum, drehte den Zettel an einem schwarzen Engel, um den Preis abzulesen. Ina musste sich zwingen, alles gleichmäßig interessiert zu betrachten, natürlich zog sie es am meisten in die Ecke, in der das Bild hing. Als sie endlich davor stand, hoffte sie, nicht doch noch enttäuscht zu werden. Ihr Herz raste, sie konnte es kaum fassen, es war das Original. Sie beugte sich vor und betrachtete es genauer. Hatte man es direkt vor Augen, wirkte es noch besser, als es eine Abbildung im Katalog, geschweige denn ein Foto wiedergeben konnte. Deswegen funktionierte Malerei auch im Zeitalter der Digitalisierung noch. Obwohl die junge Frau im Profil abgebildet war und geradeaus blickte, schien sie den Betrachter wie aus dem Augenwinkel heraus anzusehen, und Ina kam es sogar vor, als lächele sie, auch wenn sich ihre Mundwinkel kein bisschen hoben. Licht und Schatten waren fein gestrichelt. Es handelte sich also nicht um ein Gemälde im eigentlichen Sinn, bei dem die Farbmittel vor dem Auftragen gemischt wurden. Die Kontur und die feine Schraffur verliehen ihm eher den Charakter einer kolorierten Zeichnung. Das konnte, nein, das musste ein Leonardo da Vinci sein. Ina hatte Mühe, ihre Aufregung zu verbergen. Als Hänsel ihr den Rücken zudrehte, signalisierte sie ihrer Freundin, dass es das richtige Bild war. Anfangs begeisterte sich Doris übertrieben theatralisch für eine Springbock-Handtasche. »Was meinst du, Ina, passt die nicht ausgezeichnet zu meinem neuen Kostüm?«

Ina war sich nicht sicher, ob Doris nicht ein wenig zu dick auftrug, Hänsel polierte schon eine ganze Weile mit einem Lumpen die gleiche Stelle auf einem Goldrahmen. Doris schlenderte durch den Laden, besah sich Schmuck und Möbelstücke. Dann blieb sie vor dem großen Meeresgemälde stehen und brach in Entzücken aus. »Genauso sieht es bei unserem Ferienhaus auf Sardinien aus, unsere Lieblingsbucht. Diese Weite und die Farben. Das Blau, wie das leuchtet. Man möchte am liebsten hineintauchen. Wie viel kostet das?« Sie wandte sich an Hänsel, obwohl der Preis deutlich darunter stand.

»Vierundzwanzigtausenddreihundertzweiundsechzig Euro, gnädige Frau.« Sein Hang zu kuriosen Zahlen schlug sich also auch in den Preisen nieder. Erstaunlich flink für seinen Umfang schlängelte er sich um die vollbeladenen Tische herum zu ihnen. »Echtes Lapislazuli, kein künstliches Ultramarin. Der Maler hat bei der Herstellung ein Vermögen ausgegeben.«

»Beeindruckend.« Doris schnalzte mit der Zunge. »So ein großes Werk braucht aber Raum, um sich zu entfalten.«

»Nicht unbedingt«, sagte Hänsel. »Es hat ja auch hier seine Wirkung auf Sie erfüllt.«

Doris trat ein paar Schritte zurück und stieß an ein Tischchen mit einem verschnörkelten Teeservice.

Hänsel fing im letzten Moment eine zierliche Kanne auf.

Ina zwang sich zur Ruhe. Früher war sie bei solchen Aktionen gelassener gewesen. »Ich finde das Meeresbild auch wunderschön, aber der Rahmen, ich weiß nicht.« Mit einem leichten Zittern in der Stimme versuchte sie sich an der Verhandlung zu beteiligen.

»Ja, nicht wahr«, sagte Doris, »der ist zu wuchtig für die zarten Wellen. Kann man da noch etwas machen?«

»Selbstverständlich«, erwiderte der Händler. »Ich lasse es für Sie neu rahmen, ganz wie Sie wünschen. Das ist übrigens ein echter Gorleau.«

»Gorleau, nie gehört, kennst du den?«, warf Ina ein.

»Scheint eher unbekannt zu sein.« Sie bemühte sich, abschätzig zu tun, das war immer ihre Rolle gewesen.

»Ich muss zugeben, da haben Sie recht, zumindest hierzulande ist Johan Gorleau nahezu unbekannt«, sagte Hänsel, »aber in den Niederlanden und außerhalb von Europa ist er sehr gefragt. Ein Flame mit französischen Wurzeln, daher die Dramatik in seinem Werk. Ich habe auch noch kleinere Motive von ihm auf Lager, wenn Sie sie sehen möchten ...«

»Nein, vielen Dank«, sagte Doris. »Ich habe mich entschieden. Ich nehme es. Ich werde meinen Mann damit überraschen, wenn er von seinem Kongress zurückkommt. Würden Sie es bitte bis morgen reservieren? Auf den Namen Tereschkowa. Wir haben es eilig.« Sie wandte sich zum Gehen und winkte Ina.

»Dazu bräuchte ich schon eine Sicherheit, dass Sie auch wiederkommen, eine Anzahlung vielleicht?« Der Händler sah seine Felle davonschwimmen.

Doris wühlte in ihrer Handtasche und stellte fest, dass sie ihre Kreditkarten vergessen hatte. »Da fällt mir ein, wir brauchen doch ohnehin noch ein kleines Geschenk für unsere ehemalige Professorin, meinst du, ihr gefällt das Teeservice mit diesem Geschnörksel?«

Hänsel räusperte sich. »Das ist Meißener Porzellan von 1888 mit Zwiebelmuster und der Schwertermarke. Es hat einen hohen Sammlerwert.« Die Schwerter waren in dem Haufen Dekor kaum zu erkennen. »Das Kännchen allein kostet eintausendsechshundertdreiundsiebzig Euro.« Er hob es vorsichtig an und las das Preisschild vor. Um ein Haar hätte Doris vorhin ein über hundert Jahre altes Geschirr zerschlagen. »Dazu gehören zweiundzwanzig Teile. Ich kann es Ihnen gerne zusammenrechnen, wenn Sie wollen.«

Doris zog das Goldkettchen aus ihrem Ausschnitt und drehte

es zwischen Daumen und Zeigefinger. »Und was ist mit diesem kleinen Porträt neben dem Meeresbild, das ist auch hübsch, das wäre mal was anderes.«

Inas Puls schien ihr die Kehle zuzudrücken, trotzdem versuchte sie erneut, sich einzubringen. »Oh, ja, ich glaube schon, dass ihr das gefallen würde.«

Hänsel nickte, stellte das Kännchen zurück und drückte sich an Ina vorbei zu dem Bild. »Frühes neunzehntes Jahrhundert, von einem unbekannten deutschen Maler«, plapperte er den Katalogtext nach, den sie noch auswendig kannte. »Der Besitzer hat einen seiner Wohnsitze aufgelöst und mehrere seiner kostbaren Stücke auf einmal veräußert. Eigentlich kostet es siebentausendvierhundertsiebenzwanzig, aber ich überlasse es Ihnen für siebentausendeinhundert…, sagen wir, …vierzig. Ein Schnäppchen und eine kleine Geldanlage«, ergänzte er.

»Mehr als siebentausend als Mitbringsel?« Doris verneinte.

Ina stand mit dem Rücken zum Regulator und glaubte, das Zucken des Messingpendels in ihrem Rücken zu spüren. Sie versuchte erneut, Blickkontakt mit Doris aufzunehmen, um ihr zu bedeuten, dass sie zuschlagen solle. Die Summe war sowieso schon deutlich unter dem Erlös der Auktion.

Doch Doris achtete nicht auf sie. »Ich denke, wir schenken ihr doch lieber eine Wellnesswoche.«

»Meinetwegen sechstausendneunhundertneunzig plus das Meeresbild?«

»Fünftausend in bar, das kann ich in unserem Ehemaligenkreis rechtfertigen und auftreiben.«

»Das ist eindeutig zu wenig, ich bitte Sie.«

»Und das Gorleau-Gemälde lasse ich morgen von meinem Fahrer abholen.« Doris sprach den Namen des Künstlers wie selbstverständlich aus und öffnete ihren Geldbeutel.

»Fünftausendachthundert, mein letztes Wort.«

Doris zählte ihm fünftausendfünfhundert in Scheinen auf die Hand. Hänsel bedankte sich und klebte einen roten Punkt auf das Meeresbild.

»Wie, sagten Sie, war Ihr Name?«, fragte er und griff nach Notizbuch und Kugelschreiber.

»Walentina Tereschkowa. Walentina mit W.«

Mailand, im Heumonat, 1493

Cucuzza stand gut genährt, mit wachen Augen bei den Ziegen und wackelte mit den Ohren. »Du Hübsche, wie freue ich mich, dich wiederzusehen.« Tannstetter liebkoste sie und band sie los, um sie zu satteln.

»Wir gehen besser durchs Schloss«, schlug Leonardo vor und ergriff die Zügel seines Wallachs.

»Warum das? Ich dachte, wir verschwinden auf schnellstem Weg nach draußen.«

»Habt Ihr schon einmal versucht, ohne Passierschein an der Leibgarde vorbeizukommen?«, fragte Leonardo. Die beiden Tragtiere beschnupperten sich.

»Als ich Euch in Eurer Werkstatt aufsuchte, gelang es mir, aber ich glaube nicht, dass mich Hauptmann Crivelli ein weiteres Mal durchlässt.«

»Dann müsst Ihr mir wohl vertrauen.«mir

Kurz darauf führten sie Cucuzza und Bramante, wie Leonardos Wallach hieß, quer durch die Eingangshalle des Anbaus. Der Name Bramante kam Tannstetter bekannt vor, er glaubte aber nicht, dass jemand bei Hofe Leonardos gutmütigen Braunen erwähnt hatte. Das Kastell wirkte wie ausgestorben, die gesamte Herrschaft schien wieder einmal Mittagsschlaf zu halten. Tannstetter beließ das Maultier kurz bei Leonardo, rannte hoch in seine Kammer, faltete einige Blätter, wickelte sie zusammen mit einem Tintenfass und der Feder in die Mappe mit seinem Chirurgenbesteck und schnürte sich alles an den Gürtel, während er zurücklief.

Eine Öllampe in einem Horngefäß in der einen, die Zügel von Bramante in der anderen Hand, ging Leonardo voran. Sie stiegen in der Nähe des Brunnens, an den Tannstetter gefesselt gewesen war, in die Kerker hinab. Er drängte sich an Cucuzza.

Genau dorthin hatte er eigentlich kein zweites Mal im Leben gewollt. Bald teilte sich der Gang. Geduckt schritten sie einen Stollen entlang. Kleine Luken erhellten ihren Weg und gaben den Blick auf das Kastell über ihnen frei. »Wo sind wir genau?«

Leonardo zeigte zu einer Brücke, auf der ein kleines, mit Buntglasfenstern geschmücktes Gebäude stand. »Erkennt Ihr die *Ponticella*? Vor ein paar Jahren, bald nach meiner Ankunft, habe ich sie ausgestaltet. Dabei besuchte mich oft eine weiße Katze, ein scheues Tier, das ich sonst nie im Schloss sah. Ich zähmte sie mit Milch, bis sie sich streicheln ließ, doch danach verschwand sie spurlos. Eines Abends, als ich auf dem Gerüst lag, um die Decke auszumalen, fiel mir draußen im Wehrgang ein Lichtfleck auf. Erst dachte ich, es sei die Katze, dann begriff ich, dass es eine Laterne war, mit der jemand entlangging, wo wir uns gerade befinden. In alten Bauplänen, noch aus Visconti-Zeiten, habe ich diesen geheimen Fluchtweg entdeckt, von außen sieht man ihn kaum, weil er an der Seite des Wehrgangs liegt. Er führt zur *Porta Vercellina*, wo Il Moro ein kleines Anwesen besitzt. Ihr könnt Euch denken, wozu er diese Abkürzung gelegentlich benutzt?«

»Zum Kirchgang«, spottete Tannstetter.

»Nicht ganz falsch, Il Moro geht gelegentlich zum Beichten über diesen Weg, er endet in Santa Maria delle Grazie.«

»Die Kirche der Dominikaner, in der Ihr mit einem Gemälde beauftragt seid?«

»Mit dem ›Abendmahl‹.«

»Einem bestimmten?« Tannstetter dachte dabei an die unzähligen Festmahle der letzten Tage.

»Das letzte natürlich, als Jesus mit seinen Jüngern am Tisch saß. In Florenz und Umgebung gibt es einige Fresken mit dieser Darstellung. Aber ich möchte eine andere Art versuchen, nicht das vielfach Gezeigte wiederholen, wie Jesus das Brot bricht, es hochhält und die Apostel auffordert, sich an ihn zu erinnern. Ich habe mich gefragt, wie sich jemand fühlt, der sein Schicksal kennt. Diesen Augenblick will ich einfangen. Und die Mönche, die in dem Refektorium täglich speisen, möchte ich mit einbeziehen, sie sitzen stellvertretend für uns Sünder mit Jesus bei Tisch. Das kostet nicht nur unzählige Studien, sondern auch einiges an Denkarbeit. Doch ich fürchte, der Prior ist zu ungeduldig. Noch dazu kämpfe ich mit den Berechnungen, um alle Figuren auf die Wand zu bannen.«

»Ihr stellt beim Malen Berechnungen an? Vielleicht kann ich helfen? Von Malerei verstehe ich zwar nicht viel, aber mit Arithmetik und Geometrie kenne ich mich aus.«

»In der Tat, ich könnte einen Zahlenjongleur gebrauchen. Lasst uns zügig weitergehen, es ist noch ein gutes Stück Weges.«

Tannstetter blickte zurück. »Auf diese Weise gelangt auch Cecilia Gallerani unbemerkt ins Kastell nehme ich an. Sie saß Euch Modell, wie ich in Eurer Werkstatt gesehen habe.«

»Über andere Aufträge rede ich nicht, wenn Ihr versteht, das habe ich Euch in meiner Werkstatt bereits verdeutlicht.«

Tannstetter beschloss, die Angelegenheit sofort anzusprechen. »Gilt das auch für das Porträt von Bianca Maria Sforza?«

Rechter Hand wurde eine Tür sichtbar. »Bitte wartet kurz.« Diesmal gab er Tannstetter die Zügel und hieß ihn warten. Für einen Augenblick erhellte Leonardos Laterne eine große Kammer voller Gerätschaften, vermutlich der Keller eines Gebäudes, bevor er eintrat und die Tür hinter sich schloss. Wenig später kehrte er mit einer Holzscheibe zurück, die er an den Sattel band, dann zogen sie weiter.

Tannstetter tastete ab und zu nach Bramantes Hinterhand, wenn der Gang knickte und ihn völlige Dunkelheit umgab. Er bereute es, das Porträt erwähnt zu haben, dachte schon, sie würden nie wieder miteinander sprechen.

Da durchbrach Leonardo die Stille: »Was Ihr mit Il Moro auszumachen habt, das klärt mit ihm. Allei, dass ich Euch diesen Geheimweg und seine Abzweigungen zeige, kann mich einiges kosten. Vielleicht nicht das Leben, so zumindest meine Anstellung und damit meine Existenz. Auch ich bin sterblich, noch dazu doppelt so alt wie Ihr, wer weiß, wie viele Tage mir noch geschenkt sind. Als ich jung war, schmachtete ich in einem Florentiner Verlies und habe unter Androhung der Tortur um mein Leben gebangt, nur weil ein Unbekannter mich über den Mund der Wahrheit angeklagt hatte.«

»Mund der Wahrheit?«

»Das ist eine Fratze in der Wand, in deren Schlund jeder aus dem Volk eine Beschwerde oder Anklage einwerfen kann.«

Darum hatte er sich für ihn eingesetzt, nun verstand Tannstetter. »Wessen wurdet Ihr verdächtigt?«

Wieder folgte ein langes Schweigen, außer dem Klappern der Hufe in der Dunkelheit und einem leisen Plätschern von Wasser war nichts zu hören.

»Unsittlicher Handlungen mit einem Burschen, der in unserer Werkstatt Modell stand.«

Tannstetter wusste nicht, welche Antwort er erwartet hatte, aber diese ganz bestimmt nicht. Ständig malte er sich aus, wie es wohl war, bei einer Frau zu liegen, aber das Gleiche mit einem Mann zu tun überstieg seine Vorstellungskraft. Er sehnte sich nach Weichheit und Anmut, danach, in einem Leib zu versinken, nicht, sich an Knochen und Muskeln zu reiben. »Ihr sprecht von Sodomie?« Er brachte das Wort kaum über die Lippen. »Der schlimmsten aller Sünden, schlimmer als Mord?«

»Denkt Ihr das wirklich?«

Tannstetter überlegte. »Nein, so weit würde ich nicht gehen, das Leben eines anderen auszulöschen wiegt schwerer, aber ehrlich gesagt, habe ich mir bisher darüber noch keine Gedanken gemacht.«

»So geht es den meisten, man urteilt, ohne zu hinterfragen. Mit mir waren noch drei meiner Freunde angeklagt«, hörte er Leonardo. »Uns drohte der Tod auf dem Scheiterhaufen, falls Milde waltete, würden wir nur gebrandmarkt und danach aus der Stadt verbannt.«

»Und wie seid Ihr entkommen?«

»Bis heute weiß ich nicht, wer mein Fürsprecher war, aber nach quälend langen Tagen und Nächten durfte ich gehen, und ich hoffe, niemals wieder eingesperrt zu werden. Freiheit ist das größte Geschenk.«

»Ja, der Geist und der Leib sollten frei sein.«

»Und auch das Herz«, ergänzte Leonardo leise.

Trotzdem wusste Tannstetter nun noch immer nicht, was es mit dieser Jungfrau auf sich hatte, zumal sogar innerhalb einer Zitadelle solch ein Geheimnis aus ihr gemacht wurde.

»So, wir haben den Weinkeller der Dominikaner erreicht.« Leonardo drückte eine niedrige Pforte auf. »Nehmt das Gepäck ab, damit unsere Tiere es hindurch schaffen.« Sie stiegen durch einen Hohlraum, der nach wenigen Schritten vor einer weiteren runden Klappe endete und sich auf der anderen Seite als großes Eichenfass entpuppte. Sonnenstrahlen fielen durch Schächte im Mauerwerk auf ein Lager voller Fässer. Nachdem sie wieder aufgeladen hatten, entriegelte Leonardo ein Tor. Das Tageslicht blendete sie, als sie ihre Reittiere in den Kreuzgang des Klosters führten. In sattem Grün leuchtete ein kleiner Garten, so gewöhnten sich ihre Augen sanft an die Helligkeit.

»Ciao Leo, was führt dich zu dieser frühen Stunde her?« Ein Mann in langem Kittel kam ihnen entgegen. Wenn das der Prior war, der über den Meister erzürnt sein sollte, schien er besänftigt. Die beiden umarmten sich sogar.

»Donnino, ich reite für ein paar Stunden in die Berge, Giorgio Tannstetter, der Gesandte des Kaisers, begleitet mich.«

»Welche Ehre, Dottore, ich habe schon viel von Euch gehört.« Der sehr viel Ältere verbeugte sich und brachte Tannstetter in Verlegenheit, auch weil immer mehr Leute seiner Hochstaplerei erlagen.

»Giorgio«, zumindest verzichtete Leonardo mittlerweile darauf, ihn Doktor zu nennen, »das ist mein bester Freund Donato Bramante. Er heißt wie mein Pferd, wobei das im Gegensatz zu ihm noch eine vollständige Mähne besitzt. Mein Freund hat dafür hoffentlich noch das alles, was meinem Wallach gewaltsam genommen wurde.« Er lachte schallend. Eigenwillige Scherze erheiterten ihn offenbar. Tannstetters eigene Schmach blitzte auf beim Gedanken daran, dass er auch vor Baumeister Bramantes Augen an den Füßen aus dem Schlaf gerissen worden war. Er war der Beryllbenutzer und Baumeisterpoet mit der Rabennase, dessen Spottverse Mariana de Fiesci missfielen.

»Gönnen wir ihm den Spaß.« Signor Bramante zwinkerte Tannstetter unter buschigen ergrauten Augenbrauen zu. »Der Arme hat sonst nicht viel, was seine ständige Schufterei versüßt.« Daraufhin packte Leonardo seinen Freund am Kittel, und die beiden Männer balgten sich wie Buben, warfen sich gegenseitig in den Staub des Kreuzgangs. Tannstetter stand herum, wusste nicht, ob er eingreifen sollte und womöglich eine Ohrfeige einsteckte. Jammernd und sich gegenseitig stützend standen sie schließlich auf. Leonardo rieb sich den Rücken.

Bramante wischte sich Blut von der Unterlippe. »Musste das sein? Ich glaube, einer meiner wenigen Zähne wackelt.«

»Und wie soll ich nun mit gebrochenem Rückgrat reiten?«

»Dann sind wir quitt.« Bramante fasste sich in den Mund und

spuckte etwas ins Gras. »Ich muss weitermachen.« Er stieg auf eine Leiter, die an einer Säule lehnte, und kletterte auf das Dach. Tannstetter trat in den Garten und bemerkte den mächtigen Turm, der sich aus dem vielfach verschachtelten Kirchenschiff erhob. Breit und sechzehneckig ragte er mit mehreren Stockwerken, die von Arkaden ringsum verziert waren, in den Himmel.

»Mein Freund beherrscht die Baukunst, findet Ihr nicht? In Vigevano hat er die Falconiera errichtet. Und wer weiß, ob das hier nicht der babylonische Turm wird, wenn er nicht bald eine Kuppel daraufsetzt.«

Tannstetter nickte beeindruckt.

»Kommt, nun zeige ich Euch ›Das Abendmahl‹.« Leonardo zog Tannstetter weiter. Laut in Richtung Dach rufend verabschiedete er sich von Bramante. »Giorgio hat mir angeboten, bei der Berechnung der Lichtwirkung zu helfen.«

»Du und deine Hirngespinste«, schallte es zurück. »Eines Tages erhebst du dich wirklich noch in die Lüfte und reitest auf einem Sonnenstrahl davon. Gute Reise, Ihr beiden, fallt mir in den Bergen in keine Felsspalte und ärgert auch die Bären nicht.«

Tannstetter lockte die Neugier. Er wollte das Wandgemälde sehen, fragte sich, wie es möglich sein sollte, dieses vieldeutige Gleichnis und Leonardos Überlegungen auf einem Bild festzuhalten, und welch besonderen Einfall er dazu besaß. Sie banden ihre Reittiere an einer Tränke fest. Als sie den Speisesaal des Klosters betraten, war Tannstetters Enttäuschung groß. Sicher, der lang gestreckte Raum lag unter einem kunstvollen Gewölbe mit spitzgiebligen Fenstern, durch die großzügig Sonnenlicht fiel, doch dergleichen hatte er nun schon oft gesehen, sogar der Pferdestall in Vigevano stand dem in nichts nach. An kahlen Tischen und Bänken vorbei steuerten sie auf ein Gerüst zu, das vor einer weiß gekalkten Wand aufgestellt war. Farbkübel, Gipsbecher, Kellen, Spachtel und eine Werkzeugkiste standen darauf.

»Seht Ihr es?« Leonardo deutete auf den reinweißen Putz. Was, wollte Tannstetter schon antworten, dann blieb sein Blick an einem Punkt hängen, als er näher trat, erblickte er eine Fliege, die jemand genau in der Mitte der Wand zerdrückt hatte. Ein Anfang dachte er, wenn auch ein kläglicher. Langsam verstand er Il Moros Ungeduld mit diesem Künstler. Er sah zu Leonardo, sein Blick schweifte die ganze Wand entlang, die Fliege konnte also nicht gemeint gewesen sein.

»Ich brauche Tiefe nach hinten, so als würde der Raum verlängert werden, aber ich bin unsicher, wie ich die Fläche aufteilen soll.«

Das Refektorium war ohnehin mehr lang als breit, dennoch fragte Tannstetter: »Was schwebt Euch vor?« Er sehnte sich nach Beschleunigung, ginge hier im Kloster etwas voran, würde auch am Bianca-Bildnis weitergemalt.

»Ich will den Klang der biblischen Worte einflechten. Wie ein Musiker die Noten, so möchte ich meine mit dem Auge erfassten Wahrnehmungen auf diese Wand übertragen. Doch auf dieser Fläche gestaltet sich das mit den Oktaven schwieriger als gedacht. Dreizehn Figuren, der Tisch, an dem sie sitzen, der Raum dahinter. Eine Saite meiner Lyra kann ich mit dem Druck meines Fingers halbieren, und der Ton ist eine Oktave höher.«

»Dann habt Ihr ein Verhältnis von eins zu zwei«, ergänzte Tannstetter.

»So ist es. Eine Quinte ergibt zwei zu drei, und drei Viertel …«

»Drei zu vier.«

»Wer sagt's denn.« Leonardo klatschte in die Hände. »Nur, wie übertrage ich das auf die Wand? Ich will den Schall darstellen, der vom Trommelfell zurückgeworfen wird, oder …« Er hielt einen Atemzug lang inne. »Wie der Blick von einem Spiegelbild.«

Tannstetter schritt die Wände allseitig ab und zählte. »Wir

haben zwölf Einheiten, die Wand Eures Bildes ist sechs Einheiten lang. Ein Verhältnis von eins zu zwei. Hinten habt Ihr vier und an den Seiten drei, also zusammen zwölf zu sechs zu vier zu drei.« Er kletterte auf das Baugerüst, nahm einen Hammer und einen Nagel aus der Werkzeugkiste und wollte den Nagel genau an der Stelle in der Wand schlagen, an der die Fliege klebte. Das Insekt flog auf und davon, kaum dass er es berührte. »Gebt mir eine Schnur und ein Stück Kohle.« Leonardo reichte es ihm. Tannstetter knotete die Kohle an die Schnur und band das andere Ende an den Nagel, dann spannte er die Schnur und begann, einen Kreis zu zeichnen. Vom Fußboden weg, über die Ecken, so weit sein Arm nach oben reichte. »Nun zieht Ihr Linien wie Strahlen von diesem Nagel aus bis zum Kreis. Von diesen könnt Ihr in Parallelen unterteilen, rechts und links und weitere für die Flucht nach hinten. Zwölf zu sechs zu vier zu drei. So erreicht Ihr die Harmonie der Sphären, wie sie Pythagoras errechnet hat. Den Klang des Kosmos.« Tannstetter kletterte vom Gerüst, wischte sich die Stirn und stellte sich zu Leonardo, der die Arme verschränkte und den großen schwarzen Kreis auf der Wand betrachtete.

»Dort, wo Ihr den Nagel eingeschlagen habt, ist das Haupt Christi. Für ihn verwende ich das Antlitz des Gianni, er liegt im Spital Santa Caterina und trägt schon den Tod in sich. Die Hände leiht ihm Alessandro Morante.« Leonardo sprach, als malte er das Bild bereits. »Ganz links hat sich Bartolomäus erhoben, er glaubt, sich verhört zu haben. Was, Jesus, von uns soll dich einer verraten? Unmöglich. Daneben streckt Jakobus, der Jüngere, den Arm hinter Andreas' Rücken bis zu Petrus, tippt ihm auf die Schulter, als wollte er von ihm die Bestätigung des Gehörten, doch Petrus tröstet Johannes. Auf der rechten Seite verhandeln sie zu dritt. Matthäus, Taddeus und Simon. Philippus steht ebenfalls auf, Jakobus, der Ältere, breitet die Arme aus, seine Rechte reicht hinter Jesus in den Raum, als wollte er ihn beschützen und die anderen in ihrer Aufgebrachtheit abwehren. Thomas hebt warnend den Finger. Nur Judas, zwischen Petrus und Johannes, lehnt sich auf den Tisch. Mit seinen Sünden ist er uns Sterblichen am nächsten, doch er wendet sich von uns ab, sieht Jesus, seinen Freund und Meister an, als wollte er ergründen, ob der ihn durchschaut. Zur Rechten von Jesus sitzt sein Schatz, ich erwähnte ihn bereits. Er wird auch in seiner Todesstunde nicht von seiner Seite weichen. Ich male ihn so, dass jeder sein Liebstes darin erkennen kann, ob Mann oder Frau. Das spiegelt sich auch in der Kleidung wider. Jesus trägt einen Umhang aus Lapislazuli, sein Liebling ein Kleid aus diesem Pigment. Diese Liebe spürt schon den Schmerz, kaum dass Jesus die Worte ausgesprochen hat. Seht, Giorgio!«

Und Tannstetter schaute, erkannte auf einmal Kratzer im Putz, glaubte anfangs, es seien Ausrutscher seiner Kreide, die sich zu Schattenrissen formten. Er wandte sich zu den Seitenfenstern. Die Sonne musste sich bewegt haben, vorhin, als er den Kreis gezogen hatte, war die Wand makellos gewesen. Die Konturen rührten sich, wurden breiter, füllten sich mit Farben, blähten sich zu Leibern mit bunten Gewändern und feinen Gesichtern von Gestalten. Ein lang gestreckter Tisch hob sich über der gesamten Breite der Wand ab, ein weißes Tischtuch legte sich darüber. Die Spuren davon, wie es zuvor gefaltet gewesen war, blieben und zeichneten sich auf dem Überwurf ab. Ein Muster aus Lapislazuli zog sich über das Leinen, und an den Ecken bildeten sich Knoten. Semmeln und italienisches Luftgebäck verteilten sich neben zinnernen Tellern, Hände schwangen sich zu Gebärden auf, als seien sie aus Leonardos Skizzenbuch gekrochen. Der Raum weitete sich hinter den Figuren. Wandteppiche reihten sich aneinander. Eine Landschaft erschien in den drei Fenstern an der tiefsten Stelle des Raumes an der Giebelseite. Vor dem mittleren Fenster, das etwas breiter als die anderen war, saß eine rot gewandete Gestalt mit langen Haaren und feinen Gesichtszügen. Ein Mann von vielleicht dreißig Jahren, über der linken Schulter trug er einen blauen Umhang. Wo der Nagel eingeschlagen war, formte sich seine rechte Schläfe, die später einen Dornenkranz tragen würde. Jesus senkte den Blick an seinen auf dem Tischtuch ausgebreiteten Händen vorbei ins Leere. Er hatte den Mund leicht geöffnet, obwohl bereits alles gesagt war. »Es ist wie eine Welle aus Licht.« Benommen wankte Tannstetter nach draußen. Jesu Worte trafen das Wesen der Apostel, und sie warfen sie gebrochen zurück. Eine Fliege erhob sich von seiner Schulter und flog davon.

10

Drachenblut

Wie das Allerkostbarste, das sie je besessen hatte, trug Ina das Bild aus dem Laden. Sie glaubte, jeden Moment käme Hänsel hinterher und würde es ihr wieder entreißen. Erst als sie im Auto saßen, atmete sie auf.

»Wie bist du bloß auf diesen Namen gekommen? Walentina ...?«

»Walentina Tereschkowa war die erste Frau im All.«

»Seit wann interessierst du dich für Raumfahrt und Sternkunde?«

»Schon immer, wusstest du das nicht?« Doris klimperte mit den künstlichen Wimpern. »Unsinn, das habe ich gestern Abend bei ›Wer wird Millionär‹ gelernt, die Kinder haben das als Spiel.«

Ina dankte ihr und versprach, das Geld so bald wie möglich zurückzuzahlen, zweitausend könne sie sofort bei der Bank abheben und in den nächsten Monaten den Rest überweisen.

»Das war sowieso dein Anteil, und hier, das gehört dir auch.« Doris gab ihr noch mal viertausend. »Der Rest vom Galeriekonto, das ich aufgelöst habe. Keruanis Bilder, weißt du noch? Ich habe achtzehntausend gekriegt und es angelegt.«

»Ich dachte, wir sind pleite? Damit hätten wir doch weitermachen können.« In Ina brach etwas auf. »Warum hast du mir das nicht vorher gesagt?« Ihre Lippen zitterten, Tränen fielen in ihren Schoß. »Ich dachte, wir entscheiden gemeinsam, aber du hast mich nicht mal gefragt.«

»Ach, Ina. Meinst du, mir ist das nicht schwergefallen? Ich wollte dir schon länger sagen, dass ich aufhören will. Es tut mir leid. Als Heio das HNO-Zentrum in Obermenzing übernommen hat, habe ich versprochen, ihm den Rücken freizuhalten, und anfangs dachte ich noch, ich brauche die Galerie, damit wenigstens etwas außerhalb des Familienalltags allein mir gehört. Aber dann belastete es mich mehr und mehr.« Sie senkte den Blick und nestelte ihre Bluse aus der Bauchfalte.

»Das hätte ich doch verstanden, warum hast du nichts gesagt?«

Doris zuckte mit den Schultern. »Vielleicht weil ich mir sonst selbst hätte eingestehen müssen, dass ich für alles, was mit Kunst zu tun hat, nicht ausreichend Talent habe.«

Davon hörte Ina zum ersten Mal, sie hatte geglaubt, Doris gelinge alles im Handumdrehen. Familie, Partnerschaft und sämtliche Verpflichtungen, die damit einhergingen. »Jetzt hör aber auf. Wer hat als Einzige aus unserem Jahrgang ihre Arbeiten an einen Sammler verkauft?« Auf der Vernissage der Sommerausstellung der Kunstakademie hatte ein Schweizer Mäzen die drei graublauen, fast identisch aussehenden Kaffeebilder von Doris gekauft. Das war die Sensation. Die ganze Klasse einschließlich ihr spekulierte damals, wie hoch die Summe gewesen war. Auf den Bildern hatte nur »Preis nach Vereinbarung« gestanden. Beim Ausstellungsabbau kam eine Spezialspedition, verpackte Doris' Werke wie rohe Eier, damit das aufgeklebte Kaffeepulver samt Filterpapier nicht abfiel, und brachte sie nach Winterthur. Alle hatten gedacht, das sei der Beginn einer großen Karriere.

Doris verzog den Mund. »Das war einfach nur Glück. Ein paar Tage vor der Vernissage hatte ich noch nicht einmal eine Idee, was ich ausstellen würde.«

Daran erinnerte sich Ina und an noch mehr. Während ihr eigenes Projekt kaum Beachtung fand, lobten alle Doris für ihren neuartigen Ansatz. So war es immer gewesen – Doris hatte sich nie angestrengt, entweder ihr gelang etwas auf Anhieb, oder es wurde beiseitegestellt und abgehakt, darin ähnelte sie Zack. Insgeheim bewunderte Ina diese Leichtigkeit. Sie ärgerte sich oft über ihre eigene Verbissenheit, wenn sie bis zur Erschöpfung über einer Aufgabe brütete. Halb fertige Sachen lieferte sie nie ab, auch wenn es sie den Schlaf kostete. Bei Doris dagegen zählte das Ergebnis des Augenblicks.

Schon in ihrer Bewerbungsmappe war kaum etwas Brauchbares gewesen, dafür hatte Doris in der Aufnahmeprüfung den Weg vom Klassenraum bis zum Haupteingang mit den Prüfungsaufgaben beklebt, sodass auch die Professoren darüber stolpern mussten. Ein Ventilator wirbelte den restlichen Stapel Zettel auf, den sie in Windeseile kopiert hatte, als sie behauptete auf die Toilette zu müssen.

Solche Aktionen waren nicht Inas Stil. Deswegen galt sie in der Bender-Klasse eher als Außenseiterin. Andere wälzten sich allein oder zu mehreren in Gips oder Pigmenten, klebten Zigarettenkippen zu Installationen zusammen oder fixierten, wie Doris, vorwiegend den Inhalt des Abfalleimers auf Spanbretter. Ina fiel es einfach nicht ein, mit etwas anderem zu experimentieren als mit Papier und Stift. Sie liebte das Zeichnen und Malen, solange sie das noch nicht gründlich erforscht hatte, brauchte sie keine anderen Ausdrucksmöglichkeiten. So zeichnete sie einfach ihre Kommilitonen, ihre Körperhaltungen, modellierte ihre Gesichter durch den Lichteinfall. Oder sie setzte sich nach draußen, skizzierte die Studenten der Bildhauerklasse, die Baumstämme mit Kettensägen bearbeiteten oder Mosaike aus zerschlagenem farbigen Glas legten.

Im zweiten Semester forderte Professorin Bender Ina auf eine besondere Weise heraus und verbot ihr, ein Semester lang Farben zu verwenden. So musste sie bis zum Exzess ausschließlich mit Bleistift, Tusche oder Kohle auskommen. Sie produzierte Mappen voller Skizzen, schraffierte die Kulissen ihrer Zeichnungen, tönte mit grauen Pastellkreiden und schwarzer und weißer Temperafarbe. Erst im nächsten Semester durfte sie sich über die Grundfarben wieder der bunten Welt nähern, so als bekomme sie nach einer langen Fastenkur zum ersten Mal wieder einen Apfel gereicht. Viele Male verfluchte Ina die Professorin dafür, verstand auch nicht, warum ausgerechnet sie so arbeiten sollte und alle anderen machen konnten, was sie wollten. Doch gehorsam hielt sie sich daran, öffnete nur manchmal zu Hause ihren Aquarellkasten und nahm mit den Augen die Farben in sich auf, um sie im Dunkeln nicht zu vergessen. Und tatsächlich veränderte sich ihr Blick. Auf einmal nahm sie Einzelheiten ihrer Umgebung wahr, die sie vorher gar nicht bemerkt hatte. Auf Umrisse reduzierte Miniaturen und Zwischentöne, schärfer als unter dem Mikroskop. Sie erzeugte mit Grautönen und Nuancen von Weißabstufungen Plastizität. Auch ein waagrecht gezogener Bleistiftstrich konnte einen Horizont darstellen und ein Papier in unten und oben teilen. Sie versuchte die Sonne zu malen, die durch eine weiße Wolkenwand drang. Selbst wenn es anfangs unmöglich schien, das darzustellen – was konnte heller sein als Licht –, so musste es Unterschiede geben, sonst wäre die Sonne nicht zu erkennen. Ina begriff, dass es auf die Wahrnehmung ankam. Josefine Benders Lieblingswort. Man musste genau genug hinsehen, um zu verstehen und alles umsetzen zu können.

Tief in ihrem Inneren wusste Ina auch damals schon, dass sie eine Künstlerin im Sinne einer Schöpferin war. Das Laute, vordergründig Auffällige, lag ihr nicht. Lange war sie Doris deswegen aus dem Weg gegangen, aber Doris suchte ihre Nähe, wollte unbedingt etwas mit ihr zusammen machen. Aus einer Laune heraus entwickelten sie die Idee, eine Galerie zu gründen. Doris sollte sich um die Vermittlung, die Presse und die Kunden kümmern und Ina um die Künstler. Der ursprüngliche Plan, auch selbst auszustellen wurde nie umgesetzt. Einmal im Monat wollten sie »Live-Kunst« veranstalten, also Happenings gegen Eintritt. Sie veranstalteten einen Poetry Slam, aber die Teilnehmer waren nicht gerade unterhaltsam: Einer lamentierte über das Schreiben und die damit verbundenen Qualen, sodass die Zuhörer, die noch nicht eingeschlafen waren, das Weite suchten.

Amit Barak, ein Kommilitone aus Israel, der als Erstes ausstellte, verhalf ihnen in der Presse zu großer Aufmerksamkeit. Trotzdem wollte niemand seine in Drachenblut getauchten Installationen kaufen, obwohl er während des Studiums dafür sämtliche Förderpreise erhalten hatte. Das Drachenblutpigment war eine Anspielung auf die Medizin der Antike. Mit dem karminroten Harz wurden nicht nur Lacke von Streichinstrumenten gefärbt, man verwendete es auch zur Einbalsamierung, zur Bekämpfung von Syphilis und in der Neuzeit für Pflaster. Dagegen verkauften sie zwei große Fadenbilder von Tuva Tekkanen bereits auf der Vernissage. Das eine, mit der fein gesponnenen Silhouette Münchens, hing noch immer im Atrium der Stadtsparkasse, wo Ina ihr Aktivsparkonto am Leben hielt. Das andere, stilisierte Menschen, die sich an einen riesigen Tellerrand klammerten, erwarb das Goetheinstitut. Ina hatte die norwegische Künstlerin bei ihrer Arbeit im Haus der Kunst getroffen, sich mit ihr unterhalten, dann ihren Mut zusammengenommen und sie gefragt, ob sie auch in ihrer kleinen Galerie ein paar Werke von sich zeigen würde.

Doris und Ina hatten sich perfekt ergänzt, was Ina jetzt auch zu diesem Bild verholfen hatte. Sie drehte sich zu Doris und umarmte sie fest. »Vielleicht solltest du eine Karriere als Schauspielerin beginnen, die Kosmonautin spielt keiner besser als du.«

Sie sahen sich an und brachen in Gelächter aus. Es war so befreiend, und sie vertrugen sich wieder. Auch wenn es sich noch unwirklich anfühlte, dass Ina das Porträt gehörte.

»Weißt du, manchmal habe ich den Eindruck, mein ganzes Leben – das Studium an der Akademie, Heio, die Kinder – passiert einfach. Ich gleite durch den Tag ohne eigenes Ziel, arbeite meinen Familienalltag ab, ohne herauszufinden, was ich wirklich will und was ich kann. Mir fehlt die Geduld, kreative Dinge weiterzuverfolgen, mir kommt die Begeisterung schnell abhanden. Du bist die Künstlerin von uns beiden, Ina, das habe ich sofort gesehen, als wir uns kennenlernten. Du musst einfach malen.«

Dieser Zuspruch rührte Ina. Zum ersten Mal sprach Doris so offen. Während Ina sich mit Zack und verschiedenen Jobs herumgeschlagen hatte, erschuf sich Doris eine Familie, die Ina die Einsamkeit umso stärker spüren ließ. Dass Doris selbst so an sich zweifelte, wäre ihr nie in den Sinn gekommen.

»Ich mache gerade eine Tonfeldtherapie, immerhin, ein bisschen was mit Kunst, finde ich«, fuhr Doris fort.

»Ist das eine Art Musik?«

»Keine Töne. Tonerde.« Doris lachte. »Dabei legt man die Hände und Arme mit geschlossenen Augen in einen fünfzig mal fünfzig Zentimeter großen Holzkasten, der mit Ton gefüllt ist und die Welt symbolisiert. Man begibt sich hinein und findet heraus, was einem fehlt, indem man lernt, seinem Körper zu vertrauen. Und ich sag dir, es funktioniert. Mal nicht denken, mal nichts organisieren, nur spüren. Mittlerweile forme ich sogar etwas oder grabe mich halb ein. Das ist magisch, fühlt sich jedes Mal anders an, als würde der Ton mein Inneres widerspiegeln. Die Therapeutin beobachtet mich dabei und anschließend reden wir darüber.«

»Klingt ein bisschen wie kreative Hypnose.« Ina strich über das verpackte Bild. Es lag wahrhaftig auf ihrem Schoß.

»Ich weiß nicht, ob du das jetzt hören willst«, sagte Doris, »aber Esther hätte nie gewollt, dass du wegen ihr zu malen aufhörst.« Das dämpfte Inas Freude, der alte Schmerz flackerte wieder auf. Sie überlegte, ob sie verraten sollte, dass sie wieder zeichnete, schwieg aber.

»Was ist eigentlich mit dir und Zack?«, fragte Doris.

»Es ist aus. Es gab keinen Streit oder so etwas Ähnliches, es ist einfach zu Ende gegangen. Zack hat mir angeboten, für ihn zu malen, doch das will ich nicht.« Ina biss sich auf die Unterlippe. Dass er fälschte, wollte sie nicht preisgeben.

»Finde ich gut.«

»Wirklich?«

»Klar. Das mit dir und ihm habe ich nie verstanden, du hast einen Besseren verdient. Ach und übrigens, neulich habe ich mit Herrn Rauch wegen der Nebenkostenabrechnung telefoniert, er hat mir von dir erzählt. Läuft da was?«

»Wir schreiben uns ab und zu, mehr nicht. Er hat sich um die Lichtplanung für die neue Ausstellung im Kunstbau beworben, außerdem arbeitet er für eine Stuttgarter Firma und pendelt deswegen seit Wochen zwischen München und Stuttgart hin und her.«

Doris spitzte die Lippen. »Dachte ich es mir doch, dass da was ist, so wie ihr beide euch bei der ersten Begegnung angesehen habt. Jedenfalls habe ich ihm gesagt, dass du dringend mehr Licht brauchst.«

Mailand, im Heumonat, 1493

Leonardo berauschte sich an der Welt, und Tannstetter durfte daran teilhaben. Noch ganz berührt von dem Erlebten, verließen sie Mailand durch die Porta Vercellina. Der Meister fragte den Wachbüttel nach dem Befinden seiner Familie und steckte ihm ein paar Münzen zu, sagte, sein Gehilfe und er würden vor den Toren der Stadt Drachenblut sammeln. Tannstetter horchte auf. Dass das begehrte rotbraune Harz, das für Rosenkränze verwendet wurde und aus Übersee stammte, auch in Italien zu finden war, war ihm neu. Ein Wundermittel gegen Zahnschmerz, Wunden, Durchfall und allerlei übertragbare Krankheiten, die man lieber verbarg. Zu gern hätte er für seine Heilkunst etwas lombardisches Drachenblut gehortet. Doch dann begriff er, dass Leonardo wohl wieder nur einen seiner doppelbödigen Scherze gemacht hatte. Sie ritten nach Norden. Unterwegs sprachen und sinnierten sie ohne Unterlass. Warum das Firmament blau sei, und wie anders die Landschaft in großer Höhe aussah. Leonardo erläuterte, wie ein Mensch zu bemessen sei, dass man dabei dieselbe Berechnung wie in der Natur anstelle.

»Den Kreis, den Ihr im Refektorium gezogen habt, kann man auch um sich selbst ziehen, wenn man vom Nabel als den Mittelpunkt des Leibes ausgeht. Streckt man Arme und Beine von sich, berühren die Finger- und Zehenspitzen die Kreislinie. Schließt man die Beine, entsteht ein Quadrat. Wenn man von den Fußsohlen bis zum Scheitel misst, ergibt sich die gleiche Breite und Höhe wie die Länge der ausgestreckten Arme. Dies hat mich Vitruv gelehrt. Ein römischer Baumeister, der ein Jahrhundert vor Christus gelebt hat. Die Abschrift seines Werkes durfte ich in der Bibliothek von Pavia einsehen, wohin die Sforzas einen Teil der alten Visconti-Manuskripte ausgelagert haben. Vitruv verbrachte sein halbes Leben damit, Gesichter und Leiber zu vermessen, als wären es Bauelemente. Der Leib ist im Verhältnis zu seinen Gliedern ein ausgewogener Gesamtbau. Viele vor ihm und nach ihm glaubten, dass der Mensch ein Abbild der Welt und des Kosmos sei.«

Dem stimmte Tannstetter zu, auch in der Medizin bezog man sich auf die vier Grundelemente der Schöpfung: Feuer, Wasser, Luft und Erde.

»Jedenfalls«, ergänzte Leonardo, »beträgt das Maß zwischen Mund und Kinn ein Viertel. Dies wiederum ist zugleich die Breite Eures Mundes. Eure Hand passt zweimal in den Fuß, ohne die Zehen zu berücksichtigen, und die Entfernung von den Brustwarzen bis zum Scheitel macht ein Viertel Eurer gesamten Größe aus. Wir alle gäben also einen harmonischen Tempel ab dank der Natur und ihrer vollkommenen Ordnung.«

Eine Fliege umschwirrte Tannstetter. »Vielleicht sind die Gefühle das Einzige, was man nicht vermessen kann.« Er verscheuchte das lästige Vieh.

Nach einem langen Ritt über die Mittagshitze hinaus, die *Carraia del Ferro* entlang, die für die Beförderung der Erze aus den Kupfer- und Silbergruben genutzt wurde, erreichten sie das Sassinatal, in dem herrliche Wasserfälle die Felsen hinabstürzten. Im Gegensatz zu Tannstetter, der sich keine Blöße geben wollte, zeigte der viel ältere Leonardo keinerlei Spur von Erschöpfung. Ja, er gönnte ihnen kaum eine Rast in Ballabio, einem Dorf am Fuß des *Monte Serrada*, den Leonardo zu ihrem Forscherziel erklärt hatte. In einem Gasthof stellten sie Cucuzza und Bramante unter. Der Wirt, ein kleiner, rundlicher Mann, mit Namen Garzonius, der Leonardo bereits kannte und mit seinem gespaltenen Kinn und der platt gedrückten Nase bestimmt auch Eingang in seine Hefte gefunden hatte, führte sie in die Schankstube. In der Ecke stand ein Bär mit erhobenen

Tatzen und gefletschen Zähnen. Eine Fliege kroch über seine starren, bemalten Augen. Schon wieder. Unmöglich, dass dies dieselbe aus Santa Maria delle Grazie war, die ihnen bis hierher gefolgt war, dachte Tannstetter, Fliegen gab es unzählige und meistens zuhauf, und alle sahen gleich aus. Der Wirt überreichte Leonardo einen Sack voller Steine, die seine ebenso flachnasigen Kinder, ein Bub und ein Mädchen, seit seinem letzten Besuch für ihn gesammelt hatten. Leonardo bedankte sich bei den beiden und entlohnte sie reichlich.

»Wozu kauft Ihr Steine, gibt es in Mailand keine mehr?«, fragte Tannstetter.

»Diese bestimmt nicht, seht.« Dem Sack entströmte ein salzig-fauliger Geruch, als Leonardo ihn öffnete. Muscheln in allen Größen und Formen lagen darin, manche noch im Stein verbacken.

»Die Serrada tobt heute, wartet mit Eurem Aufstieg besser bis morgen.« Signor Garzonius kniete sich auf eine Bank neben den Bären und spähte durch ein kleines Fenster in der Stubenwand. Nach ihm streckte Tannstetter den Kopf nach draußen und verrenkte sich halb den Hals, um die Spitze des Berges zu sehen. Flaumwolken umschwirrten die schneebedeckten elf Gipfel, die einem Sägeblatt glichen und dem Berg seinen Namen verliehen hatten.

»Keine Sorge, wir gehen nicht weit. Bis abends sind wir zurück und freuen uns auf eine heiße Suppe bei Euch.« Leonardo schenkte den Kindern ein hornförmiges Schneckenhaus, mit dem sie das Meer hören könnten, er zeigte ihnen, wie. Andächtig und mit großen Augen lauschten sie. Für seine Gerätschaften lieh sich Leonardo eine Kraxe, schnallte das rechtwinklige Holzgestell vollbeladen auf den Rücken. Tannstetter füllte einen Leinenbeutel mit Verpflegung, legte sein Chirurgenbesteck und den Kompass dazu und hängte ihn sich über die Schulter. Erst ging es leicht dahin, mal folgten sie einem Saumpfad, dann durchquerten sie eine Weide oder stapften durch dichten Wald, am Trosafluss entlang, der von hohen Felsen herabfiel und vor ihren Füßen im Erdboden verschwand. Leonardo sah auch da einen Weg, wo keiner zu erkennen war, wie Cucuzza. Die Luft war so rein, als hätte sie noch nie ein Mensch geatmet.

Eisenhut wuchs auf den Wiesen, und Leonardo verriet, wie man aus dieser schönen Blume Rauch erzeugte, der sogar tödlich sein konnte. »Aber ich habe das Gegenmittel selbst erprobt: Rosenwasser.« Das leuchtete Tannstetter ein, seinem Duft nach badete Leonardo täglich in einem Rosenmeer. Beim Sprechen zeichnete Leonardo Striche auf eine Töpferscheibe, die er wie eine Wünschelrute vor sich her trug. Er wollte berechnen, wie viele Schritte man in einer Stunde zurücklegte, hielt inne und wendete plötzlich. Tannstetter dachte schon, der Ausflug sei beendet, kaum dass er begonnen hatte, doch der Meister kehrte zurück. Er verstaute die Scheibe wieder in der Kraxe und sagte, er wolle die Erfindung noch einmal überdenken. Der Weg stieg an, sie kletterten über Felsen. Das Atmen wurde beschwerlicher, und der Himmel verdunkelte sich.

»Klippen gibt es nur dort, wo früher ein Meer oder ein See gewesen ist. Das Gestein wird in Schichten gebildet, verhärtet sich durch Ablagerungen. Die härtesten Ablagerungen finden wir dort oben.« Leonardo wies zu den Sägeblattgipfeln, und verfing sich mit dem Saum seines weiten Purpurumhangs in einem Geäst.

»Ihr sprecht von der Sintflut?« Tannstetter zog ein Messer aus seiner Chirurgenrolle und schnitt ihn los. Es war die Spitze einer Föhre, die über dem Abgrund stand, sie hatten im Reden, ohne es zu bemerken, eine beträchtliche Höhe erreicht. Sein Herz raste, er dachte an seine Anreise, den Bergrutsch, und dass sich hier das Gleiche wiederholen konnte.

Ungerührt vom Abgrund, der sich unter ihnen auftat, bückte sich Leonardo und brach eine Handvoll Lehm aus dem Boden. Tannstetter packte ihn am Gürtel und überlegte schon, ob er die gleiche Kraft wie Kunradt aufbringen würde, den Meister zu retten. In dem Erdklumpen steckten verschiedene Schneckenhäuser, ähnlich der, die die Wirtskinder gesammelt hatten.
»Wie kann die Sintflut sie hier zurückgelassen haben?«, überlegte Leonardo. »Ich habe von einem gelesen, der alles, was in der Bibel steht, nachgemessen hat. Ein lebenslanges Vorhaben, mir ist nicht bekannt, ob er es vollbracht hat. Er schrieb, dass die Sintflut sieben Ellen über den höchsten Berg gestiegen sei. Dann müssten diese Muscheln nicht hier und überall sein, sondern den Gipfel umschließen wie ein Ring.«

»Was, wenn die Muscheln dem anschwellenden Meer folgten?«, erwiderte Tannstetter.

»Die Muschel ist ein Lebewesen, das langsamer ist als eine Schnecke. Sie schwimmt nicht, zieht nur eine Furche im Sand oder saugt sich fest. Sie wandert am Tag höchstens drei bis vier Ellen weit. Mit dieser Leistung kann sie nicht in den vierzig Tagen, die die Flut andauerte, von der Adria bis zum höchsten Berg der Welt gewandert sein, wo auch immer der sein mag.«

»Dann haben eben die Wellen sie bis hierhergetragen.« Es gelang ihm kaum, Leonardos sprunghaften Aussagen zu folgen, zumal er sich dabei nicht an Zahlen festhalten konnte.

»Alles, was schwerer ist als Wasser, geht unter. Hätte die Sintflut die Muscheln entführt, so würden sie ausschließlich unten im Schlamm liegen und nicht stufenweise in Schichten angeordnet sein. Das Wasser trägt die Berge ab und füllt die Täler auf. Es würde aus der Erde eine vollkommen glatte Kugel machen, wenn es die Masse hätte. Habt Ihr Euch nie gefragt, wohin das Wasser nach der Sintflut verschwunden ist?«

»Gottes Wort hinterfrage ich nicht«, flüsterte er, als hätten die Felswände Ohren. Sofort biss er sich auf die Zunge. Das war gelogen, im Stillen zweifelte er oft.

»Jemand, der forscht, muss alles überdenken, Gottes Wort wurde seinerzeit auch bloß von Menschenhand niedergeschrieben. Es heißt nicht, dass ich es leugne, ich gehe nur meinen eigenen Weg, um die Werke des Schöpfers zu begreifen.«

Tannstetter atmete auf. Aus Leonardos Mund klang dies weniger ketzerisch. Er hoffte, eines Tages, wenn er in seinem Alter war, sich auch zu trauen, Vergleichbares ohne Angst hinauszuposaunen.

Unbekümmert blieb Leonardo weiter bei seinen Ausführungen. »Wie Ihr sicher wisst, kostet es weniger Kraft, im Wasser voranzukommen als an Land. Ich habe einige Versuche im Meer gemacht, nähte mir Handschuhe mit Häuten zwischen den Fingern und schnallte mir dünne Bretter an die Füße. An Land verlieh mir das einen närrischen Gang, mit dem ich nur rückwärts ins Wasser steigen konnte, aber dann schwamm ich damit so schnell wie ein Fisch.«

»Ihr könnt schwimmen?«

»Ihr etwa nicht?«

»Als Kind bin ich in die Donau gefallen, und die Strömung riss mich davon. Ich erinnere mich nicht mehr so recht daran, träume nur häufig von Wasser und Wellen. Mein Ziehvater fischte mich heraus und wäre um ein Haar selbst ertrunken. Seither meide ich die Nässe, wenn möglich.«

»Schade, ich hoffe, Ihr überwindet Euch eines Tages und lernt es noch. Schwimmen ist wie Zauberei, man wird getragen und ist viel leichter als an Land. Es gehört zu den schönsten Vergnügungen, im Wasser zu liegen, von den Wellen geschaukelt zu werden und in den Himmel zu schauen. Wenigstens das ist uns Menschen möglich, wo uns das Fliegen offenbar verwehrt bleiben soll.«

»Und Ihr ertrinkt dabei nicht?« Dass Um-sein-Leben-Strampeln ein Vergügen sein sollte, konnte sich Tannstetter unmöglich vorstellen.

»Nein, wer einmal schwimmt, verlernt es nicht mehr und kann leicht und frei völlig ruhig im Wasser dahingleiten. Apropos Wasser, entschuldigt mich kurz.« Leonardo verschwand hinter einem Felsen.

»Ich will mir aufschreiben, worüber wir gesprochen haben«, sagte Tannstetter, als Leonardo zurückkehrte und seine Rockschöße richtete. Sein Kopf schien vor lauter Anregungen zu bersten, mehr konnte er sich nicht merken. Er breitete sein Schreibzeug auf einem Stein aus, stieß dabei an das Tintenfass, und verschüttete seinen Inhalt. »Kreuzteufelbirnbaumhollerstauden«, rief er auf Bayrisch aus.

»Oho, das klang zwar unverständlich, aber doch deutlich nach einem Fluch, wie Zoroastro ihn bevorzugt. Halb so schlimm, gebt mir eines Eurer Messer.« Leonardo holte eine Holzkiste von der Kraxe, darin waren verkorkte Fläschchen eingepasst, wie sie Auberlin für seine Präparate benutzte. In einem der Löcher lag eine kleine unförmige Holzkugel. Leonardo zerschmetterte sie auf einem Stein, gab etwas Flüssigkeit aus einem Fläschchen dazu, spuckte zusätzlich darauf und schob die dunkle Mischung mit einem Zweig in Tannstetters Fass. »Los, tunkt Eure Feder ein, den Unterschied zwischen der Tinte des Oktopus und dieser werdet Ihr kaum bemerken.«

Tannstetter tauchte seine Feder in Leonardos Speichelgemisch und zog ein großes L. Es schrieb sich weich, war aber kaum zu erkennen. »Euer Saft ist zu wässrig.«

»Die Eisengallustinte dunkelt mit der Zeit nach, keine Sorge. Erstaunlich, dass ein winziges weiches Tierchen, eine Wespe, solch einen harten Kern bauen kann. Diese Gallusäpfel kleben an der Unterseite von Eichenblättern. Der Baum hat erstaunlich viel Gerbsäure.«

Tannstetter hatte seine Tintenvorräte bisher stets bei einem Händler gekauft und nicht hinterfragt, woher sie stammten. Wie im Flug kratzte die Feder über die Seiten. Trotzdem war seine Hand viel zu langsam für alles, was er behalten wollte. Er verkürzte die Sätze, notierte nur einzelne Worte, kritzelte Pfeile und Umrisse, sprang zum nächsten Gedanken, fürchtete bald, ihm gehe das Pergament aus. Er schrieb kleiner und kleiner, kritzelte auf die Ränder und hörte erst auf, als es auf das Pergament tropfte und ein paar Wörter verschwammen. Vor lauter Eifer hatte er gar nicht bemerkt, dass sich der Himmel verdunkelte. Leonardo zeichnete die Schlucht und die Felsen in sein Heft. Es begann zu regnen, erst feiner Niesel, dann brach das Unwetter los. In ihre Umhänge gehüllt, packten sie rasch ihre Sachen ein und brachen auf.

»Lasst uns noch ein kleines Stück weiter hinaufgehen, bergab sind wir schnell«, rief Leonardo durch das tosende Nass. Der Weg wurde glitschig, die Umgebung um sie herum verschwand fußbreit in Wassermassen und Dunst. Wind kam auf und schob immer schwärzere Wolken heran. Es brandete um ihre Ohren, und ein Bach aus Geröll stürzte auf sie zu. Leonardo packte Tannstetter, zog ihn in ein Felsloch, bevor große Steine über ihre Köpfen prasselten, der ganze Berg drohte abzurutschen. Tannstetter schrie und hielt sich die Ohren zu. Er kroch rückwärts in die Dunkelheit, suchte Halt und fiel.

»Giorgio?«

»Nichts passiert.« Tannstetter war weich gefallen, anscheinend auf ein Mooslager. Er breitete die Arme aus, um in der Dunkelheit den Raum abzuschätzen. Draußen toste es, hier war es einigermaßen trocken und geräumig. Vorsichtig erhob er sich, glaubte, sich gleich den Kopf zu stoßen, doch erst mit ausgestrecktem Arm ertastete er die Felswand, von der es vereinzelt in langen Steinnasen tropfte. Sie beschlossen auszuharren, bis das Unwetter nachließ. Tannstetter hörte ein Rascheln, hoffte, dass es kein Tier sei, das mit ihnen Zuflucht gesucht hatte. Ein Fiepen erklang, etwas streifte sein Gesicht. Dann klapperte es, Stein schlug auf Stein, und nach einer Weile stoben Funken.

Sogar an Zunder, Feuereisen und Feuerstein hatte der Meister gedacht. »Schnell, helft mir.«

Tannstetter griff nach dem Moos, auf das er gefallen war. Es entpuppte sich als Stofffetzen, die zu schwelen begannen. Im flackernden Licht wurde eine große Höhle sichtbar, die bereits als Hirtenunterschlupf gedient haben musste. Äste und Laub häuften sich in einem Winkel und nährten nun die Flammen, sogar ein verbeulter Napf lag zwischen den Steinen.

»Hoffentlich sind wir die einzigen Lebewesen hier, und kein Bär teilt sich mit uns diesen Ort«, sagte Tannstetter.

»Einer der letzten, soviel ich weiß, steht jetzt in Garzonius' Ausschank. Die Einheimischen fangen sie mit Honigfallen an heimtückischen Seilen, die sie vor die Abhänge spannen. Die Bären stürzen ab und brechen sich den Hals. Dafür sind wir bei ein paar Fledermäusen zu Gast, sie rühren sich nicht, solange wir das Feuer in Gang halten.« Von dieser Erklärung nicht gerade besänftigt, zog Tannstetter seinen Gelehrtenhut tiefer über die Ohren und rückte dichter an die Flammen, die sie kräftig mit Holz fütterten. Dann aßen und tranken auch sie.

Leonardo lehnte den Speck ab, den ihm Tannstetter aus dem Beutel reichte, nahm nur Brot und Käse und biss hinein. »Feuer begeistert mich schon seit meiner Kindheit. Es sind alle Farben darin, nicht nur Rot und Gelb, unter der Flamme leuchtet es auch blau und schwarz.« Er hängte sein Barett zum Trocknen an eine Steinnase. »Und ich habe herausgefunden, dass altes und trockenes Holz einen blaueren Rauch erzeugt als frische Zweige. Eine Flamme beginnt und endet im Rauch.«

Tannstetter sah das Feuer auf einmal mit anderen Augen, es wärmte nicht nur und diente der Wissenschaft, es war auch herrlich anzuschauen, wie es die Welt verschlang und gebar zugleich. Hungrig verspeiste er den Speck, den Leonardo verschmäht hatte. »Was ist das für eine Feder, die Ihr an Eurem Barett tragt?«

»Sie gehört zu meiner ersten Erinnerung. Als ich noch in der Wiege lag, hat mich ein Rotmilan besucht und mir mit seiner gefächerten Schwanzfeder über den Mund gestrichen, als wollte er mich einladen, auf seinen Rücken zu steigen und mit ihm zu fliegen. Damals konnte ich weder sprechen noch mich fortbewegen, nur staunen und vertrauen. Die Gabe aller Kinder. Ihr habt es bei den Wirtskindern erlebt, als ich ihnen das Meeresrauschen zeigte. Leider kommt uns diese angeborene Fähigkeit später oft abhanden.«

Das stimmte, dachte Tannstetter, das Staunen hatte er sich erhalten, dafür war er misstrauisch geworden. Zu schnell landete man unschuldig in einem Kerker. Dazu fiel ihm eine andere Geschichte mit einem Greifvogel ein. »Mein Dienstherr, der Kaiser, klagt noch heute über den Verlust eines zahmen Geiers, den sich die Kaiserfamilie seit dreißig Jahren gehalten hatte. Er konnte sogar sprechen. ›I sogs, wias is‹, krächzte Cäsar, wenn man ihn anredete. Was so viel heißt wie ›ich sag die Wahrheit‹«, versuchte Tannstetter das Wienerische ins Italienische zu übersetzen. »1462 wurde die Kaiserfamilie von pöbelnden Wiener Bürgern in ihrer Burg eingeschlossen, bis sie der böhmische König Podiebrad aus ihrem Elend befreite. Vor Hunger mussten sie nach und nach all ihre Haustiere schlachten, auch Cäsar fiel ihnen zum Opfer. Ihr habt vorhin schon einmal das Fliegen erwähnt, ich hörte, Ihr versucht Euch darin?«

»Bisher blieb es bei Experimenten, die alle scheiterten. Die Vielfalt des Vogelflugs macht mir zu schaffen. Die einen erheben sich senkrecht in die Lüfte, das habe ich mit einer Schraubenkonstruktion nachgeahmt, die man mit Hebeln bedient. Andere gleiten lautlos im Windstrom dahin, scheinen in der Luft zu stehen, wie der Rotmilan, wenn er tief unter sich auf einer Wiese eine Beute erblickt. Alles, was ich entwerfe, ist zu schwer, aber nie schwer genug, um den Luftstrom zu überwinden. Meine Apparaturen erzeugen genauso viel Kraft wie die Luft, die gegen sie drückt, versteht Ihr?«

»Ehrlich gesagt, nein.«

»Stellt Euch die Flügel eines Greifvogels vor. Sie schlagen gegen die Luft, der große Vogel erhebt sich in die höchsten, dünnen, dem Element des Feuers nahen Sphären.« Leonardo fuhr mit einem glimmenden Ast durch die Höhle. »Bei Schiffen ist es ähnlich, die bewegte Luft über dem Meer bricht sich in den geblähten Segeln und treibt eine noch so schwere Ladung vorwärts. Ich zerbreche mir den Kopf, wache mit einer Eingebung auf, die sich dann in der Umsetzung als Fehlkonstruktion entpuppt. In unseren Träumen können wir doch auch die Schwerkraft überwinden, warum also nicht auch in der Realität?«

»Ikarus hat es vorgemacht«, fiel Tannstetter ein.

»Bis zum Mond, geschweige denn zur Sonne, will ich es gar nicht schaffen, nur ein paar Ellen über dem Boden schweben möchte ich oder vom Turm der Corte Vecchia abspringen und eine Zeit lang über die Dächer Mailands gleiten.«

»Vielleicht sind wir einfach an die Erde gebunden und nicht fürs Fliegen gemacht.«

»Wozu erforscht Ihr dann die Sterne? Wollt Ihr ein ewig staunender Wurm bleiben, oder strebt Ihr nach Höherem? Noch gebe ich nicht auf.« Leonardo warf den Ast ins Feuer, sie sahen ihm beim Verglimmen zu.

»Von Mechanik verstehe ich leider nicht viel, und ich weiß nicht, ob Euch das nutzt, was mir dazu einfällt«, sagte Tannstetter nach längerem Sinnieren. »Eure Überlegungen entführten mich zu meinem Ziehvater Auberlin, dem Wundarzt, der allein durch seine Anwesenheit oder, noch eigenartiger, nur durch die Zusage, dass er demnächst bei einem Leidenden eintreffe, Schmerz linderte.« Er hielt inne, um seine Gedanken richtig zu fassen. »Ich fragte Auberlin, wie er sich dieses Phänomen erkläre. Er sagte, dass allein die Aussicht auf Hilfe manchmal schon den Heilungsprozess in Gang bringe. Aber er sagte auch, dass man gegen den Schmerz nicht ankämpfen könne, er sei wichtig, er zeige, welches Organ betroffen sei, und manchmal führe er auch in die Irre. Dies unterscheiden zu können mache einen guten Heiler aus.« Tannstetter war sich bewusst, auf welch schmalem Grad er sich bewegte, er offenbarte, dass er noch weit davon entfernt war, ein Leibarzt zu sein. Doch wie er Leonardo kannte, hatte der ihn längst durchschaut, und außerdem hatte auch der Meister Geheimnisse von sich preisgegeben. Sie waren zu Verbündeten geworden. Tannstetter vertraute ihm.

»Wollt Ihr damit sagen, man soll gegen etwas, was man nicht ändern kann, nicht ankämpfen, sondern versuchen es zu nutzen?« Hastig wickelte Leonardo sein Heft auf, blätterte zu einer Zeichnung von zwei Bäumen an einem Flussufer und machte eine Notiz.

»So ungefähr.«

»Ich sollte also mit der Luft arbeiten, nicht gegen sie. Das würde bedeuten, dass Luft wie Wasser nutzbar ist.« Er schwieg einen Augenblick. »Klingt einleuchtend, jedenfalls hier, weit weg von meiner Werkstatt, in der ich schon ein Dutzend Versuche jeglicher Art gemacht habe.« Er zeichnete wirbelnde Luftströme über die Baumspitzen.

»In Eurer Werkstatt durfte ich Eure Gemälde bewundern. Habt Ihr schon immer gemalt?«, fragte Tannstetter.

Leonardo rieb den Silberstift an der Felswand, um ihn zu spitzen. »Ich glaube schon. Als Kind war mir nicht bewusst, dass ich malte, ich wollte nur auf irgendeine Weise das, was ich wahrnahm, hören, riechen und fühlen, und was ich sah, verarbeiten. Ich schmierte herum, stellte aus Rinde und Beeren selbst Farben her, indem ich sie zerquetschte, als wären es Oliven. Ich formte mit Lehm, sammelte tote Tiere auf, untersuchte sie und malte sie ab. Bei meinen Großeltern in Vinci, wo ich aufwuchs, sprach sich herum, dass ich Geschick in den Künsten zeigte, und eines Tages sollte ich einen Rundschild für einen Bauern bemalen, den er aus einem Feigenbaum geschnitten hatte. Ich legte meinen ganzen Eifer in meinen ersten Auftrag, sammelte Eidechsen, Grillen, Schlangen, Heuschrecken und Fledermäuse oder ihre Überreste, die ich auf meinen Streifzügen durch die Wälder entdeckte, und verband sie zu einem einzigen Wesen, wie ich mir das Wappentier eines Ritters vorstellte. In Großvater Antonios Holzschuppen, den ich zu meinem kindlichen Forschungslaboratorium auserkoren hatte, stank es bald nach Verwesung. Der Geruch setzte sich in meinen Haaren und meinem Gewand fest, sodass auch ich davon ganz durchtränkt war. Meine Großmutter brachte mir etwas zum Essen und schrie auf, als sie den gemalten Schild erblickte. Sie flehte alle Heiligen um Beistand an und rannte in die Kirche, um für meine Seele zu beten. Ich hatte einen Drachen erschaffen, der aus einem dunklen, zerklüfteten Felsen kroch, mit seinem Atem das Leben vergiftete und die Luft entflammte.«

Ein Schauder überlief Tannstetter. Er schlang die Arme um die Knie. »Und wie gefiel dem Bauern Eure Arbeit?«

»Er hat sie nie erhalten. Mein Vater reiste an, besah sich mein Werk und verkaufte es an einen seiner reichen Kunden in

Florenz. Für den Bauern musste ich einen anderen Rundschild mit einfachen Farben und Formen bemalen. Und nun seid Ihr dran, wie seid Ihr zur Sterndeutung gelangt?«

Tannstetter erzählte von seinem leiblichen Vater Ignaz Tannstetter, der ihm das Himmelsspektakel gezeigt hatte. Sie unterhielten sich über die Leuchtkraft der Sterne, dass sie nachts heller erschienen und warum es keine Sternenfinsternis, wohl aber eine Mond- und Sonnenfinsternis gab. Dabei wurde er immer müder, und umgeben vom Prasseln und Knistern der Flammen, die seine nassen Sachen trockneten, schlief er ein. Mit gekrümmtem Rücken und einem Kribbeln in den Beinen erwachte er wieder. Das Feuer war erloschen, und doch war es hell in der Höhle. Die Sonne schien in feinen Strahlen durch die Felsritzen, es hatte zu regnen aufgehört. Er sah sich nach Leonardo um, entdeckte ihn bei den Resten des Umhangs, auf den Tannstetter gefallen war und den er für Moos gehalten hatte.

»Guten Morgen, Giorgio. Gut geschlafen?«

»Ich glaube schon.« Tannstetter rieb sich die Augen. Leonardo grub Langknochen, Rippen, ein knöchernes Becken aus.

»Seht, auf was ihr gefallen seid. Ein Wanderer hat hier sein Ende gefunden.« Leonardo hielt einen Totenschädel in den Händen. »Zu schade, dass kein Gewebe mehr an dem Schädel haftet, und auch innen scheint er gänzlich leer zu sein.« Er schüttelte ihn wie eine Rassel. »Aber sein Gebiss ist vollständig, sogar die Backenzähne mit ihren zwei Wurzeln.« Wie einen Spielstein zog er einen breiten Zahn aus dem Kiefer und hielt ihn ins Licht. »Nur die Füße und Hände sind fort, da waren die Tiere schneller.« Er legte alle Fundstücke in die Kraxe, setzte den Totenkopf obenauf. Mehr oder weniger zu dritt stiegen sie wieder ins Tal hinab.

11

Grünspan

Zu Hause drückte Ina wie gewohnt auf den defekten Schalter für die Deckenlampe. Im fensterlosen Flur blieb es dunkel. Jedes Mal nahm sie sich vor, einen Elektriker zu beauftragen, vergaß es dann aber wieder. Dabei dachte sie an Oliver und was Doris gesagt hatte. Sie packte das Bild aus und betrachtete es, bis ihr die Augen brannten, bestaunte die Malweise, die Machart, vertiefte sich in die Gesichtszüge der jungen Frau, und mehr als einmal hatte sie das Gefühl, sie würde ihrerseits angeschaut. Für einen Moment glaubte sie sogar, die Porträtierte lächele sie an. Das musste eine Täuschung sein oder ein Glanzeffekt in den Farben, der das Original schützte. Sie trat ans Fenster, drehte das Bild im Licht. Der Mund war ein gerader, sogar leicht nach unten gezogener Strich, der in einem winzigen Schatten endete. Ina vertiefte sich in die präzise Abbildung des Haarnetzes. Alles schimmerte golden, und Ina bemerkte wieder den Blick und das Lächeln. Sobald sie der jungen Frau in die Augen oder auf den Mund sah, war beides verschwunden, wandte sie sich einer anderen Stelle des Gemäldes zu, spürte sie es wieder. Dieses Lächeln verstärkte sich sogar, steckte an und öffnete Ina das Herz. Ein Lächeln, das man nicht einfangen konnte, und das jetzt ihr gehörte, für immer. Auch wenn sie das von Esther verloren hatte. Es gab nur einen Künstler auf der ganzen Welt, der solch ein rätselhaftes Lächeln malen konnte, dafür war er weltberühmt.

Ina holte das Buch über Leonardo da Vinci und schlug die Seite mit der »Mona Lisa« auf. Auch deren Lächeln verblasste, je länger man auf ihren Mund sah, und es erstrahlte, sobald man in ihre Augen blickte, und holte den Betrachter ein, wenn er sich abwandte. Außerdem zeigten beide Bilder noch mehr Gemeinsamkeiten. Die Textur der Haut, wie sie sich über die Gesichtsmuskeln spannte, die Darstellung der Augen. Auch bei Inas Bild bestanden die Augenbrauen mehr aus einer An-deutung als aus wirklichen Härchen. Wie sie bereits vermutet hatte, war es kein Ölgemälde, sondern eine Mischung aus Tusche- und Temperazeichnung. Weitere Details fielen ihr auf. Der Künstler hatte eine sehr feine Beobachtungsgabe besessen. Nicht nur die Augenfalten, die Form des Lides waren sehr genau, bis zur kleinsten Wimper dargestellt, auch wie das Stirnband das Haar am Hinterkopf leicht zusammendrückte und sich dabei sogar das Haarnetz ein wenig verschob, was man nur bemerkte, wenn man mit einem lebenden Modell arbeitete. Das Bild war außergewöhnlich ausdrucksstark, noch dazu handwerklich äußerst gut gemacht. Es gab keine vergleichbar guten Künstler in der Renaissance, die auf diese Weise gearbeitet hatten. Jedenfalls war Ina bisher auf niemand anderen gestoßen. Auch wenn es unglaublich war, sie besaß einen Leonardo. Nun musste sie das nur noch beweisen.

Das Pergament war nicht signiert, was zu Lebzeiten Leonardos auch unüblich war. Sein jüngerer Zeitgenosse Albrecht Dürer fing damit an, indem er seine Initialen AD auf seine Bilder setzte und damit seine Eigenständigkeit und Urheberschaft erstmals betonte. Bis dahin wurden Maler und Bildhauer als Handwerker angesehen, die Auftragsarbeiten ausführten.

Darum stand höchstens *fecit* auf der Rückseite, manchmal auch *complevit* zusammen mit der Jahreszahl der Entstehung des Werks.

Ina wusch sich die Hände, trocknete jeden Finger sorgfältig ab, als bereite sie sich auf eine Operation vor, breitete einen neuen Bogen Zeichenpapier auf ihrem Schreibtisch aus und drehte das Bild um. Es war auf massives Holz gemalt worden, und an drei Stellen hatte man Keile eingesetzt, die dem Umriss eines Schmetterlings glichen. Vermutlich um Astlöcher zu ersetzen. Sie kannte sich mit Holzsorten nicht besonders gut aus, tippte auf Eiche, wie sie Albrecht Dürer benutzt hatte. Das könnte die falsche Zuordnung erklären. Die italienischen Maler hatten meistens Pappelholz verwendet. Die Tafel wirkte dunkler und grobporiger. Sie untersuchte die Flecken auf den Rillen, womöglich ein Stempel. Die Umrisse waren nur schwach zu erkennen, ergaben aber einen Kreis. Nun kam es ihr zugute, dass sie jahrelang mit einem Fälscher zusammen gewesen war. Sie betrachtete den Abdruck genauer und vergrößerte ihn mit ihrer Handykamera. In der Mitte des Kreises glaubte sie ein Schiff mit mehreren Segeln auf Wellen zu erkennen. Sie übertrug den Stempel in ihr aktuelles Skizzenheft. Buchstaben umrundeten das Schiff, zweimal ein O, oder nein, das am Anfang könnte auch ein D sein, die mittleren drei Buchstaben bestanden nur aus kleinen Punkten. Das erste Wort endete mit einem E, das nächste Wort könnte Cintrol, bedeuten, auch wenn auf dem kleinen I der Punkt fehlte.

OO...E CINTROL IARIS

Das ergab keinen Sinn. Sie lehnte sich zurück und seufzte. Ihre Augen brannten bereits. Am besten sie nahm einen anderen Blickwinkel ein, wie Josefine Bender es ihnen im Studium geraten hatte, wenn die Ideen stockten. Aufstehen und das Bad putzen oder Staub saugen, hatte die Professorin gesagt. Oder sich die Haare waschen und die Kopfhaut kräftig massieren. Oder noch besser für alle anderen Beteiligten, einen Kuchen backen. Ina beschloss, sich einen Kaffee zu kochen, sie wollte sowieso länger aufbleiben. Doch die Packung war bis auf ein paar Krümel leer, und sie hatte vergessen, neuen Kaffee zu kaufen. Irgendwo, ganz hinten im Schrank, hinter einer noch in Zellophan verpackten Geschenkteesorte, die sie nicht mochte, musste noch ein Päckchen Espresso sein. Vielleicht schmeckte der noch, auch wenn er von ihrer letzten Italienreise stammte, und die war eine Ewigkeit her. Damals hatte Esther noch gelebt. Zusammen hatten sie eine Rundreise gemacht, nicht ahnend, dass es ihr letzter gemeinsamer Urlaub sein würde. Tatsächlich, sie fand die rot glitzernde Packung, leider war sie bereits geöffnet und aller Duft verflogen. Ihr fiel ein, dass sie den Espresso für ein Flohmarktbuch benutzt hatte, das stark nach Nikotin roch. Vierzehn Tage hatte sie das Buch zusammen mit dem Kaffeepulver in eine Tüte gelegt, das hatte den Gestank gemildert. Sie warf den Espresso in den Abfall, wollte den Deckel schließen, stutzte und holte die Packung im nächsten Moment wieder heraus. Die Aufschrift am Boden war ihr ins Auge gefallen. DOGANA CENTRAL stand dort, Dogana, italienisch für Zoll, zusammen also Hauptzollamt. Sie verglich das erste Wort des Bildstempels damit. Der letzte Buchstabe war aber eindeutig ein E, kein A. Doch Central passte, IARIS hieß ganz einfach PARIS. Und aus Dogana wurde dann DOUANE für den französischen Zoll.

DOUANE CENTRAL PARIS

Sie fühlte sich wie eine Meisterdetektivin. Früher hatte sie mit Esther Detektivbüro gespielt. Erst spionierten sie die Nachbarn aus, als dort nichts Verdächtiges passierte, erfand Ina einfach etwas, und Esther glaubte ihr. Dann, als auch ihr die Ideen ausgingen, verteilten sie Zettel in den Briefkästen und boten mit einem Spruch ihre Dienste an.

»Wenn Sie etwas vermissen, dann haben Sie kein schlechtes Gewissen, der Spürnasenclub findet es geschwind, nämlich so schnell wie der Wind. Öffnungszeiten: die ganzen Sommerferien.«

Beim Gedanken daran lächelte sie, und die Porträtierte schien es ihr gleichzutun. Ina wandte sich ihr wieder zu. Mit einer Zange zog sie die Nägel aus dem Rahmen. Wie sie es von Zack gelernt hatte, achtete sie dabei auf jedes Staubkorn oder jede Milbe, die abfiel, stellte das Bild sogar auf und klopfte auf die Rückseite. Zack hatte jede Fluse, jedes getrocknete Spinnenbein, das sich aus einer alten Leinwand und dem Keilrahmen löste, in einem Schraubglas gesammelt. Wo andere im Schrank Marmelade, Honig oder Kaffee verwahrten, hortete Zack gebrauchte Teebeutel, abgerissene Dosenverschlüsse, Kuhdung und Staub. Und Ina wusste inzwischen, dass er das Zeug nicht nur für seine Antibilder aufbewahrte, wie sie anfangs geglaubt hatte. Er wollte den Staub als DNA-Beweis nutzen. Zusammen mit den Stempeln des Herstellers oder Galeristen sollte uralter Schmutz bezeugen, dass auch sein frisch gemaltes Machwerk aus der Zeit stammte.

Zwischen dem Rahmen und ihrem Bild war alles sauber. Sie fand nur ein hellbraunes Haar, das vermutlich von ihr selbst stammte. Allein hundert Jahre flößten ihr Respekt ein, nicht auszudenken, dass das Porträt vor einem halben Jahrtausend und womöglich tatsächlich von Leonardo da Vinci erschaffen worden war. Eine Ecke löste sich vom Holz, dann ließ sich das ganze Bild abheben, es war nicht aufgeklebt, sondern nur lose daraufgelegt worden. Ina sah, dass das Porträt nicht exakt wie die Holzplatte im rechten Winkel zugeschnitten war, an der linken Seite knickte die Kante, als wäre das Lineal beim Zuschnitt verrutscht. Womöglich war das Bild vorher größer gewesen, und jemand hatte es grob ausgeschnitten. Sie betrachtete es von der Seite, entdeckte die Schraffuren, die sich fast wie Kerben in das Papier drückten. Darunter lagen die Farbschichten, alles vermischte sich. Nachdem sie es lange genug untersucht hatte, wurde ihr erst bewusst, dass sie endlich nicht mehr allein war. Jemand, eine Fremde zwar noch, war bei ihr, eine, die ihr in die Seele blickte, wie Esther das gekonnt hatte. Am liebsten hätte sie diese Freude in die Welt hinausgerufen oder zumindest mit jemandem geteilt.

Oliver fiel ihr ein. Und in ihrem Übermut, nun endlich das lang ersehnte Bild zu besitzen, beschloss sie, ihn spontan in seinem Büro zu besuchen. Sorgsam wickelte sie das Porträt in ihren Lieblingsschal und schob es in das Samtfach ihres Rucksacks, das für den Laptop vorgesehen war. Mit jeder Umdrehung ihrer Pedale freute sie sich mehr darauf, Oliver wiederzusehen. Es war ein lauer Oktoberabend. Die Sonne schien, auch wenn ihre Kraft nachgelassen hatte. Nasses Herbstlaub klebte auf den Straßen. In Decken gehüllt, trotzten die Leute der Jahreszeit und nahmen ihre Getränke draußen vor den Cafés zu sich. Ina hielt an, skizzierte sie auf den Lenker gestützt. Dabei beschriftete sie die Skizzen mit den Farbbezeichnungen, zum ersten Mal hatte sie wieder Lust zu aquarellieren. Das Grauweiß der Tauben auf dem Gehsteig, die um einen Keks stritten, den ein plärrendes Kind aus einem Buggy fallen gelassen hatte. Spanisches Grün, kurz Grünspan, schrieb sie an die Skizze mit dem Anorak des Kindes. Das Pigment entstand, indem man Kupferbleche in Essig oder Wein einlegte, war schon im Mittelalter bekannt und in der Buchmalerei sehr beliebt. Dazu die Komplementärfarbe des Taubengefieders, das in dunklem Purpur schillerte, als das Tier aufflatterte. Ina brauchte mehrere Seiten, um den Gesichtsausdruck des

Kindes festzuhalten, diese Wandlung von Zorn in Staunen, als der verschmähte Keks halb in der Luft von der Taube aufgefangen wurde.

Das ehemalige Galerieschaufenster war neu dekoriert. Vier schwarze Melonen hingen, an silberne Stangen geschraubt und zu Lampen umfunktioniert, darin.

»Taghell. Lichtplanung und Design«, stand in Weiß auf der Scheibe. Oliver saß an ihrem ehemaligen Schreibtisch und telefonierte. Als er Ina entdeckte, winkte er ihr zu. Kurz darauf hatte er das Gespräch beendet und bat sie herein. Mit gemischten Gefühlen betrat sie die Räume, es fühlte sich merkwürdig fremd und vertraut zugleich an.

»So eine Überraschung«, begrüßte er sie. »Wie schön, dass wir uns endlich wiedersehen. In den letzten Monaten war die Hölle los, ich wollte dich auch längst fragen, ob wir uns mal treffen. Magst du einen Kaffee oder Tee? Oder wollen wir etwas essen gehen?« Er wirkte überfordert.

»Gern, wenn du Zeit hast.«

Oliver sah auf die Uhr. »Ich sollte zwar noch zu einem Kunden, aber das kann ich verschieben. Also?«

»Dann Tee bitte.«

Wo vorher bloß der Klapptisch mit Doris' Kaffeemaschine gestanden hatte, war jetzt eine kleine Küche aus hellem Holz in die Ecke eingepasst. Eine Spüle und ein Gasherd mit zwei Feldern wölbten sich aus einer halbrunden Ablage in den hinteren Raum. Die kuriosen Tischlampen, die Ina in den Umzugskisten gesehen hatte, standen in dem alten Galerieregal, das noch aus der Apotheke ihrer Mutter stammte, aufgereiht. Davor befand sich ein schmales hellblaues Sofa, auf dem ein zerknüllter Schlafsack und zwei große Kissen lagen.

»Grüner, schwarzer, weißer, roter?« Oliver schüttelte mehrere Pappschachteln mit Teebeuteln.

»Geht auch gemischt?« Sie grinste.

»Hab ich noch nicht ausprobiert, aber warum nicht.« Er schaltete den Wasserkocher ein und hängte vier Teebeutel in eine große Kanne. »Ich sag nur schnell Birk und dem Kunden Bescheid. Birk hilft mir bei den Lichtinstallationen. Er steigt auf die Leiter und montiert die Lampen, während ich unten auf die Wirkung achte.«

»Also auch ein Lichtinstallateur?«

»Nein, er ist Bildhauer. Ich arbeite gern mit Künstlern zusammen, die haben den richtigen Blick, und ihnen muss ich nicht lange erklären, was ich haben will.« Er tippte etwas in sein Handy und legte es dann weg.

»Was ist mit deiner Bewerbung für die Ausstellung, hat das geklappt?«

»Mein Angebot wurde leider abgelehnt. Schade, aber ehrlich gesagt hätte ich es ohnehin kaum geschafft. Die Arbeit in Stuttgart und in Berlin im Otto-Weidt-Museum hat mich länger in Beschlag genommen als gedacht.«

»Und wie hast du das mit dem Versteck gelöst? Ich meine lichttechnisch?« Ina stellte den Rucksack ab, setzte sich auf die freie Stelle zwischen Schlafsack und Kissen aufs Sofa.

»Warte, ich zeige es dir.« Oliver schenkte Tee in zwei blaue Tassen und gab ihr eine.

»Oh, Verzeihung.« Er warf den Schlafsack hinter das Sofa. »Ich habe noch keine Wohnung in München gefunden, darum übernachte ich so lange hier.« Er holte sein Tablet und setzte sich zu ihr, ohne die großen Kissen wegzulegen. So nah, dass sie sich bei der kleinsten Bewegung berührten. Er wischte über den Bildschirm, bis er die Fotos gefunden hatte. Auf dem ersten war ein Raum voller Pulte zu sehen, die Werkbänke der einstigen Bürstenbinder, erklärte er. Die anderen Räume waren spärlich möbliert, in einer Ecke stand ein weißer Kachelofen, daneben ein Schrank oder die Illusion davon. Bei genauerem Hinsehen erkannte Ina, dass die Zargen und Schlüsselbänder nur aufgemalt waren. Die Seitenwand des Schranks fehlte, war zum Durchgang für die Museumsbesucher umfunktioniert worden. »In Wirklichkeit tarnte der Schrank den Türrahmen. Dahinter waren die vier Leute versteckt. In einem kleinen fensterlosen Raum.« Er zeigte ihr die leere Kammer, dunkel und eng. Kaum groß genug, um sich alleine darin aufzuhalten, geschweige denn zu viert. Ein metergroßer Lichtkreis erhellte den Boden und erinnerte an einen Suchscheinwerfer. Nur dass dort nicht mehr als abgetretene Dielenbretter zu finden war. Oliver machte die Leere sichtbar.

»Bewegend. Du kannst mit Licht malen.« Der Anblick löste in Ina Beklemmung aus. »Hat es die Familie durch den Krieg geschafft?«

»Nein, 1943, bei einer Razzia, wurden sie verraten und in Auschwitz-Birkenau umgebracht.«

»Was geschah mit Otto Weidt?«

»Er wurde mehrfach von der Gestapo verhört, kam aber durch Bestechung frei.« Sie schwiegen, tranken ihren Tee, der gar nicht so schlecht schmeckte.

»Und was machst du gerade?«, fragte Oliver.

»Ich habe endlich das Bild gefunden, nach dem ich lange gesucht habe. Ein Porträt, ich glaube, dass es sehr alt ist.« Sie holte es aus dem Rucksack und wickelte es aus dem Schal. Oliver betrachtete es. Wie zu erwarten, bemerkte Ina am Zucken seiner Lider, dass er die Ähnlichkeit mit ihr bemerkte oder ein jüngeres Abbild von ihr in dem Modell vermutete. »Das bin ich nicht, falls du das jetzt denkst. Das war nicht der Grund, warum es mich fasziniert.« Und sie erzählte ihm von der Auktion, wie sie das Bild im Katalog entdeckt hatte, diesen Widerspruch in der Beschreibung, wie sie es um ein Haar ersteigert hatte und danach jede Spur verlor, bis sie es mithilfe ihrer ehemaligen Professorin bei einem Kunsthändler wiederfand. Oliver hörte zu, lenkte das Gespräch aber immer wieder auf sie, wollte mehr von ihr persönlich wissen. Sie erzählte von ihren Jobs, von der Galerie und wie es dazu gekommen war, jedes Mal, wenn sie dabei an Esther dachte, leitete sie zu dem Bild über, dass sie noch herausfinden müsse, wen es darstellte, falls es überhaupt ein Gemälde von Leonardo war.

»Du denkst, dass es ein Original von Leonardo da Vinci sein könnte?« Er riss die Augen auf, sie wirkten nun noch größer hinter den dicken Brillengläsern.

»Ja, sieh, das ist die Schraffur eines Linkshänders.« Sie zeigte auf den Hintergrund des Bildes. »Ich bin selbst Linkshänderin. In seinen Zeichnungen taucht diese Schraffur auf.«

»Ein echter da Vinci, das wäre mehr als nur eine Sensation, dann wärst du mit einem Schlag reich und berühmt. Ich habe zwar wenig Ahnung vom Kunstmarkt, aber eine Million gäbe es bestimmt dafür.«

»Vielleicht sogar ein paar mehr.« Ina zuckte mit den Schultern. »Ich habe recherchiert. Bill Gates hat für den Codex Leicester, Leonardos wissenschaftliche Manuskriptsammlung aus Notizen, Zeichnungen und Skizzen, über dreißig Millionen Dollar bezahlt. Aber ums Geld geht es mir gar nicht.« Erst als sie es aussprach, wurde ihr bewusst, dass das stimmte. Mittlerweile mochte sie das Bild um seiner selbst willen, brauchte es, um dem Künstler und dem Modell nahe zu sein. Und insgeheim wollte sie das Unmögliche möglich machen, sie wollte Esther zurück.

Sie sah ihn an, versank in seinen übergroßen Augen. »Ich will herausfinden, wer es gemalt hat und wen es wirklich darstellt.

Es könnte auch eine Fälschung sein oder von einem seiner Schüler stammen. Wie dieses berühmte Selbstporträt von Leonardo, das ihn als bärtigen Alten zeigt. Das hat ja auch nicht er selbst gemalt, sondern sein Schüler Francesco Melzi, sein Haupterbe, der ihn bis nach Frankreich begleitet hat. Trotzdem denkt jeder, es stamme von Leonardo selbst.«

»Und wer, glaubst du, ist das auf deinem Bild?«

»Es könnte Lucrezia Borgia sein oder auch Caterina Sforza, die die Tigerin genannt wurde, weil sie gegen ein ganzes Heer kämpfte. Zeitlich wäre dann aber Melzi als Maler ausgeschlossen, Lucrezia lebte am Hof in Ferrara, als Melzi 1510 Leonardos Schüler wurde, und die Tigerin ist schon 1509 gestorben.« Nun holte sie doch ihr Skizzenbuch aus der Tasche, wo sie sich die wichtigsten Stichpunkte notiert hatte. Mithilfe ihrer Notizen rechnete sie schnell ihr Alter aus. »Die Tigerin starb mit sechsundfünfzig, nein, das passt nicht. Aber Leonardo war viele Jahre in Mailand Hofmaler bei den Sforzas, und es gibt sogar eine Verbindung nach Deutschland. Der deutsche Kaiser hat sich mit einer Sforza-Tochter vermählt. Eine dieser arrangierten Ehen aus politischen Gründen.« Sie stockte. »Such doch bitte mal auf deinem Notebook nach Bianca Maria Sforza. Vielleicht könnte sie sein Modell gewesen sein? Sie wurde von ihrem Onkel mit dem deutschen König Maximilian verheiratet, genau zu der Zeit, als Leonardo in Mailand war.«

Oliver tippte etwas in eine Suchmaschine, und sie verglichen die Abbildungen, die sie im Internet fanden, mit dem Gemälde. »Das könnte erklären, warum man dachte, es sei das Bild eines deutschen Malers«, sagte er. Ina merkte, wie auch er Feuer fing. »Von der Kaiserin müsste es doch Porträts geben.« Auf einem Bildnis von Ambrogio de Predis war die Kaiserin im Profil dargestellt. Sie trug ein ähnliches Haarnetz, allerdings war ihres mit Edelsteinen durchwirkt. Bianca Maria Sforza hatte hervorquellende Augen, ein fliehendes Kinn, das ihr einen trotzigen Ausdruck verlieh, und eine lange Nase, die sich in einer Wellenlinie bis zur schmalen, leicht vorspringenden Oberlippe zog. Die Proportionen des Gesichts der jungen Frau auf dem Temperabild waren ebenmäßig. »Die Kleidung der Kaiserin macht mehr her als sie selbst. Ihr fehlen Zartheit und Anmut.« Olivers Blick glitt von dem Porträt, das Ina fest in der Hand hielt, zu ihr. »Und bestimmt hat der Maler sie noch verschönert, schließlich war sie die Kaiserin und in Wirklichkeit wahrscheinlich potthässlich. Die Darstellung der Wahrheit hätte ihn vermutlich den Kopf gekostet.«

Ina lächelte, konnte es kaum glauben, dass sie endlich jemanden gefunden hatte, der mit ihr die Begeisterung für das Bild teilte. Sie redeten, bis die Teekanne leer war und darüber hinaus. »Wolltest du schon immer Lichtplaner werden?«, fragte sie, nachdem sie zum dritten Mal gesagt hatte, sie müsse jetzt gehen.

»Als Kind habe ich Taschenlampen, Fahrraddynamos und alles, was mit Licht zu tun hatte, auseinandergenommen und neu zusammengebaut. Zu einer Glückwunschkarte für meine Oma zum Beispiel. Wenn man die aufgeklappt hat, schloss sich der Stromkreis, und das kleine Lämpchen, das ich in ein gezeichnetes Herz geklebt habe, leuchtete auf. Später wollte ich irgendetwas mit Film oder Theater machen, da hat man am ehesten mit Licht zu tun, aber meine Eltern haben mich zu einer Elektrikerlehre überredet. Etwas Solides für den Anfang. An den Wochenenden habe ich in einem Potsdamer Kino gejobbt, aber dort hatte ich mehr mit dem Verteilen von Eintrittskarten und der Popcornmaschine zu tun als mit Filmvorführungen. Und auch als Elektriker kam ich kaum zu Lichtinstallationen, hauptsächlich habe ich Waschmaschinen repariert oder Ersatzteile bestellt. Nach der Lehre habe ich dann das allgemeine Abitur nachgeholt und Architektur in Berlin studiert. Weißt du, was mein Traum ist?« Oliver schob die Brille hoch und sah sie mit glänzenden Augen an. »Ein eigenes Haus, in dem ich alle Ideen für besonderes Licht in den Zimmern umsetzen kann.« Nachdem sie sich seit Stunden wie zufällig berührt hatten, küssten sie sich.

Mailand, im Heumonat, 1493

Am Morgen nach seiner Rückkehr bestellte man Tannstetter in die Ponticella, in der eine reichlich gedeckte Tafel aufgebaut war. Wie in der *Sala delle Asse* war auch hier das Deckengewölbe über und über mit dichtem Blattwerk in spanischem Grün bemalt. Er fühlte sich wie unter einem Laubendach, nur ohne die lästigen Fliegen. Die Äste und Zweige schlangen sich aber nicht auf natürliche Weise ineinander, sie bildeten ein Flechtwerk wie ein Korbmuster. An den Baumstämmen hingen Ahnentafeln der Sforzas mit lateinischen Inschriften. Zur Begrüßung stieß ihm Il Moro den Krallenspeer ins Kreuz. Tannstetter ließ den Herrscher vorbei, drängte sich vor ein Buntglasfenster, das die Welt draußen durch Quadrate und Farben filterte. Der Herrscher speiste wie meist allein, Donna Beatrice, seine Verwandten oder andere Günstlinge erwiesen ihm selten die Ehre ihrer Anwesenheit.

»Was habt Ihr getrieben, Dottore? Wir dachten schon, Ihr seid entführt worden. Aber dann meldete ein Büttel, dass er Euch mit Leonardo fortreiten sah.« Mit der Forke spießte Il Moro Melonenstücke auf. »Meine Nichte hat auf Euch gewartet. Nun ist sie leider unpässlich, wenn Ihr versteht. Die Untersuchung muss verschoben werden.«

»Das ist kein Hindernis für mich.« Tannstetter nieste und wischte sich die Nase mit dem weiten Ärmel. »Ich bin an Blut gewöhnt.« Er musste sich in den Bergen erkältet haben.

»Wollt Ihr Euch umbringen?« Il Moro sah angewidert zu ihm auf.

»Das ist nur ein leichter Schnupfen, Durchlaucht, nicht der Rede wert.« Er nieste erneut.

»Ich rede von Bianca Maria.«

»Es ist umstritten, ob die Rose der Frauen wirklich schädlich ist, auch wenn Paracelsus das behauptet hat, aber A-...« Zum dritten Mal nieste er. »Verzeihung. Aristoteles sagt, dass das Blut für die Entstehung eines Kindes wichtig sei, was beweist, dass es ungiftig sein muss, sonst würde doch die Leibesfrucht vorzeitig sterben.«

»Schweigt, Ihr verderbt mir den Appetit. Stärkt Euch lieber, wir haben heute viel vor.« Mit der Kralle wies er ihm einen Platz am Ende der Tafel zu.

Tannstetter setzte sich, aß ein paar Trauben und trank einen Schluck Mokka, einen pechartigen Saft, den die Lakaien in winzigen Schälchen, kaum größer als ein Fingerhut, servierten. Die Mailänder schlürften das Gebräu zu jeder Mahlzeit, es hielt angeblich wach. Für ihn war es aber nur mit einer Schütte voll Suggar genießbar. Trotzdem begann er zu frieren, seine Nase lief und versalzte jedes Gericht. Verstohlen sah er sich nach einem Durchschlupf um, dem Loch, aus dem die Katze damals zu Leonardo gekrochen war. Doch das geknotete Astwerk an den Wänden fing seinen Blick ab, als müsse er einem Irrgarten folgen. »Eure Gattin ist wohlauf?«, fragte er, um die quälende Stille zu überbrücken.

»Beatrice stickt an einem Wandbehang für Massimilianos Kammer, warum fragt Ihr?«

»Ich hörte, sie wäre noch von der Geburt geschwächt.« Nun hieß es, sich heranzutasten, ohne dem Herrscher zu nahe zu treten. »Bei den Festlichkeiten durfte ich sie ein bisschen kennenlernen. Ich bemerkte, dass sie Weiß benutzt, um ihre, mit Verlaub, ohnehin äußerst vornehme Blässe zusätzlich aufzuhellen.«

»Das soll nicht Eure Sorge sein, Dottore? Unser Leibarzt Asif Amir kümmert sich vorzüglich um all ihre Belange, und für ihren Putz sind ihre Kammerzofen zuständig.«

Nachdem Il Moro einen ganzen geräucherten Aal verspeist

hatte, legte er die Forke weg, stützte sich auf die Krallenhand und stand auf. »Auf zur Morus-Manufaktur. Ich will Euch zeigen, wie ich mich von Venedig und den gefahrvollen Handelswegen nach Osten unabhängig gemacht habe.«

Wenigstens kam die Sache in Schwung, dachte Tannstetter, er hatte es versucht, mehr konnte er für Donna Beatrice nicht tun. Zwei, drei Tage Aufenthalt noch, höchstens eine Woche, je nach Dauer von Biancas Unpässlichkeit, dann war es vollbracht. Aber eine Frau ließ sich schwer berechnen, hatten ihn seine Väter und alle sieben Künste gelehrt. Einstweilen konnte er ruhig ein paar Gerätschaften oder weiteres Schuhwerk loben oder was auch immer Il Moro den Venezianern abgeluchst hatte und mit seinem Namen versah. Anschließend würde er sich ausruhen und dann erreichen, was ihm aufgetragen worden war. Als er in den herzöglichen Wagen stieg, bereute er seinen Überschwang. Er hätte sich lieber gleich auskurieren sollen. Schlaf war immer noch die beste Medizin. Unter dem pompösen Baldachin war es drückend schwül, das Geholpere über Stock und Stein marterte seinen Erkältungskopf und drangsalierte seinen Allerwertesten, der noch vom Reiten lädiert war. Egal, wie er sich zwischen den Polstern auf der Seidenbank drehte und wendete, er spürte jeden Kieselstein. Tannstetter wäre lieber auf Cucuzza getrabt, wenigstens das Maultier durfte sich im Stall erholen. Ein kommoderes Gefährt sollte man erfinden, eines das vergessen ließ, dass man reiste, mit dem man auf Federn, statt auf Holzrädern dahinglitt. Offensichtlich war Tannstetter schon ganz von Leonardos Erfindergeist angesteckt. Seine Nase lief, sein bauschiger Ärmel war vom ständigen Schneuzen ganz aufgeweicht. Sie fuhren am *Naviglio Grande* entlang und kamen an überschwemmten Flächen vorbei. Das Unwetter hatte auch hier gewütet. »Die Ernte für dieses Jahr dürfte zerstört sein«, sagte er zu Il Moro, der ihm auf Speerlänge gegenüber saß, und dem das Geruckel nichts auszumachen schien.

»Im Gegenteil, Dottore. Wir erwarten im Spätherbst den besten Ertrag seit Langem.« Er lachte. »Das sind Reisfelder. Sie werden absichtlich unter Wasser gesetzt.«

»Züchtet Ihr hier eine Fischart?« fragte Tannstetter.

Wieder erheiterte er ihn. »Erinnert Ihr Euch nicht mehr? Ihr habt schon reichlich davon gegessen. Das weiße Korn, das gekocht sehr nahrhaft ist.« Von wegen weich gekocht, in Vigevano hatte es sich stundenlang zwischen Tannstetters Zähne gespreizt, bis es ihm gelang, es mit der Zunge herauszubugsieren. Er fand langsam, dass die Sforzas übertrieben, an allen Ecken und Enden jagte eine Entdeckung die nächste. Naheliegend, dass sie auf jemanden wie Leonardo angewiesen waren. Als Forscher gab es zwar auch für ihn keine Grenzen, und die Bergwanderung mit dem Meister hatte seine eigenen Vorhaben beflügelt, doch einiges, was die Mailänder im Alltag verwendeten, wie diese Forke zum Beispiel oder nun ein Korn, das im Wasser reifte, schien ihm reichlich sinnfrei.

Sie hielten an einem großen Gehöft, vor dem sie eine Eskorte Reiter mit Hunden empfing. Il Moro stieg aus und wechselte einige Worte mit ihnen, die Tannstetter nicht verstand. Erleichtert, dass dies anscheinend das Ziel ihres Ausflugs war, kletterte auch er aus dem Wagen. Sie besichtigten eine Obstbaumanpflanzung. Frauen und Kinder hielten große Beutel allein mit der Stirn, damit sie bei der Ernte auf den Leitern, die an die Baumstämme gelehnt waren, frei stehen konnten. Er wunderte sich, dass sie statt der Beeren die glänzenden Blätter pflückten. Die verschmähten Früchte wirkten wie bleiche Brombeeren, die in Bayern auf Büschen, nicht auf Bäumen wuchsen. Tannstetter kostete eine Frucht und spuckte sie wieder aus, sie schmeckte so fade wie sie aussah, musste vielleicht noch nachreifen.

»Die weißen Beeren sind wertlos«, sagte Il Moro. »Wir nutzen nur die Blätter und das Holz, aber dort drüben habe ich eine Reihe roter Beeren anpflanzen lassen.« Er deutete zum Hang auf der anderen Seite des Kanals. Also waren es tatsächlich Beeren, die auf Bäumen wuchsen. »Daraus keltern wir den Morus-Wein, den Ihr an Eurem ersten Abend gekostet habt. Ich werde Euch selbstverständlich ein paar Fässer davon für die Kaiserfamilie mitgeben.« Alles und jedes musste seinen Namen tragen, wenn das so weiterging, würde die Stadt bald nicht mehr *Milano*, sondern Morolano heißen. »Lässt sich aus den Blättern Papyr herstellen, oder wozu erntet Ihr sie in solch großer Menge?« Tannstetter wischte sich die Nase, die unentwegt kitzelte, als stünde bereits der nächste Ausbruch bevor.

»Wir brauchen sie zur Züchtung. Aber jetzt muss ich in die Kelterei, wo ich mich mit den Statthaltern meiner Ländereien treffe, und später will ich auf die Jagd gehen. Ich hätte Euch mitgenommen, doch Ihr wirkt mir ein wenig angeschlagen für einen längeren Ritt, und mit Eurer Nieserei scheucht Ihr mir bloß das Wild auf.« Wie zur Bestätigung nieste Tannstetter besonders oft hintereinander. »Ich sehe schon, Dottore, ich lasse Euch besser hier, doch verschwindet nicht gleich wieder. Heute Abend will ich Euch unbedingt bei der Hinrichtung dabeihaben, damit Ihr dem Kaiser von meiner Gerichtsbarkeit berichtet. Quintilius, mein Kastellan, wird Euch an den Hof zurückbringen.«

Tannstetter, der sich schon unter einem der Bäume ein ausgiebiges Nickerchen machen sah, verschlug es die Sprache.

»Es wird Euch amüsieren, das verspreche ich Euch.« Mit der Krallenhand winkte Il Moro eine der Arbeiterinnen heran. »Zeig du dem Dottore die Manufaktur, führe ihn ein wenig herum, überfordere ihn aber nicht, er ist in den letzten Tagen zu viel galoppiert, wie mir scheint.«

Nachdem der Herrscher zu der Jagdgesellschaft gegangen war, nahm die Frau den Beutel von der Stirn, wischte sich die grün verfärbten Hände an ihrer Schürze ab und verbeugte sich tief. Als sie sich wieder aufrichtete, lächelte sie Tannstetter an. »Erinnert Ihr Euch nicht mehr, mit wem Ihr getanzt habt?«

Er hatte die Pflückerin kaum angesehen, und jetzt machte sein Herz einen Sprung. Welch Überraschung, die Sternenfrau des Maskenfests stand vor ihm. Ihr Haar war unter einem Tuch verborgen, und ihre Haut von der Sonne gebräunt. Ihr Lächeln erhellte ihr Gesicht und Tannstetters Herz. »Selbstverständlich, *la mia stella*«, sagte er. »Aber wie habt Ihr mich erkannt?«

»Jeder auf dem Fest wusste, dass Ihr der kaiserliche Gast seid.« Wozu hatte er sich dann bloß die Mühe gemacht und den ganzen Abend durch einen Rüssel geatmet, fragte er sich.

Am Eingang des Gehöfts waren Holzpantinen oder einfache Lederschuhe in allen Größen und Formen aufgereiht. »Bitte zieht die Schuhe aus«, forderte sie ihn auf. Tannstetter streifte seine Stiefel ab und stellte sie neben Stellas Holzpantinen. Barfuß traten sie durch eine Tür, ein Schmetterling flog ihnen entgegen. Die Pflückerin entließ das Tierchen nicht in die Freiheit, sondern lenkte es sanft in die Halle zurück, in der trotz der Stille ein geschäftiges Treiben herrschte. Männer rührten mit großen Schlegeln in dampfenden Kesseln. Andere trugen tropfende Körbe umher oder drehten große Winden, um Fäden aufzuwickeln. Überall schwirrten Schmetterlinge, doch niemand schien sich daran zu stören. Tannstetter entdeckte gar keine Blüten, die die Falter hereingelockt haben konnten. Es musste einen anderen Grund geben, dass sie diese Halle mit einer Blumenwiese verwechselten. Anders als in der Schuhmanufaktur, in der man kaum sein eigenes Wort verstanden hatte, lärmte hier niemand. Kein Arbeiter rief einem anderen etwas zu, kein Pfeifen ertönte, niemand unterhielt sich mit seinem Kumpan am Nachbarkessel. Man achtete sogar darauf, dass die Schlegel die Kesselwand nicht berührten, und ein Mann, der sich Bretter unter den Arm klemmte, trug sie auf Zehenspitzen davon. Wie sie beide waren alle barfuß. Stella leerte die Blätter aus ihrem Beutel in einen großen Korb voller weißer Würmer. Tannstetter wollte sie schon warnen, dass sie das Behältnis zuerst von dem Ungeziefer befreien sollte, und hob den Fuß, um einen Wurm zu zertreten, der über den Korbrand geklettert war.

»Nicht.« Sie bückte sich und rettete ihn, holte die anderen Würmer unter den Blättern hervor und verteilte sie gleichmäßig im Korb. Dabei suchte sie für jede der Kreaturen ein eigenes Blatt, achtete darauf, dass sie nicht zerdrückt wurden und genügend Luft bekamen.

»Die Raupen müssen ständig gefüttert werden, sonst häuten sie sich nicht.« Stella flüsterte nun.

»Und wozu wird ihre Haut verwendet?« Er hatte zu laut gesprochen, die Arbeiter wandten sich nach ihm um.

Prompt legte Stella die Finger an die Lippen. »Bitte dämpft Eure Stimme, die Tierchen vertragen keinen Krach. Ihre Schale ist wertlos, wir sortieren sie aus, sobald sie sie ablegen, dann warten wir noch eine weitere Häutung ab.« Einer der weißen Schmetterlinge, der bei näherer Betrachtung wegen des großen Kopfes und breiten Leibes eher einer Motte glich, ließ sich auf Tannstetters Schulter nieder. Ein zweiter, kleinerer, flog heran und setzte sich auf den ersten. Behutsam nahm Stella beide fort, trug sie zu niedrigen Tischen, auf denen Arbeiterinnen, die ihr Haar wie Stella unter eng anliegenden Tüchern verbargen, weiße Krümel in Leinensäckchen schoben. Auf den Tischen hockten andere Falter, manche aufeinander, andere allein. »Die

Paarung dauert fast einen Tag, danach legt das Weibchen bis zu vierhundert Eier und stirbt.«

Er war in etwas Weiches getreten. Tote Motten lagen auf dem Boden verstreut.

»Unsere Brüterinnen stecken sich die Eier unter die Achseln oder in den Ausschnitt, halten sie auf diese Weise acht Tage lang warm, bis die Raupen schlüpfen«, erklärte Stella leise weiter. Raupe müsste man sein, dachte er und zupfte sich ein Paar Flügel vom Fuß. An einer Wand war Reisig gestapelt, in dem weiße Gespinste hingen. »Hier verpuppen sie sich, dabei sondern sie eine Flüssigkeit ab, die an der Luft sofort erhärtet und den Faden bildet. Nach fünfzehn bis achtzehn Tagen entfalten sich die Spinner, aber wir erlauben nur wenigen zu schlüpfen. Lediglich so viele, wie wir zur Paarung und zur Eiablage brauchen.« Nun begriff Tannstetter, warum Il Moro das Vielsinnige seines Namens liebte, Morus, die Maulbeere – hier wurde Seide hergestellt. Er blickte in einen der Kessel, in dem Hunderte Gespinste kochten.

»Wir töten die Puppe in den Schalen und haspeln den Faden, sobald er sich im heißen Wasser löst.« Mit einem Mal schien Stellas Fürsorge für die Tierchen verflogen.

»Wie viel Ertrag bringt das?«, fragte er.

»Zwanzigtausend Raupen ergeben etwa fünf Liretta Seide, wir brauchen zweihundert Arbeitsstunden dafür.« Schnell rechnete er das in Pfund um. Kein Wunder, dass Seide die Kleidung des Hochadels war und ihre Erzeuger barfuß liefen.

Abschließend zeigte ihm Stella das Filatorium, eine Maschine, die mit ihren Winden und Scheiben eines Leonardos würdig war. Auf ihr wurde die Rohseide aufgewickelt und verzwirnt. Der letzte Schritt war das Entbasten in einem Bottich mit Seifenlauge. »Dabei entfernen wir den restlichen Leim, damit die

Seide rein und weiß wird, danach verschiffen wir die Ware über den Kanal in die Stadt, wo sie die Weber abholen und zu Stoffen verarbeiten, und zuletzt wird sie noch eingefärbt.« Eine Siesta gab es hier scheinbar nicht, ohne Pause wurde bis über den Mittag hinaus gearbeitet. Als sich die Sonne über den Hügeln senkte, setzten sie sich in den Schatten der Maulbeerbäume und teilten mit den anderen ein einfaches Mahl aus Käse, Oliven, Fladenbrot und Brunnenwasser. Draußen auf der Wiese brachen die Handwerker ihr Schweigen, lachten wie befreit, riefen laut und wild gestikulierend durcheinander, als hätte sich im Gebäude für jeden von ihnen die Welt in eine andere Richtung gedreht. Sie brüsteten sich, besonders als sie hörten, wer der neugierige Gast war, den die Vorarbeiterin herumgeführt hatte.

Wie zu erwarten, sobald man vernahm, dass er ein Dottore war, trugen sie ihre Krankengeschichten vor, drängten sich um ihn, lupften ihre Kittel und Fußsohlen, zeigten Furunkel und Schwielen oder streckten die Zunge heraus. Tannstetter empfahl, einen Kehlkopfkatarrh mit Salbei auszuschwitzen, und gegen Darmwürmer einen Sud aus Fenchel. Dann holte er sein Chirurgenmesser heraus und schnitt dem Haspelmeister ein Kreuz in eine schmerzende Beule auf dem Rücken, bat Stella, eine weiße Maulbeere zu pflücken, und drückte sie in die Wunde, die sich sogleich rot färbte. Er legte ihm einen Leinenstreifen um den Leib, verschloss das Ganze und empfahl, auf den Eiter zu warten, der würde die Entzündung bis zum nächsten Neumond austreiben. Erst bei den Untersuchungen fiel Tannstetter auf, dass sein eigener Schnupfen abgeklungen war. Reichlich mit Olivenöl, Honigkuchen und Wein für seinen ärztlichen Rat beschenkt, fasste er an den Siegelring am Hals, den er auch im Schlaf nicht mehr ablegte. Er dachte an den Tuchhändler Kunradt, seine Prahlerei mit den Weibern und dass er nun, als Strafe für seine Täuschung mit neun Fingern zurechtkommen musste. Als die Sonne unterging, verabschiedeten sich die Brüterinnen, Haspler und Köche, und auch der Verwalter drängte Tannstetter zum Aufbruch.

Mit Schrecken fiel ihm die Urteilsvollstreckung ein. Wen auch immer es traf, er wollte nicht dabei sein und zog Stella fort, als Quintilius in den Stall ging, um aufzusatteln. Sie liefen am Kanal entlang, setzten sich ans Ufer, bis das Gehöft außer Sichtweite war, und schauten, von Mücken umschwärmt, dabei zu, wie der Himmel Feuer fing. »Müsst Ihr nicht nach Hause?«, fragte er Stella und zerschlug eine Mücke auf der Stirn.

»Ich bleibe noch, wenn Ihr mögt.« Sie löste das Kopftuch. In der Abendsonne schimmerte ihr Haar golden wie ihre Augen, nichts hätte schöner sein können. Etwas stach ihm ins Genick.

Stella zog ein Fläschchen aus ihrer Schürze und schüttelte es. »Reibt Euch damit ein. Sumpfporst, er lindert den Juckreiz, oder darf ich, Dottore?« Sie betupfte ihre Finger mit dem Extrakt, strich ihm über den Nacken und ins Gesicht. Auf einmal lagen sie sich in den Armen, küssten und liebkosten sich, Tannstetter durfte berühren, wonach er sich schon immer gesehnt hatte. Er tauchte in Weichheit, schwamm darin, verliebte sich unendlich viel samtige Haut ein. Nackt wälzten sie sich im Gras, die Füße halb im Kanal. Die Dämmerung schützte ihr Liebesspiel. Grillen zirpten, als sie sich unendlich viel später unter dem Sternenhimmel wieder mit ihren Gewändern zudeckten, für den ganzen Leib reichte Stellas Extrakt nicht.

Arm in Arm und mit verknoteten Beinen lagen sie genau unter dem Sternbild des Schwans, der mit seinen ausgebreiteten Flügeln und seinem langen Hals durch den Kosmos glitt. Tannstetter zeigte es ihr.

»Wann bist du geboren?«, wollte er wissen, seine Nase in ihrer Halsbeuge, ihr nach Mandeln und Honig duftendes Haar auf seinem Gesicht.

»Vor einundzwanzig Jahren, am Ostersonntag, es lag noch Schnee, als meine Mutter mit mir niederkam.«

»Ich bin auch im Grasmonat geboren, nur zwei Jahre zuvor«, sagte er. Sein Kopf war von ihrer Süße erfüllt. »Und welch Zufall, dann bist du genauso alt wie Bianca Maria, Il Moros Nichte, wegen ihr bin ich angereist. An welchem Tag bist du ...« Diesmal küsste sie ihn zuerst, schlang seine Arme um ihn.

»Dottore!«, drang plötzlich ein Ruf aus der Dunkelheit. Der Kastellan suchte mit einer Fackel die Uferböschung ab. In Windeseile zogen sie sich an, und Tannstetter rannte ihm entgegen.

»Gott sei Dank, Ihr lebt.« Quintilius leuchtete ihm ins Gesicht, um zu prüfen, ob er es wirklich war. »Ich suche Euch seit Stunden, dachte schon, Ihr seid in den Kanal gefallen. Wie hätte ich das Il Moro erklären sollen?«

»Ich wollte noch eine Weile allein sein.« Als er sich nach Stella umdrehte, war sie fort, und er kannte nicht einmal ihren richtigen Namen.

Im Kastell empfingen ihn die aufgebrachten Pagen. »Dottore, Ihr habt das Spektakel verpasst, Ihr ahnt nicht, wie ...«

»Schweigt, ich will nichts davon hören. Bringt mich zu meiner Kammer«, befahl er ihnen, froh, der Hinrichtung entkommen zu sein. Sie stiegen hinauf.

Tannstetter fand nicht in den Schlaf, wälzte sich von einer Seite auf die andere. Tausend Gedanken polterten ihm durch den Kopf. Vielleicht half ihm ein Buch, endlich einzuschlafen. Leise zog er sich wieder an, nahm die tönerne Tranlampe vom Fensterbrett, hängte sich seine Schreibrolle mit dem Besteck an den Gürtel und schlich sich hinaus.

12

Caput Mortuum

Ina klingelte bei Josefine, um ihr das Bild zu zeigen, doch die Professorin öffnete auch nach mehrmaligem Läuten nicht. Als sie ums Haus herumging, entdeckte sie Samsa, der auf der laubbedeckten Terrasse döste. Sie kletterte über den Gartenzaun und streichelte den Hund. Die Schiebetür war einen hundekörpergroßen Spalt offen, der Vorhang wehte in den Garten. Sie betrat das Haus und rief nach Josefine. Keine Antwort. Auf dem Parkett standen Holzkisten mit verpackten Skulpturen, leere Nägel in den Wänden verrieten, dass auch die Bilder für die Retrospektive abgehängt waren. Überall war Packpapier und Styropor verstreut, Kleidungsstücke lagen auf dem Boden. Oberhalb der Wendeltreppe klirrte es.

»Hallo, Josefine, geht's dir gut?« Hastig rannte Ina die Klavierstufen hinauf. Josefine lag im Bett, bis zum Hals zugedeckt. Die Teekanne war heruntergefallen und zerschellt.

Als die Professorin Ina bemerkte, setzte sie sich auf. Sie trug nur ein Seidentop mit schmalen Trägern, strich die Bettdecke glatt und wackelte mit den langen Zehen, die in einem Caput Mortuum-Ton lackiert waren. Dieses Pigment hatten Alchimisten im Mittelalter zufällig entdeckt, als sie mit Schwefelsäure experimentierten und an der Golderzeugung gescheitert waren.

Übrig blieb ein bläulich braunes Pulver, das sie gemäß ihrer Zunft *Caput Mortuum*, zu Deutsch Totenkopf, tauften.

»Und, bist du bei Hänsel gewesen?« Josefine schien ausnehmend gut gelaunt, machte aber keinerlei Anstalten, aufzustehen.

Ina zog einen Korbstuhl heran, setzte sich und holte das Bild aus dem Rucksack.

Die Professorin schaltete die Nachttischlampe ein und betrachtete es lange. »Ja, das brauchst du natürlich, jetzt verstehe ich es.« Sie nickte Ina zu. »Und wie viel wollte das alte Schlitzohr dafür haben?«

»Fünftausendfünfhundert.«

»Nicht schlecht. Aber sein Gesicht möchte ich sehen, falls sich herausstellen sollte, dass es echt ist. Ich betone, falls.« Sie machte eine Pause. »Dir ist schon klar, Ina, dass allein das Gerücht, dass ein unbekannter Leonardo da Vinci aufgetaucht ist, den Kunstbetrieb gehörig aufmischen wird? Du brauchst Expertisen. Künstlerisch, historisch und wissenschaftlich muss die Echtheit nachgewiesen werden.« Sie betrachtete wieder das Porträt, dann Ina. »Es ist fein gearbeitet. Aber manchmal lässt man sich hinreißen und sieht nur, was man sehen will. Ein Leonardo, ich weiß nicht. Allein, dass es aus dem neunzehnten Jahrhundert stammt, ist doch schon besonders.«

»Ein Porträt auf Pergament? Im neunzehnten Jahrhundert hat man doch längst auf Leinen oder Bütten gemalt?«

»Lass mich überlegen ...« Josefine machte eine Pause, dann zeigte sie mit knochigem Finger zum Fensterbrett. »Los, gib mir dieses schicke Drehding, das neben Oscar steht.« Ina holte die Rollkartei für Visitenkarten.

Oscar war ein Geschenk der Anatomie an die Professorin und post mortem unzählige Male in den Werken der Studenten verewigt worden.

Josefine, halb zugedeckt im Bett sitzend, drehte die Kärtchen, bis sie das gesuchte fand. »Ich würde vorschlagen, du fängst mit der Analyse des Pergaments an. Wenn es wirklich aus der Renaissance stammt, dann sehen wir weiter. Hier. Maeva Steiner. Ruf sie an. Sie stammt aus Tahiti. Als Kind ist sie von einem bayerischen Ehepaar adoptiert worden und arbeitet heute als Oberkonservatorin im Doerner-Institut. Wir kennen uns aus dem Lehrerkollegium, weil sie seit ein paar Jahren angehende Restauratoren in der Kunstakademie unterrichtet. Außerdem ist sie Expertin für Bildanalyse und hat schon viele Fälschungen entlarvt. Wenn, dann kann sie oder einer ihrer Kollegen feststellen, ob das Bild tatsächlich aus dem fünfzehnten Jahrhundert stammt.«

Die Klavierstufen knarzten, jemand stieg herauf. Ina drehte sich um, als Michael Lerchenberg, der Fotograf, in Boxershorts und offenem Hemd ein vollbeladenes Tablett ins Schlafzimmer balancierte.

»Oh, Verzeihung, ich wusste nicht ...« Ina griff ihren Rucksack.

»Jetzt stell dich nicht so an. Ich weiß, was du denkst«, sagte Josefine, »er könnte mein Sohn sein. Falsch. Ich könnte sogar seine Großmutter sein. Eine junge zwar, aber immerhin.« Kichernd biss sie in ein Croissant, auf das sie sich zuvor reichlich Butter gestrichen hatte.

Der Name Leonardo da Vinci beeindruckte die Oberkonservatorin wenig, als Ina sie anrief und ihren Fund beschrieb. Erst als sie sagte, sie habe ihre Nummer von Josefine Bender, schien Dr. Steiner aufzutauen und lud sie nächste Woche zu sich ein. Ina dauerte das alles zu lang. Seit Esthers Krankheit hatte sie diese innere Unruhe nicht mehr gespürt. Diese Hilflosigkeit, abhängig von dem Urteil anderer zu sein, zu warten und zu spüren, wie die Hoffnung langsam erlischt. Als sie von ihren Jobs nach Hause kam, durchforstete sie mithilfe ihrer Notizen aus den Büchern weiter das Internet nach möglichen Hinweisen. Benedikt, der Kasseler Kurator, hatte ihr eine Literaturliste zur Sternkunde in der Renaissance gemailt, die auch lateinische, italienische und englische Titel enthielt. Bisher hatte sie die Suchbegriffe auf Deutsch eingeschränkt, dank seiner Tipps versuchte sie es nun auch in anderen Sprachen. Dabei stieß sie auf eine Initiative, die sich »Universal Leonardo« nannte. Forscher aus aller Welt waren von der Londoner Universität der Künste beauftragt worden, bekannte Werke von Leonardo mit den neuesten wissenschaftlichen Methoden zu untersuchen und ihre Ergebnisse anschließend in Ausstellungen der Öffentlichkeit zu präsentieren. Damit wollte man für Leonardos Kosmos begeistern.

Ina öffnete die Mitarbeiterseite von Universal Leonardo und stieß auf Giancarlo Pomponazzi, einen Experten für Porträtkunst. Er arbeitete in Mailand, im Castello Sforzesco, der Festung der Sforzas, wo es heute noch einen Saal gab, der von Leonardo bemalt worden war. Sie klickte auf Pomponazzis E-Mail-Adresse und begann mit einer Anrede auf Italienisch, wusste nicht weiter, löschte den Text und schrieb auf Englisch. Sie fragte, ob er Interesse habe, sich das Porträt anzusehen, berichtete, was sie bisher herausgefunden hatte, und hängte ein Handyfoto des Bildes an. Hastig überflog sie die Mail und schickte sie ab, bevor sie es sich doch noch anders überlegen konnte. Dann ließ sie sich ein Bad ein, hoffte, in einem duftenden Schaumbad ihre kreiselnden Gedanken loszuwerden und ein wenig zu entspannen. Den Laptop stellte sie in Blickweite, falls der Experte antwortete.

Als sie in der Wanne saß, fiel ihr ein, dass sie gar keinen Badezusatz ins Wasser getan hatte. Sie beugte sich zum Schrank unter dem Waschbecken und fand den Korb mit Josefines Pigmenten. Sie wollte ihn zur Seite schieben, er rutschte über die Kante und kippte ins Wasser. Die Papiertüten lösten sich auf, bevor Ina sie herausfischen konnte. Ihre Hände färbten sich purpurn. Farbe wie Blut troff von ihren Armen über den Wannenrand. Im Wasser bildeten sich blaue, rote und gelbe Schlieren, wirbelten unter dem Strahl aus dem Hahn, vermischten sich. Purpur mit Türkis. Safran und Malachit zu einem noch grelleren Grün. Ocker, Zinnober, Drachenblut und Indigo. Ina versuchte wenigstens das Lapislazuli einzufangen, das kostbarste Pigment, doch auch das entglitt ihr. Schließlich legte sie sich in das verfärbte Wasser und tauchte unter. Die Partikel verdichteten sich, umschlossen sie wie eine Regenbogenhaut und drangen mit jedem Atemzug tiefer in ihre Poren ein.

Mailand, der erste Tag des Erntemonats, 1493

Verwirrt von seinen Gefühlen, lehnte sich Tannstetter aus dem Astronomieturm, starrte in die Sterne und hoffte auf Antworten. Immer wieder drifteten seine Gedanken zu Stella. Eine Zeit lang hatte er in den Büchern geblättert, nach Worten und Bildern der Zerstreuung gesucht. Il Moro besaß nicht nur illuminierte Handschriften, er sammelte auch gedruckte Werke zur Astrologie, Medizin, Landwirtschaft und Juristerei, viele davon auf Griechisch und Hebräisch. Auch anzügliche Werke waren darunter. Boccaccios *Decamerone* und ein chinesischer Roman, der unentzifferbar, aber dafür mit deutlichen Darstellungen der körperlichen Liebe gespickt war. Dies brachte ihn eher näher zu Stella, als dass es ihn von ihr ablenkte. In jeder Initiale, jeder Mariendarstellung, ja, in den Buchstaben selbst, spürte er sie, roch sie, hörte ihr Lachen und Flüstern, sah ihr Gesicht. Ein Rechenbuch würde helfen, eine verzwickte Arithmetikaufgabe, doch er fand keine, sodass ihm nur das Sternezählen blieb. Doch selbst die nächtliche Himmelsvorstellung verblasste gegen sie.

Er hatte ein schönes und zugleich kluges Weib getroffen und wollte mit ihr zusammen sein, alles an ihr erkunden, nicht nur ihren Leib, auch ihre Empfindungen, was sie dachte und wusste, ihr beistehen und hören, was sie erlebt hatte. Sie schmecken und immer wieder ertasten. Schon jetzt schmerzte die Sehnsucht nach ihr. Sollte er Stella heiraten und für immer in Italien bleiben? Er hatte doch einen Auftrag zu erfüllen, nicht einen, sondern *den* Auftrag. Er würde sie mit an den Kaiserhof nehmen. Eine Arbeiterin aus einer Seidenmanufaktur, eine Welsche wie seine Mutter, die in der Fremde die gleichen Anfeindungen durchmachen würde. Und was geschah mit seiner Zulassung zur medizinischen Fakultät? Verbaute ihm solch eine Ehe nicht den Aufstieg, den er begehrte, jetzt, wo er kurz davor stand, seine einfache Herkunft hinter sich zu lassen? Wäre es nicht klüger, eine Hofdame zu heiraten, eine wie Mariana de Fiesci? Am besten, er erstellte ein Horoskop für Stella, verband ihres mit seinem, das würde ihm ein Bild der Lage verschaffen. Dafür brauchte er Stellas Geburtstag und ihre Geburtsstunde, dass sie im gleichen Monat wie Bianca Maria Sforza geboren war, genügte nicht. Er verzählte sich in den Sternen, musste von vorne anfangen und sah nach unten. Jemand schob etwas durch die Arkaden.

Leonardo, in seinem unverkennbaren Purpurgewand, rollte eine schwer beladene Schubkarre über den Innenhof. Tannstetter wollte ihm zurufen, doch dann sah er im Mondlicht einen Arm, der über den Rand der Karre pendelte. Der Meister hielt an und schob den Arm unter die Decke zurück. Tannstetter griff die Tranlampe, rannte hinunter und lief zum Labyrinth. Dort verbarg er sich hinter einer Hecke. Leonardo war nirgends mehr zu sehen. Bestimmt hatte er längst das Kastell verlassen und war auf dem Weg zu seiner Werkstatt. Mit einem Verletzten oder gar Toten würden ihn die Büttel kaum passieren lassen, aber wie er ihn kannte, gelangte er auch ohne Erlaubnis aus dem Schloss. Doch vielleicht wollte er mit seiner Last gar nicht bis zur Corte Vecchia. Tannstetter fiel die unterirdische Kammer ein, dazu müsste er noch mal durch die Kerker. Plötzlich kam ihm ein anderer Weg in den Sinn: der der weißen Katze.

Mondlicht fiel durch die hohen Rundbogenfenster und half ihm, sich zurechtzufinden und nicht über die Möbel zu stolpern. Im grünen Saal huschte ein großer Schatten über die Wände. Ein leises Klappern erklang. Tannstetter blieb stehen und schirmte rasch das Licht seiner Lampe ab. Der Schatten verschwand, nur ein Vorhang blähte sich vor dem Fenster. Nichts als der Wind. Er atmete auf und spurtete weiter. Die Familie und auch die Günstlinge, die sonst die Nacht durchzechten, schienen alle zu Bett gegangen zu sein. Dann schlug hinter einer Tür ein Hund an. Wieder verharrte Tannstetter auf der Stelle, bereit, das Licht auszublasen und wegzurennen. Es polterte, der Hund jaulte auf und verstummte. Tannstetter hastete weiter und erreichte zu guter Letzt die Ponticella. Leise schlüpfte er hinein und leuchtete die bemalten Wände ab. Er fuhr mit der Hand die Blätter und Astknoten entlang, suchte nach einer Vertiefung, einem Riegel, hoffte, dass das Loch groß genug für ihn war. Aber da auch Il Moro diesen Weg benutzte, musste es einen breiteren Durchschlupf geben. Der Regent würde sich kaum die Seidenpantoffeln im Kerker beschmutzen, wenn er sich zum Beichten oder zu seiner Geliebten aufmachte. Tannstetter schob seine Finger unter die Ahnentafeln in der Hoffnung, dass sich dahinter irgendein Mechanismus verbarg. Unter Francesco, Il Moros verehrtem Vater, stolz auf einem Pferd sitzend dargestellt, musste etwas sein, wenigstens ein Schlüssel. Nichts. Die Tafel löste sich und rutschte von der Wand. Auch wenn die Ponticella mit Teppich ausgelegt war und der Sturz so wenigstens keinen Lärm verursachte, befürchtete Tannstetter nun, das Porträt beschädigt zu haben. Vorsichtig hängte er es zurück. In seinen dünnen Entenschnäbeln, die endlich weicher geworden waren und sich seiner Fußform anpassten wie eine zweite Haut, spürte er eine Unebenheit unter den Füßen. Er bückte sich, schlug den Teppich zurück und fand ein im Boden eingelassenes Eisengitter. Die Scharniere waren gut geschmiert und quietschen nicht, als er die Luke anhob. Darunter führte eine steinernen Wendeltreppe zum Geheimgang hinab.

Leonardos unterirdische Kammer erstrahlte in goldgelbem Licht, als Tannstetter die Tür aufdrückte. Dutzende Kerzen brannten in Fugen und auf herausstehenden Steinen an den Säulen und

Wänden. Vor einer großen Hobelbank stand die Schubkarre. Aus dem zugedeckten Bündel ragten rußige Zehen. Für Rettung war es vermutlich zu spät, dennoch fragte Tannstetter: »Kann ich helfen?« Er sah sich nach dem Meister um. Ein rostiger Säbel zischte knapp an seiner Nase vorbei.

Leonardo trat hinter der Tür vor, ließ seine Waffe sinken, als er ihn erkannte. Trotz allem wirkte er nicht überrascht.

Ein offener Zeugrahmen auf der Rückseite der Tür fügte sich nahtlos in die Wand, als Tannstetter eintrat. Schmiege, Streichmaß und Hobel in verschiedenen Größen und Arten tarnten von innen den Weg zum Geheimgang. »Ihr wusstet, dass ich Euch folge?«

Leonardo nickte. »Wer die Nacht gemeinsam in einer Bärenhöhle überstanden hat, sollte sich duzen. Als ich dich im Fenster des Astronomieturms sah, wagte ich mich mit meiner Beute kurz aus dem Schatten und hoffte, damit deine Neugier zu wecken.«

»Was du als Beute bezeichnest, ist tot, nehme ich an?« Tannstetter kniete sich vor die Karre, zog einen Arm heraus, um nach dem Puls zu tasten, und fuhr zurück, als er die verstümmelte Hand berührte.

»Erspar dir die Mühe.« Leonardo riss die Decke fort. »Das ist der arme Gepeinigte, den Il Moro vor wenigen Stunden von seinem Schicksal erlöst hat. Ich habe seinen Leichnam dem Scharfrichter abgeluchst, bevor der ihn einzeln an die Quacksalber und Nekromanten in der Stadt verhökert hätte. Was ist? Ich dachte, du bist an Tote gewöhnt?«

»Gewöhnt wäre übertrieben. Wenn möglich, hoffe ich, eher zu heilen, als den Sensenmann zu spielen.« Tannstetter rutschte fort, lehnte sich an eine Säule und griff nach seinem Siegelring. »Ich kannte ihn, den Tuchhändler, der behauptete der Botschafter meines Königs zu sein.« Kunradts Glieder wiesen etliche Wunden auf, seine Augen bestanden nur noch aus Weiß, und sein Hals war bis zu den Ohren blutunterlaufen. Man hatte ihn also nach der Tortur gehängt. Tannstetter wurde bewusst, dass nicht viel gefehlt hätte und er läge an seiner Stelle hier.

»Ob es dir eine Genugtuung für dein Unrecht ist, das musst du entscheiden. Aber pack bitte mit an, allein schaffe ich es nicht.«

Gemeinsam hievten sie den Toten auf die Hobelbank. »Falls du einverstanden bist, gebe ich die Anweisungen, und du schneidest, dann kann ich zeichnen, was wir herausfinden.« Er reichte Tannstetter eine Lederschürze. »Wechsle die Schuhe besser gegen ein Paar Holzpantinen, falls sie so schön gelb-grün in der Farbe bleiben sollen, am Ofen stehen welche zur Auswahl. Wir haben nur diese Nacht, um den Wettlauf mit den Fliegen zu gewinnen. Lass uns behutsam und kühn zugleich vorgehen, alles ist im Leib vermischt, Muskeln, Nerven, Adern, Häute. Und beim Schneiden musst du unweigerlich das eine zugunsten des anderen zerstören.«

Tannstetter breitete sein Besteck neben Bohrern, Hammer, Säge und Stemmeisen aus, band sich die Schürze um und schlüpfte barfuß in Holzpantinen. Das innere Rauschen, das in den Bergen bereits aufgewallt war, durchströmte ihn erneut. Leonardo, ein Mann, zu dem er aufsah wie zu einem Lehrer, behandelte ihn wie einen Gleichgesinnten. Auf der Suche nach Wissen gab es keine Standesunterschiede. Sie waren Freunde geworden.

Leonardo schärfte eine Gänsefeder und legte seine Zeichenutensilien auf einem Stehpult zurecht, wo auch ein Totenschädel lag.

»Ist das der aus den Bergen?«, fragte Tannstetter.

Leonardo nickte. »Ich habe ihn *Anscario* getauft. So hieß mein Spielkamerad aus Kindertagen, er fiel mit siebzehn in einer

Schlacht. Aber nun lass uns sputen und besser herausfinden, wo die Sinne zusammenlaufen.«

»Geht es um den Zusammenhang von Denken und Fühlen?« In seinem Ingolstädter Kreis hatten sie diese Frage der antiken Gelehrten hitzig debattiert. Der griechische Anatom Claudius Galenus hatte das Gehirn für das wichtigste Organ im Leib gehalten, Aristoteles behauptete, das Hirn diene dem Herzen und kühle es bis zuletzt. Galenus setzte Aristoteles entgegen, dass das Hirn dafür zu weit vom Herzen entfernt sei. Tannstetter war diesbezüglich gespalten. Der Verstand überragte alles, und Gefühle waren Narretei. Doch seit diesem Abend, seit er Stella wiederbegegnet war, war er sich nicht mehr sicher, ob das Denken vom Fühlen überhaupt zu trennen war. Bei allem Hin oder Her, weder ihm noch seinen Kommilitonen wäre es eingefallen, der Wahrheit ganz praktisch, an einem Leichnam, auf den Grund zu gehen.

»Was du gleich dem Toten entnimmst, leg bitte in Wein ein, das verzögert die Verwesung.« Leonardo stellte mehrere Gefäße bereit und goß Rotwein hinein. Tannstetter fiel das Morus-Siegel am Flaschenhals auf. Kunradts Organe in solch edlem Tropfen, das war fast so etwas wie eine letzte Ehrung, dachte er. Als Erstes streifte er dem Toten das zerrissene Hemd und die Beinlinge ab. Unter seiner Bruch zeigte sich noch ein Rest Lebendigkeit, ein letztes Aufbäumen.

»Das männliche Glied ist doch ein höchst eigenwilliges Ding, findest du nicht?«

Tannstetter wusste nicht, ob Leonardo eine Antwort erwartete, und schwieg.

»Es folgt unserem Willen und Wollen, hat aber manchmal seinen eigenen Verstand, zeigt sich widerspenstig und handelt nach eigenem Sinn. Obwohl wir es zur Ruhe zwingen, regt es sich von selbst, ohne Erlaubnis, wenn wir schlafen oder wachen, es tut, was es will.« Seine Feder kratzte über das Pergament. »Sind wir wach, schläft es, schlafen wir, ist es rege. Wollen wir es gebrauchen, hat es keine Lust, manchmal hat es Lust, aber wir verbieten es. Es scheint, als habe dieses Körperteil sein eigenes Empfinden. Es ist doch schade, dass wir uns dessen schämen und es nicht beim Namen nennen, geschweige denn es zur Schau stellen. Wir verbergen es unter Stoffschichten, obwohl wir es stolz herumzeigen sollten wie einen wackeren Gehilfen.«

»Die Schamkapsel schmückt es doch«, Tannstetter grinste, »allerdings neigt sie mehr zur Übertreibung, als dass sie die Wahrheit herausstellt.« Noch nie hatte er so offen mit einem anderen über seine Männlichkeit gesprochen.

»Lass uns besser oben anfangen, also mit dem Kopf.« Leonardo stellte eine Kanne Wasser bereit. »Schneide von Ohr zu Ohr über die Stirn und ziehe die Haut übers Gesicht ab, damit du in den Schädel hineinkannst.«

Nachdem Tannstetter einmal Kunradts Haut berührt hatte, war er ganz in seinem Element, gleichwohl sprach er seine Bedenken aus. »Dir ist bewusst, dass die Kirche es verbietet, einen Leichnam außerhalb der Universität zu öffnen und Teile zu entfernen, wir sollen unangetastet ins Paradies einfahren.« Mit einem seiner Messer schnitt er den Haarkranz ein.

»Du hast mich in der Hand, Giorgio. Was glaubst du, warum wir hier unten und nicht im hellen Sonnenlicht auf dem Domplatz sezieren? Aber das mit der Unantastbarkeit und dem Paradies wird bei deinem Widersacher sowieso nicht mehr möglich sein. Die Kirche lockert ihr Verbot mehr und mehr, auch sie kann die Augen nicht vor der Erkenntnis verschließen, inzwischen unterstützen mich sogar manche Geistliche. Gelegentlich seziere ich im Ospedale Maggiore, das Il Moros Vater errichten ließ. Pater Ernesto erlaubt mir nach der letzten Ölung, die er den Sterbenden erteilt, meine Studien zu betreiben. Einmal saß ich am Sterbebett eines Greises, seine Haut glich trockenen Kastanien. Er erzählte mir, hundert Jahre gelebt zu haben und dennoch keinerlei Gebrechen im Leib zu spüren außer Schwäche, und dann verschied er ohne Regung aus diesem Leben. Ich untersuchte ihn, um die Ursache seines sanften Todes zu ergründen, und fand heraus, dass sein Verfall vom Versiegen des Blutes in jener Arterie herrührte, die das Herz und die anderen Körperteile ernährt. Diese waren geschrumpft und welk.«

Tannstetter dachte an den Kaiser.»Willst du sagen, dass sich das Blut im Alter verdichtet und schwerer durch die Gefäße fließt?« Beim brandigen Kaiserbein hatte er das zwar nicht beobachtet, Kaiser Friedrichs Blut war weder blau noch bläulich, sondern schoss in hellroten Strahlen wie das eines gewöhnlich Sterblichen heraus, als man es ihm unterhalb des Knies trennte.

»Nein, das Blut stirbt und erneuert sich fortwährend bis zum letzten Atemzug. Aber der Leib des Greises war ganz ohne Fett und Saft, was sonst, wie du merken wirst, die Sektion erschwert.« In der Tat, es glitschte und schmierte, Tannstetter hatte Mühe, die Gesichtshaut zu fassen zu bekommen. Leonardo griff ein, goss Wasser über den Kopf des Toten und schwappte das Blut fort, dann ging es leichter. Tannstetter konnte wieder sehen, was er tat. Unterdessen zeichnete Leonardo Kunradt im Profil, als würde ein Schnitt quer durch seine Gesichtshälfte gehen, mit der Feder in der rechten und dem Silberstift in der linken Hand. Obwohl der Knochen dünn schien, war für Tannstetter das Aufsägen des Schädels ein Kraftakt und brachte ihn ins Schwitzen. Für diese Art Wettkampf hatten sich also die Leibesübungen bewährt, dachte er und versuchte den Schnitt gleichmäßig zu führen, damit er nicht das Ventrikel im Nacken zerstörte, worauf Leonardo ihn zu achten bat.

»Einen Verbrecher wie diesen kann ich im Ospedale nicht

sezieren. Dort sind die meisten Toten wegen der Hitze in einem noch schlechteren Zustand. Leider hält ein Leib nie solange wie nötig. Der Verfall schreitet noch schneller voran als zu Lebzeiten.« Leonardo sprach inzwischen lauter, um die Säge zu übertönen.

Dann hob Tannstetter die Schädeldecke ab.

Als er das Gehirn heraushob, zerfloss es ihm wie Grütze auf einem Brett. Kaum zu glauben, dass in dieser wabernden Masse das Denken, Fühlen und Handeln vereint sein sollten. Leonardo bat ihn, das, was übrig blieb, genau zu vermessen, damit er seine Zeichnung beschriften konnte. »Also, wo genau sammeln sich die Sinne im Leib?«,

Tannstetter wischte sich die Finger an der Schürze ab und legte sie als Maßstab auf den geöffneten Hals des Toten. »Ich würde sagen, zwei Finger unter dem Zäpfchen in der Kehle oder einen Fuß über der Lungenröhre und dem Herzohr.«

Leonardo notierte. »Und vom Scheitel aus gemessen?«

»Ein halber Kopf unter der Fuge des Schädelbeins, ein Drittel waagrecht bis zu den Tränendrüsen der Augen.« Die Zahlen waren sein Gebiet. »Zwei Drittel Kopflänge davon entfernt ist das Rückenmark, und auf den Seiten, in gleicher Höhe und Entfernung, verlaufen die Schlagadern an den Schläfen.«

»Was ist mit den Adern zum Gehirn?«

»Augenblick.« Tannstetter leuchtete mit der Tranlampe in die Schädelhöhle. »Sie liegen zur Hälfte im Schädelbein, die andere Hälfte war hinter den Häuten verborgen, wo sie das Gehirn umhüllte, bevor ich es heraustrennte. Da muss ich leider mutmaßen, aber die Höhle, die das Auge birgt, und die Gesichtshöhle, die die Wange stützt, haben die gleiche Tiefe wie die Nasen- und Mundhöhle.« Er zeigte vier Finger breit. »Sie enden senkrecht unter dem *sensus communis*.«

»Darum sind die Zeichnungen wichtig, man wird nie alles zugleich an einer einzigen Leiche beobachten können. Ein Buch mit der kompletten Darstellung des Menschen würde helfen, wann immer man eine Erkenntnis braucht.«

»Nicht schlecht, so ein Buch würde ich auch gern lesen.« Mit einem Knacken brach Tannstetter das Brustbein auf und das Gekröse sprang heraus wie Holzwolle aus einer Schachtel.

»Sieh mal, welch kunstvolles Labyrinth und welch harmonische Farben!« Leonardo beugte sich über das Körperinnere, als bestaune er ein Neugeborenes im Stubenwagen. »Bei Frauen sind die Eingeweide noch eindrucksvoller. Aber eine weibliche Leiche zu kriegen ist schwierig. Die meisten sterben zu Hause im Kindbett, und dort kann ich nicht sezieren. Bisher durfte ich nur einmal, bei einer hingerichteten Kindsmörderin, die Gebärmutter zeichnen. Die Eierstöcke sind ein wahres Mysterium.«

Nicht nur die, Tannstetter dachte an Stella, überlegte, ob er Leonardo von ihr erzählen sollte, wusste dann aber nicht, wie er in Worte fassen sollte, was er selbst kaum begriff.

Kurz vorm Morgengrauen brummte die erste Fleischfliege mit einer schachbrettartigen Zeichnung auf dem Hinterleib in den Keller. »Die Partie ist eröffnet«, sagte Leonardo. Verbissen arbeiteten sie weiter, und bald war es geschafft. Sie lugten in ein Schatzkistchen und blätterten im aufgeschnittenen Herz wie in einem Stundenbuch. Andächtig und voller Ehrfurcht bezeichnete es Leonardo als Baum der Gefäße und fertigte bis zum kleinsten Äderchen mit äußerster Sorgfalt Zeichnungen an. Sie berieten, ob die Natur auf die Häute, die das Blut im Vorhof des Herzens einschlossen, hätte verzichten können oder nicht. Tannstetter war unschlüssig, was ihm als Wissenschaftler nicht behagte.

»Geringe Gewissheit ist besser als großer Trug«, sagte Leonardo. »Beschreibe einfach, was du siehst, nicht mehr und nicht weniger.«

Also tat er, wie ihm geheißen, und erblickte deutlich, wie die drei Wände – Leonardo hatte sie als Drehzapfen bezeichnet –, an denen die Hautklappen des Herzens befestigt waren, durch ihre Schwellung das Blut absperrten oder durchließen. Sie ähnelten Pforten, die sich öffneten und verschlossen. »Das Blut kreist im Leib, wie in einem immerwährenden Springbrunnen.«

»Ein schönes Bild. So wie das Herz das Blut bewegt und antreibt, gleicht es einer Maschine«, sagte Leonardo.

»Die Lehre der Körpersäfte von Galenus aber sagt, dass sich das Blut aus verdautem Essen bildet und je nach Bedarf aus der Leber angesaugt oder verbraucht wird, als wäre es ein Meer mit Ebbe und Flut.« Tannstetter gähnte, Müdigkeit überfiel ihn mit einem Schlag.

»Und ich sage dir, das Herz ist eine Pumpe. Doch lass uns die Leber später untersuchen, ich sehe dir an, dass du ein paar Stunden Schlaf brauchst. Ich bin auch erschöpft. Wir haben zumindest herausgefunden, dass die Arterien nicht mit Luft gefüllt sind, sondern genauso wie die Venen mit Blut.«

»Und in der Herzkammer brennt ein Feuer, das die Lebensgeister nährt«, ergänzte Tannstetter, er konnte die Augen nur noch mit Mühe offen halten.

Leonardo legte seine Zeichenutensilien beiseite und rieb sich ebenfalls die Augen. »Leben entsteht durch Bewegung.« Sie grinsten sich an und beschlossen, später weiterzumachen, solange der Leichnam noch halbwegs frisch war.

13

Krapplack

Das Doerner-Institut gehört zur Bayerischen Staatsgemäldesammlung und befindet sich in der Neuen Pinakothek. Am Eingang trug Ina ihren Namen in die Besucherliste ein und erhielt vom Pförtner eine Plakette, die sie sich umhängen sollte. Kurz darauf holte sie eine kleine dunkelhäutige Frau mit ebenmäßigem Gesicht, kleinen, fast wimpernlosen Augen und blauschwarz glänzenden Haaren, die sie zu einem Pferdeschwanz gebunden hatte, ab und schüttelte Ina die Hand. Ihre Erscheinung erinnerte an ein Gauguin-Gemälde. Unter ihrem weißen Kittel war eine Bluse mit großen Mohnblumen zu erkennen.

»So so, jetzt haben wir also wieder mal einen Leonardo zu Gast.« Sie führte Ina über eine Treppe in den ersten Stock.

»Ich habe schon am Telefon gemerkt, dass Sie nicht sonderlich überrascht waren«, sagte Ina. »Kommt das häufiger vor?«

»Na ja, ich will es so ausdrücken: Leonardo konkurriert mit van Gogh, Rembrandt und Picasso. Leute räumen den Dachboden auf und finden im Überseekoffer der Urgroßeltern ein paar Ölschinken oder erben den Inhalt des Bankschließfachs eines entfernten Verwandten. Gelegentlich kriegen wir aber auch ein paar Fälschungen weniger populärer Maler zu Gesicht.« Ina dachte an Zack. Fast wäre sie seine Komplizin geworden. Im Flur des Instituts hingen Fotos von Gemälden. Sie blieb vor einer großen Madonna stehen, die mit weißen Flecken übersät war.

»Das ist eine vergrößerte Aufnahme von Albrecht Dürers ›Mater Dolorosa‹, erklärte Dr. Steiner. »1988 hat ein Museumsbesucher das und noch ein paar andere Bilder mit Säure schwer beschädigt. Heute hängt das Gemälde wieder an seinem Platz in der Alten Pinakothek, aber leider konnte es nicht vollständig in den Originalzustand zurückversetzt werden. Die Säure hat alle Farbschichten weggeätzt, bei dem Gewand hat sich der Restaurator am Faltenwurf orientiert, da sieht man den Verlauf und kann das Fehlende rekonstruieren, aber sehen Sie, hier bei den goldenen bis krapplackroten Haaren und beim Gesicht, den Händen war es schwierig.« Ungewöhnlich für eine Mariendarstellung, hatte die Figur auf dem Bild wallende bis auf die Oberschenkel reichende Locken, die sich in vielen Schnörkeln kringelten und in Färberröte, wie der Wurzelkrapplack auch genannt wurde, glänzten.

Dr. Steiner führte Ina in ihr Büro und bot ihr einen zierlich verschnörkelten Stuhl mit Samtbezug an. Als Ina sich setzte, drohte er zusammenzubrechen. Über dem Arbeitstisch hingen Farbtafeln mit Bleistiftbeschriftungen, die sie an Zacks Farbkartei erinnerten. Tonwerte in Prozentangaben und chemische Zusammensetzungen. Sie packte die Mappe mit dem Bild aus und klappte sie auf.

»Der Schal ist keine gute Idee«, sagte Dr. Steiner, noch bevor sie das Porträt genauer in Augenschein genommen hatte. Sie holte eine Pinzette aus der Schublade unterm Tisch und zupfte einen Fussel von der Bildoberfläche. »Ich vermute, das ist Ihre DNA und nicht die von Leonardo da Vinci?« Sie musterte Ina aus ihren klaren, dunklen Augen. Dann hielt sie das Bild etwas von sich weg, schaute zu Ina und wieder auf das Bild und runzelte die Stirn. »Ist das eine Verwandte, eine Vorfahrin von Ihnen?«

»Ich glaube nicht.« Farbreste von ihrem Pigmentebad klebten noch in Inas Haaren und auf den Fingernägeln. Dr. Steiner beugte sich vor und vertiefte sich in die Beschaffenheit des Bildes. Ina folgte ihrem Blick, der sich wie ein Scanner Zentimeter für Zentimeter über die Oberfläche schob.

»Ihr Interesse kann ich nachvollziehen. Doch Sie müssen wissen, falls das Porträt wirklich fünfhundert Jahre oder älter sein sollte, ging es durch viele Hände, wurde, wie hier an den Rändern, stümperhaft zugeschnitten.« Dr. Steiner zeigte auf die schiefe Kante an der linken Seite. »Vielleicht um es einem bestimmten Rahmen anzupassen, vielleicht war das Gemälde früher größer und es ist mehr vom Oberkörper zu sehen gewesen. Es ist bestimmt vielfach gerahmt oder in schmutzigen Beuteln transportiert worden. Das alles hat Spuren hinterlassen und die Hinweise auf seinen Ursprung verwischt.«

»Ist es dann überhaupt möglich, das genaue Alter zu bestimmen?«

»Nein, auf das Jahr genau nicht, das ist ausgeschlossen, wir grenzen es auf ein halbes Jahrhundert ein. Für die Radiokarbonmethode brauchen wir möglichst viel unbeschädigtes Originalmaterial. Dabei messen wir die Radioaktivität des Kohlenstoffs, die in allen organischen Stoffen, also auch im Menschen, in Tieren und Pflanzen zu finden ist.«

»Heißt das, der Mensch ist von Natur aus radioaktiv?«

Dr. Steiner nickte. »Solange wir leben, tauschen wir über Nahrung und Atmung Stoffe mit unserer Umgebung aus, darunter auch Kohlenstoff. Von dem gibt es drei Varianten, und alle drei finden sich in unserem Organismus wieder. Einer davon ist radioaktiv. Wenn wir sterben, zerfällt er. Die beiden anderen Kohlenstoffe bleiben im toten Körper oder Material zurück. Je weniger radioaktiver Kohlenstoff also, verglichen mit den beiden anderen, vorhanden ist, desto älter ist etwas. Natürlich gibt es Abweichungen, bei Steinzeitmenschen wie dem Ötzi wird in Jahrtausenden gerechnet.«

»Und das funktioniert auch bei Gemälden?«

»In diesem Fall schon, weil das Bild auf Vellum gemalt ist.« Dr. Steiner streifte sich Handschuhe über und hob das Bild an. Es löste sich von der Holzplatte, auf die es Ina nach ihrer eigenen Untersuchung zurückgelegt hatte. »Tierhaut, sehen Sie, vermutlich von einem Kalb. Und dieses Kalb hat in seiner kurzen Lebenszeit Pflanzen gefressen, die Kohlenstoff aus der Atmosphäre gespeichert haben. Nach seinem Tod hat der radioaktive Kohlenstoffgehalt in seinem Körper abgenommen, das lässt sich messen, und damit errechnen wir, wie lange der Tod des Kalbes zurückliegt.«

»Die Tafel, auf der das Bild liegt, hat einen französischen Zollstempel.« Ina zeigte ihr dazu die Zeichnung in ihrem Heft. DOUANE CENTRAL PARIS. »Wissen Sie, was der bedeuten könnte?«

Dr. Steiner verglich die Rückseite mit Inas Ergänzung. »Oh, das ist aber perfekt. Ja, das könnte passen.« Die Konservatorin war sichtlich beeindruckt. »Das Brett muss nicht zwingend dazugehören, und wer weiß, in wessen Besitz das Porträt schon gewesen ist, wenn es wirklich so alt ist, wie Sie vermuten. Leonardo da Vinci hat bis zu seinem Tod in Frankreich gelebt. Am besten lassen Sie alles zur Analyse bei uns.«

»Was kostet Ihre Untersuchung? Ich weiß gar nicht, ob ich mir das leisten kann.«

»Das kläre ich mit Josefine, sie hat mir seit Langem eines ihrer Daphne-Bilder versprochen, vielleicht rückt sie jetzt endlich damit heraus.« Dr. Steiner holte Seidenpapier aus einer Schublade und schlug das Bild samt Holz darin ein.

»Und wie lange werden Sie brauchen?«

»Einen Monat oder länger, das kann ich nicht so genau sagen. Es hängt davon ab, wann mein Kollege Mirko Lotter Zeit hat. Er hat eine Spezialkamera entwickelt, die nicht nur in der höchsten Auflösung fotografiert, sondern auch die Malschichten aufnimmt. Sie entfernt die über Jahrhunderte entstandenen Eintrübungen und Ablagerungen digital, ohne dass das Original verändert wird. Mirko hat im Auftrag des Louvre die ›Mona Lisa‹ untersucht, dank ihm weiß man heute, wie Leonardo sie ursprünglich malte. Ich könnte ihm später das Bild zeigen und Sie anrufen, einverstanden?«

»Das klingt gut, aber …« Ina zögerte, »… kann ich es mir überlegen? Ich habe das Porträt gerade erst gekauft, und ich will es ungern sofort wieder hergeben.« Vielleicht brauchte sie das alles gar nicht, vielleicht sollte das Bild einfach nur ein Bild sein, ohne Beweise.

»Ich verstehe.« Dr. Steiner sah auf die Uhr. »Ich muss ohnehin zur Elternsprechstunde meiner Tochter. Alles Gute Ihnen.« Sie gab ihr das Papierbündel zurück. »Am besten wenden Sie sich dann gleich an Mirko Lotter.«

Wie bestellt, schaute ein Mann mit abstehenden Haarbüscheln über den Ohren am ansonsten haarlosen Kopf um die Ecke. »Mirko, ich habe dir doch von Frau Kosmos erzählt, sie glaubt einen da Vinci zu besitzen und braucht ein Infrarot von dem Bild.«

»Natürlich, der Leonardo, ich bin schon sehr neugierig. Darf ich?« Behutsam nahm er Ina das Bild aus der Hand und schaute unter das Seidenpapier. »Nicht schlecht. Oder sagen wir vorsichtshalber, gut gemacht, falls es sich als Fälschung entpuppt.

Zwei solche Schönheiten dürfen wir doch nicht warten lassen.« Wie üblich bemerkte auch er die Ähnlichkeit zwischen ihr und der Porträtierten und zwinkerte Ina aus kleinen, Fältchen umwobenen Augen zu. »Mein nächster Termin hat mich versetzt, also warum nicht gleich, kommen Sie.«

Ina verabschiedete sich von Dr. Steiner und folgte ihm in einen Raum am Ende des Ganges, wo mehrere große Eisengestelle zum Verschieben auf Schienen standen. In der Mitte war eine schwenkbare Kamera aufgebaut, die an eine fahrbare Tanksäule erinnerte. Ina sollte am Schreibtisch Platz nehmen. Er klemmte das Bild in eine Eisenstaffelei und fotografierte es mehrmals. Gleich danach betrachteten sie die Aufnahmen gemeinsam auf einem großen Monitor. Mithilfe seines Computerprogramms filterte Mirko Lotter die Darstellung in dreizehn Spektralfarben. Das Bild fächerte sich in einen Regenbogen aus Schichten auf.

»Hat Leonardo, also, ich meine, hat der Künstler so viele Farben verwendet?«, fragte Ina.

»Ich denke, er hat noch viel mehr benutzt. Malen Sie selbst?«

Ina nickte zögernd. Lotter akzeptierte es anstandslos. »Dann wissen Sie ja, wie viele Mischtöne es gibt, jedes Mal wenn man den Pinsel ins immer schmutziger werdende Wasser taucht zum Beispiel. Und wie schwer es ist, einen Farbton hundertprozentig nachzumischen. Das Infrarotlicht beschränkt sich auf die Farbschichten, die beim Betrachten des Gesamtbildes nicht mehr zu erkennen sind. Sehen Sie die Linien? Die sind von Kreide oder Eitempera überdeckt.«

Die Eitemperatechnik hatte Ina in einem kunsthistorischen Kurs an der Akademie gelernt. Bis zur Erfindung der Ölmalerei war sie die gängige Technik in der Malerei gewesen, um Farbpigmente zu binden. Diese Malweise erlaubte keinen pastosen

Auftrag wie heute, direkt aus der Tube. Man musste in den Schichten malen, die nun zu sehen waren, in sogenannten Lasuren, und jede Schicht gut trocknen lassen.

Lotter schob den Mauspfeil über die starke Vergrößerung. »Interessant, ich will keine voreiligen Schlüsse ziehen, aber es gibt ein Pentimento, sehen Sie?«

»Ein Pentimento, was ist das?« Ina hatte den Begriff noch nie gehört.

»Pentimenti sind wörtlich übersetzt Reuestriche, gemeint ist eigentlich die Vorzeichnung, der Entwurf für ein Gemälde.« Er zeigte auf die Stellen auf dem Bildschirm, wo Spuren von Abweichungen von der bemalten Gesichtskontur zu erkennen waren. »An Kinn, Nacken und Stirn hat der Künstler korrigiert. Das ist ein gutes Zeichen.«

Sie war wie elektrisiert. Als ob sie dem Maler über die Schulter blickte und die Entstehung miterlebte.

»Das kann ein Indiz für ein Original sein«, sagte Lotter. »Fälscher legen die Vorlage meist auf einen Lichttisch oder arbeiten mit einem Beamer. Dann gibt es auch noch die ganz arroganten, die völlig frei, ohne zu skizzieren, kopieren.« Ina fiel Zack wieder ein, einen Lichttisch und Beamer besaß er gar nicht. Lotter vergrößerte weitere Details. Sie sahen sogar die drei kleinen Härchen auf dem Unterlid, die mit bloßem Auge kaum zu erkennen waren. Sie mussten mit nur einem Pinselhaar gemalt worden sein. »So ein Pentimento ist wie ein Fingerabdruck. Man kann die Art der Skizzierung mit den anerkannten Werken des Künstlers, den man für den Urheber hält, vergleichen. Das alles wissen aber auch gewiefte Fälscher. Sie setzen Vorskizzen bewusst ein, um uns Experten zu täuschen. Darum benutzen wir letztendlich ein Ausschlussverfahren wie in der Medizin.«

»Und was heißt das?«

»Dass wir bei den Untersuchungen sämtliche Möglichkeiten prüfen und abhaken, bis wir zu dem Ergebnis kommen, das am wahrscheinlichsten ist. Manchmal ist ein Bild auch bloß ungeschickt restauriert worden, das heißt dann noch nicht, dass es eine Fälschung sein muss. Von uns bekommen Sie die naturwissenschaftliche Analyse. Damit Ihr Werk als authentisch anerkannt wird, brauchen Sie allerdings noch einen Provenienzforscher. Aber warten Sie, da fällt mir etwas ein.«

Er stand auf und holte einen Bildband voller Haftnotizzettel aus dem Regal. »The Royal Collection«. Eine Ausgabe über die Kunstsammlung der englischen Königsfamilie. Er schlug eine Seite mit einem Schwarz-Weiß-Porträt auf, das Ina unbekannt war. Das Gesicht des Modells wies, anders als auf ihrem Porträt, nach rechts. Die junge Frau trug ebenfalls eine Art Haube oder Käppchen auf dem Hinterkopf, und ihr Ohr verdeckte eine schwungvoll dargestellte Locke.

»Diese Zeichnung ...«, sagte Lotter, »vielmehr eine mit einem Silberstift angefertigte Skizze ist auch von Leonardo da Vinci.« Er zeigte auf das Kinn und die Stirn der Frau. »Verblüffend, es gibt ähnliche Korrekturstriche wie auf Ihrem Porträt. Der Unterschied ist, dass sie hier noch mit bloßem Auge zu erkennen sind, aber die Zeichnung wurde auch nicht koloriert. Auch hier, im Nacken. Das sind in der Tat ähnliche Zeichengewohnheiten. Diese Art, sich an das Modell heranzutasten.« Er lächelte. »Daneben ist sein Rezept für die Wachspastellkreiden, die er erfunden hat.« Lotter reichte ihr das Buch. Typisch für Leonardo war, seine Leser direkt anzusprechen. In diesem Stil war auch seine Anleitung von Farbkreiden zum Trockenkolorieren verfasst und ins Deutsche übersetzt worden.

Mische das Farbpulver mit Wachs, damit es nicht krümelt. Das Wachs musst Du in Wasser lösen, damit dann, wenn Du das Bleiweiß beigemischt hast, das destillierte Wasser verdampft und nur das Wachs zurückbleibt, und das ergibt dann gute Stifte. Wisse aber, dass Du die Farben zuvor mit einem heißen Stein zermahlen musst.

Ina konnte ihre Aufregung nicht verbergen. »Glauben Sie, dass das Bild echt ist?«

»Wie gesagt, dazu braucht es noch mehr Beweise. Wir liefern, so weit möglich, die Fakten, aber die Zuordnung in die passende Epoche, das machen die Kunsthistoriker.« Er wandte sich wieder den vergrößerten Schichten auf dem Bildschirm zu, zoomte das Bild wieder kleiner. »Aber warten Sie. Das hier könnte ein Fingerabdruck sein.« Mit etwas Fantasie waren in der linken oberen Ecke dunkle Halbkreise zu erkennen, die Rillenlinien von Haut.

»Gibt es vergleichbare Abdrücke von Leonardo?«, fragte Ina. Abgesehen davon, dass sie das Original mit bloßen Fingern angefasst hatte, genauso der Antiquitätenhändler und unendlich viele im Verlauf der Jahrhunderte, wusste sie, dass es zu Leonardos Eigenheiten gehörte, die Farbe mit den Fingern zu verstreichen.

Lotter nickte. »Bei der ›Felsgrottenmadonna‹, die im Louvre hängt, wurden in der Lapislazuliuntermalung Fingerabdrücke entdeckt. Und auch auf der ›Dame mit dem Hermelin‹, die heute in Krakau hängt, gibt es ein Reihe Fingerabdrücke.« Ina dachte an das Tier, das angeblich bei Josefine überwintert hatte.

»Aber hier fürchte ich ...« Lotter vergrößerte erneut die linke obere Ecke des Bildes und zeigte auf den Monitor. »Nein, da sind zwar Papillarleisten und Minutien zu erkennen, das sind die charakteristischen Bögen und Schleifen eines Abdrucks, aber sie sind ... Ja, ich glaube, sie sind zu schwach und unvollständig. Doch ich werde einen Screenshot davon ans Landeskriminalamt weiterleiten, ich kenne dort einen Spezialisten, den ich fragen kann. Für die Radiokarbonmethode muss ich es jetzt leider zerschneiden, und anschließend verdampfen wir die Stücke.« Rasch nahm er ein Skalpell aus der Schublade und holte das Bild von der Staffelei. »Wo, sagten Sie, haben Sie das Bild gefunden?«

»Ich habe es mir anders überlegt.« Ina wollte eingreifen. Zu spät. Sie zuckte zusammen, als sie ein Reißen hörte.

Mailand, der zweite Tag des Erntemonats, 1493

»Wacht auf, Dottore, die Nichte des Herzogs erwartet Euch.« Pamuk weckte ihn, kaum dass er eingenickt war. Tannstetter richtete sich mit geschlossenen Augen auf, wankte aus dem Bett. Dann fiel ihm ein, dass sein Gewand voller Blut war, er hatte es in die Vase gestopft und wollte es nach getaner Arbeit verbrennen. Nur in seiner Bruch war er unter die Seidendecke gekrochen, den Kopf voller Gesprächsfetzen und Bilder. Stella und Leonardo, als hätte er Wochen nur für die beiden in Mailand ausgeharrt. Schlaftrunken und in Gedanken bei ihnen, stellte er sich zur Morgentoilette auf und die Diener reichten ihm frische Kleidung. Erstaunlich, dass Bianca Marias Unpässlichkeit schlagartig vorbei war. Er bat um sein Gelehrtenbarett, griff sein Chirurgenbesteck und ein neues Blatt Pergament und freute sich auf ein ordentliches Frühmal, bevor es losging, er war ausgehungert. Aber dafür blieb keine Zeit.

Unverzüglich geleiteten ihn die Pagen zum Herzogstrakt und schoben ihn in eine Wäschekammer voller Leintücher. Er solle hier warten, sagten sie, wo zwei Stühle und ein Tischchen bereitstanden. Es roch nach Lauge, dunstige Schwaden erschwerten die Sicht. Er setzte sich, schlug die Beine übereinander, streckte sich, gähnte, säuberte seine Fingernägel, die dunkle Krusten aufwiesen. Nichts geschah. Tannstetter sprang auf, als ein altes Weiblein mit hoher Spitzhaube und gekrümmtem Rückgrat durch die Tücher buckelte und eine Schüssel und einen Krug Wasser auf den Tisch stellte.

»Braucht Ihr noch etwas, Dottore?« Die Gelenke der Alten knackten, als sie vor ihm ihr Haupt beugte.

»Bringt mir Signorina Sforza, sonst habe ich alles, danke. Oder halt ...« Eine Lampe wollte er erbitten, aber sie war schon fort. Auch wenn sich seine Augen halbwegs an das Dämmerlicht gewöhnt hatten, konnte er sich kaum vorstellen, dass die Wäschekammer das Sprechzimmer sein sollte. Man würde ihn abholen und in das beleuchtete Sforza-Bad oder in ein anderes, helleres und würdigeres Privatgemach führen. Das Wasser in der Schüssel färbte sich krapprot, als Tannstetter sein Besteck reinigte. Er zog ein Tuch von der Leine, um die Messer und Klemmen zu trocknen, dahinter hingen im Zickzack aufgereiht weitere Tücher, wie Wände eines Stofflabyrinths. Der Raum war größer als vermutet, den Kacheln nach, die den Boden bedeckten, könnte es sogar eine Kapelle oder ein Prunksaal sein.

Er folgte dem Dunst. Gleich würde sich erfüllen, worauf er so lange hingefiebert hatte, und er durfte den Leib von Maximilians zukünftiger Braut begutachten. Dankbar, durch Stella erfahren zu haben, wie sich ein Prachtweib anfühlte, konnte er vergleichen und war gewappnet für Unebenheiten und Abweichungen. Er erreichte eine Nische, in der eine goldene Madonna mit ausgebreiteten Armen stand. Vor ihr schwelte ein großes Weihrauchgefäß. Kerzen brannten und brachten die Sterne ihres Heiligenscheines zum Glitzern. Ein gutes Omen, dachte Tannstetter. Als er umkehrte, hatte er Mühe, zwischen den Tüchern zum Eingang zurückzufinden.

»Ihr könnt anfangen, Dottore.« Eine Hand fuhr zwischen zwei Stoffbahnen heraus. Mit erstaunlicher Kraft führte ihn das Weiblein zum Tisch. Auf einmal stand er vor einer zweiten, völlig verschleierten Person. Sie verströmte einen betörenden Duft, stärker als Leonardos Rosengeruch. Das Aroma schnitt ihm fast in die Nase.

»Das ist Bianca Maria Sforza«, sagte die Alte.

»Nun gut, man bringe mir Licht, einstweilen soll sie sich auskleiden.« Tannstetter fasste sich schnell und krempelte die Ärmel hoch.

»Das wird nicht möglich sein, Dottore. Sie bleibt, wie sie ist.

Ich habe meine Anweisungen, ansonsten wird die Untersuchung abgebrochen.«

»Aber wie soll ich mein Urteil fällen, wenn ich sie nicht sehen kann?«

»Was Ihr seht, muss genügen, und Ihr habt Hände, also benutzt sie.« Sie drehte die Frau wie eine Puppe und überwachte jede von Tannstetters Berührungen. Sobald der Schleier verrutschte und Haut entblößte, griff sie ein und rückte ihn gerade. Er überlegte, ob er aufbegehren solle, besann sich aber. Beschweren konnte er sich immer noch.

Er rieb die Hände aneinander, um sie zu wärmen, und schob seine Finger unter den Schleier, spürte ein Paar Ohren, sämtliche Schnörkel, weiche Haarsträhnen vor den Wangen, Biancas stoßweisen Atem, als er ihre Nase abtastete. Weiter glitt er über das Kinn und den Hals hinab, den Ansatz der Brüste, Brustwarzen, die sich versteiften. Sie fühlte sich wie Stella an. Sofort verwarf er das innere Bild. Er umfasste ihre Hüften, streifte über ihren weichen Bauch. Tiefer zu gehen erlaubte das Weiblein nicht. Es konnten nicht alle Jungfrauen gleich beschaffen sein, es musste Unterschiede geben. Seine Hände waren noch geblendet, getäuscht von Stellas Schönheit, trotz der Nacht bei Leonardo und des Wühlens in einem kantigen Männerleib. Biancas Duftwasser betäubte ihn, er musste von vorne beginnen, ermahnte sich zu Sachlichkeit und tastete noch mal ihre Hüften ab. Nun erschienen sie breiter, geräumig genug, um möglichst viele Habsburger zu gebären. Vielleicht kam ihm das aber auch nur so vor wegen des Schleiers und der Gewandschichten, die ihm immer wieder zwischen die Finger gerieten. Er fuhr über ihren Rücken, bis hinauf zu den Schulterblättern, auch hier fühlte sie sich rundlicher an als Stella. Dort hatte seine Geliebte eine Narbe, eine Vertiefung in der Haut, die er im Dunkeln geküsst hatte. Biancas rechte Schulter dagegen war glatt und makellos. Erleichtert wollte er loslassen, spürte auf der linken Schulter eine Kerbe. Auf der Wiese hatte er hinter Stella gelegen, nun stand er vor ihr oder Bianca oder wer immer das auch war. Alles war spiegelverkehrt, wie in Leonardos Schriften. Ihm schwirrten die Sinne.

»Genug jetzt.« Das Weiblein zog die Verhüllte fort. Für einen Augenblick wehte der Schleier auf, Tannstetter erhaschte einen Blick, glaubte, ein fliehendes Kinn zu erkennen, das sich ein wenig doppelte und fast im Hals verschwand. Ein Sforza-Kinn, wie es Biancas Bruder, Gian Galeazzo, besaß.

Noch benommen, dass sein Auftrag erledigt war, sammelte Tannstetter seine Sachen ein und taumelte hinaus.

»Und, seid Ihr mit meiner Nichte zufrieden?« Auf seine Krallenhand gestützt, empfing ihn im Saal nebenan Il Moro zusammen mit Hauptmann Crivelli und dem Schatzmeister. »Ich hoffe, Ihr werdet dem Kaiser und seinem Sohn nur das Beste berichten.«

»Soweit ich sehen, also vielmehr ertasten konnte, ist Bianca schön von Gestalt und gesund veranlagt. Wenn ich noch ein, zwei Gespräche mit ihr führen dürfte, von Angesicht zu Angesicht, dann könnte ich mich ihrer guten Eigenschaften versichern und feststellen, dass auch ihr Wesen untadelig ist. Zugleich würde ich sie auf das vorbereiten, was sie im deutschen Reich erwartet, der König hat ...«

»Das wird nicht nötig sein«, unterbrach ihn der Herrscher. »Bianca ist bestens ausgebildet und in allen Tugenden geformt, sie weiß, was von ihr verlangt wird.« Er ließ ihm vom Schatzmeister eine versiegelte Pergamentrolle und ein Säckchen mit Münzen überreichen. »Das Geld gehört Euch, damit Ihr gut nach Hause gelangt. Richtet König Massimiliano aus, dass ich die Mitgift auf vierhunderttausend Dukaten erhöht habe. Sobald die Ehe vollzogen ist, erhält er Juwelen im Wert von weiteren vierzigtausend. Es ist in dem Schriftstück festgelegt und von mir und Herzog Gian Galeazzo unterzeichnet. Wenn ich weiß, wen er als seinen Stellvertreter zu uns schickt, werde ich die Hochzeit *per procurationem* noch in diesem Jahr festlegen. Verliert das Dokument nicht, Dottore, oder lasst es Euch nicht wieder von einem Betrüger abknüpfen.«

Tannstetter bedankte sich und wollte noch mal auf sein Gutachten zu sprechen kommen. Il Moro schnitt ihm das Wort ab.

»Euer Maultier ist gesattelt. Ihr solltet aufbrechen, bevor die Sonne ihren Höchststand erreicht, am besten unverzüglich. Ich habe Euch zu Eurem Schutz ein Gefolge zusammengestellt, damit Ihr es dieses Mal unversehrt über die Alpen zurückschafft.«

Endlich begriff Tannstetter, man wollte ihn loswerden, auf der Stelle. »Was aber, Durchlaucht, soll ich dem König über Biancas Antlitz berichten? Ich konnte es gar nicht sehen.«

»Gebt ihm ihr Porträt, ich habe es in Gold rollen lassen. Es ist samt Eurem Gepäck und den Geschenken bereits verladen. Im Gegenzug erbitte ich mir auch ein Bildnis des Bräutigams für meine Nichte, das wird ihr den Abschied von ihrer Heimat erleichtern. Ich wünsche Euch eine gute Heimkehr, Dottore, und grüßt mir die Kaiserfamilie.« Mit wehender Schaube schritt er aus dem Saal. Tannstetter folgte ihm durch die Arkaden.

»Was schleicht Ihr mir hinterher?« Der Herrscher wirbelte herum, holte mit dem Speer aus und riss mit seiner Schaube eine kleine Figur vom Sockel, die zwischen zwei kugelförmigen Buchsbäumen stand. Klirrend zerschellte sie auf dem Boden.

»Verzeiht, ich bitte, mich noch von Eurem Hofkünstler verabschieden zu dürfen.«

»Welchen Hofkünstler meint Ihr? Ich besitze eine Menge. Diese Statue hatte mir Michelangelo angefertigt.« Er stocherte in den Scherben.

»Ich rede von Meister Leonardo.«

»Das wird nicht möglich sein. Er weilt nicht mehr unter uns.«

»Wie bitte?« Tannstetter glaubte sich verhört zu haben.

»Was soll ich mit einem Kriegsbaumeister, der mir nicht zur Verfügung steht.«

Er schob ihm mit der Kralle eine Scherbe zu und eilte davon. Tannstetter bückte sich und hob sie auf. Es war das abgebrochene Bein des Mercurius mit dem Flügelschuh.

Kurz darauf stieg er auf Cucuzza, eskortiert von zwei Reitern und einem Fuhrmann, der den vollen Kastenwagen lenkte.

»Dottore, ich soll Euch das geben.« Rafik eilte zu ihnen, verbeugte sich und reichte Tannstetter ein schmales Stoffbündel.

Er hoffte auf eine Nachricht von Stella oder Leonardo und wickelte es auf. Die Feder des Rotmilans von Leonardos Barett lag darin. »Woher hast du die?«

»Von Zoroastro. Er sagte nur, dass das für Euch sei, mehr nicht.« Ein schmaler Streifen Pergament lag dabei, auf dem in Leonardos Spiegelschrift stand:

Man kann Menschen zum Schweigen bringen, aber nicht zum Zuhören zwingen. Für Giorgio, den besten Zuhörer der Welt.

Gerührt dachte Tannstetter ein paar Herzschläge lang über diese Worte nach, bis Domenico Gallo, der Anführer seines Geleits, zum Aufbruch mahnte. Rasch steckte er die Feder zu seinem Chirurgenbesteck, reichte Pamuk ein paar Münzen und holte den silbernen Klappkompass aus seinem Felleisen. »Gib das Zoroastro von mir und sag ihm, dass es für Leonardo bestimmt ist, für niemanden sonst, kann ich mich auf dich verlassen?«

»AEIOU, was bedeutet das?« Rafik entzifferte die silberne Inschrift auf dem Deckel.

»Darauf musst du selbst kommen.« Bestimmt hatte er auch seine Aufzeichnungen gelesen und dem Herrscher über all sein Tun Bericht erstattet.

Rafik runzelte die Stirn, vor Anstrengung liefen seine großen Ohren rot an. Er zuckte mit den Schultern.

»Aus diesen Buchstaben werden sämtliche Geschichten gemacht«, erlöste ihn Tannstetter schließlich. »Man nennt sie Selbstlaute, ohne sie wären alle Worte sinnloses Gestammel.«

In großer Sorge um Leonardo verließ er die Stadt, ritt im Tross durch die Porta Giovia, die gleich hinter dem Kastell aufs Land hinausführte. Ihm blieb keine Möglichkeit, zur Corte Vecchia zu reiten, um nachzusehen, ob der Meister dort war. Fieberhaft überlegte er, wie er einen Abstecher zu Stella einfädeln konnte, zu ihr musste er unbedingt, doch er wusste den Weg nicht. Auf der Hinfahrt in Il Moros Wagen hatte er nicht darauf geachtet, in welcher Richtung die Reisfelder lagen, und zurück hatte ihn der Verwalter durch eine Pusteria, wie die vielen Nebentore hießen, zum Kastell gelenkt. Er überlegte, ob er an der nächsten Abzweigung einfach aus dem Gefolge ausbrechen sollte, doch dann stellte er sich vor, wie er Cucuzza antrieb und die vier bewaffneten Reiter auf ihren fast doppelt so großen Rössern ihn einholten. Nein, er musste es anders versuchen. »Lasst mich kurz bei der Seidenmanufaktur haltmachen. Ich habe dort wichtige Aufzeichnungen liegen lassen.« Er wandte sich an den Trossführer.

Domenico Gallo hob die Hand und hielt die Nachhut an. »Seid Ihr sicher, Dottore, dass Ihr sie dort vergessen habt? In Eurem Gepäck befanden sich eine Menge Schriftstücke, als wir verluden.« Tannstetter beschloss, sich ein paar seiner Pergamente unbemerkt ins Wams zu schieben und sie in der Manufaktur fallen zu lassen, um sie dann auf wundersame Weise wiederzufinden. Beschwingt von seiner List, sprang er vom Maultier und kletterte auf den Wagen, in dem sich die Hitze staute. Bis unter den Baldachin war er mit Truhen, Kisten und Holzsteigen voller Weinflaschen beladen. Tannstetter öffnete ein Behältnis nach dem anderen und wühlte darin, um den Eindruck zu erwecken, er würde ernsthaft suchen. Bald troff ihm der Schweiß von der Stirn. Sorgsam war jedes Geschenk in Stoff von kostbarer Webart gewickelt. Dann enthüllte er eine Pergamentrolle. Das musste das Bildnis sein, endlich würde er seine Neugier befriedigen können und die Nichte Il Moros zu Gesicht bekommen. Im Wagen war es zu dunkel, sodass er nur ihre Silhouette erkannte.

Er stieg ab und betrachtete das Porträt im Sonnenlicht. Der Meister hatte sie von der Seite dargestellt. Auch der Hintergrund war golden, wie ihr Haar, ihr Stirnband, ihr Haarnetz und ihr Kleid. Alles leuchtete, wärmte sein Herz und versetzte ihm zugleich einen Stich. Nein, das durfte nicht, das konnte nicht sein. Bianca Maria war Stella. Er hatte die Königsbraut entjungfernt. Schlimmer und nicht auszumalen, dass er sie womöglich geschwängert hatte.

Dritter Teil

München, Mailand, Warschau
1493 bis 1519 und heute

Wie das erste Gemälde nichts weiter als eine Linie war, die den von der Sonne an die Mauer geworfenen Schatten des Menschen umgab.

Leonardo da Vinci

14

Mangan

Probieren wir es mit diesem Stück.« Lotter hielt einen dünnen Streifen des Vellums hoch, den er von der rechten Ecke abgetrennt hatte. Fast hätte er das Porträt ganz zerstört. »Seien Sie froh«, sagte er noch. »Um die DNA eines Skelettfunds zu bestimmen, muss ein ganzer Langknochen unwiderruflich zermahlen werden.« Bei ihm siegte anscheinend die Wissenschaft über die Kunst. Freiwillig hätte Ina dieser Beschädigung nie zugestimmt.

Auf dem Heimweg hielt sie beim Zauberladen, wie sie ihn früher für sich genannt hatte. Er befand sich in der Nähe der Pinakotheken. Zu Akademiezeiten hatte sie wöchentlich hier vorbeigeschaut. So wie andere nach getaner Arbeit in einen Supermarkt oder eine Kneipe gingen, kam sie hierher, um die Farben in sich aufzusaugen. Die Wände waren mit Regalbrettern voller Pigmente bedeckt. Dazu gab es Farbteige, falls man sich die Mühe sparen wollte, ein Bindemittel zum Pigment zu rühren. Zarte Abstufungen von Grün, Blau, viele Rottöne, Gelb und unzählige Erdfarben. Allein von Schwarz gab es zahlreiche Varianten. Blauholz aus Mexiko, Kasseler Braun, Grafit, Holzkohle, Schiefer, Ruß, Asphalt, Spinellschwarz. Aber auch

Elfenbein. Aus etwas offensichtlich Weißem wurde das tiefste Schwarz, wenn man es verbrannte. Eigenproduktion, stand auf einer Zehn-Gramm-Dose. Weil Elfenbein aus Tierschutzgründen verboten war, aber in der Gemälderestaurierung gebraucht wurde, verkohlte man heute alte Klaviertasten dafür. Manches Pulver war großzügig in Tüten verpackt, einiges befand sich in winzigen Gläschen und wurde in Grammgaben angeboten, wie manche Substanzen früher in der Apotheke ihrer Mutter. Da sich Josefines Set aufgelöst hatte, musste Ina neu einkaufen. Sie ließ sich von dem jungen Verkäufer beraten, dem kirschkernschwarze Haarsträhnen in die Augen hingen, die er nach jedem Satz mit einem Zucken des Kopfes zurückwarf, und wählte eine Grundausstattung. Grüne Erde, Preußischblau, Brillantgelb, Permanentrot, Heligenblau, Eisenoxidgelb, Siena und mehrere Erdtöne. »Und bitte noch ein Lila.« Diese Farbe galt als kosmisch, übersinnlich, war aber auch ein Symbol der Weiblichkeit und Verführung. Nicht umsonst benutzten es Schokoladenhersteller als Lockmittel.

»Kobalt, Dioxazin, Mangan, Ultramarin oder eines mit mehr Rotanteil?«

Ina entschied sich für Mangan, ein Mineral, das aus Braunstein und Phosporsäure mit Ammoniak gewonnen wurde. Es lag farblich genau zwischen Rot und Blau.

»Es flockt aber leicht, falls Sie es zum Aquarellieren nehmen wollen«, warnte sie der Verkäufer.

»Ich werde es mit Leinöl mischen. Dazu brauche ich noch Gipspulver und Knochenmehl. Haben Sie auch Bleiweiß?«

»Nur in winzigen Mengen, fünfzehn Milliliter.« Er schloss eine Schublade auf und holte eine fingerhutgroße Kapsel heraus. »Es ist hochgiftig, darum dürfen wir es leider nur an Fachleute mit Ausweis verkaufen. Sind Sie Restauratorin?« Sein Blick glitt zu ihrem bunten Haaransatz und den farbfleckigen Fingern.

»Nein, ich bin Malerin.« Zum ersten Mal sprach sie es wieder aus. Für einen Augenblick glaubte sie Esthers Gesicht vor sich zu sehen, sie nickte ihr zu, und in ihren Mundwinkeln zuckte ein Lächeln.

»Dann brauche ich ihren Mitgliedsausweis des Künstlerverbandes oder einen Nachweis, für welche Institution oder Forschungsstätte Sie arbeiten.«

»Ich arbeite allein für mich.«

»Ich verstehe.« Er verschloss das Bleiweiß wieder. »Als Alternative kann ich Ihnen Eierschalenweiß, Titanweiß oder Zinkweiß anbieten.«

»Von jedem etwas, bitte.« Ina bezahlte und verlud die Pigmente in ihre Fahrradtasche. Nun fehlte ihr noch der Malgrund. Auf dem Weg in die Innenstadt kaufte sie ein paar Lebensmittel im Bioladen, danach radelte sie weiter zum Oberanger.

Wie eh und je schellte die Glocke, als sie beim Stermüller die Ladentür aufzog. Eine zierliche, alte Dame in einem malvenfarbenen Kostüm und passenden Ohrringen legte ihre Sudokuzeitschrift zur Seite, begrüßte sie freundlich und fragte, ob sie helfen könne. Frau Stermüller persönlich.

»Haben Sie Pergament?«

»Sie meinen Elefantenhaut?« Sie zeigte die Papierbögen in verschiedenen Beige- und Grautönen, die an die grobe Struktur von Elefantenhaut erinnerten. »Möchten Sie eine Urkunde machen?«

»Nein, ich würde gern im Stil der alten Meister malen.« Ina bemerkte wie hochtrabend das klang. »Also in alten Techniken, und bräuchte dazu Pergament statt Papier.«

»Echtes Pergament aus Tierhaut? Das wird selten verlangt, aber warten Sie, im Lager habe ich womöglich noch etwas.« Sie trat durch eine Tapetentür, die Ina für ein Notizbuchregal gehalten hatte, und verschwand dahinter. Ina schlenderte durch den Laden, strich über die samtigen Haare der breiten Pinsel, blätterte in herrlich duftenden Skizzenbüchern und roch an den Bleistiften. Sie dachte schon, Frau Stermüller komme nicht mehr zurück, da hörte sie Schritte. In ihren blaustichig gefärbten Haaren hingen ein paar Spinnweben, auch an ihrem Brillenkettchen wehte eine Fluse. Mit dürren Fingern, an denen mehrere Goldringe schlackerten, breitete sie einen Bogen auf dem Schneidetisch aus. Sie entrollte die vollständige Haut eines Tieres mit Hals und angeschnittenen Beinen. »Fühlen Sie mal, wie glatt es ist, und welch einmalige Struktur es hat.«

»Von welchem Tier stammt die Haut?«

»Das ist Kalbshaut, die ist zwar teurer, aber lichtbeständiger als andere Pergamentsorten und von besonders feiner Beschaffenheit. Im Mittelalter verwendete man sie für die Stundenbücher der Könige. Achten Sie bitte darauf, dass Sie die richtige Seite benutzen, nur dort ist das Vellum restlos von Haaren und Fett gereinigt.«

Ein Vellum, genau, was sie gesucht hatte, dachte Ina. »Haben Sie auch einen Silberstift zum Gravieren?«

»Nein, leider nicht.« Frau Stermüllers Blick glitt über das Sortiment. »Silberdraht hätte ich, neunhundertfünfundzwanzig Sterlingsilber, und dazu Schleifpapier. Wie wäre es, wenn sie ein Stück Draht in einen Minenstift einklemmen und sich die Spitze zum Zeichnen zurechtschleifen?«

»Perfekt. Dann brauche ich nur noch Gallustinte, haben Sie so etwas?« Gallustinte wurde aus Galläpfeln hergestellt, trocknete hellbraun auf und dunkelte mit der Zeit nach.

Frau Stermüller nickte. Nun hatte Ina alles, was sie brauchte. Sie wollte so schnell wie möglich nach Hause und anfangen.

Zuerst schnitt sie sich ein Stück Vellum, etwas größer als das Originalporträt, zu und spannte es mit Papierklebeband auf ein Zeichenbrett. Dann grundierte sie die Haut mit einer Mischung aus Gips und Knochenmehl, was dem Pergament eine hellgraue Farbe verlieh. Während Ina wartete, dass die erste Schicht trocknete, dünstete sie sich Auberginen, Zucchini, Lauchzwiebeln und Tomaten mit Pesto. Nachdem sie ihr Ratatouille mit Schafskäse und Walnussbrot gegessen hatte, machte sie weiter. Sie schlug zwei Eier in einer Blechbüchse auf, gab Leinöl hinzu und verteilte die Mischung auf mehrere leere Joghurtbecher, in die sie die Pigmente rührte. Ein Kribbeln erfasste sie. Schon lange war sie nicht mehr so in eine Sache vertieft gewesen. Die Skizzen entstanden inzwischen von selbst, wie früher, ohne viel nachdenken zu müssen. Bleistifte oder Kugelschreiber, von denen sie in jeder Tasche welche trug, waren wieder zur Verlängerung ihrer linken Hand geworden.

Doch nun wollte sie zum ersten Mal malen, mit Farbe, und sie hatte bereits begonnen, nicht auf Weiß, sondern auf einem kreideartigen Malgrund, der dem des Bildes glich. Sie fing mit der Vorzeichnung an, gravierte mit ihrem selbst zusammengesteckten Silberstift die Umrisse der jungen Frau auf das Vellum. Dann zog sie die Konturen vorsichtig mit Feder und Gallustinte nach. Ina musste erst prüfen, ob die Tinte nicht zerfloss, doch die Kälberhaut war sehr glatt, wie Frau Stermüller gesagt hatte, und so stand die Tinte hellbraun und sauber in den vorgezogenen Linien des Silberstifts oder leicht korrigiert daneben. Strich für Strich und hoch konzentriert kopierte sie das Porträt. Dabei wurde ihr immer klarer, wie exakt der Künstler gearbeitet hatte. Seine Kenntnisse der Anatomie, der Muskeln, mussten äußerst präzise gewesen sein. Der wohlgeformte Kopf mit dem Haaransatz. Die kleine Nase mit den perfekt gewölbten Nasenflügeln. Besonders beeindruckte Ina die

Krümmung des Auges, was einem Zeichner nur nach viel Übung gelang. Leonardo hatte genau gewusst, wie der Augapfel in der Augenhöhle saß, wie sich das Lid formte und dass man nur einen kleinen Teil der Augapfelkrümmung von der Seite sah. Das sprach eindeutig für ihn. Leonardo obduzierte als einer der Ersten Leichen, um das Innere des menschlichen Körpers zu studieren. Der schwierigste Teil war die Kolorierung, nicht nur weil Ina so lange nicht mehr gemalt hatte sondern auch weil die Pigmente nicht auf dem Bild haften wollten. Erst als sie sie mit den Fingern ins Vellum einrieb, gelang es. Vielleicht hatte Leonardo auch so gearbeitet und dadurch seine Fingerabdrücke hinterlassen. Als Vorreiter der experimentellen Malerei probierte er stets etwas Neues aus und mixte Materialien. Dabei scheiterte er gelegentlich, wie beim »Abendmahl«. Das hatte er nicht in der damals üblichen Freskotechnik in den frischen Putz gemalt, sondern stattdessen die Farben auf den bereits getrockneten Kalk aufgetragen, und das Gemälde blätterte schon nach kurzer Zeit von der Wand.

Beim Abmalen setzte sich Ina auch noch einmal mit der kunstvoll dargestellten Frisur auseinander. Erst als sie sie Haar für Haar kolorierte, fiel ihr auf, dass sogar das linke Ohr als sanfte Wölbung unter den Haaren angedeutet war. Auch über das Muster des Haarnetzes hatte sie etwas herausgefunden. Vinci, Leonardos Geburtsort, war ein Dorf von Korbflechtern. Die Korbflechterei, die er als Kind beobachtet und vielleicht auch selbst ausprobiert hatte, übernahm er in viele seiner Zeichnungen, nicht nur in der Darstellung von Haartrachten sondern auch in Verzierungen der Kleidung. Später verwendete er diesen Knoten sogar als Logo der nach ihm benannten Akademie.

Ina schlug das Trachten-der-Völker-Buch auf, um Näheres über die Frisur der Porträtierten zu erfahren. Beatrice d'Este, Ludovico Sforzas junge Ehefrau, hatte diese Mode mit an den Mailänder Hof gebracht. Hier war keine Rede mehr von der rebellischen »Tigerin«, Catarina Sforza, oder der des Giftmordes verdächtigten Lucrezia Borgia. Beatrice d'Este könnte also auch die Dargestellte sein, überlegte Ina. Auf jeden Fall musste es eine ranghohe Frau gewesen sein, das verrieten, abgesehen von der Frisur, die bestickten Kanten ihres kostbaren Gewandes. In der Renaissance galt trotz aufkeimendem Humanismus immer noch die im Mittelalter geprägte Ständeordnung. Einer Frau aus dem Volk war es nicht erlaubt, golddurchwirkte Stoffe und aufwendige Muster zu tragen.

Als sie mit den Farben fertig war, schraffierte sie den Hintergrund, genau wie bei der Vorlage. Mittlerweile war es dunkel geworden. Sie stellte das Bild neben das Original auf das Telefontischchen im Flur und besah sich ihr Werk im Kerzenschein. Nebeneinander waren die Porträts identisch bis auf eine Besonderheit, die man nicht bemerkte, wenn man sie einzeln betrachtete. Voller Freude über ihre gelungene Arbeit wollte sie Oliver eine Nachricht schreiben und öffnete ihren Laptop. Sie hatte eine E-Mail von dem Leonardo-Experten aus Mailand erhalten. Professor Pomponazzi schrieb auf Englisch, dass er derartige Anfragen oft erhalte. Es gebe viele, die glaubten, einen echten Leonardo zu Hause zu haben. Da er in Kürze länger verreise, stünde er momentan leider nicht für eine Expertise zur Verfügung. Er wünsche ihr aber alles Gute. Unter seinem Namen standen seine Kontaktdaten.

Spontan rief Ina ihn an. Es war kurz nach elf. Als abgehoben wurde und eine weibliche Stimme: »*Pronto, qui parla?*« sagte, entschuldigte sich Ina hastig auf Italienisch, fragte nach Professore Pomponazzi. Es knackte in der Leitung, sie glaubte schon, dass die Frau aufgelegt habe. Dann war Pomponazzi am Apparat. Ina versuchte in holprigem Italienisch ihr Anliegen zu erklären. Unbeeindruckt wiederholte er mehr oder weniger, was er in der Mail geschrieben hatte, ergänzte, dass sie sich in einem Jahr wieder melden solle, da sei er zurück in »Milano«. Allein der italienische Name der Stadt klang nach Leonardo. Ein Rotmilan, seine allererste Erinnerung. Ina fiel der Vogel wieder ein, den sie in ihrem Tagtraum durch das Londoner Auktionshaus hatte fliegen sehen. Ein Leben lang hatte der Renaissancekünstler selbst zu fliegen versucht und trotz ewigen Scheiterns nie aufgegeben. Sie holte Luft und erklärte ihr Anliegen noch einmal auf Englisch.

»Wir können auch Deutsch sprechen, Signora, ich habe drei Jahre in Innsbruck Theologie studiert, wollte eigentlich Pfarrer werden.«

Erleichtert begann Ina noch einmal von vorn, ihre Worte überschlugen sich, sie berief sich auf das Doerner'sche Institut, dort würde eine Probe des Bildes, das sie für einen Leonardo hielt, gerade untersucht. Es deuten wirklich viele Dinge auf die Echtheit hin, aber sie brauche Gewissheit. Dann erst ließ sie Pomponazzi wieder zu Wort kommen.

»Falls das Bild wirklich so alt ist, Frau Kosmos, dann spielt ein Jahr keine Rolle.«

»Wenn es echt ist, schon«, konterte Ina. »Wir haben darauf sogar einen Fingerabdruck gefunden.«

»Wirklich? Das ist unmöglich. Es gibt keine relevanten Fingerabdrücke, die eindeutig Leonardo zugeordnet werden können. Doch, nun haben Sie mich neugierig gemacht. Ich bin allerdings am Kofferpacken, in drei Tagen beginnt meine Dozentur in Seattle. Falls Sie mir das Bild noch vorher zeigen wollen, müssten wir uns schon morgen sehen.«

»Großartig. Ich nehme den nächsten Flug«, sagte sie, noch bevor ihr bewusst wurde, was das hieß.

»Meinetwegen, kommen Sie zum Castello Sforzesco und geben beim Haupteingang Bescheid, ich hole Sie ab.«

Mailand, im Erntemonat, 1493

Von Gewissensbissen geplagt, fügte sich Tannstetter in sein Schicksal und beschloss, die Seidenmanufaktur kein weiteres Mal aufzusuchen. Er wusste ohnehin nicht mehr, wie er Stella oder wie auch immer sie heißen mochte, entgegentreten sollte. Bei jedem von Cucuzzas Huftritten klapperte ihm sein Vergehen in den Ohren. Er hatte Maximilians Braut entjungfert, er hatte den kaiserlichen Frieden gefährdet, er war des Todes. Seine Stella war Bianca. Bianca war Stella. Nun musste er so schnell wie möglich fort aus Italien, und zugleich wollte er Wien nicht erreichen. Womöglich wusste Il Moro bereits von seiner Schandtat und hatte ihn deshalb so schnell fortgeschickt. Gleichzeitig beschlichen ihn Zweifel, ob er ihn dann nicht zur Rede gestellt oder ihn hätte festnehmen lassen. Oder er beabsichtigte, dass Tannstetter der Überbringer seiner eigenen Hinrichtung war. Auch wenn Biancas Leib sich ähnlich wie der Stellas angefühlt hatte, so besaß sie doch eindeutig das kurze Sforza-Kinn. Aber Stellas Narbe, er hatte sie doch ertastet. Je mehr er darüber nachdachte, desto mehr vermischten sich die Frau auf dem Bildnis und die Frau unter dem Schleier in seiner Vorstellung zu einer Person.

Kurz vor dem Simplon, in den Walliser Alpen, setzte Regen ein, Wassermassen strömten ihnen entgegen und erschwerten die Überquerung. Sie gerieten von der Straße ab, der Wagen blieb stecken, und die Truhen mussten abgeladen werden. Fast riss sie der Wildbach mit, der plötzlich vom Berg herabschoss. Ohne das Bildnis gäbe es keinen Beweis mehr. Aber dann zogen sie mit vereinten Kräften die Wagenräder aus dem Schlamm, luden sämtliche Kisten wieder auf. Tannstetter dachte bei jedem Handgriff, das ist die Strafe, das ist die Rache. Völlig durchweicht, erreichten sie schließlich, dank des Orientierungssinns von Beatus, dem Säumer, eine Herberge. Am nächsten Morgen klarte es auf, nun hatten sie nicht nur die steilen Kehren bergab zu bewältigen, sie mussten sich auch noch durch heftige Windböen kämpfen. Wieder folgten sie ihren Pferden zu Fuß, dicht an ihre Leiber wie an eine Schutzwand gedrängt, rutschten im aufgeweichten Erdreich nah an den Abgrund, und mehr als einmal dachte er, gleich ist es aus, und es ist vielleicht besser so. Dann gellte ihm erneut die kaiserliche Stute in den Ohren, ihr Todesschrei und das Knirschen, als sie starb; diesen Tod wünschte er niemandem, nicht einmal sich selbst.

Erschöpft erreichten sie die Wiener Stadtmauer. Dort wehten die Fahnen auf Halbmast. Er schrieb das dem andauernden Regen zu und bat mithilfe des Siegelrings um Einlass. Das Wienerische klang für ihn kurz wie eine Fremdsprache, als er den Türmer sagen hörte: »Der Kaiser hat die Patschn gstreckt.« Friedrich III. war in der vergangenen Nacht gestorben. Im ganzen Reich herrschte Trauer. Tannstetter leitete den Tross durch die Gassen bis zur Hofburg und bat an der Pforte um eine Audienz. Da der König verständlicherweise in Linz weilte, lieferte er die Geschenke, das Bildnis und Il Moros versiegeltes Pergament beim Erzkämmerer Jorgen van Eckh ab, der ihn und die Mailänder willkommen hieß.

Tannstetter fror und konnte sich kaum noch auf den Beinen halten. Er verabschiedete sich von seinen italienischen Reisebegleitern, die bei Hofe untergebracht wurden, und wollte sich eine Burse suchen, um sich in einem hoffentlich nicht gänzlich überfüllten Mehrbettzimmer auszuruhen.

Der Erzkämmerer hielt ihn zurück. »Seine Majestät hat mich angewiesen, Euch ebenfalls im Schloss unterzubringen, Magister Tannstetter. Ihr braucht, wie mir scheint, ein heißes Bad und ein würdiges Nachtlager.« Den Tränen nahe, nahm er dankbar an, sank auf ein Himmelbett, fiel in umhüllende Wärme und fließende Weite, in ein Quodlibet aus Seidenmotten, die zu Greifvögeln wurden, schmeckte Suggar und roch Blut und spürte einen Stich in der Armbeuge. Mangan floß wie Wasser aus ihm heraus. Man ließ ihn zur Ader. Kälte und Hitze schüttelten ihn. Er wurde zur Seite gerollt, als er die Bettwäsche nass geschwitzt hatte, oder um ihm die Leibschüssel unterzuschieben. Willenlos ließ er alles mit sich geschehen. Jemand flößte ihm Suppe ein. Als er wieder einigermaßen zu Kräften gelangt war, richtete er sich im Bett auf und wollte die nächste Mahlzeit im Sitzen einnehmen.

Van Eckh besuchte ihn. »Der König schickt Euch die besten Genesungswünsche. Er ist ganz verzaubert vom Anblick der schönen Mailänderin. Ihr sollt mir schildern, was es zu berichten gibt. Dann könne Seine Majestät, trotz des bevorstehenden Trauerjahrs, wenigstens in Italien der Stellvertreterhochzeit zustimmen.«

Tannstetter wünschte sich zurück ins Delirium, wenn es etwas vorzubringen gab, dann jetzt. Er rang mit Worten, sah sich schon aus den Laken gezerrt und fortgeschleift. Der Wiener Kerker dürfte kaum behaglicher als das Sforza-Verlies sein.

»Ich merke, Ihr braucht noch Erholung, darum dränge ich Euch nicht, aber das hier wird Euch bestimmt bei der Genesung helfen.« Van Eckh überreichte ihm ein Schreiben, in dem König Maximilian I. von Habsburg, Herzog von Burgund, Erzherzog von Österreich und König des Heiligen Römischen Reiches, Magister Georg Tannstetter an die medizinische Universität empfahl.

15

Zinnober

Als Ina am nächsten Tag mit der ersten Maschine nach Mailand die schneebedeckten Alpen überquerte, löste sich der Nebel und gab den Blick auf Bergspitzen und Täler frei. Plötzlich glaubte sie sich noch mehr mit Leonardo verbunden. Statt seiner erlebte sie gerade seinen Traum, den er trotz fantastischer Flugobjekterfindungen aller Art nie hatte verwirklichen können. Sie erzählte Oliver davon, der, ein wenig bleich um die Nase, in seinem Sitz neben ihr kauerte. Da Vincis »Abendmahl« habe er schon immer sehen wollen, hatte er gesagt, als sie ihm von ihrem Treffen mit dem Leonardo-Experten erzählte. Er war nach München geeilt, um mit ihr nach Mailand zu fliegen. Sie würden ihre erste gemeinsame Nacht verbringen, allein zu zweit.

Auf der Fahrt mit dem Bus in die Stadt schlief Oliver. Ina brachte vor Aufregung darüber, was sie erwartete, kein Auge zu. Auch wenn Leonardo eigentlich aus einem Dorf bei Florenz stammte, war Mailand bis heute von ihm geprägt. In Windeseile hatte sie sich die Sehenswürdigkeiten notiert und hoffte, einige besuchen zu können. Zuvor wollten sie ihr Gepäck ins Hotel bringen, so früh morgens war das Zimmer bestimmt noch nicht frei. Vom Hauptbahnhof fuhren sie mit der U-Bahn weiter. Ein Bettler, der direkt neben dem Fahrkartenschalter auf seinem Schlafsack saß, fragte nach ihrer Nationalität.

»*Tedesci*«, sagte Ina. Er stand auf, grüßte auf Deutsch, half ihnen beim Lösen der Tageskarten und behielt dafür das Wechselgeld.

Das Doppelzimmer, das Ina zusammen mit dem Flug gebucht hatte, war kleiner als beschrieben. Ein dunkelblaues Bett beherrschte den Raum, das Bad grenzte ein paar Zentimeter weiter an eine Schiebetür, und das Fensterbrett diente als Tisch. Man musste den Bauch einziehen, um das Bett zu umrunden.

Oliver wirkte blass, zwängte sich auf den einzigen Stuhl zwischen Bett und Fernseher. »Weißt du, eigentlich habe ich Flugangst, sehr große sogar. Ich nehme möglichst keine Aufträge an, für die ich in ein Flugzeug steigen müsste. Und deshalb schicke ich auch meine Assistenten auf die Leiter, um die Lampen zu montieren.« Er schloss kurz die Augen, fuhr sich über die Stirn.

»Dann fliegst du gar nicht nach Berlin zu deiner Tochter?«

»Ich nehme meistens den Nachtzug oder fahre mit dem Auto.« Er zwang sich ein Lächeln ab. »Der Flug war die Hölle, ich glaube, der Boden wankt immer noch unter mir.«

»Oh, da weiß ich Abhilfe.« Ina freute sich, dass jemand ganz selbstlos, aus Liebe, etwas für sie auf sich genommen hatte. Sie strich seine Beine entlang, setzte sich auf seinen Schoß, nahm ihm seine Brille ab. »Besser?«

Er blinzelte sie an. Sie küsste ihn, zog ihm den Pullover aus, dann das Hemd, öffnete seinen Gürtel. Er hob sie hoch, wankte, kippte mit ihr auf das Bett. Sie lachten und liebkosten sich. Ina streifte ihre Kleider ab, erkundete seinen Körper, roch an ihm, sog seinen Duft ein, leckte seine Haut, strich mit ihrem Haar, den Fingerspitzen, ihren Brüsten, ihrem Atem, ihrer Zunge, ihren Zehen über seinen Körper. Als sie die Augen schloss, erfüllte sie ein Strom aus Farben und Bildern, anfangs nur einzelne Punkte, die sich verbanden. Sie befand sich in einem Labyrinth, drängte sich an hohen Hecken entlang, die wuchsen, wenn sie sie berührte. Ein Brunnen mit grün glitzerndem Wasser wartete auf sie, sie musste davon trinken, fiel hinein und löste sich in einem Strudel aus weißen Perlen auf. Danach schien jede Ader in Ina zu pulsieren, ihre Haut kribbelte. Eng an Oliver geschmiegt, schaute sie in den hellen mailändischen Vormittag.

Er fragte sie nach ihrer Familie, wollte wissen, wo ihre Eltern wohnten. Sie begann mit ihren Großeltern, tastete sich langsam vor. Manolis Kosmos und Michaela Gschwendtner, das griechisch-deutsche Traumpaar der Fünfzigerjahre. Inas Vater war auf Kreta aufgewachsen, hatte aber in München Medizin studiert und war dort geblieben, um in der Hohenzollernstraße eine Kinderarztpraxis aufzumachen. Er verliebte sich in die junge Apothekerin, die im Paterre arbeitete, Inas Mutter. Vor bald zehn Jahren waren ihre Eltern in den Ruhestand gegangen und nach Kreta gezogen. Dort verwalteten sie nun die Ferienwohnungen ihrer Großeltern. Als Oliver fragte, ob sie Geschwister habe, löste sie sich aus seinen Armen und setzte sich auf. »Lass uns später weiterreden, ich soll um halb zehn bei Pomponazzi sein.« Auf die Schnelle konnte sie ihm nicht von Esther erzählen, das musste sie ausführlich und in Ruhe tun.

Diesmal kauerte am Getränkeautomaten bei der U-Bahn eine Schwangere und bat um Geld, Oliver warf etwas in den Becher, den sie auf ihre Tasche gestellt hatte. Als sie an der Haltestelle Cairoli ausstiegen, streckte ihnen ein alter Mann mit Hund einen Becher entgegen. In Mailand gab es deutlich mehr Bettler als in München. Sie gingen an Zelten vorbei, die noch von der Weltausstellung stammten, überquerten einen Zebrastreifen und umrundeten einen großen Springbrunnen, der ein wenig dem Stachusbrunnen in München ähnelte. Immer erinnerte Ina etwas an ihre Heimatstadt, wenn sie woanders war. Darum hielt sie es auch nie lange in Griechenland aus, wenn sie ihre Eltern besuchte. Es lag aber auch an den stummen Vorwürfen ihrer Verwandten. Sie lebte, und Esther war tot.

Als sie stehen blieben, um sich zu orientieren, lief eine zahnlose Alte zu ihnen. Sie murmelte etwas und hielt ihnen einen Pappbecher entgegen. Ina warf ein paar Münzen hinein, die Alte wünschte ihr *good luck* und rannte zum nächsten Touristen.

»Hast du gesehen, dass die Bettler alle die gleichen Becher benutzen?«, sagte Oliver. »Mit einer stilisierten Kaffeebohne drauf. Ihr Chef verteilt die wohl morgens und sammelt abends die vollen wieder ein. Wenn das so weitergeht, kehren wir arm wie die Kirchenmäuse nach Hause zurück.«

»Arm, aber glücklich.« Ina küsste ihn.

Das Eingangsportal zum Castello Sforzesco war in einem mächtigen Glockenturm, der aussah, als bestünde er aus aufeinandergestapelten Bauklötzen, inmitten einer durchlöcherten Mauer aus roten Backsteinen. Dass das Castello als Mailänder Schloss beschrieben wurde, lag an den für die Renaissance typischen Rundbögen und verzierten Säulen, ansonsten glich es mit seinen mächtigen Rundtürmen an den Ecken eher einer Festung als einem Palast. Die Mauer war von Zinnen gekrönt, und in den gleichmäßig angeordneten Löchern nisteten Tauben. Ina und Oliver folgten den Menschenscharen. Nun, da sie so viel über die Sforzas und Leonardo gelesen und auf Abbildungen gesehen hatte, war sie überwältigt, wirklich hier zu stehen. Das war also der Ort, an dem der Meisterkünstler über sechsundzwanzig Jahre gelebt hatte. Mit einer Unterbrechung, als Mailand erobert worden war. Wenn man bedachte, dass er siebenundsechzig Jahre alt wurde, war das fast ein Drittel seines Lebens.

Vom Glockenturm leuchtete das große Sforza-Wappen herab. Im Burggraben lag ein Berg Steinkugeln, die vermutlich als Geschosse gedient hatten. Eine schneeweiße Katze hockte darauf und putzte sich. »Hast du so was schon mal gesehen?«, fragte Ina.

»Kanonenkugeln?«

»Nein, ich meine eine völlig weiße Katze.«

»Die hat es bestimmt schwer im Leben. Katzen haben es sowieso nicht leicht.«

Ina runzelte die Stirn. »Wieso, was meinst du?«

»Na, sie haben schließlich nur ein Gewand, da heißt es ständig putzen und sauber halten, das macht so müde, dass sie die meiste Zeit schlafen müssen. Und die weiße da wird kaum ein Auge zukriegen, wenn sie so makellos sauber bleiben will.«

Am Ticketschalter fragte Ina nach Giancarlo Pomponazzi. Die Kassiererin griff zum Telefon. Während sie warteten, vertiefte sich Oliver in ein sternförmiges Schaubild von Mailand um fünfzehnhundertdreiundsechzig. Ein hagerer Mann mit schulterlangen grauen Haaren kam durch das mittelalterliche Stadttor, das den Eingang zum Museum säumte. Er trug ein etwas zu kurz geratenes kariertes Jackett voller Anstecker, die wie Orden an seiner Brust glänzten. Leonardos vitruvianischer nackter Mann war auch darunter. Ina glaubte sogar, ein Freimaurerzeichen, Winkel und Zirkel, zu erkennen.

»Ah, Signora Kosmos, herzlich willkommen«, begrüßte er sie auf Deutsch.

»*Buon giorno,* Professore Pomponazzi«, sagte sie. »Ich habe meinen Freund mitgebracht, Oliver Rauch.« Es war das erste Mal, dass sie ihn so bezeichnete, sie strahlte Oliver an.

»Freut mich. Nennen Sie mich Gianni bitte, lassen Sie den Rest weg.« Pomponazzi schüttelte ihnen beiden die Hand. Er hatte eine schmale Nase, die in zwei Furchen neben den kaum sichtbaren Augenbrauen endete, und kleine Augen mit tiefen Lidfalten. Ina schätzte ihn auf Anfang sechzig. »Mein Urahn Pietro Pomponazzi war ein Humanist der Renaissance, ein sehr bodenständiger Mensch, der die Lehren der Kirche infrage stellte und nicht nach dem Jenseits strebte, sondern die Menschen aufrief, hier und jetzt die Dinge in Ordnung zu halten.«

»Und Sie haben dann Theologie studiert, um Pfarrer zu werden?«

Er lächelte. »Wie das so ist, meiner Familie zum Trotz wollte ich nach fünfhundert Jahren selbst herausfinden, was es mit dem Christentum auf sich hat. Und was soll ich sagen, mein Vorfahre hatte recht. Haben Sie Lust auf einen kleinen Rundgang?«

»Gern.« Sie nickten sich zu. Als der Professor sich wegdrehte, um mit der Ticketverkäuferin zu sprechen, zog Ina schnell ihr Skizzenbuch an der Schnur aus der Hosentasche und skizzierte ihn mit ein paar Strichen.

Pomponazzi kehrte mit zwei zinnoberroten Magnetansteckern zurück, die sie sich an den Pulloverkragen klemmen sollten. Das sei nur für interne Besucher, die offiziellen Eintrittsplaketten seien grün, erklärte er. Zinnober kam in der Natur als Mineral vor, doch die Alchimisten hatten es auch künstlich aus Quecksilber und Schwefel hergestellt, beim erneuten Versuch Gold zu gewinnen. Pomponazzi forderte sie auf, ihm zu folgen. Sie traten ins Freie. Eine erschöpft oder gelangweilt wirkende Schulklasse drängte sich vor der großen Tafel, die Michelangelos letztes Werk, die »Pietá Rondanini«, ankündigte. An den Schülern vorbei gingen sie bis zu einem quadratischen Innenhof, den ein zinnoberfarben bemalter Säulengang aus Schwefelgelb und Zinn dominierte. Pomponazzi zeigte auf das Gewölbe. »Die Sterne kamen erst 2010 bei der Restaurierung zum

Vorschein.« Er stieg eine Treppe hinauf und nahm mit seinen langen Beinen drei Stufen auf einmal. Sie hatten Mühe, mit ihm Schritt zu halten. »Die Rocchetta war die ursprüngliche Burg, eine Festung in der Festung sozusagen, die erst durch die Sforzas ummantelt wurde. Im Erdgeschoss gibt es weder Türen noch Fenster, so blieb der Feind garantiert draußen.«

»Und wie sind dann die Bewohner raus- und wieder reingekommen?«, fragte Oliver, der Ina an der Hand mit sich zog.

»Vermutlich über Leitern. Die Treppe wurde erst in der Neuzeit hinzugefügt. Als Ludovico Il Moro an die Macht kam, hat er die drei Portikusflügel hinzugefügt und die Säulen mit Kapitellen geschmückt.«

Sie durchschritten die Ausstellungsräume. Der Professor erklärte mit einem Wink die Objekte. Wenn sie an einer Stelle länger verweilten, wies er sie auf die Decke hin, die in jedem Saal anders bemalt war. Einmal mit Sternen, dann mit fantastischen Meeresbewohnern, mit Blumenranken, Obst, Zacken oder Engeln. Aber allein die Konstruktion der Räume und Übergänge, die überdachten Zinnen, die Erker, Torbögen und der achteckige Drachenbrunnen, der unter einer Treppe stand, waren sehenswert. Doch sie hasteten weiter, vorbei an alten Musikinstrumenten, die Josefine bestimmt gefallen hätten, an herrlichen Wandteppichen entlang, zur Waffensammlung und den Renaissancemöbeln, dann zu Sarkophagen und Psaltern. Kurz bestaunten sie ein kleines Relief aus dem zwölften Jahrhundert, auf dem sich eine Frau das Schamhaar rasierte.

»Ob das Monument einen politischen Hintergrund hat oder ob es sich um eine in Stein gemeißelte Aufforderung zur Läusebekämpfung handelt, ist umstritten. Vierhundert Jahre später hat sich Caterina Sforza vielleicht davon inspirieren lassen. Als man ihre Burg belagerte und ihren einzigen Sohn gefangen nahm und folterte, um sie endlich in die Knie zu zwingen, hob sie ihre Röcke und zeigte ihren Feinden die nackte Scham. Dabei rief sie von den Burgzinnen hinab, dass sie ihr diesen einen Sohn ruhig nehmen sollten, sie könne noch viele weitere Söhne gebären.« Pomponazzi spurtete weiter, blieb vor einem Fenster stehen. Sie mussten sich schon in der Erweiterung der Festung befinden. »Kommen Sie bitte mal her. Sehen Sie draußen den Wehrgraben? Fallen Ihnen die kleinen Vertiefungen in der Mauer auf?« In der grasbewachsenen Tiefe tummelten sich weitere gescheckte und gestreifte Katzen. Ina hielt Ausschau nach der völlig weißen, fand sie aber nicht mehr. »Diese Löcher sind kein Schmuckelement, das sind die Fenster eines Geheimgangs, den man nur von hier aus erkennt. Auf diese Weise konnte der Herzog unbemerkt das Schloss verlassen.«

»Und wohin führt der Gang?«, fragte Oliver.

Pomponazzi zuckte mit den Schultern. »Dazu gibt es nur Vermutungen, er ist beim Straßenbau leider verschüttet worden, und die alten Pläne sind unauffindbar. Damals war der Wehrgang natürlich voller Wasser, wie überhaupt ganz Mailand mit Kanälen durchzogen war, wussten Sie das?« Sie verneinten. »Wo heute die größten Straßen der Stadt sind, waren einst *Navigli,* über sie hat man den Marmor für den Dombau in die Stadt gebracht. Mit Aufkommen der Bahn und der Autos wurden die alten Transportwege überflüssig, doch wir kämpfen für den Rückbau. Statt der Abgase wollen wir mehr Wasser und Grün in der Stadt.« Er tippte auf einen seiner Anstecker, der einen stilisierten Kahn zeigte. »Ich bin Mitglied im *Navigli*-Verein. Die Schleusen hat übrigens Leonardo entworfen. Im Stadtteil San Marco können Sie noch eine seiner Originalkonstruktionen besichtigen.« Ina notierte sich das neben den Skizzen, die sie im Laufschritt und ohne hinzusehen anfertigte.

Weiter ging es durch Ecktürme mit schwach angestrahlten Kunstwerken, wobei Oliver rasch die Lichtquelle inspizierte. Als Nächstes blieb Pomponazzi in einem dunklen Saal stehen.

»So, das dürfte für Sie als Leonardo-Fans besonders interessant sein.«

»Wo sind wir?«, fragte Ina. Da hinter den meisten Fenstern die rote Backsteinmauer zu sehen war, hatte sie Mühe, sich vorzustellen, in welchem Teil der Burg sie sich befanden.

»Im Nordflügel. Nach dem frühen Tod seiner Frau Beatrice hat Ludovico Moro diesen Teil des Schlosses zu seinen Privatgemächern umgestalten lassen. Dazu gehört die *Saletta Negra* nebenan und auch die Ponticella draußen links, die auf die Wehrbrücke gebaut wurde, als die Burg sich nach und nach in eine Residenz wandelte und ihren Verteidigungsstatus aufgab. Aber was ich Ihnen eigentlich zeigen wollte...« Er wandte sich um und breitete die Arme aus. »Das hier ist die *Sala delle Asse*, wobei *sala della foresta* treffender wäre, finden Sie nicht? Leonardo hat ihn gestaltet.« Erst bei genauerem Hinsehen bemerkte Ina Einzelheiten der Deckenbemalung und des Gewölbes.

»Die Beleuchtung ist noch nicht optimal«, sagte Pomponazzi zu Oliver, der sich zur Fußbodenleiste bückte.

»LED-Strahler«, Oliver nickte, »das ergibt nur ein künstliches Licht.«

»Daran wird noch gearbeitet. Und es fehlen auch noch die Ahnentafeln, die einst zwischen den Ästen hingen. Doch lassen Sie es ruhig auf sich wirken.« Um sie herum erstreckten sich an den Wänden gemalte Baumstämme. Durch die Form des Gewölbes ragten die Kronen plastisch hervor und verwoben sich ineinander bis zu einem gemalten Schlussstein. Auf Höhe der Besucher waren Felsen, die von den Baumwurzeln umschlungen wurden. Fasziniert starrte Ina in die Verzweigungen, glaubte, das Laub rascheln zu hören. Und doch war es keine exakte Abbildung der Natur, sondern eine Arabeske, die an orientalische Ausschmückungen erinnerte. »Leonardo liebte solche Spielereien. Sehen Sie das goldene Band, das sich um die Äste schlingt und Knoten bildet?« Er zeigte nach oben, und Ina erkannte im Dunkelgrün der Blätter hellere Linien, die sich verzweigten, die Schlaufen und Schlingen bildeten. Das ergab ein ihr sehr bekanntes Muster. Ihr Herz schlug schneller, sie war auf der richtigen Spur. Wenn die Saalgestaltung Leonardo übernommen hatte, dann stammte auch das Bild von ihm. Sie hatte den Beweis, endlich. »Der Vinci-Knoten«, sagte sie.

Pomponazzi nickte. »Sie kennen das Logo der Akademie?«

Ina bejahte, sie hatte in Leonardos Biografie darüber gelesen. Die Akademie war eine lockere Zusammenkunft von Intellektuellen, die Theaterstücke inszenierten, Texte zitierten und über die neuesten wissenschaftlichen Erkenntnisse diskutierten.

Überall in Europa entstanden solche Zirkel, das war ein Meilenstein der Renaissance, die Menschen wollten selbst denken lernen, über Religion und Wissenschaft diskutieren, über sich und das Menschsein reflektieren. Hier in Mailand trafen sie sich in Leonardos Werkstatt im heutigen Palazzo Reale, neben dem Dom, oder in den Häusern seiner Freunde. Bramante gehörte auch dazu, der wie er ein *uomo universale* war.

»Haben Sie schon für das ›Abendmahl‹ reserviert?«

»Nein, wir wollten es uns morgen einfach so ansehen«, sagte Ina. Pomponazzi erklärte, dass man ohne Vorbestellung nur schwer Zutritt erhielt. Aber sie sollten unbedingt die antike Kunst im Castello besichtigen. Die Fahne mit den Szenen aus dem Leben des Stadtheiligen Ambrosius sei unverzichtbar und die Hauptattraktion, das Mausoleum des Bernabò Visconti, und natürlich Michelangelos »Pietà«.

Er sah auf seine Armbanduhr. »Wenn es Ihnen nichts ausmacht, würde ich nun gerne das Bild sehen, ich hoffe, Sie haben es dabei?«

»Natürlich«, sagte Ina und wollte auf einer Besucherbank die Mappe auspacken.

»Warten Sie, wir gehen am besten in mein Büro, das liegt genau gegenüber, ich kenne eine Abkürzung.« Er berührte einen Baumstamm, an dem ein Griff angebracht war, und öffnete eine spitzwinklige, niedrige Holztür, die zu einer schmalen Eisentreppe nach draußen führte, bis hinunter zum Wehrgang. Sie gingen unter der Ponticella hindurch und betraten wieder das Gebäude. Pomponazzi lotste sie durch weitere Türen und mehrere Gänge, ein wenig im Zickzack, schien es Ina. Erneut kamen sie am Drachenbrunnen vorbei. Zuletzt stiegen sie über eine steile Wendeltreppe nach oben in einen Turm, dessen Wände ganz aus Bücherregalen bestanden. »Wir befinden uns im Zentrum der Anlage, im ehemaligen Astronomieturm«, erklärte er.

Neben einem großen Globus und einigen Eisengeräten, die komplizierten Uhren glichen, standen Umzugskartons auf dem Teppich und erschwerten es, Platz zum Stehen zu finden. »Mein Schreibtischstuhl ist bereits verschifft, und Besucherstühle habe ich keine, da dies die einzige Kammer im ganzen Castello ist, in der ich ungestört sein kann. In Seattle werde ich diesen Winkel bestimmt vermissen, dort bin ich in einem Flachbau mitten auf dem Campus untergebracht.« Er wischte ein paar Papiere vom Tisch und bat Ina, das Bild auszupacken.

»Sie werden gleich sehen, dass die Goldstickerei auf der Kleidung der Porträtierten auch einen Vinci-Knoten aufweist.« Sie klappte die Mappe auf und befreite das Porträt vom Seidenpapier. Einen Moment lang glaubte sie, aus Versehen das eingesteckt zu haben, das sie gemalt hatte, und das Original zu Hause vergessen zu haben, doch dann erkannte sie an der Mattigkeit des Farbauftrags, dass es das richtige Bild war. Pomponazzi knipste die Schreibtischlampe an, in der sich eine Lupe befand, und betrachtete das Porträt genauer. Ina hielt den Atem an, wagte nicht sich zu bewegen. Oliver lehnte sich an die Umzugskartons und fuhr zurück, als der Stapel schwankte.

Pomponazzi kniff die Lippen zusammen, jedes Grinsen war erloschen. Kurz schaute er zu Ina und verglich ihre Gesichtszüge mit dem Porträt, dann sah er über sie hinweg, als überlegte er, und beugte sich wieder über das Bild. »Tut mir leid, Signora Kosmos, ich hoffe, Sie haben nicht zu viel dafür bezahlt, aber das ist definitiv kein echter Leonardo da Vinci.«

»Was macht Sie so sicher?«

»Alles. Angefangen von der Art der Darstellung. Auf diese Weise hat Leonardo keine Porträts gemalt. Er wollte in allen Bereichen etwas Neues erschaffen, auch in der Porträtkunst. Er hat seine Modelle in ungewöhnlichen Posen gezeigt, ihnen besondere Kopfhaltungen und Ausdrucksweisen verliehen, denken Sie nur an die ›Dame mit dem Hermelin‹ oder seine Mariendarstellungen. Solch einen farbigen Scherenschnitt hätte er fortgeworfen.«

»Die Art der Darstellung mag konventionell sein«, sagte Ina. »Aber die Machart ist es nicht.«

Er kniff die Augen zusammen, sah erneut auf das Bild. »Was soll das für eine Technik sein, Wachsmalkreide auf Papier?« Verächtlich wischte er über die Oberfläche und schob das Porträt mitsamt der Mappe fast über die Tischkante.

Ina fing es auf. Ihr blieb fast das Herz stehen. »Das sind Pigmente auf Vellum.«

»Wie Sie meinen. Wahrscheinlich hat der Fälscher eine alte Urkunde abgekratzt und als Malgrund verwendet. Leonardo war nicht nur Handwerker und Forscher, er komponierte auch Außergewöhnliches, so etwas wäre unter seinem Niveau gewesen. Das ist, nichts für ungut, von einem Stümper.«

Pomponazzi verschränkte die Arme vor der karierten Jacke. »Wenn Sie mich nun entschuldigen, die Umzugsleute kommen gleich, wohin darf ich die Rechnung für mein Gutachten senden?«

»Könnte Leonardo für dieses Porträt eine Ausnahme gemacht haben, vielleicht hat er auf Wunsch eines Auftraggebers den konventionellen Malstil beibehalten?« So schnell wollte Ina nicht klein beigeben.

»In reinen Zeichnungen, etwa in Skizzen möglicherweise, aber nicht in der genauen Ausführung.« Pomponazzi blieb stur.

»Damit bestätigen Sie mir, dass es sich doch um eine genaue Ausführung handelt, haben Sie die Wimpern gesehen, auch die am Unterlid?«

Er strich über seine Anstecker, als hätten sie Staub gefangen. »Wenn Sie darauf bestehen. Wir haben hier im Haus eine Konservatorenabteilung. Dort präsentiert man den Studenten gerne Fälschungen, an denen sie ihren Sachverstand prüfen können. Ich schlage vor, ich erlasse Ihnen die Hälfte meines Honorars, und Sie geben mir dafür das Porträt.«

Wien, 1494 bis 1495

Mit allen Sinnen stürzte sich Tannstetter ins Medizinstudium. In den eher trockenen Anatomievorlesungen, wenn der Professor von seiner Kanzel herab einen Abschnitt aus Galenus' Werken zitierte, während weit weg von ihm ein grobschlächtiger Bader einen Leichnam zerteilte, dachte er oft an Leonardo. Mit einem Stock zeigte der Gehilfe des Professors gelegentlich auf ein Organ, das er erwähnt glaubte. Als er die Milz mit der Leber verwechselte, griff Tannstetter ein und wurde gerügt. Allgemeines Gelächter folgte, zum Teil aus hell klingenden Kehlen, die noch nicht einmal den Stimmbruch erreicht hatten. Die meisten Kommilitonen waren deutlich jünger als er, manche waren schon mit vierzehn an die Universität zugelassen worden. Verglichen mit ihnen war er mit seinen vierundzwanzig Jahren fast schon ein Greis. So hielt er sich fortan zurück, überlegte, ob er Leonardo davon schreiben sollte, unterließ es aus Angst, etwas aufzurühren. Wer wusste schon, ob seine Briefe ungelesen bis in die Corte Vecchia gelangten.

Für einen Schlafplatz im Gesindehaus behandelte er die Bediensteten des Habsburger Hofs und erfuhr dort zu seiner Erleichterung, dass der Kaiser nicht an den Folgen der Amputation gestorben war, der Stumpf sei bei seiner Aufbahrung gut vernarbt gewesen. Übermäßiger Genuss von Melonen, des Kaisers Lieblingsobst, wie Tannstetter wusste, hatte ihn umgebracht. Hätte er die Melone in kleine Stücke geschnitten und diese mit einer der mitgebrachten Forken aufgespießt, statt sie, in große Scheiben zerteilt, samt Kernen auf einmal zu verschlingen, dachte er, wäre er zwar heute noch hungrig, aber dafür am Leben. Als Tannstetter sich um die Hühneraugen der Köchin kümmerte, vernahm er, wie es mit der Königshochzeit voranging. Nachdem sich Maximilian schriftlich zur Ehe mit Bianca Maria

Sforza verpflichtet hatte, waren hochrangige Gesandte nach Mailand gereist, um über die vorgeschlagene Mitgift zu verhandeln. Darunter der Erzkämmerer van Eckh, dem Tannstetter seine Einschätzung der Sforza-Braut so nüchtern wie möglich und doch so, als priese er einen Rohdiamanten an, geschildert hatte.

»Vier weltliche Räte und der Bischof von Bozen waren dabei«, behauptete der langhalsige Vorkoster, der mit der mehr breit als groß gewachsenen Köchin Jovanina die Speisefolge für den nächsten Tag besprochen hatte und noch auf einen Schwatz sitzen blieb. »Die Mitgift soll mehrere Tausend Dukaten betragen, einen Batzen davon hat der König schon erhalten, hunderttausend oder so stehen ihm nach dem Beilager zu. Später kriegt er jedes Jahr noch mal was.« Zahlen waren scheinbar nicht seine Stärke.

»Auf jeden Fall mehr Geld, als unsereins jemals zu sehen kriegt«, fasste die Köchin zusammen. »Wird schon stimmen, was Ihr sagt, aber mit dem Bischof habt Ihr unrecht, der ist aus Brixen, nicht aus Bozen.« Ihre nackten Füße lagen auf Tannstetters Schoß. Er strich seinen selbst gemischten Balsam auf dünne Lammwollvliese einer Erstschur und klemmte sie ihr zwischen die wunden Zehen. Seufzend stieg sie wieder in die Holzpantinen, humpelte zum Herd und häufte Tannstetter einen Teller auf. »Da, nimm von meinen Nockerln, Doktorchen.« Bei Jovanina hatte er bereits promoviert. Sie stammte aus Böhmen, war vier Jahre älter als er und noch ledig, soweit er wusste. Er genoss das Essen mit frisch gebackenem Brot und Schmalz und hörte weiter zu. Keiner der beiden ahnte, dass er die Orte, die sie sich im Gespräch gegenseitig ausmalten, wirklich gesehen hatte.

»In einem goldenen Prunkwagen ist die Braut zu dem mailändischen Dom gefahren, wo ein Pferd aufgestellt war, das angeblich so groß wie ein Elefant oder zwei gewesen sein soll«, schwärmte der Vorkoster. Das musste das Reiterstandbild sein, dachte Tannstetter. Es freute ihn zu hören, dass Leonardo das Ehrenmal für Il Moros Vater vollendet hatte.

Mit Elefanten konnte Jovanina nichts anfangen, sie fragte, wie die Mailänderin ausstaffiert gewesen sei. Dafür war der Vorkoster nicht ganz der Richtige, er stammelte herum, und Tannstetter hatte den Verdacht, er flunkere etwas zusammen: »Ihre Mitgift ist auf einem langen Tisch, von hier bis zum Schweinestall, ausgebreitet worden«, er deutete nach draußen, »Halsbänder mit Smaragden, Rubinen und anderen Perlen, Füllhörner mit Diamanten, Silbergeschirr, Bett- und Tischwäsche aus Goldbrokat, bestickte Vorhänge, Ballen von Leinen und Seide, Schweißtücher, ein silbernes Urinal, dann noch silberne Fingerhüte und neuntausend Nadeln.«

»Neuntausend? Wozu braucht sie so viele?«

»Das weiß ich auch nicht, Ihr seid doch die Frau in der Runde.«

Da war auch Jovanina überfordert. »Ich verliere schon mal eine beim Sockenstopfen oder Schürzenflicken, aber neuntausend könnte auch ich in meinem ganzen Leben nicht verbrauchen. Ja, aber was hatte die Braut an?«

Tannstetter lauschte gespannt. Nun hing sein Schicksal von des Vorkosters Mund ab.

»An den Füßen trug sie goldene Pantoffeln, und auf ihrem Busen ruhte ein Medaillon in der Größe einer Kinderfaust.«

»Und ihre Gestalt?«, mischte sich Tannstetter ein.

»Ja, die Schleppe und das Kleid waren aus roter Seide, goldene Bänder schlangen sich um ihren schlanken Leib.«

Tannstetter atmete auf. Wenn der Vorkoster die Wahrheit sprach, hatte er Stella offenbar nicht geschwängert.

»Und wer hat mit ihr das Knie gespitzt?«, fragte Jovanina.

»Wie meinen, meine Teure?« Der Vorkoster trank seinen Becher leer, goss sich nach und rückte näher zu ihr.

»Einer der Gesandten hat sich mit ihr doch auf das Brautlager gelegt und dabei ein Knie entblösst, oder nicht?«

»Ach so, ja, der Markgraf Christoph von Baden, ein langjähriger Freund des Königs. Er steckte ihr in dessen Namen den Ehering an. Nach dem bischöflichen Segen legten sie sich voll bekleidet ins Brautbett, getrennt durch ein Schwert. Vor versammelter Hofgesellschaft berührte der Markgraf mit seinem nackten Knie das Knie der Braut. Gleich danach hat sich der Hochzeitszug mit sechshundert Pferden, ihrer Aussteuer, die auf Maultieren verladen wurde, auf den Weg nach Innsbruck begeben.«

»Findet das Beilager auch in Innsbruck statt?«

»Womöglich in Wien, je nachdem, wohin es unseren König verschlägt. Der Kaiser, Gott sei seiner Seele gnädig, hatte wenigstens eine Hauptresidenz, aber unser junger Bräutigam irrt durch die Welt. Und wie es immer geht, werden wir Bedienstete als Letzte erfahren, wo das Festbankett abgehalten wird.« Darüber und über die viele Arbeit, die auf beide zukam, falls der Vollzug der Ehe in der Wiener Hofburg stattfinden sollte, waren sie sich einig. In ihrem Disput bemerkten sie nicht, dass auch Tannstetter innerlich flehte, dass Wien nicht als Hochzeitsort ausgesucht werden würde. Auf einmal hatte Jovanina genug gehört, schickte den Vorkoster hinaus, und als auch er gehen wollte, klagte sie noch über ein nässendes Mal am unteren Rücken, das er sich doch in ihrer Kammer ansehen solle. Er blieb über Nacht und weitere Nächte dazu, durfte in ihrer großen Stube seinen Studien nachgehen, während sie in der Hofküche fuhrwerkte. Dabei versuchte er nicht an Stella zu denken. Durch die Stellvertreterhochzeit konnte Maximilian seine Verlobte zwar nicht mehr abweisen, aber unauflöslich wurde die Ehe erst durch den Vollzug.

»Man lässt eine Braut nicht warten, selbst dann nicht, wenn man der König ist«, sagte Jovanina einige Monate später, als sie nach ihrem Tagwerk zu ihm ins Bett kroch. Sie roch nach Kerbel und Thymian und fühlte sich wie eine warme Mehlspeise an. In ihren Mundwinkeln klebte Preiselbeersoße, die sie abgeschmeckt hatte, und unter ihren Fingernägeln Teig. »Es heißt, er will sie nun doch nicht mehr.«

»Wer will wen nicht?« Noch halb in eine planetarische Berechnung versunken, spielte er erst mit der einen von Jovaninas Brustwarzen, dann mit der anderen, damit keine von beiden beleidigt war.

»Na, der König! Verdenken kann ich es ihm nicht, bei dem, was er alles durchmacht. Früh Witwer geworden, dann wieder auf Freiersfüßen, und der Franzose schnappt ihm die Braut weg, dann stirbt sein Vater, und jetzt soll er eine Ausländerin heiraten.«

»Was spricht dagegen? Meine Mutter ist Italienerin und deine stammt aus Prag«, sagte Tannstetter.

»Vielleicht gefällt sie ihm einfach nicht, die Hofschneiderin sagte neulich, sie sei abstoßend.« Jovanina rollte sich auf ihn.

»Ein Weib, das so viel in die Ehe bringt ...«, er schnappte nach Luft, »gefällt immer.« Aber bei dem Gedanken, dass man ihm doch noch auf die Schliche kam, verlor er alle Lust.

Kurz nach Weihnachten traf ein lombardischer Gesandter ein. Nach seinem Halt in Innsbruck war Erasmo Brascha, dem Tannstetter nie begegnet war, auf der Suche nach dem Bräutigam, den er in Wien vermutete. Doch der König war an der Landesgrenze mit der Türkenabwehr beschäftigt. Die Frage, wann und wo die Hochzeit stattfände, konnte der Hofkämmerer van Eckh nicht beantworten. Tannstetter hörte das, als er beim Ausladen der siebenhundert Fässer Malvasierwein half, die, aus Venedig geliefert, in der Hofburg vorsorglich eingelagert wurden. Man überlegte ob die Zeremonie in Aachen stattfinden sollte, wo Maximilian gekrönt worden war, oder in einer anderen deutschen Stadt. Augsburg vielleicht, dort wäre man der Gastfreundschaft der Fugger gewiss, die ohnehin als Geldverleiher für die Prunkhochzeit einsprangen.

Durch den Hofklatsch, der wie ein Lauffeuer zwischen Tirol und Wien in Gang gehalten wurde, war Tannstetter stets auf dem neuesten Stand. Eine Weile bangte er noch, doch mit der Zeit und all den alltäglichen Herausforderungen begann er langsam aufzuatmen. Er ertappte sich dabei, dass er das Geschehen fast nur noch beiläufig wahrnahm, so als beträfe es ihn nicht weiter, und hörte auf, das Zögern des Königs mit sich in Verbindung zu bringen. Überdies zwang er sich nicht mehr, jeden Abend die Himmelskonstellationen mit seinem eigenen Horoskop zu vergleichen, um herauszufinden, ob ihm Gefahr drohte. Die Sterne funkelten in ihrer Schönheit als wären sie nichts weiter als Masse, die von innen heraus leuchtete, eine göttliche Tranlampe sozusagen. Niemand belangte ihn oder bestellte ihn wegen seiner Freveltat ein. Rosina von Kraig sei die Ursache, hieß es. Von der Hofdame seiner Schwester Kunigunde könne der König nicht lassen, und darum falle ihm der Vollzug der Hochzeit schwer. Und dann doch noch, am neunten Tag des Lenzmonats wurde das Beilager bekannt gegeben, zu Jovaninas Erleichterung fand es in Hall in Tirol statt. Warum ausgerechnet dort, hinterfragte keiner. Die Bürger der Salzstadt mussten auf die Schnelle mit Bettwäsche aushelfen, da die Burgverwaltung nicht auf so viele Gäste eingerichtet war. Als ein Teil des Gefolges in die Wiener Hofburg zurückkehrte und sich der Zeremonienmeister Florian von Waldgut bei Jovaninas Mohnkolatschen von den Reisestrapazen erholte, vernahm auch Tannstetter mehr Einzelheiten.

»Bis kurz vor Mitternacht hat uns der König auf der Burg Hasegg hingehalten, wir dachten schon, er habe es sich doch anders überlegt und treffe überhaupt nicht mehr ein.« Am Gesindetisch, an dem es beim Mahl sonst lautstark zuging, war es mucksmäuschenstill geworden und alle Augen, besonders die der weiblichen Bediensteten, waren auf von Waldguts Mund gerichtet. »Dann hat er sich mit dem Markgrafen von Baden und dem Bischof von Brixen in sein Quartier zurückgezogen, wo sie bis zum Morgengrauen schnapselten.«

»Was, gesoffen hat er?«, entrüstete sich die Köchin.

»Das bestimmt auch, Gnädigste.« Er wischte sich die Mundwinkel. »Ich aber rede von dem Kartenspiel. Erst beim letzten Stich wagte sich unsere Majestät zu der Welschen ins Brautbett. Knapp eine Stunde später verließ er die Schlafkammer schon wieder und sagte dem Bischof, dass seine Angetraute die Messe zu lesen wünsche. Er selbst brach zur Jagd auf.«

»Was für ein Zinnober«, entfuhr es der Küchenmagd.

16

Ocker

»Ich dachte schon, du gibst ihm das Bild wirklich«, sagte Oliver. Sie gingen durch den Park und setzen sich auf eine Bank.

»Niemals«, sagte Ina. »Hast du es nicht gemerkt, als Pomponazzi den Wert und die Bedeutung erkannt hat, wollte er es mir abschwatzen.«

»Glaubst du? Aber einen Beweis hast du immer noch nicht.«

»Ich weiß einfach, dass es echt ist, das genügt mir vorläufig. Danke, dass du dabei warst. Alleine wäre ich womöglich eingeknickt.«

»Darf ich deine Skizzen sehen?«

Sie gab ihm das Heft, er betrachtete es und staunte, als er sich selbst entdeckte, schlafend im Bus. »Du zeichnest, als könntest du unter meine Haut schauen bis in mein Herz.« Er strich über die handgenähte Bindung. »Augenblick, mir fällt etwas ein.« Vorsichtig hob er das Porträt aus der Mappe. »Der Pergamentrand links ist ungleichmäßig, so als wäre das Bild grob irgendwo herausgetrennt worden. Mit einer Schere oder einem Messer.«

»Das ist mir auch schon aufgefallen. Vielleicht wurde es aus einem Rahmen geschnitten und war ursprünglich größer.«

»Oder ...« Oliver hielt das Bild gegen die Sonne. »Sieh mal, das könnten auch drei kleine Löcher am Rand sein?«

Ina versuchte zu erkennen, was er meinte.

»Sie sind in genau gleich großen Abständen angeordnet, wie die in der Sforza-Mauer. Man bemerkt sie nur, wenn man die Augen zusammenkneift, im ganz grellen Licht.« Er zeigte auf drei winzige Halbkreise. »Vielleicht stammt das Bild aus einem Buch oder so einem Heft, wie du sie dir nähst. Das könnten doch Löcher sein, durch die ein Faden gezogen worden ist.«

Jetzt sah Ina es auch. Sie nickte und faltete die Hände vor dem Gesicht. »Die Nadelstiche im Falz. Es könnte eine Manuskriptseite sein, das würde erklären, warum das Porträt nicht auf Leinwand oder Holz gemalt wurde. Und es würde auch erklären, warum das Bild in keinem Werkverzeichnis auftaucht. Das ist es. Eine Buchillustration!« Sie küsste ihn.

»*A bracelet for your luck.*« Ein Schwarzer mit Dreadlocks und krausem Spitzbart trat zu ihnen und legte Ina ohne zu Fragen ein Armband ums Handgelenk. Noch ganz von der neuen Erkenntnis durchdrungen, versuchte sie ihn mit einem schwachen »*no, thank you*« abzuwehren.

»*It's a present, please, take it.*« So leicht ließ sich der Mann nicht abwimmeln, er verknotete das bunte Band schnell, sodass Ina es nicht mehr abschütteln konnte. Dann wandte er sich an Oliver. »*Your wife is very beautiful. Here, as a sign for your love.*« Und er gab auch Oliver ein Band in den gleichen Farben. Ina, noch ganz benommen, schob die Mappe mit dem Bild in ihren Rucksack zurück. Das Porträt könnte tatsächlich aus einem Buch stammen. Und wenn es so war, musste sie als Nächstes das Buch finden.

Sie machten einen Rundgang durch die Stadt und besuchten den Mailänder Dom. In der Galleria Vittorio Emanuele II, dem Nobelkaufhaus mit der bunten Glaskuppel, aßen sie zu Mittag und beschlossen bei Safranrisotto *alla milanese* für Oliver und

Kürbistortellini für Ina, sich trotz Pomponazzis Vorwarnung, um einen Eintritt zum »Abendmahl« zu bemühen. Schon von Weitem erhob sich Bramantes Turm über der breiten terracottafarbenen und ockergelben Klosterkirche Santa Maria delle Grazie. Mit seinen mehrstöckigen Arkaden sah er aus wie ein Überrest des Turms von Babel. Großer Andrang herrschte auf dem Platz vor dem Nebengebäude, in dem die Eintrittskarten verkauft wurden. Sie reihten sich in die Schlange ein, es würde Stunden dauern, bis sie eingelassen wurden, falls überhaupt. Ob Leonardo das unter Druck gesetzt hätte, wenn er geahnt hätte, dass seine Werke solch einen Wirbel hervorrufen und die Menschheit über Jahrhunderte hinweg in Atem halten würden, fragte sich Ina. Manche Künstler brauchten Druck von außen, um etwas zu erschaffen oder überhaupt anzufangen, andere bevorzugten die Abgeschiedenheit. Aber alle, auch sie selbst, sehnten sich nach Anerkennung in irgendeiner Form. Zurück in München, würde sie ihre Skizzen sichten und weiter mit den Pigmenten experimentieren, ein größeres Bild malen, vielleicht auf Leinwand oder eine Serie auf Pappelholz, so wie die Renaissancekünstler es gemacht hatten. Sie hatte aber auch Lust auf Tusche und Aquarell, wollte Farben in Wasser fließen lassen und zum Leuchten bringen. Es gab keine Einschränkungen mehr. Sie würde Geschichten in Bildern erzählen.

»Sollten wir es nicht besser morgen früh versuchen?«, schlug Oliver vor. Die Wartenden bewegten sich kaum.

Inas Blick fiel auf den zinnoberroten Button aus dem Castello, der ihm immer noch am Hemdkragen klemmte. Ihren hatte sie ebenfalls vergessen abzugeben. »Warte hier, ich bin gleich zurück.«

Kurz danach winkte sie Oliver mit zwei Tickets aus der Schlange. Zusammen mit zehn Asiaten und zwei italienischen

Familien, die reservierte Karten hatten, durften sie in den Warteraum vor dem Refektorium, in dem sich das Wandgemälde befand. In einer Vitrine war die Geschichte des Dominikanerklosters und seiner berühmten Wandmalerei dokumentiert.

»Wie hast du das geschafft?«, fragte Oliver.

»Auf Empfehlung von Gianni Pomponazzi.« Ina grinste und tippte auf den Anstecker. »Wenn der alte Griesgram schon an meinem Bild zweifelt, dann hat er wenigstens jetzt ein gutes Werk getan.«

Wien, 1497 bis 1499

Nachdem er die Doktorwürde erlangt hatte, sah sich Tannstetter nach einer größeren Wohnung um. So gemütlich es bei Jovanina auch war, als *Medicus cum laude* musste er aus der Stube der Köchin ausziehen, falls er weiter aufsteigen wollte. Entweder machte er Jovanina einen Antrag, oder er verließ sie. Doch auf ihre leibliche Versorgung aller Art konnte und wollte er eigentlich nicht mehr verzichten.

»Der Schorsch errechnet uns noch den Weg zum Mond, aber die Kurve zum Traualtar kriegt er nie«, spottete sein Freund Conrad Celtis, der fränkische Hofdichter, den es wie ihn zuerst nach Italien und dann nach Wien verschlagen hatte. Seinerzeit war er noch vom Kaiser höchstpersönlich mit der Dichterkrone ausgezeichnet und zum *poeta laureatus* erhoben worden. Sie hatten sich am Tresen des Gelben Adlers kennengelernt, als sich Celtis mit der Übersetzung eines Briefes aus dem Italienischen geplagt und Tannstetter ihn ausgedeutscht hatte.

»Seid Ihr Italiener?«, hatte er ihn gefragt. »Eurem deutschen Dialekt nach hätte ich Euch für einen Bayer gehalten.« Celtis schnippte dem Wirt mit seinen tintenbefleckten Fingerkuppen, damit er ihre Krüge auffüllte. Bald tauschten sie sich über ihre Reisen aus. Celtis war über Ferrara, Bologna, Florenz und Venedig nach Rom gereist, bevor er Hauslehrer der Wittelsbacher in Heidelberg wurde. Auf einem Festbankett hörte der König seine Verse und berief ihn als Lektor für Rhetorik und Poetik an die Wiener Universität. Seither trafen sie sich regelmäßig zum »Ad-Fontes Stammtisch«, wie sie scherzhaft ihr Geplauder über antike Schriftsteller und die Wissenschaft nannten.

»Man hört, dass sich der mailändische Herrscher sämtliche Künstler an den Hof geholt hat. Wen hast du getroffen?«, fragte Celtis. Tannstetter erzählte ihm von Leonardo, den Celtis vom

Hörensagen aus Florenz kannte, auch von Bramante, dem Baumeisterpoeten, aber leider konnte er dessen Sonette nicht rezitieren.

»Schade, was man nicht aufschreibt, vergisst man, auch wenn man glaubt, dieses eine besondere Erlebnis in einem Winkel des Gedächtnisses festzuhalten, geht es spätestens beim nächsten Gedankengang verloren. Darum notiere ich mir alles und jedes.«

Damit erinnerte er Tannstetter an seinen Mailänder Freund. »Und trotzdem gibt es wiederum viele Niederschriften, die noch unentdeckt sind.« Angeregt durch Petrarca, der die Geschichte Roms aus alten Fragmenten rekonstruiert hatte, hatte auch Celtis auf seiner Italienreise Schätze geborgen und steckte Tannstetter mit seiner Besessenheit an. So vieles musste erforscht werden. Immer wieder stießen sie auf Erwähnungen in Büchern, die unbekannte Quellen nannten. Seit der Buchdruck im Umlauf war, stöberten viele Gelehrte aus allen Ländern in Klöstern und fürstlichen Bibliotheken nach Druckbarem. Früher hatten Äbte die Antike mit ihren heidnischen Schriften auslöschen wollen, aber da gutes Pergament zu kostbar war, um es zu vernichten, hatten sie die Manuskripte abkratzen und danach mit christlichen Lobpreisungen überschreiben lassen, ein sehr mühsames Unterfangen. So bestand zumindest die Hoffnung, dass das ein oder andere Epos erhalten geblieben war, wenn auch manchmal nur zwischen den Zeilen. Doch nicht nur Kirchenmänner oder Brände vernichteten kostbare Schriften, vielfach wurde einfach nicht erkannt, was auf den Pergamenten und Papyrusrollen stand, da die meisten Menschen noch nicht lesen und schreiben konnten.

»Dafür müssen wir uns ebenfalls einsetzen, Bildung sollte nicht nur Adligen, Akademikern und Geistlichen vorbehalten sein, das Volk braucht ebenfalls Zugang zum Wissen. Auch die Weiber, wenn vielleicht nicht alle«, schränkte Celtis ein. »Sie sollen schließlich nicht klüger als unsereins werden.« Sie lachten. Tannstetter dachte an seine Köchin, nur mit Mühe konnte Jovanina eine Rezeptur entziffern, meist las er sie ihr vor, weil sie vorgab, ihre Augen wären vom Herdqualm überanstrengt. Im Kalkulieren dagegen war sie dank langjähriger Übung im Aufschlagen von Eiern und dem Umrechnen einer Mehlmenge auf eine größere Gesellschaft geschickter.

Der ungarische Gesandte und Jurist Johannes Spießheimer fand Gefallen an ihrem Disput und gesellte sich zu ihnen. Als immer mehr Kommilitonen und Akademikerkollegen dazustießen, wichen sie in das etwas ruhigere Zitherstüberl abseits des Schankraums aus. Um ihre Wissbegierde an der Antike zu unterstreichen, ließen sie sich Vollbärte wachsen und legten sich lateinische Namen zu. Celtis nannte sich Protucius, Spießheimer Cuspinian, und Tannstetter hieß fortan Collimitius, was »Grenze zwischen zwei Orten« bedeutete und auf seine Herkunft Rain am Lech anspielte. Sie setzten sich mit Ovid und Vergil auseinander, Celtis' antiken Vorbildern, und Pappos und Euklid, Tannstetters Lieblingen, lasen sich gegenseitig vor und tauschten Bücher. Bei Wein und Bier debattierten sie über das Weltgeschehen, stritten um Gerechtigkeit und Kriegsführung. Spießheimer und der Bischof Vitéz ereiferten sich über die ungarische Besetzung Wiens, die zwölf Jahre zurücklag und für beide Seiten blutig geendet hatte. Celtis schrieb mit, was er hörte, er arbeitete an einer Biografie über den König, einer *Maximilianeis*.

Als die Zahl ihrer Mitglieder weiter anstieg, wechselten sie von der Griechengasse in die Singerstraße nahe der Donau, wo Spießheimer ein großes Haus geerbt hatte. Aus Ad-Fontes wurde mit Blick auf die Donau die *Societas Danubiana*, die Donaugesellschaft. Zu ihrer Gründung spendierte Celtis als Wandschmuck seinen Sensationsfund. In Rom hatte er eine fünfzehn Ellen lange und einen Fuß breite Rollkarte aufgespürt. Sie zeigte die vorchristliche Welt, von der ewigen Stadt ausgehend bis Britannien und China, mit allen Straßen, Meeren, Flussverläufen und Verbindungen. Damals hatte sie den Reisenden bei der Berechnung eines Tagesmarsches geholfen, angezeigt, wo es eine Station gab, um das Pferd zu wechseln.

»Solch eine Darstellung müsste man vom heutigen Römischen Reich und seinen angrenzenden Ländern anfertigen.« Hingerissen stand Tannstetter vor der *Tabula Peutingeriana*, wie sie das ockerfarbene Kunstwerk zu Ehren des verstorbenen Hofsterndeuters des Kaisers tauften. Dabei kam ihm der Einfall, den er in Mailand gehabt hatte, wieder in den Sinn. »Allerdings nicht in die Länge gezogen, die Erde ist schließlich keine Scheibe mehr, sondern so, als hätte jemand ein riesiges Pergament um die Weltkugel gelegt, es an Bergen und Tälern gefaltet und für uns dann in verkleinerter Form wiedergegeben. Jeden Gipfel, jeden Maultierpfad, jede Grenze und jede Schlucht müsste man vermessen. Stellt euch vor, wie leicht es wäre, dann von Ort zu Ort zu gelangen, ohne sich zu verirren.« Und nicht mehr abzustürzen, ergänzte er im Stillen.

»So was wie eine *Germania illustrata*, meinst du?« Celtis kratzte an einem Nasengeschwür und tauchte die Feder in das Tintenfass. Tannstetter nickte. Sie könnten alle wissenschaftlichen Erkenntnisse darin vereinen, indem sie ihr Wissen zusammentrügen und erforschten, was aus der Antike stammte und was sie noch aufspüren würden. Wenn jeder einen Abt oder Schreiber in einem Kloster anschriebe, dann konnte jener dort nach einem verschollenen Werk suchen. Anschließend solle man sich weiter durchfragen, ob nicht in der Nachbarabtei oder dem Bruderkloster eine Abschrift oder Überschreibung aufzutreiben sei oder vielleicht sogar das Original aufbewahrt werde.

Mithilfe des Bischofs zeichneten sie dann die Klöster zwischen Britannien und Italien auf, in denen sie Wertvolles vermuteten. Sie wollten einen Jungspund mit der Angelegenheit betrauen, der in ihrer aller Namen nach alten Manuskripten Ausschau hielt und die Orte bereiste. Der Bücherjäger sollte nicht wie sie bereits beruflich und familiär gebunden sein. Mit ihren bald dreißig und vierzig Jahren fühlten sie sich im gesetzten Alter, ihre Abenteuerlust beschränkte sich auf das Philosophieren.

Als Tannstetter eines Abends beschwingt, seinen Freund untergehakt, durch die Gassen zur Hofburg torkelte, erwartete ihn Jovanina mit strenger Miene.

Statt einer Schelte empfing ihn Hans Kaspar von Laubenberg, der Hofmeister des Königs, in Jovaninas Küche. Ein stattlicher Mann mit schlitzförmigen Augen und schmalen Brauen, einem schwarzen Kinnbart und einer schulterlangen Lockenperücke unter einem schwarzen, mit einigen königlichen Insignien behängten Barett. Er verkündete, dass Tannstetter zum königlichen Leibarzt berufen werde. Unverzüglich solle er mit ihm nach Innsbruck aufbrechen, um die kranke Königin zu untersuchen. Tannstetter rührte sich nicht. Mit einem Schlag hatte er sein Ziel erreicht, und zugleich verlor er den Boden unter den Füßen. Bestimmt flog jetzt alles auf, er hatte sich zu früh in Sicherheit gewiegt. Als Laubenberg fort war, fiel ihm Jovanina mit tränennassem Gesicht um den Hals, wich plötzlich zurück, fragte, ob er überhaupt noch bei ihr in der Küche speisen, geschweige denn in ihrer Stube schlafen würde.

Er sagte, dass er in spätestens fünf Tagen zurück sei, und zog sie an sich. »Dann heiraten wir, Frau Doktor, und du wirst dich fortan bekochen lassen.« Er küsste sie auf die Stirn, die Nase, die Ohren. Sollte ich lebend und in allen Teilen zurückkehren, ergänzte er für sich.

Mit einem Tuch voller warmer, in Schmalz ausgebackener Dalken, die Jovanina noch flugs zubereitet hatte, und einem Glas Pflaumenmus dazu, ging er zur kaiserlichen Remise. Dort warteten von Laubenberg und der Wagenlenker im Licht der Laternen vor einem merkwürdigen Vierspänner. Der überdachte Wagen war ganz aus Korbgeflecht, als wolle er ein Heim voller Säuglinge befördern. Vorne besaß er kleinere Räder als hinten. »Soll das unser Tiroler Reisegefährt sein?«, fragte Tannstetter.

Der Graf nickte. »Das verdanken wir Ungarn. Ein Stellmacher aus Kosc hat die Federung konstruiert. Nach einer Probefahrt war Seine Majestät dermaßen angetan, dass er gleich ein Dutzend dieser Koszen bestellte.« Sie machten es sich in den knirschenden Weiden kommod, die allemal behaglicher als Holz waren. Dass sie längst fuhren, bemerkte Tannstetter erst, als er nach draußen schaute und der Stephansdom mit seinem halbfertigen Nordturm vorbeihuschte. Es war fast kein Ruckeln und Holpern zu spüren, nur das Klappern der Hufe verriet, dass sie sich nicht auf einem Kanal, sondern noch immer in den Gassen Wiens befanden. Eigentlich hatte er zuerst nach der Krankheit der Königin fragen wollen, aber nun verlieh er seinem Erstaunen Ausdruck. »Wirklich verblüffend! Es ist, als würden wir auf Federn schweben.« Er dachte an seinen Einfall in Mailand und dass vermutlich zeitgleich ein ungarischer Wagner denselben gehabt haben musste. Dann ist zum ersten Mal aus Ungarn etwas Gutes ins Heilige Römische Reich geschwappt. Auch wenn sich Kocsi als Name für diese Errungenschaft ein wenig unappetitlich anhört, angenehmer zu reisen war es auf jeden Fall. Sie genossen Jovaninas Gebäck, tunkten die Dalken ins Pflaumenmus. Als das Gespräch über Fuhrwerke aller Art versiegte, keimte Tannstetters Pein abermals auf. »Was fehlt der Königin denn?«

»Bin ich der Arzt oder Ihr?«, antwortete Laubenberg auf einmal ungewöhnlich schroff.

»Sie wurde doch bestimmt schon von den anderen Leibärzten untersucht«, bohrte Tannstetter weiter.

»Das lässt sie nicht zu. Nun hofft seine Majestät auf Euch, Ihr kennt sie schließlich bereits.«

Wie man es nimmt, dachte Tannstetter. »Ich wusste gar nicht, dass die Königin in Innsbruck weilt, ich hörte, dass sich das Paar noch in den Niederlanden befände.«

Laubenberg lehnte sich mit einem Kissen an die knirschende Korbwand und verschränkte die Arme vor dem Bauch. »Sie kamen schon 1494 zurück ins Reich, nach Worms, wo unter anderem der gemeine Pfennig beschlossen wurde.«

Den kriegte auch Tannstetter zu spüren, jeder Bürger ab dem fünfzehnten Lebensjahr hatte ihn von seinen Einnahmen zu begleichen, was bei den meisten mit großem Widerwillen geschah.

»Dort kam die Heilige Liga mit dem Papst, Spanien, Venedig und Mailand zustande«, berichtete Laubenberg weiter. »Auch Britannien wollte dem Bündnis beitreten, wurde aber von Frankreich zurückgeschlagen. Nun droht ein Krieg in Italien.«

»Die Franzosen sind auf dem Vormarsch? Ich dachte, die Friedensverhandlungen wären erfolgreich verlaufen?«

»Auch die Schweiz mischt mit. Die Eidgenossen waren mit den Reformgesetzen in Worms nicht einverstanden.« Der Graf schloss die Lider und verstummte, Tannstetter versuchte ebenfalls ein wenig zu schlafen. Während die Donaugesellschaft über Kunst und verschollene Manuskripte debattierte, wurden um sie herum Heere aufgestellt und Schlachten ausgefochten. Die Grenzen verschoben sich, und wenige Mächte entschieden über Leben und Tod.

17

Safran

Benommen und glücklich gingen Ina und Oliver in München auseinander. Sie hatte in Mailand nicht das erreicht, was sie sich erhofft hatte, aber gefunden, was sie sich erträumte. Und mehr als das. Jemand stand zu ihr, einer, der mit ihr vielleicht auch das weitere Leben teilen würde. Sie musste Oliver von Zack erzählen und auch von Esther. Seit einigen Tagen kehrten längst vergessene Erinnerungen an sie zurück. Es war, als hätte sich eine Tür in ihrem Gedächtnis geöffnet. Doch zuerst musste sie der Spur des Porträts nachgehen. Olivers Entdeckung und die Sforzas in Mailand hatten sie auf eine Idee gebracht.

Nach der Arbeit erkundigte sich Ina in der Bayerischen Staatsbibliothek, wo die Handschriften der Habsburger aufbewahrt wurden. Man verwies sie auf Frau Vilke-Bramsen. »Ich suche konkret nach einem Buch der Kaiserin Bianca Maria Sforza.«

»Sie meinen eine *Sforziada*?« Hinter einem Berg aus Papierstapeln sah eine spitznasige Bibliothekarin aus türkis umrandeten Augen zu ihr auf und bat sie, vor ihrem Schreibtisch Platz zu nehmen.

Ina staunte. Der Begriff war ihr bisher nicht begegnet.

Vilke-Bramsen erklärte, die Geschichte des Mailänder Herrscherhauses sei in einem Prachtband mit wunderbaren Illustrationen gesammelt worden. »Ich habe ihn auf einer Ausstellung über gotische Buchmalerei in Paris gesehen« sagte sie und tippte etwas in ihren Computer.

Inas Nervosität stieg. Sie dachte an den Stempel auf der Bildrückseite.

Die Bibliothekarin räumte einen Papierstapel zur Seite, der neben der Tastatur gelegen hatte, stellte ihre große Teetasse weg, aus der es nach Zitrone-Ingwer roch. Dann drehte sie den Bildschirm so, dass Ina sehen konnte, was sie aufgerufen hatte. Herrlich farbige Seiten einer Handschrift. Prachtvolle Ornamente mit Engelsfiguren, Vignetten und kleinen Porträts, die vermutlich die Mitglieder der Sforza-Familie darstellten. Gelbpigmente waren über Jahrhunderte ein Problem gewesen, weil sie oft nicht lichtbeständig waren. Zu Leonardos Zeiten hatte man Safran verwendet, das teure Gewürz, das noch in zweihunderttausendfacher Verdünnung gelb färbte. Oder Arsenerz, ein hochgiftiges Mineral. Mit Galle oder Essig versetzt, ergab es einen hellgelben, weitaus billigeren Farbton als Safran. Malen war damals allein wegen der Malmittel nicht nur teuer, sondern auch gesundheitsgefährdend. Ganz zu schweigen von den Motiven, die die Bilder zeigten. Ein Wunder, dass manche Werke trotz Zensur und Gift den Weg an die Öffentlichkeit gefunden hatten.

»Und wo befindet sich das Buch?«, fragte Ina.

»Weltweit gibt es drei Exemplare, eines in Paris, eines in den Uffizien in Florenz, und die Warschauer Nationalbibliothek besitzt auch eine Ausgabe.«

»Das Buch wurde also dreimal abgeschrieben und illustriert?« Ina sah sich schon quer durch Europa reisen.

»Inhaltlich und bezüglich der Illustrationen gibt es Abweichungen. Figuren wurden ergänzt oder ausgetauscht, je nach politischer Lage und Zweck der Schenkung. Einmal wurde mehr Blattgold verwendet oder andere kostbare Pigmente. Hier steht, dass das Warschauer Exemplar das Hochzeitsbuch für die Kaiserin des Heiligen Römischen Reiches war, wohl anlässlich der Eheschließung mit Maximilian I.«

Inas Puls beschleunigte sich, nun wusste sie, wohin sie als Erstes fahren würde. »Aber warum Warschau?«

»Die Bibliothek der Habsburger gelangte als Kriegsbeute in polnischen Besitz. Allerdings schon vor den Weltkriegen, 1809, beim sogenannten Weichselfeldzug, als der österreichische Erzherzog Ferdinand Karl Warschau eroberte. Wenige Monate später verlor er die Stadt wieder und musste seine Bücher zurücklassen.«

»Und dürfte ich diese *Sforziada* sehen, wenn ich nach Warschau fahre?«

»Selbstverständlich, die Nationalbibliothek ist öffentlich. Soll ich Sie anmelden? Ein Kollege, der mit mir in Köln studiert hat, arbeitet dort.«

Vilke-Bramsen bot sich an, ihn gleich anzurufen. Je länger das Gespräch dauerte, desto ungeduldiger wurde Ina.

Schließlich legte die Bibliothekarin auf. »Die *Sforziada* befindet sich in den polnischen Spezialsammlungen im Krasiński-Palast, einem Barockschloss. Der Lesesaal ist zurzeit leider wegen Renovierungsarbeiten geschlossen.« Vilke-Bramsen bückte sich, um den Drucker einzuschalten. Es dauerte, bis sie wieder aus der Versenkung auftauchte und ihr ein Blatt reichte. »Hier sind die Adresse der Biblioteka Narodowa und die Kontaktdaten meines Kollegen. Wenn Sie Szymon Korczak vor Ihrer Abreise Bescheid geben, wird er das Buch für Sie holen lassen.«

Innsbruck, 1499

Am Innsbrucker Hof empfing ihn lautes Gekreische in italienischer Sprache. Manche der lang aneinandergereihten Sätze waren auch für Tannstetter unverständlich, einige Schimpfwörter erkannte er wieder. Doch kamen sie dieses Mal nicht aus Zoroastros Mund, eine helle, weibliche Stimme pfefferte sie um sich. Flüche auf Wienerisch ganz ohne Stottern waren die Antwort. Der Hofmeister und Tannstetter standen vor der verschlossenen Tür zum Frauenzimmertrakt und vernahmen, was sich zwischen den Majestäten abspielte. Zwar schickte sich das Lauschen nicht, aber auch eine Fanfare aus der königlichen Hofkapelle, die immerhin aus fünfzig Mann bestand, hätte diesen Streit nicht übertönen können. Demzufolge, was Tannstetter zwischen den Beleidigungen erfassen konnte, flehte Bianca den König auf Italienisch an, sich für ihren Oheim einzusetzen. Maximilian weigerte sich offenbar.

»Was ist mit Il Moro geschehen?« Tannstetter wandte sich an Laubenberg.

»Versteht Ihr etwa, was Ihre Majestät die Königin von sich gibt?« Sie schreckten zurück, als etwas von innen gegen die Tür polterte. Dann kehrte Ruhe ein. Nach ein paar Augenblicken wagte es der Hofmeister, die Türflügel aufzudrücken, die von einem Zinnkrug blockiert wurden. Gleich würde Tannstetter Stella wiedersehen, dachte er, und trat ein.

Der König saß allein auf einer gepolsterten Bank in einem der vielen verglasten Erker, die der Neubau der Innsbrucker Hofburg erhalten hatte, damit der weibliche Hofstaat hinausschauen konnte, ohne selbst gesehen zu werden. Tannstetter verbeugte sich tief. König Maximilian war sichtlich gealtert. Seine hoch aufgeschossene Statur, die breiten Schultern, die er mit überlappenden Eisenplatten betonte, schüchterten jedes

Gegenüber noch immer ein, doch sein Rücken krümmte sich, und sein Gesicht mit der fleckigen Haut wirkte eingefallen. Die Augen lagen tief in den Höhlen und die geschwungene Adlernase dominierte seine Gesichtszüge. Er begrüßte Tannstetter wieder stotternd aber herzlich und winkte einem Lakaien, der einen breiten Holzsessel mit Armlehnen herantrug. Tannstetter machte keinen Hehl daraus, dass er gelauscht hatte, und fragte nach seinem mailändischen Gastgeber. Seit der Hochzeit habe ihn seine Gattin dazu gedrängt, erklärte der König, ihren Oheim endlich zum Herzog zu ernennen. Außerdem solle er Söldner bereitstellen, damit Il Moro Mailand zurückerobern könne. Er verstecke sich irgendwo auf dem Land, seit ihn das französische Heer auf seinem Feldzug nach Rom aus der Stadt vertrieben hatte. So viel sich Tannstetter aus des Königs Gestammel zusammenreimen konnte, hatte Maximilians Erzrivale, der französische König Karl VIII., der ihm die erste Braut gestohlen hatte, in Rom das Gleiche angestrebt wie er, die Kaiserkrone. Allerdings war er unterwegs gestrauchelt und verstorben. Er fiel nicht im Kampf, sondern stieß sich auf der Reise den Kopf an einem niedrigen Türstock und starb. Und das, obwohl König Karl kaum größer als ein Hofzwerg gewesen war. Ein Lächeln hellte Maximilians Gesichtszüge auf.

»Trotzdem gehört Mailand noch den Franzosen?« Tannstetter dachte an Leonardo und Zoroastro und fragte sich, wie es ihnen ergehen mochte, und wer ihnen Zuflucht gewährte.

»Nnno-och nicht ...«, sagte der König. Il Moro sei es mithilfe von Bombarden, die aus angeblich tausendvierhundert Zentnern Bronze gegossen wurden, gelungen, sie zurückzudrängen. Diese unvorstellbar große Menge Bronze sollte ursprünglich für ein Reiterdenkmal verwendet werden. Genug des Krieges, unterbrach Maximilian seinen Bericht, Tannstetter solle endlich herausfinden, warum seine Gattin unfruchtbar sei. Es liege bestimmt an ihrer Verdauung, sie esse ohne Unterlass und bewege sich kaum. Seine verstorbene Frau sei bereits kurz nach der Hochzeit in guter Hoffnung gewesen, und bei Bianca warte er nun schon fünf Jahre.

Als Tannstetter die Königin endlich sah, wahrhaftig und ohne Schleier, erkannte er sie nicht gleich, hielt erst die Kammerzofe für Bianca Maria. Violante Caima zeigte auf das dicke Mädchen, das neben einem großen Vogelkäfig auf dem Teppich saß und in ihrem Rockschoß Gräser flocht. Von Stellas welscher Anmut war nichts mehr vorhanden. Eine hohe Stirn und ein starkes Doppelkinn zogen das Gesicht der Königin in die Länge, in dessen Mitte eine fleischige Nase thronte. Auch der Glanz ihrer Augen schien erloschen. Sie beachtete Tannstetter nicht, als er vor ihr das Knie beugte, blieb ganz in ihre Bastelarbeit vertieft. Eine weiß-braun gestreifte Eule, wohl eher ein Kauz, hockte neben ihr. Natürlich hatte Tannstetter sich auch verändert, war älter geworden und hatte dank der Kochkunst seiner Geliebten ebenfalls deutlich an Gewicht zugelegt; noch dazu trug er einen Bart, und ein neuer Gelehrtenhut aus dunkelgrünem Loden zierte sein Haupt. Aber allem Anschein nach erkannte sie ihn nicht wieder.

»*Carissima*, das ist der Dottore, der herausfinden will, warum du noch immer nicht Mutter wirst«, half die Zofe ihr auf die Sprünge. Als langjährige Vertraute durfte sie Ihre Majestät offenbar weiterhin duzen.

»Blanca will nicht.« Ohne sich den beiden zuzuwenden, legte die Königin neue Halme um das Geflecht.

»Doch, doch, mein Herz, du hast es mir versprochen. Der Dottore kommt extra aus Wien. Ihr kennt euch, er hat dich in Mailand untersucht.« Statt der Königin antwortete der Kauz und hackte nach der Zofe. Die Königin zog einen Silberteller hinter dem Rücken hervor und fütterte das Tier mit hellroten Fleischstücken.

»Dieses Verhalten zeigt Ihre Majestät stets, nachdem der König das Bett mit ihr geteilt hat.« Violante sprach Italienisch, schirmte dabei ihren Mund mit der Handfläche ab und zog Tannstetter zu einer Bank an einem schwarz-weißen Kachelofen. Ihm fiel auf, dass der ganze Raum wie ein Schachbrett wirkte, fragte sich nur, wer von ihnen das Bauernopfer war.

»Seine Gnaden, der König, hat mir erlaubt, mit jeglicher Offenheit zu Euch zu sprechen«, sagte sie, weiterhin so leise, dass Tannstetter sie kaum verstand und dicht an sie heranrückte. »Ich kenne die Königin seit ihrer Geburt, aber so habe ich sie noch nie erlebt. Es scheint, als werde sie wieder zum Kleinkind. Ich war die Kinderfrau der Herzöge in Pavia, der ehelichen und der unehelichen, das war eine große Schar. Auch um Gian Galeazzo und Anna habe ich mich gekümmert, Gott erbarme sich ihrer Seelen.« Rasch bekreuzigte sie sich.

»Sind sie gestorben?«

»Gian Galeazzo bereits im Jahr von Biancas Hochzeit und Anna vor drei Monaten.«

»Der Herzog war krank, als ich 1493 in Mailand weilte, aber ich hoffte, dass er sich wieder erholt.«

Violante Caima strich über die hellen Borsten einer Schildpattbürste, die neben einem Quecksilberhandspiegel auf dem Frisiertischchen lag, wie über das Fell einer Katze. »Dann wart Ihr der Einzige, Dottore, wir alle rechneten jeden Tag mit seinem Tod. Bianca Marias Bruder lag eines Morgens tot neben seiner Frau. Und Anna, ihre ein Jahr jüngere Schwester, starb kurz darauf im Wochenbett, auch das Neugeborene konnte nicht gerettet werden.« Sie seufzte. »Meine arme Blanca. Blanca, so hat sie sich selbst als Kind genannt. Wer weiß, was sie noch alles erleben muss.« Violanta Caima erzählte Tannstetter die

Leidensgeschichte der Königin, die er in groben Zügen bisher nur aus den Sternen kannte. Bereits als Zweijährige war sie mit Philibert von Savoyen, einem Neffen ihrer Mutter Bona, verlobt worden und ins Schloss Abbiate zu den zukünftigen Schwiegereltern gezogen. Als sie zehn war, ertrank ihr Bräutigam im Schlossweiher, und sie musste nach Pavia zurückkehren. Zwei Jahre später erwog ihr Oheim, sie nach Bayern zu vermählen, aber dann kam es mit dem illegitimen Sohn des ungarischen Königs zu einer Übereinkunft. So wurde sie mit fünfzehn stellvertretend mit dem vierzehnjährigen Johann Corvinus getraut, und sie bereitete alles für die Abreise nach Ungarn vor. Doch dann starb der ungarische König, und der Thronfolger lehnte das mailändische Bündnis mit dem Bastard seines Vorgängers ab. Il Moro hielt nach anderen Werbern Ausschau, sogar mit Schottland besprach er sich.

Violante und Tannstetter sahen bei dem Gespräch zur Königin, die noch immer auf dem Boden saß und ungerührt weiterflocht, als wäre sie ein unberechenbares Tier, das es galt, im Augen zu behalten.

»Seit Neuestem beschäftigt sie sich nur noch mit diesen Binsen und flicht Kreuze. Ich trage schon mehr als genug davon.« Sie legte die Bürste zurück und zog aus den Armstulpen und aus ihrem Ausschnitt mehrere kleine, platt gedrückte Kreuze. »Bei der Trauerfeier für den Erzherzog lernte die Königin Schwester Elisabeth, eine irische Nonne, kennen, die der Glaubensgemeinschaft der Brigitten angehört. Der englische König Heinrich hat ihren Orden verboten. Seitdem leben die Schwestern in der Verbannung. Sie zeigte ihr, wie die heilige Brigitta dieses Binsenkreuz einst als Huldigung an die Natur, geflochten hat. Und nun verteilt die Königin sie an jeden, dem sie begegnet.« Wie auf Zuruf streckte Bianca den Arm aus, zwischen ihren Fingern baumelte ein fertiges Geflecht. Tannstetter erhob sich und nahm es entgegen. Ohne ihn anzusehen, griff sich die Königin frische Binsen und fing erneut zu flechten an, dabei summte sie vor sich hin.

Tannstetter kniete sich zu ihr, der Kauz kreischte.

Bianca öffnete den Käfig und liebkoste den Vogel. Er hob sogar einen Flügel, ließ sich kraulen und gurrte mit halb geöffnetem Schnabel. Unterdessen blieb Tannstetter Zeit, die Mailänderin genauer zu betrachten. Biancas dünnes Haar lichtete sich bereits, an manchen Stellen schien die Kopfhaut durch. Im Gegensatz zum König, dessen Augen hinter der wuchtigen Habsburgernase versanken, quollen ihre hervor. Tannstetters Füße begannen einzuschlafen. Er stand auf, wippte auf den Zehen vor und zurück, um das Kribbeln loszuwerden. Wie eine kindliche Greisin saß Bianca in ihrem bauschigen Tellerrock mit durchgestreckten Knien zu seinen Füßen. Er unterließ es, sie zu befragen, vermutlich würde er sowieso keine Antwort erhalten.

Tannstetter bezweifelte, dass dies die Frau gewesen war, mit der er eine unvergessliche Nacht erlebt hatte. Ihr fehlte jegliche Ähnlichkeit mit Stella. Allerdings hatte er sich oft gefragt, warum eine zukünftige Königin in einer Seidenmanufaktur arbeitete. So viel Spektakel, nur um ihn zu täuschen, traute er nicht einmal den Sforzas zu. Doch wer sollte die Schöne auf dem Bildnis sonst gewesen sein? Er musste es herausfinden, um seiner Seele Frieden willen.

Abends, als Bianca gebadet hatte, untersuchte er sie, betastete mit bloßen Händen ihren Leib. Womit auch immer Violante der Königin zugesetzt hatte, ihr schien es gleichgültig zu sein. Nackt lag sie auf dem Bett, ließ sich drehen und wenden, zog die Beine an oder streckte die Zunge heraus. Unter den königlichen Achseln erspürte er kleine Knoten, auch war ihre Haut mit Striemen übersät, wozu auch eine Narbe auf der linken Schulter gehörte. Entweder lag es an dem zu engen

Gewand, in das man Ihre Majestät tagsüber schnürte, oder Bianca Maria trug Anzeichen dieser eigenartigen Seuche, die sich vom Mittelmeer nach Norden ausbreitete und unter der auch Celtis litt. Manche Gelehrte behaupteten, die Franzosen hätten sie über ihre Truppen von den Seefahrern, die den neuindischen Kontinent entdeckt hatten, eingeschleppt. Andere schrieben, dass es sich um eine uralte Krankheit handele, die jetzt wieder zum Ausbruch gelangte. Den Leidenden half der Gelehrtenstreit wenig. Celtis besaß neben zahlreichen Furunkeln eine dukatengroße nässende Stelle an den Hoden, die nur Tannstetters Quecksilbertinktur erträglich machte. Nun rührte er sie auch für Bianca an. Dreißig Teile Quecksilber, fünf Teile Lanolin und ein Teil Olivenöl, vermischt mit vierzig Teilen geschmolzenem Schweineschmalz und etwas Hammeltalg, ergänzt mit Safran, um das Gemisch farblich abzumildern. Es linderte, war aber mit Vorsicht zu gebrauchen, denn bei großflächiger und täglicher Anwendung lockerte Quecksilber die Zähne.

Vielleicht hatte sich Bianca beim König angesteckt und der wiederum bei einem seiner Schlafweiber, die er laut Volksmund in jeder Stadt sein Eigen nannte. Das würde die Flecken in Maximilians Gesicht erklären. Den König zu heilen war nicht seine Aufgabe, dafür gab es ältere und erfahrenere Leibärzte. Außerdem wollte er nicht derjenige sein, der dem König zutrug, dass ausgerechnet die Franzosen, die er wie die Pestilenz hasste, ihm womöglich ein Vermächtnis hinterlassen hatten. Biancas Schenkel und ihr Unterleib waren nicht von Ausschlag befallen, stellte er fest, für ihre Unfruchtbarkeit fand er vorerst keinen Grund. Er verschrieb ihr Mäßigung beim Essen, viel Wasser, am besten Suppen, frisch aufgekocht, und Spaziergänge an der frischen Luft. Dann ließ er sie noch zur Ader, schröpfte ihren Rücken und die Hinterbacken. Das war zwar sehr schmerzhaft, aber die beste Methode, um das Feuer im ganzen Leib zu entzünden.

Kurz nach dem Morgengrauen erschallte wieder Geschrei bei Hofe. Tannstetter erwachte, warf sich eine Schaube über und lief in den Frauentrakt. Laubenberg fing ihn ab, Bianca sei davongelaufen, erklärte er. Sämtliches Personal suche bereits nach ihr.

»Was ist vorgefallen?«, fragte Tannstetter.

»Das Übliche. Seine Majestät war die halbe Nacht bei ihr, deutlich länger als sonst. Doch dann ist die Königin schreiend aus der Schlafkammer gelaufen, wer weiß, wohin. Nicht das erste Mal. Vor ein paar Wochen hat sie der Stallbursche nackt im Heu gefunden. Wir mussten ihn fürstlich belohnen, damit er Stillschweigen bewahrt. Vor Kurzem malte sie sich die Haut grün an und legte sich in die Wiese, sodass wir sie lange nicht entdeckten, bis unsereins fast über sie stolperte. Wer weiß, wo sie sich jetzt verkrochen hat.« Er hob den Deckel einer Ölkanne, als vermutete er Bianca darin. Überall rief man nach ihr, im gesamten Rennwegtrakt, auch draußen, suchte sie in und um den Wappenturm, der erst nach dem verheerenden Brand 1494 errichtet worden war. Er war mit vierundfünfzig Wappen geschmückt, aus allen ererbten und eroberten maximilianischen Herrschaftsgebieten. Dutzende Gestalten in Nachtgewändern huschten herum. Kurz vor der Frühmesse fand sie schließlich ihre Zofe im Beichtstuhl der Sankt-Jakobs-Kirche und bedeckte ihre Blöße mit dem Altartuch.

Solange sich der Zustand der Königin nicht besserte, konnte Tannstetter unmöglich abreisen. Also band man ihn wie selbstverständlich in das Hofleben ein. Er behandelte die Leiden der welschen Bediensteten, die die Königin ausschließlich um sich scharte. Sie waren froh, endlich von einem Dottore behandelt zu werden, der ihre Muttersprache beherrschte. Außerdem beriet er die Habsburger Großfamilie in gesundheitlichen und astrologischen Belangen, half bei Geburten und Verletzungen und stieg zum Leibarzt auf. Nach ein paar Wochen gab Bianca ohne ersichtlichen Grund die Kreuzflechterei auf. Beim Frühmahl stickte sie wieder, zusammen mit den anderen Frauen, unter Anleitung einer Fachfrau, die ihnen Vorlagen gab. Ein Sänger namens Rizardetto unterhielt die Damen mit seiner Minne, klagte voller Sehnsucht nach seiner Angebeteten. Seine Falsetti schraubten sich hoch und höher, bis seine Stimme brach. Bianca lachte schallend und applaudierte. In der Gruppe der Stickerinnen wirkte sie ausgelassen, keine Spur von Bedrückung, was aber auch daran liegen konnte, dass König Maximilian für längere Zeit verreist war. Kehrte er zurück und folgten die gefürchteten Pflichtnächte, fing alles von vorne an. Man suchte sie, fand sie in immer abwegigeren Verstecken. Einmal kletterte sie sogar ins Wildgehege und schlief bei den Hirschen in einer Raufe.

Hinterher, wenn Violante Caima und Tannstetter sie einigermaßen beruhigt hatten, verwandelte sie sich für Stunden in das Kind Blanca. Mit der Zeit schaffte es Tannstetter, sie zumindest aus der stickigen Kammer auf eine Wiese zu locken. Den zahmen Kauz, den sie nach ihrem verstorbenen Bruder »Gianni« benannt und ihm ein Seidenband um den Hals gelegt hatte, nahm sie überallhin mit. Ein Geschenk des Königs zur Hochzeitsnacht, verriet die Zofe. Im Schatten einer Blutbuche saß Bianca auf einer Decke im Hofgarten und kleidete ihre Karneolpuppen um, die den mailändischen Hofstaat in Miniatur darstellten. Das durchscheinende Mineral sah der menschlichen Haut täuschend ähnlich. Als sich Tannstetter zu ihr setzte, bemerkte er, dass sie die Lippen bewegte, als führe sie ein Stück für Taubstumme auf. Eine Puppe hielt sie ständig bei sich, legte sie in ihren Schoß, wenn sie die anderen umkleidete. Das Püppchen hatte die Andeutung eines Busens und eine schmale Leibesmitte, trotzdem zog sie ihm eine Rüstung aus kleinen Blechteilen an. »Seid Ihr das, Majestät?«, fragte er. Sie schwieg, warf die Puppen in den Korb und wandte sich Gianni zu.

Monat für Monat hoffte man, aber auch nach einem halben Jahr stellte sich bei Bianca keine Empfängnis ein. Gelegentlich suchte Tannstetter während seiner Konsultationen noch immer nach Stellas Zügen im königlichen Mondgesicht, doch mit der Zeit verblasste die Erinnerung an seine mailändische Geliebte. Einmal, als er die Königin zur Ader ließ und mit ihr allein in der Kammer war, wollte er sich vergewissern. Er sagte »Stella« anstatt »Majestät« zu ihr, was unverfänglich einfach »Stern« bedeutete, so wie sie von ihrer Zofe mit »mein Herz« oder »mein Liebes« angeredet wurde. »So habe ich Euch genannt, damals, wisst Ihr nicht mehr?«

Ihr Blick hellte sich kurz auf, ihre schweren Augenlider weiteten sich.

»Die Seidenraupen in der Manufaktur Eures Oheims. Ihr habt mich herumgeführt und dann sind wir am Kanal entlangspaziert und ...« Er hielt inne als er bemerkte, dass sie weinte. Er wollte sie nicht mit Heimweh plagen.

»Mailand ist verloren«, sagte sie auf einmal erstaunlich erwachsen. »Für mich und für immer.« Ihre Stimme hatte sich gefestigt, die Kur sprach offenbar an.

»Und Leonardo, der Hofmaler, was ist aus ihm geworden?«

»Das weiß ich nicht. Ich habe ihn zuletzt auf meiner Stellvertreterhochzeit gesehen, an der er das Denkmal für meinen Großvater enthüllte, ein riesenhaftes Pferd, das mein Oheim kurz darauf für Waffen einschmelzen ließ.«

»Ihr habt aber doch Leonardo für das Porträt, das ich Eurem Gemahl mitbrachte, Modell gesessen?« Jetzt, da sie zu sprechen anfing, wollte er so viel wie möglich herausfinden.

Sie lachte auf. »Von wegen. Meister Leonardo war viel zu unzuverlässig und beendete nie seine Gemälde. Meine Porträts werden und wurden stets von Ambrogio de Predis angefertigt. Noch dazu solch ein wichtiges wie ein Brautbild für die Sforziada.«

De Predis Bildnisse kannte Tannstetter, sie hingen in ihren Gemächern und waren geschönt, wie die meisten Herrscherporträts, und mit *Sforziada* meinte sie wahrscheinlich eines der vielen Geschenke Il Moros an den König. Stellas Porträt hatte anders ausgesehen, Leonardos Handschrift war darin zu erkennen.

»Wo befindet sich das Brautbild, das ich damals über die Alpen brachte?«

»*Va e vieni.*« Die Königin verfiel wieder in ihren kindlichen Singsang. Also musste das Porträt mal hier oder mal dort sein, reimte sich Tannstetter zusammen. Vermutlich wusste sie es einfach nicht.

Als König Maximilian zurück war, verlief die nächste Nacht wider Erwarten ohne Gezeter. Am Morgen danach bestellte er Tannstetter zu sich und fragte nach Biancas Befinden. Seine Haut wirkte glatter, aber seine Perücke saß schief und zeigte seine ergrauten Schläfen. Tannstetter berichtete ihm von Biancas Fortschritten, sie sei auf dem Weg der Besserung. Man brauche noch etwas Geduld. Sie wünsche sich lediglich ein wenig mehr Aufmerksamkeit von ihrem Gatten. Gerade wollte er von Zuwendung und Zärtlichkeit anfangen, da hieß ihn der König donnernd zu schweigen. Seine Geduld sei erschöpft. Die Einfältigkeit seiner Gattin sei kaum zu ertragen, man könne kein vernünftiges Gespräch mit ihr führen. Sein Stottern bremste seinen Zorn, er musste viele Male Luft holen, was ihn noch mehr in Rage versetzte.

»Was ist eigentlich aus dem Bildnis geworden, Majestät, jenes, das ich Euch aus Mailand mitbrachte?«, traute sich Tannstetter zu fragen. »Hier im Schloss hängt es nirgends, soweit ich bemerkte.«

Der König zuckte mit den blechernen Achselklappen. Dieses stümperhafte Werk habe er längst fortgeworfen. Es habe so wenig Ähnlichkeit mit seiner Gattin gehabt wie eine Kröte mit einer Stute. Über seine Leidenschaft zu Pferden habe er sich von Ludovico Sforza einlullen lassen, die Mitgift sei längst aufgebraucht. Wenn er gewusst hätte, wohin ihn diese Ehe führe, hätte er sich Biancas Gewicht in Gold aufwiegen lassen, jedes Jahr zehn Pfund dazu. Dann brauche er jetzt nicht ständig die Fugger zu beleihen. Die Tiroler Silber- und Kupferbergwerke habe er bereits an sie verpfänden müssen. Er hielt inne. Sein Gestotter erschöpfte ihn, auch Tannstetter biss sich auf die Zunge, um der Versuchung zu widerstehen die breit gezogenen Worte seiner Majestät nicht zu beenden. Den König bedrückte noch etwas, er bedrängte Tannstetter, ihm zu verraten, wo sein Vater vor seinem Ableben die Edelsteinsammlung oder das Goldgeschirr versteckt habe. Als einstiger Gehilfe des Kaisers müsse er das doch wissen. Auf sämtlichen Landsitzen seien sie unauffindbar.

»Tut mir leid, Eure Hoheit. Den Schatz hat Kaiser Friedrich allein bewacht und verwaltet«, sagte Tannstetter.

Dann müsse er eben in den Kirchen suchen und alle Wandbehänge abreißen lassen, stotterte seine Majestät weiter, irgendwo würde sich das »veeeer-maaaalllle-deitttte« Erbe schon finden. Die Franzosen seien in die Lombardei eingefallen, haben Genua besetzt und seien auf Mailand vorgerückt. Wie König Maximilian jüngst erfahren habe, sei Il Moro auf der Flucht nach Innsbruck in Novarra von Schweizer Söldnern verraten worden und nun in Frankreich eingekerkert. Ein Schrei erklang. Bianca stand in der Tür und hatte alles mitangehört. Die Majestäten fingen wieder zu streiten an. Allmählich war auch Tannstetter mit den königlichen Sorgen überfordert, er sehnte sich nach Wien zu seiner Köchin zurück. Stella war ein ferner Traum, vielleicht auch nur Einbildung gewesen.

18

Diamantsilber

Am Warschauer Hauptbahnhof buhlten ein paar Taxifahrer um Inas Gunst. Laut Karte war die Nationalbibliothek nur ein paar Minuten entfernt. Der Fahrer, für den sie sich entschied, trug einen Anzug und eine silberne Krawatte und wirkte mit seinem von Pomade glänzenden Haar wie ein Schlagersänger. Sie ließ ihn ihren Rucksack verstauen, nahm aber vorher die Mappe mit dem Bild an sich.

Die ganze Zeit dachte sie an Oliver. Er wusste nicht, dass sie nach Polen gereist war. Sie hatte ihm erzählen wollen, was sie vorhatte. Aber als sie sich gestern in einem Restaurant getroffen hatten, hatte er zu ihrer großen Überraschung seine Tochter mitgebracht. Einerseits war Ina gerührt gewesen, dass er ihr sein Kind vorstellte, andererseits hatte sie sich überrumpelt gefühlt. Die fünfjährige Salome forderte den ganzen Abend lang ihre volle Aufmerksamkeit, sodass sie sich kaum unterhalten konnten. Bis zu dieser Begegnung hatte Ina nicht geahnt, dass das Mädchen unter dem Down-Syndrom litt. Nun begriff sie, was es für Oliver bedeutete, über sechshundert Kilometer hinweg die Beziehung zu seiner Tochter aufrechtzuerhalten, sie bestmöglich zu unterstützen und sich dabei mit seiner Exfrau abzustimmen. Ina war mehr aus dem

Restaurant geflohen, als dass sie sich verabschiedet hatte, und jetzt schämte sie sich deswegen. Seit sie Oliver kannte, ging es meist um ihr eigenes Befinden. Dass er ebenfalls Sorgen hatte, Tag für Tag große Hürden überwand, hatte seine lockere und dennoch einfühlsame Art bisher nicht vermuten lassen. Gestern hatte er ein bisschen erzählt, was er alles durchgemacht hatte. Salome war mit einem schweren Herzfehler zur Welt gekommen und hatte sofort operiert werden müssen. Außerdem war sie schwerhörig und lernte nur schlecht sprechen, brauchte viele Therapien und Unterstützung rund um die Uhr. Ina überlegte, ihm eine Nachricht zu schicken, wusste aber nicht, was sie schreiben sollte, und schaltete das Handy wieder aus.

Das Taxi hielt an einer großen Kreuzung in der Altstadt. Die *Biblioteka Narodowa* öffnete erst in einer Stunde, und Ina brauchte dringend frische Luft. Kurz entschlossen legte sie den Betrag, den das Taxameter anzeigte, auf das Armaturenbrett und stieg aus, um zu Fuß zu gehen. Nachdem sie eine Weile an Geschäften vorbei über einen großen Platz geschlendert war, entschloss sie sich zu einem Besuch des Kulturpalastes. Der Monumentalbau der sozialistischen Republik ragte wie eine vielstöckige Torte aus Beton in den Himmel. Eine mollige Frau in einer straff sitzenden Bluse mit Schulterklappen und viel zu hoch auf der Stirn aufgemalten Augenbrauen stellte sich als Chronistin vor. Zusammen mit ein paar anderen Touristen führte sie Ina durch das Gebäude. Es gab insgesamt zweiundvierzig Stockwerke mit dreitausendzweihundertachtundachtzig Zimmern. Sie besichtigten leere Sitzungssäle hinter wuchtigen Türen mit Silberbeschlägen, die aus jedem Besucher einen Zwerg machten. Als Ina in der dreißigsten Etage in hundertvierzehn Metern Höhe aus dem Aufzug stieg und über die Brüstung schaute, wankten ihre Beine, als hätte sie sich an

Olivers Höhenangst angesteckt. Ein Meer aus Straßen, Häusern und Wolkenkratzern, die mit großen Werbetafeln geschmückt waren, brandete auf. Der Wind zerzauste ihre Haare, in ihrem Magen grummelte und in ihren Ohren pochte es.

Wien, 1510

Einige Jahre später stand Tannstetter als frischgebackener Vater in der Wiener Universität am Pult und bereitete sich auf die Vorlesung in Sternkunde vor. Sein Herz war voller Freude über die geglückte Geburt, am liebsten wäre er bei Frau und Kind geblieben, aber die Pflicht rief. Noch immer wollte er herausfinden, wer Stella gewesen und was mit ihr geschehen war. Die Mailänder Dienstboten am Innsbrucker Hof hatten ihm nicht helfen können. Niemand kannte die Arbeiter der Seidenmanufaktur, und Stellas Beschreibung fiel trotz aller Bemühungen dürftig aus. Am liebsten wäre er in die Lombardei gereist, um sie zu suchen, doch das war unmöglich. Mailand war von den Franzosen besetzt, und Il Moro vor drei Jahren, nach einem Fluchtversuch aus einem französischen Loch, das tatsächlich *Loches* hieß, ums Leben gekommen.

Als die Majestäten nach Konstanz aufbrachen, wo Maximilian erst zum Reichsvikar ernannt wurde, bevor man ihn ein Jahr später in Trient zum Kaiser krönte, da Venedig den Weg nach Rom versperrte, hatte Tannstetter nach Wien zurückkehren dürfen. Er mietete sich in ein Haus in Hofnähe ein und arbeitete in seinen vielen Bereichen. In der übrigen Zeit debattierte er an der Seite seiner Freunde in der Donaugesellschaft. Jovanina war vergeben. Während seiner Abwesenheit hatte sie sich mit dem Vorkoster verlobt, der zum Mundschenk aufgestiegen war. Gerade als Tannstetter an Celtis' Prophezeiung, dass er ein ewiger Junggeselle bleiben würde, zu glauben begann, verliebte er sich in die Hofschneiderin Martha Merusin, eine echte Wienerin. Nach ihrer Hochzeit reisten sie nach Rain, wo er seine Eltern wiedersah. Merkwürdig fremd kamen ihm die frisch verputzten Fachwerkhäuser seiner Heimatstadt vor. Die Stadt wirkte aufgeräumt und sauber. Viele Häuser waren nachträglich unterkellert worden. Die erhöhte Stadtmauer umspülte ein breiter Wassergraben. In dem wie von Diamanten glitzerdem Wasser wimmelte es von Fischen. Der große Markt als Stadtmittelpunkt und die Zolleinnahmen für alles Salz, das auf der Donau befördert wurde, hatten Wohlstand gebracht. Zugleich verfrachtete man Landstreicher, Wegelagerer und vom Teufel Besessene in den neu errichteten Hexenturm neben dem Schloss. Auch sein Vater, Vogt Tannstetter, war ins Visier der Inquisition geraten. Seither mied er die Wettervorhersage aus Pflanzen und beschränkte sich auf die Sternkunde.

Seine drei Eltern waren sichtlich gealtert. Auberlin hörte schwer, der Vogt sah kaum noch etwas, und seine Mutter plagten die Gelenke. Trotzdem gingen sie nach wie vor ihren Tätigkeiten nach. Mutter Ninetta war zur Oberaufseherin des Spitals aufgestiegen, verwaltete auch das Siechenhaus. Seine Väter hatten sich zusammengetan – was der eine nicht hörte, sah der andere –, so versorgten sie die Kranken gemeinsam. Nach wie vor heilte Auberlin den Leib und der Vogt die Seele. Obwohl Tannstetter ihnen so viel zu erzählen hatte, fanden sie kaum Zeit zuzuhören, redeten hauptsächlich über die Nachbarn und ihre Befindlichkeiten, wer wann wo und wie gestorben war. Und er wusste nicht, wie er die letzten Jahre in knappe Worte fassen sollte, bis er bemerkte, dass er beim Festmahl, das der Vogt anlässlich seines Besuches im Schlosshof veranstaltete, schneller und schneller sprach. Martha an seiner Seite legte ihm unter dem Tisch die Hand auf den Arm, als wolle sie ihn beruhigen.

Die ersten Scholare rutschten in die Bänke und rissen ihn aus dem Sinnieren. Und Tannstetter wusste noch nicht einmal, welche Planetenkonstellation er heute erklären sollte. Geschwind blätterte er seine Unterlagen durch und entschloss sich für ein Experiment. »Lasst uns heute dem Kaiser ein Horoskop erstellen.« Er zeichnete drei ineinander verschachtelte Quadrate an die Tafel, die Häuser für das Kosmogramm. »Vergleicht das mit dem, das Peuerbach zum Zeitpunkt Kaiser Maximilians Geburt erstellt hat, wie ich es euch vor ein paar Wochen erklärt habe.« Allgemeines Geraschel und Gemurmel folgte, bis alle Scholare ihre Blätter fanden oder sich eines mit dem Banknachbarn teilten. Sie arbeiteten gründlich, und Tannstetter trug auch die Sonnenfinsternis ein, die sich in acht Jahren ereignen würde.

»Aspian, was bedeutet diese Verfinsterung für den Kaiser?«, fragte er einen der jüngsten Scholare, dessen Wissensdurst ihn an sich selbst erinnerte. Als besondere Auszeichnung für seine Leistungen erlaubte ihm Tannstetter die Donaugesellschaft zu besuchen. Der Bub hatte sich, wie sein Lehrmeister, den lateinischen Namen Aspian zugelegt, weil er alles, was er wahrnahm, aufsaugte wie eine Biene.

»Wenn die Planeten im Jahr der Finsternis die Aszendenten des Geburtshoroskops berühren, dann droht eine Krankheit oder großes Unheil«, schoss es aus Aspian hervor wie der Pfeil einer Armbrust. Sein Eifer wurde mit einem groben Stoß in den Nacken vom Burschen hinter ihm belohnt.

»Sehr gut«, lobte Tannstetter. »Und was heißt das genau, Truchtlinger?«, forderte er den von starken Pusteln gezeichneten Grobian auf.

Er rang mit einer Antwort und beugte sich vor, um auf Aspians Blatt zu schauen, doch der legte den Ellbogen auf seine Aufzeichnungen.

»Um welchen Planeten handelt es sich? Er ist kalt und trocken zugleich«, half ihm Tannstetter auf die Sprünge.

»Die Venus?« Alle lachten, und Truchtlingers Pusteln glühten.

»Der Saturn, an der Tafel steht es doch. Er treibt den melancholischen Saft in des Kaisers Adern an. Eine Sonnenfinsternis fordert den mächtigsten Mann der Welt heraus. Womöglich steht dem Kaiser eine Schlacht bevor, die es zu gewinnen gilt oder ...«, er zögerte, betrachtete jeden Einzelnen, »Seine Majestät fällt.« Normalerweise mied es Tannstetter Todesahnungen laut auszusprechen, doch diese Konstellation war zu offensichtlich, und er fühlte sich verpflichtet, seinen Scholaren die Wahrheit zu sagen. Nur so konnten sie aufrichtig lernen.

Er dachte wieder an Stella. Wenn er wenigstens ihr Porträt fand, dann hätte er einen Anhaltspunkt, nach ihr zu fragen, vorausgesetzt König Maximilian hatte das Bildnis nicht vernichtet. Dem Horoskop nach drängte die Zeit. *Va e vieni*, es geht, es kommt, hatte Bianca gesagt. Das innere Hin- und Herschwanken zermürbte ihn. Tannstetter musste endlich Licht ins Dunkel bringen.

Einige Tage später in Cuspinians Haus berichtete der von ihnen beauftragte Bücherjäger von einem außergewöhnlichen Fund. Zwischen den Zeilen eines Kodexes hatte er ein Streitgespräch von Sokrates und Sisyphos entdeckt. Man arbeitete noch an der Entzifferung und Übersetzung aus dem Griechischen, aber dieser Sisyphos stellte sogar den schalkhaft-weisen Philosophen Sokrates in den Schatten mit seinem unermüdlichen Bestreben, einen Felsen immer wieder einen Berg hinaufzuschieben, von dem er sogleich wieder hinabrollte. Man sucht stets nach dem, was man nicht kennt, hieß es an einer Stelle. Jeder strebt nach Wissen, das er nicht besitzt. Im Tumult und der Aufregung über den neuen Fund unterhielt sich Tannstetter mit Celtis, der immer noch am zukünftigen Vermächtnis des Kaisers schrieb, doch sollte es nun ein Ritterroman und eine Brautfahrt zu Maria von Burgund werden. »Hat der Kaiser dir jemals die Geschenke aufgezählt oder gezeigt, die er aus Mailand erhielt?«

»Nein, du warst doch sein Gesandter damals. Das italienische Bündnis klammert er weitgehend aus, wenn ich ihn nach seinem Leben befrage. Er trauert hauptsächlich seinen anderen Frauen nach, und die Kaiserin erwähnt er kaum. Kein Wunder, Thronfolger kann er von ihr ohnehin nicht mehr erwarten.«

»Und wie geht es ihr? Lebt sie wieder in Innsbruck?«

»Da ich oft Stunden auf den Kaiser warte, bis er mich zu einer Audienz vorlässt, höre ich mancherlei, was Sekretär und Kämmerer reden. Sie musste ihren welschen Hofstaat aufgeben, weil er zu kostspielig geworden ist. Nun zieht sie als Gast von Schloss zu Schloss durch Tirol. Ich hoffe, dass der Kaiser nicht auch bald mich, seinen Lohnschreiber, einspart, bezahlt hat er mich jedenfalls schon länger nicht mehr.«

Von Stella und seiner Liebschaft hatte Tannstetter seinem Freund nichts erzählt, aus Angst um seine Familie wagte er es auch jetzt nicht. »Weißt du vielleicht, was eine *Sforziada* sein könnte?«, fragte er. »Die Kaiserin erwähnte sie bei meinem letzten Besuch.«

»*La Sforziada* ist ein Buch, das einer meiner italienischen Kollegen verfasst hat. Ein Lobgesang auf die Herrscherfamilie, prachtvoll ausgestattet und illuminiert. In der Hofbibliothek müsste es auch ein Exemplar geben, wenn ich mich nicht täusche.«

»Und wo genau?« Tannstetter wäre am liebsten sofort losgezogen. Für seine Forschung gestattete man ihm, die kaiserlichen Bücher zu sichten, aber die Bibliothek war sehr umfangreich und nicht sortiert, da nach dem Tod des alten Kaisers alle Sammlungen aus seinen Wohnsitzen in Wien zusammengetragen worden waren. Einiges hatte man aus Platzgründen sogar in die Ställe ausgelagert, wo die kostbaren Handschriften und Erstdrucke in Kisten vermoderten. Allein würde er das Bild niemals finden, das Maximilian vielleicht irgendwo als Lesezeichen zwischen die Seiten gelegt hatte. Außerdem konnte das Buch längst verschwunden oder von Mäusen zerfressen sein. Das erinnerte ihn an Sisyphos, wie er suchte Tannstetter etwas, von dem er gar nicht wusste, ob es noch vorhanden war.

»Lass uns morgen in den Büchern stöbern, ich brauche sowieso noch mehr über Burgund und die Verhältnisse dort«, schlug Celtis vor.

In den nächsten Tagen verbrachten Celtis und er jede freie Stunde in der kaiserlichen Bibliothek. Tannstetter zog einen Folianten nach dem anderen aus dem Regal. Prunkbände voller Bilder, der Schnitt mit Gold bestäubt. Die Initialen mit Diamantsilber unterlegt, das sich zum Teil bereits schwarz färbte. Gern hätte er verweilt, nicht nur Stunden, sondern Tage hätte er mit nichts anderem zubringen können, als sich in diese einzigartigen Werke zu vertiefen. Doch er zwang sich, die Bücher nach seiner Durchsicht eines nach dem anderen ungelesen zurückzustellen. Celtis fand einen Stapel französischer Register und auch Vers-Epen, die er verwenden wollte. So saß sein Freund bald in die Lektüre vertieft an einem Pult und schrieb und schrieb. Tannstetter arbeitete sich durch die Jagd- und Fechtbücher, dann durch die nordischen Göttersagen und die religiösen Schriften. Darunter waren Abhandlungen über die Gartenkunst von Albertus Magnus und eine Sammlung mit kuriosen Nachrichten der Fugger, die zum größten Teil Neuindien beschrieben. Meerungeheuer und vieläugige nackte Wilde waren darin abgebildet und natürlich die stolzen Spanier, die ihnen in voller Montur, die Waffen im Anschlag, begegneten. Schließlich besuchte Tannstetter die gute, alte Cucuzza und ging die Truhen in den Ställen durch. Als er schon aufgeben wollte, kam Celtis durch die Stallgasse gelaufen und reichte ihm ein in glattes Kalbsleder gebundenes Buch. »Hier, das lag in der Weinkiste mit diesem Morusgesöff. Ich habe es gefunden, als ich Durst kriegte.« Er hatte eine Flasche Maulbeer-Wein dabei. »In der *Sforziada* sind sehr schöne Abbildungen, wozu brauchst du sie, willst du sie übersetzen?«

»Möglicherweise.« Tannstetter traute sich kaum, das Buch aufzuschlagen.

19

Opal

Die Nationalbibliothek, ein nüchterner Flachbau mit großen Fensterfronten, grenzte, umgeben von üppigem Grün, an einen Park. Szymon Korczak war einen Kopf kleiner als Ina und hatte einen weißen Fleck auf der Schulter seines Pullovers, der wie eingetrocknete Milch aussah.

»Das war meine Tochter beim Füttern heute Morgen«, sagte er in klarem Deutsch, als er ihren Blick bemerkte. Ina war im Schnellschritt hergelaufen, das hatte die Übelkeit vertrieben. Nun stieg die Aufregung. Bevor sie Rucksack und Jacke in einen Spind sperrte, nahm sie noch einen Schluck Wasser aus ihrer Flasche. Dann klemmte sie sich die Mappe mit dem Original unter den Arm, folgte dem Bibliothekar in den Lesesaal und setzte sich an einen freien Tisch. Vereinzelt saßen Studenten vor ihren Laptops oder Handys. An einem runden Tisch diskutierte eine Gruppe junger Leute mit gedämpften Stimmen. An den Wänden standen große Metallschränke mit vielen Schubladen. Alte Karteikästen, die wegen der Digitalisierung bestimmt ausgedient hatten. Bücherregale waren keine zu sehen. Ina lauschte dem Wispern und Tastaturklackern bis Korczak endlich einen quietschenden Wagen mit einer großen Blechkiste hereinrollte.

Er bat Ina, dünne Stoffhandschuhe anzuziehen. Für einen Augenblick blitzte die Londoner Auktion in ihr auf. »Trotzdem dürfen Sie das Buch bitte nicht berühren, es zählt zu den ersten europäischen Druckwerken überhaupt.«

»Es ist ein Druck, keine Handschrift?«

»Ja, mit beweglichen Metalllettern auf einer der ersten Druckerpressen erstellt. Die Illustrationen sind aber handkoloriert. Also bitte auf keinen Fall selbst blättern, das werde ich für Sie tun.« Er öffnete die Kiste, zog sich selbst auch Handschuhe an, hob das gebundene Buch heraus und legte es auf zwei Schaumstoffwinkel, damit er es nicht ganz aufschlagen musste, und womöglich den Buchrücken beschädigte. Der Schnitt entblößte brüchige alte Seiten, leicht verfärbt und wellig. Doch auch wenn die Größe der Seiten zu Inas Porträt passen konnte, wirkte das braune Leder des Einbands zu neu. Fünfhundert Jahre hätten Spuren auf der Tierhaut hinterlassen, zumindest müsste der Rand abgewetzter sein. Auch die Metallschließen waren eindeutig neueren Datums. Leise Enttäuschung machte sich in ihr breit. Sie hatte mit einer Handschrift gerechnet. Neugierig war sie dennoch, vielleicht, so hoffte sie, erfuhr sie wenigstens mehr über die Sforzas. »Auf was für ein Papier wurde es gedruckt?«, fragte sie.

»Auf Pergament, genauer gesagt, auf Vellum.«

Inas Puls beschleunigte sich wieder. Korczak schlug langsam Seite für Seite um, feine Initialen und Miniaturen zeigten sich, mit kostbarsten Pigmenten bemalt. Lapislazuli und Purpur, Malachit und Ocker, dazu der Goldschnitt an den Kanten. Es war, als hätten sich alle Pigmente zu einem Opal vereint. »Für welchen Anlass wurde das Buch gefertigt?« Sie entzifferte einen Teil des obersten Satzes auf einer aufwendig illustrierten Seite mit einem kleinen Porträt eines glatzköpfigen Mannes als Initiale. Er begann auf Italienisch.

Libro primo della historia delle Duca Francesco Sforza scripta in latino da Giovanni Simonetta ... Das erste Buch der Geschichte des Herzogs Francesco Sforza, auf Lateinisch geschrieben von Giovanni Simonetta ...

»Die Familiengeschichte der Sforzas, ihre Taten und Errungenschaften, natürlich glorreich und nur zu ihrem Vorteil dargestellt«, sagte Korczak. »Das Buch war ein Hochzeitsgeschenk an die spätere deutsche Kaiserin Bianca Maria Sforza, die mit Maximilian I. verheiratet wurde, oder aber an die uneheliche Tochter des Herzogs Ludovico Sforza, der hier abgebildet ist.« Er zeigte auf einen Mann mit einer helmartigen Frisur, der am unteren Rand der Seite vor einem Schiff kniend dargestellt war.

»Es gab zwei Biancas?«

»Ja, vermutlich nicht nur zwei. Den Vornamen an die Kinder- und Kindeskinder weiterzuvererben, war nicht nur in Italien jahrhundertelang üblich. Das stellt die Historiker vor fast unüberwindbare Herausforderungen. Die uneheliche Bianca hat einen polnischen König geheiratet, also liegt es nahe, dass das Buch ihr gewidmet sein könnte. Allerdings haben wir auch die Kaiserbibliothek von Maximilian und seinen Nachfahren im Bestand. Die anderen *Sforziaden* wurden zu anderen Gelegenheiten verschenkt. Es gibt in jeder Ausgabe Änderungen in den Miniaturen, passend zum Anlass. Manche Personen wurden extra dazugemalt.« Er deutete noch mal auf den Knienden in der Miniatur. »In der florentinischen Ausgabe hat er schwarze Haare. In der Pariser Ausgabe fehlt er ganz oder wurde übermalt.«

»Ich habe ein Bild, also vielmehr ein auf Vellum gemaltes Porträt gekauft, und ich denke, es könnte ursprünglich eine Seite aus diesem Buch sein. Es hat, wenn man genau hinsieht, drei kleine Löcher am linken Seitenrand, und es scheint so, als ob es jemand aus der Bindung getrennt hätte. Aber ich weiß nicht, ob ...«

Zögernd schlug sie ihre Mappe auf und hielt das Bild über das aufgeschlagene Buch. Ihre Hände zitterten. Jetzt sah sie, dass es trotz der Beschädigung der Kanten und dem schiefen Verschnitt sogar ein paar Millimeter größer als die Buchseiten war. Sie hatte sich geirrt. »Ich sehe schon, es passt nicht. Abgesehen von der Größe, stimmt auch der Malstil nicht überein und das Buch ist ja auch keine Handschrift.« Sie wollte es zurück in die Mappe legen.

»Nein, warten Sie.« Korczak musterte erst das Bild, dann Ina, die ihren Blick senkte. »Ein farbiges Porträt in einem gedruckten Buch ist kein Widerspruch. Viele Künstler legten Büchern nummerierte Lithografien bei. Das macht eine Ausgabe exklusiver. Aber das, was Sie sich erhoffen, würde bedeuten, dass eine Seite in dem Buch fehlt. Und selbst wenn, wird es schwierig, das herauszufinden. In der Machart weicht Ihr Bild in der Tat auch stark von den Miniaturen ab. Wie sind Sie darauf gekommen?«

»Ich habe viel recherchiert, seit ich das Bild habe, und dabei bin ich auf die Sforzas gestoßen und auch auf Bianca Maria. Ich glaube, sie könnte die Dargestellte sein.«

»Dann war es vielleicht ein Frontispiz? Darf ich?« Behutsam nahm er das Porträt und legte es auf eine bedruckte rechte Seite ohne Illustration. »Sie haben recht. Es ist etwas größer, und die Bindung passt auch nicht. Sie hat fünf Löcher, nicht drei.« Er gab ihr das Bild zurück. Ina hüllte es wieder in das Seidenpapier und wollte aufstehen, doch Korczak bat sie sitzen zu bleiben. »Einen Moment noch. Mir fällt etwas ein. Wir haben die alten Bestände noch nicht vollständig digitalisiert.« Er ging zu einem der großen Karteikastenschränke, zog eine Schublade auf.

Ina musterte unterdessen den goldenen Buchschnitt und die Lagen der Seiten. Lange Blätter, die am Knick zusammengenäht worden waren, wie sie es auch mit ihren Skizzenheften tat. Mit einiger Konzentration waren die gefalzten, sich schlängelnden Lagen gut zu erkennen. Wäre eine rechte Seite herausgetrennt worden, hätte die linke Blatthälfte lose sein und herausfallen müssen. Außer sie wäre, um die Tat zu vertuschen, an die folgende Seite angeklebt worden. Ina erlag der Versuchung, das Buch selbst umzublättern und in die Mitte zu schauen. Als hätte sie sich verbrannt, zog sie die Finger weg. Korczak kehrte mit der gesamten Schublade zurück.

»Hier steht etwas.« Seine Hand lag auf einer vergilbten Karteikarte. »Bei der letzten Bestandsaufnahme 1955 wurde die *Sforziada,* die als *Libro di nozze da Bianca Maria Sforza* bezeichnet wurde, also als das Hochzeitsbuch der Kaiserin, neu gebunden und zugeschnitten. Und der Buchblock wurde mit Blattgold verziert.«

»Neu gebunden könnte also bedeuten, dass die Lagen ursprünglich bloß mit drei Löchern gehalten wurden und erst später mit fünf?«

»Durchaus. Eine festere Bindung gibt mehr Halt.« Korczak schlug die *Sforziada* in der Mitte auf, wo zwei Lagen leicht auseinandertrifteten, dort waren deutlich die fünf Fäden zu erkennen, die die Einstichlöcher verbanden. Er holte ein Vergrößerungsglas mit eingebautem Licht und knipste es an. »Halten Sie Ihr Bild bitte auf die Bindung.« Ina tat es und bemerkte erst jetzt, dass sie von den Studenten umringt waren, die alle von ihren Plätzen aufgestanden waren. Sie sahen, dass die Buchseiten etwas versetzt vom oberen und unteren Rand zwei weitere Einstichlöcher aufwiesen, das Loch in der Mitte könnte bei der neuen Bindung einfach wiederverwendet worden sein. »Sehen wir uns die Lagen genauer an. Mit bloßem Auge wird es zwar schwer sein, festzustellen, wo ein Blatt beginnt und wo es endet, aber wir können es probieren. Hier, nehmen Sie die Lupe. Zählen Sie die Seiten, bis eine Lage endet, und ich blättere.« Ina rutschte vom Stuhl, bat einen jungen Mann, der sich neugierig über sie gebeugt hatte, zurückzutreten, und kniete sich vor das Buch, um auf Augenhöhe mit dem Schnitt zu sein. Korczak blätterte wieder zum Anfang und wendete vorsichtig Seite für Seite. Die erste Lage endete schon nach der fünften Seite, kurz vor der farbenprächtigen Illustration. Das sechste Vellum fehlte in der Heftung.

»Blättern Sie bitte noch mal zurück«, forderte Ina ihn auf. Sie leuchtete den Rand des inneren Buchdeckels ab, dann die Buchmitte. Dort war eine Kante. Die erste Seite, das passende Gegenstück zu ihrem Porträt, war abgeschnitten und auf den Buchdeckel geklebt worden. Sie legte das Porträt auf die Kante, die Schnittstellen passten in der Mitte wie Puzzleteile aneinander und ergaben die erste Lage. Ohne Zweifel, das Bild stammte aus dieser *Sforziada*.

Tirol, letzter Tag des Jahres, 1510

Kurz vor Jahresende ereilte Tannstetter ein merkwürdiger Hilferuf aus Melk. Erst dachte er, er käme vom Rektor der Wiener Universität. Abt Taler unterrichtete nicht nur wie er, er leitete auch das Benediktinerstift hoch über der Donau und war ein Mitglied der Donaugesellschaft. Wie auch schon sein Vorgänger Nikolaus Seyringer förderte Taler das Studium antiker Quellen und hatte die verstaubten Skriptorien wiederbelebt. Unter seiner Obhut suchten die Mönche in den alten Handschriften nach Überschreibungen und unentdeckten Manuskripten. Aber der versiegelte Brief stammte nicht von ihm, sondern vom Wirt des Gasthofs zur Traube aus Melk. Er schrieb, dass die Kaiserin erkrankt sei und ihn, Dottore Tannstetter, den kaiserlichen Leibarzt, unverzüglich zu sehen wünsche. Der Erzkämmerer van Eckh, den Tannstetter um Rat fragte, versicherte ihm, dass das kaiserliche Siegel echt sei, doch ob sich die Kaiserin auf einer Durchreise in Melk befinde, wisse er nicht. Seine Majestät der Kaiser weile zur Stunde in Rottenburg am Neckar, um mit Ludwig XII. über Italien zu verhandeln.

»Vielleicht macht die Kaiserin für eine Messe zum Jahreswechsel in der Stiftskirche halt?«, mutmaßte van Eckh.

In seiner Pflicht als Leibarzt nahm Tannstetter die Tagesreise auf sich und ritt auf Cucuzza in dichtem Schneetreiben nach Melk. Die alte Dame stapfte wie eh und je gemächlich, aber gleichmäßig voran. Es schneite so stark, dass bald keine Spuren mehr zu sehen waren, doch Cucuzza fand auch im knietiefen Schnee einen Weg, wo nichts als Weiß war. Auf einmal blieb sie stehen, und so sehr Tannstetter sie antrieb, sie rührte sich nicht. »Was ist meine Liebe? Es kann doch nicht mehr weit sein, los, das schaffst du noch.« Er tätschelte ihr die ergrauten Ohren. Der Schneefall nahm zu. Himmel und Erde waren kaum noch zu unterscheiden. Tannstetter stieg ab und wollte das Maultier weiterziehen. Da brach Cucuzza zusammen. Ihre Beine knickten ein und ihr schöner Kopf versank im Schnee. »Los, steh auf, du erfrierst mir noch. Wir müssen weiter, bitte. Die Kaiserin braucht uns. Ich schaffe das nicht ohne dich.« Er knotete seine Doktortasche vom Geschirr und nahm Cucuzza behutsam den Sattel ab. Dann bedeckte er sie mit seinem Umhang, um sie zu wärmen, rieb ihr das Fell und klopfte ihr auf die Flanken. Sie tat keinen Mucks mehr. Wie ein Opal brach plötzlich die Sonne durch die Schneewand. Schneekristalle tanzten im Licht und versanken in Cucuzzas rußschwarzen Augen.

Kurz vor der Abenddämmerung stand er allein und mit vereistem Bart vor dem halb zugewehten Gasthof. Der Wirt, ein kahlköpfiger Kerl mit einer höckrigen Nase, führte Tannstetter in seine Schankstube, hängte seinen nassen Umhang ans Feuer und dankte ihm mehrfach, dass er sich aufgemacht habe, noch dazu bei diesem Wetter. Offiziell wisse keiner, dass die Kaiserin bei ihm weilte. Sie habe sich als Stella de Fiesci eingeschrieben. Tannstetter zuckte zusammen.

»Seit drei Wochen wohnt sie bei uns. Die ausgefallensten Speisen bestellt sie, wir mussten extra zum Stift hinaufsteigen, um die Zutaten zu erbitten. Dabei verlässt sie nie die Kammer und hustet zum Gottserbarmen. Meine Frau umsorgt sie, leert das silberne Urinal und fand die gestickten Initialen Ihrer Majestät in ihrer Wäsche. Erst hielten wir sie für eine Diebin, die bei uns Unterschlupf sucht. Ich wollte die Büttel holen. Doch sie gestand uns, dass sie die Kaiserin sei. Sie ist arg geschwächt und bat mich, Euch zu schreiben. Zweihundertdreiundsiebzigzwanzig tät ich kriegen, Herr Doktor.« Er hielt die Hand auf. Tannstetter bezahlte, stieg ins Obergeschoss und duckte sich unter dem niedrigen Türstock hindurch, als er die Kammer betrat. In dicken Federkissen ruhte ein schmales Gesicht mit geschlossenen Augen. Er erkannte Bianca kaum wieder, glaubte für Augenblicke, wirklich Stella vor sich zu sehen. Kein Wunder, dass sie fror, sein eigener Atem stob in Wolken aus seiner Nase. Es war kalt in dem vollgestellten Raum. Auf den Truhen, aus denen Kleider und andere Habseligkeiten quollen, lag eine Eisschicht. Tiegel mit verschiedenen Speisen verbreiteten einen üblen Geruch um ihr Bett. Er wollte schon wieder umkehren, um sich beim Wirt zu beschweren, da schlug sie die Augen auf.

»Dottore, wie schön«, sagte Bianca auf Italienisch. Eine dürre gelbe Hand winkte ihn heran. Die Kaiserin war nur noch ein Schatten ihrer selbst. Ihre Wangen waren stark eingefallen, und ihre Augen traten wie Gioco di Pallone aus den Höhlen. Sie hustete.

»Wartet, ich bringe Euch einen heißen Ziegelstein, damit Ihr Euch erwärmt, Majestät.«

»Das ganze Bett ist schon voll davon.« Sie hob die Decke, darunter lagen mehrere mit heißem Wasser gefüllte Keramikgefäße um ihren Leib verteilt. Ihr Bauch wirkte geschwollen, auch ihre Beine, besonders die Gelenke glichen Baumstämmen. Sie hatte zu viel Wasser eingelagert. Bevor er sie genauer untersuchte, zog er einen Stuhl heran und nahm dicht neben ihr Platz.

»Mit Eurer Weissagung habt Ihr meinem Gemahl ganz schön zugesetzt«, sagte sie. »Er hat sich einen Sarg machen lassen und schleppt ihn von Ort zu Ort mit für den Fall, dass sich die Sonne verfinstert.« Ihr schmaler Mund zuckte, als unterdrückte sie ein Lächeln.

»Warum seid Ihr allein?«, fragte er.

Sie keuchte. »Beim letzten Streit hat Massimiliano meinen gesamten Hofstaat aufgekündigt, und Violante Caima als Erste hinausgeworfen. Sie sei ein Spitzel aus Neapel, behauptet er. Seither reise ich von Gasthof zu Gasthof, da die Fürsten, bei denen ich vorher weilte, mir inzwischen das Gastrecht verweigern. Ich habe kein bisschen Geld mehr, kann nicht einmal meine eigene Zeche begleichen.«

»Deswegen sorgt Euch nicht, das ist erledigt. Ich hole Euch eine lindernde Suppe und lasse Euch zur Ader, das wird Euch wieder zu Kräften bringen. Danach nehme ich Euch mit nach Wien. Am besten, ich kümmere mich gleich um eine Sänfte. Ihr werdet sehen, bei Hofe wird es Euch vollends besser gehen.«

Als er mit einem Topf Hühnerbrühe zurückkehrte, war die Kaiserin tot. Erst hielt er das, was aus ihrem Mund ragte, für ihre Zunge, doch dann sah er, dass es eine Schnecke war. In einem der zahlreichen Tiegel neben ihrem Bett schwammen mehrere Schneckenhäuser. In Bianca Marias Hand lag eine silberne Forke und auf dem Stuhl, auf dem er gesessen hatte, ein versiegeltes Pergament. Eine Botschaft für den Kaiser, dachte er und drehte den Brief um. Dottore G. T. stand darauf. Er setzte sich seinen Nasenquetscher auf, brach das Siegel und entfaltete das Blatt. Sie schrieb auf Italienisch, ihre Zeilen endeten auf Latein:

Serrenissimo dottore Giorgio Tannstetter …

Erlauchtester Doktor Georg Tannstetter, wie lange trage ich schon dieses Brieflein mit mir herum. Schreibe es ab, schreibe es um, und fand doch nie den passenden Augenblick, es Euch zu geben. Doch nun will ich mich offenbaren und Euch erklären, was Euch auf dem Herzen brennt. Eure Stella, die eigentlich anders hieß, war meine Halbschwester, die Tochter von Mariana de Fiesci, die als Fünfzehnjährige an den Hof meines Vaters kam und bis zu seinem Tod seine Geliebte war. Sie entband am selben Tag wie meine Mutter. Ich bin nur zwei Stunden älter. Stella und ich wuchsen gemeinsam auf und wurden dazu erzogen, durch ein Ehebündnis dem Hause Sforza

Aufstieg zu bringen. Nach dem Tod meines Vaters übernahm mein Oheim die Heiratspläne und bestimmte mich als leibliche Tochter meines Vaters für die Ehe mit dem zukünftigen Kaiser. Um König Maximilian von mir zu überzeugen, wollte er nichts riskieren. Da ich schon mehrmals verschmäht worden war, ließ er Stella, die Schönere von uns beiden, an meiner Statt porträtieren. Und um Euch zu täuschen, mussten wir uns mit Euch verbünden, damit wir sicher sein konnten, dass unser Schwindel nicht ans Licht kam, bis das Beilager vollzogen war. Das gelang uns gut und belustigte uns fast, aber einmal, auf dem Turm beim Haarebleichen, kurz nach meines Vetters Taufe, glaubte ich für einen Augenblick, Ihr würdet mich erkennen, dann fiel mir ein, dass Ihr gar nicht wissen konntet, welche der Hofdamen ich bin, und wir brachen in Gelächter aus, was Euch anscheinend vertrieb. Als treue Freundin begleitete mich Stella mit meinem Brautzug nach Innsbruck, wir kämpften uns im Tiefschnee nach Veltlin hinauf bis zum Wormser Joch bei Bormio. Unterwegs stritten wir, ob nicht sie als die wahre Braut zum König reiten sollte. Dabei verlor ich sie im dichten Schneetreiben und sah sie nie wieder.

Aber seid versichert, Dottore, Stella liebte Euch aufrecht in dieser Nacht in der Seidenmanufaktur, und ich beneidete euch beide darum.

Eure Majestät und gehorsame Dienerin
Blanca Maria Sforza
... *Maiestatis Vestre Serva Blanca Maria manu propria.*

20

Licht

Wien, am achten Tag des Brachmonats, 1517

Gleich ist es so weit. Ich trage dich und Christian in den Garten, damit ihr das Spektakel sehen könnt.« Tannstetter trat ans Bett. Er wollte seiner Frau Martha den drei Tage alten Sohn aus den Armen nehmen, doch sie umklammerte ihn umso fester.

»Keine zehn Rösser bringen mich hinaus, schau dir den Weltuntergang alleine an, ich bleib hier.« Sie biss sich auf die Lippen.

Tannstetter seufzte. »Bitte, mein Augenstern, ich habe es dir doch erklärt. So eine Sonnenfinsternis ist nicht das Ende, sondern nur ein Naturereignis. Es ist allerdings so selten, dass man es nicht verpassen sollte. Die Erde ist der Mittelpunkt von allem, sie ist im Kosmos fest verankert und gerät gewiss nicht durch die Lichtkugel aus den Fugen.« Dabei war er sich selbst gar nicht mehr sicher. Jüngstem Gemunkel zufolge, das sogar als verbürgter Bericht galt, drehte sich die Erde um die Sonne und nicht umgekehrt. Angeblich geschehe es derart langsam, dass es bisher auch der Schlaueste nicht bemerkt hatte. Doch dem Gerücht nach schnell genug, sodass man innerhalb eines einzigen Tages den Kosmos bestaunen könnte. Seither misstraute Tannstetter seinem geliebten Sternenhimmel. Andererseits musste solch eine Behauptung erst bewiesen werden, und solange es nicht in einem Buch gedruckt stand, war es reine Spekulation. Ein gewisser Kopernikus wähnte sich klüger als die gesamte Menschheit und hatte solch eine Erdbewegung verspürt. Was für ein Schwachsinn! Das war bestimmt nur eine Blähung gewesen, dachte Tannstetter.

»Papa, ich finde die Glasstücke nicht.« Stella, seine Tochter, stand auf Zehenspitzen vor dem hochgeklappten Stehpult in seinem Studierzimmer.

»Schau in der Schublade nach.« Er legte die Kerzen beiseite und hob sie hoch, damit sie hineinsehen konnte.

»Wer ist das?« Sie zog das Bildnis aus seinen Notizen.

»Ein Mädchen, eigentlich eine junge Frau, die ich einmal kannte. Sie hieß wie du.« Tannstetter setzte sie ab und nahm ihr das Blatt aus der Hand, bevor es knickte.

»Sie leuchtet wie eine Prinzessin, ich werde Mama fragen, ob sie mir das Haar genauso bindet. Darf ich das Bildnis in mein Laboratorium hängen?«

Er lächelte. Zu ihrem neunten Namenstag hatte Stella eine eigene Kammer erhalten, die sie ihr Laboratorium nannte. Winzig und unterm Dach, war es über eine Luke erreichbar und wurde fast ganz von ihrem Bett ausgefüllt, auch wenn das nur vier Ellen maß. Sofort hatte Stella das Astrolabium, den Lesestein und ihre Aritmethik- und Astronomiebücher, die bisher vor dem Küchenfenster aufgereiht gewesen waren, in einen Korb gelegt und über die Leiter hinaufgezogen. Seine Frau Martha ahnte nicht, dass Tannstetter in klaren Nächten sogar ein paar Schindeln aus dem Dach nahm, damit er und Stella über ihr Laboratorium hinausklettern konnten. An den Kamin gelehnt, saßen sie dann Arm in Arm draußen und lauschten dem Nachtwächter, der mit seiner Laterne durch die Wiener Gassen zog und sein Sprüchlein sang. Andächtig warteten sie, bis sich der Vorhang öffnete und das Sternenspektakel begann.

»Ich überlege es mir.« Auch wenn er seiner Tochter selten einen Wunsch ausschlug, zögerte er nun, ihr das Bild zu überlassen. Wie sollte er Martha erklären, woher das Porträt stammte? Geschweige denn, dem Kaiser oder einem seiner Gesandten gelangte es zu Ohren. Man würde ihn des Diebstahls bezichtigen. Als er das Bild aus der *Sforziada* geschnitten hatte, war er sich sicher gewesen, dass es niemand bemerkt hatte. Es war sowieso die falsche Braut. Er wollte seine Geliebte für sich oder wenigstens ein Abbild von ihr als Erinnerung.

Nun entzündete er eine Kerze, und seine Tochter und er schwärzten zwei Glasstücke mit Ruß. »Ich glaube, es geht los. Hörst du auch das Krachen und Quietschen?«, neckte er Stella, die große Augen machte. Sie kletterten hoch und stiegen aus der Dachkammer, gefolgt vom immer lauter werdenden Ave Maria seiner Frau, das von unten heraufdrang.

Und als sie auf den Schindeln saßen, verdunkelte sich der Tag, obwohl es noch nicht einmal Mittag war. Eine purpurrote Scheibe schob sich vor die Sonne, übrig blieb ein schmaler feuriger Ring aus Licht.

Stella hatte den Kopf in den Nacken gelegt und starrte gebannt durch das Rußglas. »Gell, Papa, die ganz Dummen legen sich jetzt schon zum Schlafen nieder.«

Ja, dachte Tannstetter und strich seiner Tochter durch die hellen Locken. Und einer, der Kaiser unseres Heiligen Römischen Reiches, macht sich zum Sterben bereit.

München, in der Gegenwart

Bei Einbruch der Nacht kam Ina in München an. Müde, aber froh, endlich zu wissen, woher das Bild stammte, stieg sie die Treppe zu ihrer Wohnung hinauf. Bevor sie den Schlüssel im Schloss drehte, sah sie durch die Milchglasscheibe in der Tür, dass das Licht wieder brannte. Sie lauschte, hörte ein Knarzen, als würde ein Stuhl gerückt, dann Schritte. Bevor sie noch über einen Einbrecher nachdenken konnte, riss jemand die Tür auf.

Es war Oliver. »Deine Nachbarin hat mir aufgesperrt, sie dachte ich sei der Elektriker. Ich habe mir Sorgen gemacht, weil ich dich nicht erreichen konnte.«

»Tut mir leid. Ich habe vergessen, das Handy einzuschalten.« Sie betrat ihre Wohnung. »Du hast ja alle Lampen repariert. Soviel Licht, das bin ich gar nicht mehr gewohnt. Jetzt sieht man den Staub in allen Ecken.« Sie umarmte ihn. »Danke.«

»Du weinst ja, was ist los?« Oliver strich ihr übers Gesicht. Das brachte sie erst recht zum Heulen. Sie küsste ihn, drängte sich an ihn. Schließlich setzten sie sich Arm in Arm im Flur auf den Boden, lehnten sich an die Wand, und Ina erzählte ihm von Warschau.

»Ein Herr Lotter hat auf deinen Anrufbeantworter gesprochen. Ich habe es mitgehört«, sagte Oliver. »Die Materialprobe, die du ihm von dem Bild überlassen hast, stammt aus der Zeit von ... warte, ich habe es mir extra aufgeschrieben.« Er zog einen Zettel aus der Hosentasche. »1440 und 1650. Wann hat Leonardo gelebt?« Er nannte ihn auch Leonardo, wie einen guten Freund.

»Von 1452 bis 1519. Das passt also. Es sei denn ein Fälscher hat ein altes Pergament benutzt, wie Pomponazzi behauptet. Zack, mit dem ich vor dir zusammen war, hätte es so gemacht.« Und sie erzählte Oliver von Zacharias Eisenfell und wie schwierig das Leben mit ihm gewesen war. Sie sagte, dass sie froh sei, dass er anders sei. »Wo ist eigentlich Salome?«, fiel ihm auf einmal ein.

»Wieder in Berlin bei ihrer Mutter.« Oliver sah zum Telefontischchen, auf dem das Porträt an der Wand lehnte. »Was machst du mit dem Bild? Jetzt, wo du alle Beweise hast.«

»Die Expertise eines Kunsthistorikers fehlt mir noch. Pomponazzi wird mir vermutlich kein positives Gutachten schreiben. Ich werde die Kuratoren, die ich kenne, fragen. Und danach brauche ich noch einen Juristen, der ihre Gutachten überprüft.«

Sie dachte an Josefine und Doris, ohne deren Hilfe sie nie so weit gekommen wäre. Sie würde beide anrufen und einladen. Das Leonardo-Porträt musste gefeiert werden.

»Und dann bist du reich. Du könntest die Welt retten.«

»Meine Welt hast du schon gerettet, Oli. Das Porträt ähnelt meiner Schwester, nicht mir. Darum wollte ich es von Anfang an besitzen. Esther starb kurz vor unserem dreißigsten Geburtstag. Erst litt sie unter chronischer Bronchitis, dann glaubte man, es sei eine Lungenentzündung, bis sie Krebszellen fanden. Ich saß Tag und Nacht an ihrem Krankenbett. Anfangs zeichnete ich noch, gab es aber bald auf, es kam mir so sinnlos vor. Ich wusste nicht mehr, was ich tun sollte, wie ich Esther helfen oder ihr wenigstens beistehen konnte. Nach drei Wochen fuhr ich nach Hause, um kurz frische Sachen zu holen. In Wirklichkeit hielt ich es nicht mehr aus, sie, die ein Leben lang Sport gemacht hatte, immer in Bewegung gewesen war, so reglos und schwach zu sehen. Jemand von der Klinik rief an und sagte, dass Esther im Sterben liege. Ich fuhr auf dem schnellsten Weg zu ihr und kam trotzdem zu spät. Eine Krankenschwester war bei ihr, verstehst du, *eine* Schwester, aber nicht ich!« Ina schluckte, als ihre Stimme brach. »Dabei bin ich doch die Ältere von uns, um zwei Minuten. Ich dachte, wenn ich das Bild besitze, käme

Esther zu mir zurück.« Sie stand auf, holte ihren Rucksack, zog die Mappe heraus. »Das Bild auf dem Tisch habe ich gemalt, hier ist das Original, ich hatte es in Warschau dabei.« Sie lehnte die Buchseite neben das frisch bemalte Vellum an die Wand. Die beiden porträtierten Frauen, die sich wie eineiige Zwillinge glichen, sahen sich an. Ina hatte das Bild spiegelverkehrt kopiert. »Rechts, das hat vielleicht Leonardo gemalt, das könnte aber auch Esther sein oder eine der Sforzas.« Dann zeigte sie auf ihre selbst gemalte Kopie. »Und das bin ich.«

Danksagung

Von Herzen danke ich meiner gesamten Familie, meinen Kindern und Schwiegersöhnen für ihre Geduld und Unterstützung während des langen Schreibprozesses. Theresa, Basti, Veronika, David, Jonas inspirierten mich und gaben mir viele Anregungen. Besonders danke ich meinem Mann Thomas. Er half mir über sämtliche Schreibhürden. Auf den Spuren von Leonardo da Vinci flogen wir nach Mailand, obwohl Thomas wie Oliver Rauch im Roman an Höhenangst leidet, und Thomas es mir erst hinterher gestand. Wir dachten uns gemeinsam die Lebenswege von Ina und Tannstetter aus oder folgten ihren wahren Geschichten. Mein liebster Thomas bestärkte mich, wenn ich zweifelte, suchte immer nach Auswegen und schenkte mir stets Ideen und Kraft.

Für die Beratung, Freundschaft und Inspiration danke ich außerdem herzlich:

Der Astrologin Momo Jöckle, dem Lichtplaner Olaf Adam, dem Hypnotherapeut Dr. Alexander von Delhaes, der Oberkonservatorin des Doerner-Instituts der Bayerischen Staatsgemäldesammlungen Dr. Heike Stege, dem Maler und Dozenten Christoph Kern, dem Astronomen und Schriftsteller Ulrich Woelk, der Malerin und Bildhauerin Ingrid Sidow-Sum und Ina Müller-Holve für den Vornamensverleih!

Sehr herzlich danke ich meiner Freundin, der Schriftstellerin Deana Zinßmeister, die mich ganz am Anfang in die richtige Richtung schubste und immer ein offenes Ohr hatte und hat. Sie ist nicht nur für mich – eine *donna universale*.

Und natürlich danke ich Leonardo da Vinci für sein Lebenswerk, ich fühle mich sehr geehrt, einen Augenblick lang in seine Zeit einzutauchen. Durch das Schreiben dieses Romans habe ich wieder in die Malerei zurückgefunden, und ich hoffe, dass Sie, liebe Leserin, sich nach dem Lesen von Inas und Tannstetters Geschichte ebenso inspiriert fühlen.